AF273408

B. K. BORISON vive en Baltimore con su encantador marido, su hijo y su perro gigante. Empezó a escribir en los márgenes de los libros cuando estaba en el instituto, y no ha parado desde entonces. *Un beso en Lovelight* es el libro que da inicio a la serie de novelas auto-conclusivas que sigue con *Un beso en primavera*.

Papel certificado por el Forest Stewardship Council®

Título original: *Lovelight Farms*

Primera edición en B de Bolsillo: noviembre de 2024
Primera reimpresión: enero de 2025

© 2021, B. K. Borison
Publicado por acuerdo con Berkley, sello de Penguin Publishing Group,
división de Penguin Random House LLC
© 2023, 2024, Penguin Random House Grupo Editorial, S. A. U.
Travessera de Gràcia, 47-49. 08021 Barcelona
© 2023, Noemí Jiménez Furquet, por la traducción
Diseño de la cubierta: Adaptación de la cubierta original de Lila Selle
basada en el diseño original de Sam Palencia / Penguin Random House Grupo Editorial
Imagen de la cubierta: © Sam Palencia

Penguin Random House Grupo Editorial apoya la protección de la propiedad intelectual. La propiedad
intelectual estimula la creatividad, defiende la diversidad en el ámbito de las ideas y el conocimiento,
promueve la libre expresión y favorece una cultura viva. Gracias por comprar una edición autorizada de
este libro y por respetar las leyes de propiedad intelectual al no reproducir ni distribuir ninguna parte
de esta obra por ningún medio sin permiso. Al hacerlo está respaldando a los autores y permitiendo
que PRHGE continúe publicando libros para todos los lectores. De conformidad con lo dispuesto en el
artículo 67.3 del Real Decreto Ley 24/2021, de 2 de noviembre, PRHGE se reserva expresamente los
derechos de reproducción y de uso de esta obra y de todos sus elementos mediante medios de lectura
mecánica y otros medios adecuados a tal fin. Diríjase a CEDRO (Centro Español de Derechos
Reprográficos, http://www.cedro.org) si necesita reproducir algún fragmento de esta obra.

Printed in Spain – Impreso en España

ISBN: 978-84-1314-920-2
Depósito legal: B-16.069-2024

Compuesto en Llibresimes
Impreso en Liber Digital, S. L.
Casarrubuelos (Madrid)

BB 4 9 2 0 2

Un beso en Lovelight

B. K. BORISON

Traducción de Noemí Jiménez Furquet

Para E., mi historia de amor favorita.
Y para Ro, el mejor felices para siempre

Christmas Eve will find me
Where the love-light gleams.
I'll be home for Christmas
If only in my dreams.

La Nochebuena me encontrará
donde brilla la luz del amor.
Volveré a casa por Navidad
aun en una ensoñación.

1

—Luka, escucha. —Me reclino en la silla y remuevo la pila de papeles que hay sobre el armario archivador a mi espalda, maldiciendo entre dientes cuando rozo apenas la esquina con los dedos y todos caen al suelo en cascada cual remolino blanco—. Mira, necesito que dejes de hablar de pizza un momento.

Al otro lado de la línea se produce una pausa.

—Estaba llegando a lo más interesante.

Lo que quiere decir es que estaba llegando a la parte en la que habla largo y tendido sobre queso elaborado en casa, y no creo que ahora mismo pueda soportar oírlo explayarse con tal nivel de detalle sobre la mozzarella. Como buen analista de datos, Luka es exhaustivo hasta decir basta. Sobre todo con el queso. Me froto el entrecejo para mitigar la punzada de dolor.

—Lo siento, pero quería hablarte de otra cosa.

—¿Va todo bien? —Se oye un claxon de fondo, una palabrota en voz baja de Luka y el sonido rítmico del intermitente cuando cambia de carril.

—Todo va… bien. —Bajo la mirada a las hojas de cálculo con presupuestos que tapizan el suelo y me estremezco—. Muy bien. Bueno, bien, quiero decir. Yo solo… —La poca confianza con la que inicié la conversación me abandona y me derrumbo en la silla. Esta semana, siempre que he llamado a Luka o me ha llamado él, me he acobardado. No creo que esta vez vaya a ser distinto—. En realidad tengo que dejarte. Me está llamando un proveedor.

Le frunzo el ceño a mi reflejo en la pantalla del ordenador. Tengo bolsas bajo los ojos, el carnoso labio inferior enrojecido de mordisqueármelo por los nervios y la mata de cabello oscuro enroscada en un moño que le pegaría más a una muñeca victoriana poseída.

Tengo tan mala pinta como nuestras hojas de presupuestos.

—No te está llamando ningún proveedor, pero por ahora te seguiré el rollo. —Luka suena divertido—. Dame un toque cuando hayas acabado de trabajar, ¿vale? Así hablaremos de lo que sea a lo que llevas dando vueltas toda la semana.

Mi reflejo frunce aún más el ceño.

—Quizá.

Luka se ríe.

—Vamos hablando.

Cuelgo el teléfono y resisto las ganas de lanzarlo a la otra punta de la habitación. Luka tiene un don para sacarme todo lo que llevo dentro y ahora mismo no me apetece. Ni ahora ni nunca, la verdad, pues tengo miedo a lo que encontrará cuando empiece a recabar datos.

El teléfono me vibra en la mano por un mensaje entrante y lo dejo boca abajo sobre un montón de facturas. Cuando vuelve a vibrar, me pellizco el puente de la nariz.

Al ritmo que llevan nuestras finanzas pronto me quedaré sin opciones. Había creído…, supongo que imaginaba que ser propietaria de un vivero de árboles de Navidad sería romántico.

Soñaba a lo grande con unas Navidades llenas de magia. Niños correteando entre los árboles. Padres robándose besos mientras beben chocolate caliente. Todo lo que dicen las canciones de Navidad. Parejas jóvenes que de repente se encuentran bajo el muérdago. Guirnaldas de luces y calcetines enormes. Pasamanos pintados de rojo y blanco. Galletas de jengibre. Bastones de caramelo de menta.

Y al principio fue genial. Nuestra temporada inaugural no podría haber sido más mágica.

Pero desde entonces ha sido una cosa detrás de otra.

Estoy endeudada hasta las cejas con un proveedor de fertilizantes al que, qué oportuno, se le olvida mi entrega un mes sí y otro no. Tengo una plantación forestal entera que parece salida de una peli de Tim Burton y hay una familia de mapaches que se ha propuesto apoderarse por las malas del granero de Santa Claus. En resumen, no es un mágico paraíso invernal.

Es un gélido paisaje infernal del que nadie puede escapar decorado con un bonito lazo rojo.

Me siento como si me hubieran mentido. Y no solo cada una de las películas de Hallmark que he visto, sino también el anterior dueño de la finca. A Hank se le olvidó mencionar que había dejado de pagar las facturas meses atrás y que, como nueva propietaria, yo heredaría la deuda. En su momento me pareció que había encontrado una ganga. La finca se vendía a buen precio y tenía un montón de ideas para expandirla y publicitarla. Con un poquito de cariño, el pequeño vivero podía convertirse en algo grande. Ahora solo me siento estúpida. Me da la impresión de que, deseosa de crear algo especial, no hice caso de las señales de alarma.

Me cegó el abeto de Douglas.

Pero tengo una solución. Lo que pasa es que no estoy segura de que el mensaje que aparece en lo alto de mi buzón de entrada sea una opción que estoy dispuesta a explorar.

Con toda sinceridad, llegados a este punto, vender mis propios órganos me da menos miedo.

—Estelle.

Doy un respingo cuando Beckett entra como un vendaval en mi oficina y, del susto, empujo con el brazo la taza de café, un helecho medio muerto y un montón de ambientadores con olor a pino. Todo se cae al suelo encima de mi sistema de clasificación destruido. Lanzo una mirada asesina a mi silvicultor jefe.

—Beckett. —Suspiro y el dolor de cabeza que siento por detrás de los ojos se extiende y se me enrosca en la base del cráneo. El hombre es físicamente incapaz de entrar en un cuarto de una manera normal, con sutileza. Trae barro pegado en las rodillas, por lo que arrugo aún más el entrecejo. Debe de venir de la plantación sur—. ¿Ahora qué pasa?

Sortea por encima el montón formado por la planta, los ambientadores y el café y acomoda su corpachón en la silla dispuesta frente a mi escritorio: una cosa horrible y pequeñísima en cuero que encontré al borde de la carretera. Quería retapizarla con un suntuoso terciopelo verde, pero entonces llegaron los mapaches. Y luego, la valla de la carretera, que se vino abajo dos veces sin venir a cuento.

Así que ahí sigue, con su horroroso cuero marrón cuarteado y sus pedacitos de relleno que se le salen y caen al suelo. Se diría una metáfora.

Beckett se queda mirando los árboles deslucidos que decoran la moqueta, el cartón combado por las esquinas. Una de sus cejas sale disparada hacia lo alto de la frente.

—¿Te importaría explicarme por qué tienes en la oficina setenta y cinco ambientadores de los que venden en la gasolinera?

Nadie como Beckett para olvidar disculparse y empezar a indagar en asuntos personales. El teléfono suena de nuevo. Tres ráfagas en rapidísimo *staccato*. O es Luka con su disertación sobre la consistencia del borde de las pizzas u otro proveedor reclamando un pago atrasado.

La ceja de Beckett asciende aún más.

—O mejor abramos la segunda puerta misteriosa. ¿Te importaría explicarme por qué estás ignorando a Luka?

Odio cuando Beckett se hace el listo. Casi siempre salgo malparada. Es demasiado avispado, a pesar de la imagen de gañán que le gusta dar la mayoría del tiempo. Me agacho, recojo uno de los ambientadores y lo guardo en el cajón inferior de mi escritorio, con el resto. Menudo montón de cordones enredados, olor a pino rancio y sentimientos no correspondidos. Un arbolito por cada vez que Luka ha estado en casa desde que éramos unos críos de veintiuno. Normalmente me los encuentro a la semana o dos de que se haya ido, ocultos en algún escondrijo. Bajo la bola de nieve o el teclado del ordenador.

Encajado en el filtro de la cafetera.

—No lo estoy ignorando y sí me importaría —farfullo. Paso de contarle nada, perdón y gracias—. ¿Te importaría a ti explicarme qué has averiguado esta mañana?

Beckett se quita la gorra y se pasa los dedos por el cabello rubio oscuro, en el que deja algún que otro resto de barro. Tiene la piel bronceada por el sol y por pasarse el día en los campos; la camisa de franela remangada hasta los codos muestra una disonancia de colores y tinta en sus antebrazos. Todas las mujeres del pueblo están locas por él, lo que quizá explique por qué no se pasa por allí.

Y quizá explique también por qué me miró mal cuando le sugerí editar un calendario tipo «silvicultor buenorro» para mejorar nuestros beneficios.

Os juro que no tendría preocupaciones financieras si me permitiese lanzarlo al mercado.

—No lo entiendo —murmura, rascándose el mentón con el pulgar.

Si Cindy Croswell estuviera aquí en este momento, caería muerta al instante. Trabaja en la farmacia y a veces, cuando entra Beck, se hace la sorda para que tenga que inclinarse hacia ella y gritarle al oído. Una vez hasta vi a esa vieja bruja fingir tropezarse con un estante para que Beckett la ayudara a incorporarse. Un caso perdido.

—Esos árboles probablemente sean los que menos compromiso me hayan exigido jamás. —Esa frase oculta un chiste en alguna parte, pero, la verdad, no tengo energías para sacarle punta. Mis labios se curvan hacia abajo hasta igualar su expresión—. No se me ocurre un solo motivo por el que los de la plantación sur parezcan... parezcan...

Me viene a la cabeza la forma en que los árboles que crecen al pie de las colinas se curvan y retuercen, la textura frágil de la corteza. Las agujas débiles y tristes.

—¿Una versión tétrica del árbol de Navidad de Charlie Brown?

—Sí, justo eso.

Por extraño que parezca, hay mercado para los árboles de Navidad tristones. Pero estos no entran dentro de esa categoría. Estos son insalvables. El otro día fui a verlos y juraría que uno se desmoronó al mirarlo. No me imagino a ninguno de esos ejemplares luciendo en casa de nadie, ni siquiera de forma irónica. Me pellizco el labio inferior con el pulgar y realizo unos cálculos mentales a toda prisa. Esa parcela tiene docenas de árboles.

—¿Nos apañaremos sin ellos?

Beckett parece preocupado, pero tiene motivos de sobra para estarlo. Es otro golpe que no nos podemos permitir. Como director de operaciones silvícolas, se merece la verdad: nuestro negocio pende de un hilo. Pero las palabras no me salen. Se lo jugó todo a una carta cuando dejó su trabajo en una explotación agrícola para trabajar conmigo. Sé que cuenta con que la empresa sea un éxito, con que se cumplan todas las promesas que le hice.

Y hasta ahora, gracias a mis ahorros, así ha sido. He tenido que apretarme el cinturón y cenar ramen más noches de las que debería, pero nadie del personal del vivero ha visto su sueldo reducido. Eso no estoy dispuesta a sacrificarlo.

Aunque no podemos seguir así para siempre. Algo tiene que cambiar, y pronto.

Vuelvo la mirada a la pantalla del ordenador, al mensaje en lo alto de mi buzón de entrada.

—Bueno… —Me muerdo el labio inferior. De perdidos al río y todo ese rollo. Si Beckett quiere que lleguemos a la próxima temporada con el vivero de una pieza, hay algo que puede hacer. Respiro hondo y reúno el poco coraje que no me abandonó durante la llamada a Luka—. ¿Quieres ser mi novio?

Si la situación no fuera tan grave, me reiría por la cara que ha puesto. Parece que le hubiera pedido que saliese a los huertos a enterrar un cadáver.

—¿Es una…? —Se remueve en la silla; el cuero se ríe bajo sus piernas—. Stella, yo no… La verdad es que no te veo… Eres como mi…

¿Cuándo fue la última vez que vi tartamudear a este hombre? La verdad es que ni me acuerdo. Tal vez fuera cuando Betsey Johnson trató de meterle mano delante de un grupo de escolares durante su presentación por el Día del Árbol en el centro de secundaria del pueblo.

—Relájate. —Empujo con la punta de la bota un ambientador para acercármelo—. No me refiero a un novio de verdad.

Estoy tan concentrada en arrastrar el pedazo de cartón hacia mí que no veo que Beckett se endereza como un palo sobre la silla. Lo único que veo es su pierna, que se mueve arriba y abajo a mil por hora. Ahogo una carcajada. Al levantar la vista, tiene los ojos como platos y se diría que estoy apuntándole a la sien con una pistola. Su cara luce la misma expresión aprensiva y abochornada que muestra cada vez que pone los pies en el pueblo.

—Stella... —Traga saliva—. Esto..., ¿me estás pidiendo salir?

—¿Qué? Ay, madre, Beckett... —No puedo evitar que un escalofrío me recorra todo el cuerpo. Lo adoro, pero... Ni de coña—. ¡No! Por Dios, ¡¿es eso lo que piensas de mí?!

—¡¿Lo que pienso yo?! ¿Qué piensas tú? —Su voz ha alcanzado un registro que jamás le había oído hasta ahora. Gesticula como loco con la mano; es evidente que no sabe qué hacer—. ¡Esto pasa de castaño oscuro, Stella!

—¡Me refiero a un novio de mentira! —chillo, como si fuese obvio.

Como si fuera normal pedirle algo así a un amigo de lo más platónico. Como si mi imaginación hiperactiva y media botella de *sauvignon blanc* no hubieran sido las que me metieron en este lío. Hago clic en el mensaje para abrirlo y fijo la mirada en él con tristeza, sin hacer caso del confeti que explota y comienza a caer por la pantalla. Lo leo tres veces seguidas y finjo que Beckett no me está perforando un lado de la cabeza con los ojos.

—He hecho una cosa —admito, sin decir nada más.

—Una cosa —repite.

En respuesta, murmuro en asentimiento.

—¿Quieres contarme qué tipo de cosa?

No.

—Eh...

Como si la hubiera convocado solo con mi fuerza de voluntad, Layla entra de puntillas en la oficina, precedida de una bandeja al atravesar el umbral. Huele a canela, arándanos secos y un toque de vainilla.

Bizcocho de calabacín.

Cual ángel que descendiera del cielo, ha traído bizcocho de calabacín. Lo único que siempre, pero siempre, distrae a Beckett. Este emite un ruido que roza lo obsceno y que me planteo grabar para subirlo a OnlyFans. Eso sí que me reportaría algunos dólares: «Silvicultor buenorro come bizcocho de calabacín». Me río para mis adentros. Beckett alarga las manos mugrientas hacia la bandeja, pero Layla le golpea los nudillos con una cuchara de madera que se saca del... bolsillo trasero, creo. Luego deposita la bandeja con todo el cuidado en la esquina de mi escritorio. Al echar un vistazo, casi rompo a llorar. Le ha añadido pepitas de chocolate.

—Te he preparado esto, jefa.

Le da un empujoncito con el extremo de la cuchara y apoya la barbilla delicadamente en una mano.

Mientras que Beckett se diría un rudo ermitaño con el encanto de una bolsa de papel, Layla Dupree ilumina cualquier habitación al entrar con su dulce hospitalidad sureña y su humor ingenioso y directo. Llama la atención con sus ojos de un color avellana casi transparente y su cabello oscuro y corto. Es amable hasta el extremo y prepara el mejor chocolate caliente del área triestatal. La fiché para que se ocupara de la restauración de mi pequeño vivero en cuanto probé una de sus galletas de pepitas de chocolate durante la venta de pasteles organizada por la estación de bomberos. Constituye el tercer miembro de nuestro pequeño y humilde trío y si me trae dulces es que quiere algo.

Algo que probablemente no me pueda permitir.

Me meto una rebanada en la boca antes de que me pregunte, decidida y empeñada en disfrutar al menos de algo antes de tener que decirle que no.

El teléfono también se nos adelanta, zumbando con alegría sobre el escritorio. Layla parpadea e intercambia una mirada con Beckett antes de volverse hacia mí.

—¿Por qué ignoras a Luka?

—No lo estoy... —Mi negativa se ve acompañada por una lluvia de migas doradas, crocantes y deliciosas—. No estoy ignorando a Luka.

Lo que se oye es más bien: «Noz toz nodand uka».

Layla murmura entre dientes y se gira.

—Bueno, he estado pensando. —Bingo—. Si añado unos fogones más en el rincón de la cocina, prácticamente doblaría la producción. Quizá hasta podríamos preparar alguna cosa empaquetada por si la gente quiere llevarse una cestita a los campos.

Beckett se cruza de brazos mientras sigo masticando el enorme bocado. Por el momento hago caso omiso de Layla y clavo la mirada en él.

—Aún está caliente —le aviso.

Beckett gruñe.

Layla se rinde y pone los ojos en blanco al tiempo que coge una rebanada de lo más alto y se la ofrece.

—Si la gente empieza a dejar basura en las plantaciones, voy a tener un problema —refunfuña Beckett.

Se mete la rebanada entera en la boca y, embelesado, se deja caer a plomo sobre el respaldo de la silla, por lo que el cuero vuelve a soltar un quejido de derrota nada halagüeño. Yo estoy a punto de hacer lo mismo.

—Me encanta la idea, pero de momento vamos a tener que posponer las compras de envergadura. —Pienso en el lamentable numerito que aparece en mi cuenta de ahorros. En que apenas he sido capaz de cubrir los gastos ordinarios de este último trimestre.

A Layla se le borra la sonrisa de la cara y extiende la mano hasta la mía. Me roza los nudillos una sola vez. Es un gesto amable que no merezco, dado que no he sido del todo sincera sobre lo mal que están las cosas ahora mismo.

—¿Vamos bien?

—Vamos… —busco una palabra que exprese «pendientes de un hilo»— tirandillo.

Beckett termina por tragarse ese pedazo absurdo de comida y estira una pierna.

—De hecho, era de lo que estábamos hablando ahora mismo. Stella me ha pedido salir.

—Ah, ¿sí? Interesante. Aunque no entiendo qué tiene que ver con el estado de nuestro negocio.

—Ya, yo tampoco. Pero es lo que me ha contestado cuando le he hecho la misma pregunta.

—¿A mí también vas a pedirme salir?

Pongo los ojos en blanco y decido no dignarme responder. En cambio, giro el monitor para que ambos vean el confeti animado en todo su esplendor. Beckett ni se inmuta, pero Layla levanta los brazos al aire y lanza un chillido tan agudo que me estremezco.

—¿Es en serio? —Se agarra al borde del escritorio y se inclina hacia delante hasta casi pegar la nariz a la pantalla—. ¿Eres finalista en lo de Evelyn Saint James?

A Beckett se le va la vista al bizcocho de calabacín en precario equilibrio sobre el borde de la mesa, los ojos vidriosos como si estuviera drogado.

—¿Alevín San qué?

Layla vuelve a propinarle un golpe en los nudillos sin siquiera mirarlo.

—Es una influencer.

Beckett pone cara rara.

—¿Es una movida política?

—Pero ¿tú vives en este siglo? Es una persona famosísima en redes. Reseña lugares. Como un minicanal de viajes o así.

Siento un pequeño arrebato de orgullo. Es «la» influencer en cuanto a destinos que merece la pena conocer. Aparecer en su cuenta equivale a miles de dólares en publicidad, miles de dólares que nunca han entrado en mi presupuesto. Convertiría nuestro vivero en un sitio que la gente querría visitar, no un mero lugar de paso para la gente de aquí. Y el premio de cien mil dólares en efectivo permitiría que nos mantuviéramos a flote otro año, si no más.

Lástima que mintiera en la solicitud.

—¿Y qué tiene que ver con pedirle salir a Beckett?

—Yo no... no le he pedido salir. —Vuelvo a girar el monitor y minimizo el correo. Me tamborileo el labio con los dedos y recuerdo la noche en que me metí en este lío. Había estado charlando por videollamada con Luka, un poco achispada por el vino blanco y las arruguitas que se le formaban en los ojos.

Estaba contándome no sé qué chiste chorra sobre unos sándwiches de jamón y se reía tanto que no era ni capaz de acabarlo. Aún no sé cuál era el remate—. Puse en la solicitud que el vivero era propiedad mía y de mi novio —farfullo mientras se me encienden las mejillas. Me apuesto lo que sea a que estoy más roja que las puertas del granero—. Pensé que sería más romántico que poner: «Una mujer triste y sola que lleva diecisiete meses sin tener una cita».

—Espero de corazón que estés tirándote a alguien.

—¿Por qué vas a necesitar un novio para tener éxito?

Layla y Beckett hablan a la vez, aunque, siendo justos, mi restauradora es mucho más agresiva, pues se inclina hacia delante en la silla y lanza su comentario sobre mi vida sexual a voz en grito. Luego se deja caer hacia atrás, la boca abierta y la mano en el pecho con ademán dramático.

—¡Qué barbaridad! No me extraña que… —me señala con la cuchara y trato de no ponerme aún más roja; es probable que ya roce el carmesí— que estés como estás.

Me remuevo en la silla y prosigo. No hace falta decirle a Layla que salir con alguien en un pueblo pequeño tiene sus complicaciones, y no digamos tener algo sin ataduras.

—Va a pasar cinco días aquí para hacer una entrevista en persona y sacarnos en sus perfiles sociales. En cuanto a lo del novio, no sé. Supongo que imaginé que haría que el lugar sonase más romántico. A ella le encantan estas cosas.

Beckett se zampa otro pedazo de bizcocho de calabacín. Se está aprovechando del estado de conmoción y asombro de Layla ante mi celibato.

—A ver, eso es una gilipollez como una catedral.

Me quedo mirando a Beckett.

—Gracias. Una opinión muy útil.

—Ahora en serio. —Parte en dos la rebanada de bizcocho de calabacín—. Quien ha convertido este lugar en un sitio alucinante eres tú. Solita. Deberías estar orgullosa. Añadir un novio no hace que tu historia sea más o menos importante.

Parpadeo con incredulidad.

—A veces se me olvida que tienes tres hermanas.

—Solo te doy mi opinión —responde, encogiéndose de hombros.

—¿Estás seguro de no querer fingir que me encuentras irresistible durante una semana?

Layla niega con la cabeza, recuperada al fin de su estado de trance.

—Mala idea. ¿Alguna vez lo has visto intentando mentir a alguien? Es horrible. Siempre que tiene que bajar al pueblo a hacer la compra, se convierte en un lelo que solo suelta monosílabos.

Eso es cierto. Más de una vez le he tenido que recoger el pedido en la carnicería. Estoy convencida de que se ha hecho agricultor para no tener que pasarse con tanta frecuencia por la tienda de comestibles. A Beckett no le gusta la gente y menos aún que la mitad del pueblo trate de ligar con él cada vez que baja. A veces tengo la impresión de que Layla y yo somos las únicas inmunes a su considerable falta de encanto, pero imagino que es lo que pasa cuando una lo ha visto murmurarles groserías a los árboles día sí y día también.

Y cuando el corazón de una lleva casi diez años penando por la misma persona sin esperanza.

Agarro otra rebanada de bizcocho de calabacín y empiezo a mordisquearlo mientras sopeso las opciones. Las que no impliquen a Luka, claro. Podría proponérselo a Jesse, el propietario del único bar del pueblo. Pero es probable que piense que hay algo más y no tengo ni tiempo ni ganas de andar rompiendo de verdad con un novio de mentira. Quizá podría echar un vistazo a algún servicio de acompañantes. Porque los hay, ¿no? Quiero decir: esa es la razón de existir de los servicios de acompañantes, ¿verdad? De gente que…, yo qué sé, ¿acompaña a otra gente?

Me aprieto los ojos con los dedos, sin darme cuenta de que aún tengo una rebanada de bizcocho de calabacín en la mano. Parece que la respuesta es obvia, pero es que… me muero de miedo.

—Ahí está —murmura Beckett, y tengo que hacer un esfuerzo sobrehumano para no lanzarle el bizcocho a la cara—. Acaba de darse cuenta.

—No sé por qué te pones así. Es una solución sencillísima. Él lo haría sin pestañear.

Lanzo una mirada a Layla a través del abanico de mis dedos. Luce una sonrisita petulante. Solo le falta el monóculo y un gato calvo al que acariciar, a lo James Bond. Se me escapa por qué en algún momento pensé que era pura dulzura. La mujercita pica que da gusto.

—Pídeselo a Luka.

2

Hay un bar en el pueblo al que nos gusta ir a Luka y a mí. La cerveza es barata, los suelos están pegajosos y si le arreo a la máquina de discos en la esquina inferior derecha pone a Ella Fitzgerald trece veces seguidas, ni una más ni una menos. Es perfecto.

Pero, a veces, los sábados por la noche, cuando se llena de gente y los cuerpos se aprietan, me cuesta mantener mi espacio. Envalentonada por el whisky, es inevitable que alguna mano aterrice en mi culo o que un guaperas medio bobo que se cree un encanto y un regalo de la naturaleza me mire el escote. Entonces, sin excepción, Luka desliza la mano por mi hombro, bajo la melena, y me aprieta la nuca. Me acerca a él y apoya la barbilla en lo alto de mi cabeza. Ahí, acurrucada contra su cuerpo, encajo a la perfección. Ese es mi espacio.

Alguna que otra vez, en el silencio de la noche, he pensado en ello. En la sensación de su mano sobre mi piel, su palma rodeándome con delicadeza la nuca con un movimiento posesivo y, a la vez, reverente. He pensado en cómo sería que tensara los dedos, ascendiera por mi pelo, tirase de él y me ladease la cabeza hasta que su boca encontrase la mía.

He pensado un montón de cosas en lo que se refiere a Luka. Cosas que una no debería pensar en relación con su mejor amigo.

Nos conocimos a mis veintidós años. Me choqué de frente

con él mientras yo salía de la ferretería, envuelta en una nube de pesar que no era capaz de quitarme de encima. Se me pegaba como una manta incómoda y pertinaz desde el fallecimiento de mi madre, justo tres meses antes. Recuerdo estar parada en un pasillo, sosteniendo sendos juegos de tornillos y tuercas que ni siquiera iban juntos, resuelta a hacer algo con toda mi apática energía. Construir una casa para pájaros. Una estantería nueva para el pasillo.

Me tropecé con Luka en los escalones de entrada mientras salía y me agarró de los codos para evitar que me cayera. Recuerdo quedarme mirando su pelo de color caramelo, que se le empezaba a rizar por debajo de la gorra de béisbol; su sonrisa curvada por un lado de la boca antes que por el otro. Me di cuenta de que, por primera vez en mucho tiempo, volvía a sentir algo. Luka se aclaró la garganta, afianzó mis brazos y me preguntó si me apetecía un sándwich de queso fundido. Ni hola ni qué tal estás. Tan solo: «¿Quieres ir a comer un sándwich de queso fundido?».

No sé qué hizo que accediera. Llegados a aquel punto apenas le hablaba a gente que conocía desde hacía años. En los momentos buenos existía. En los malos, apenas me mantenía en pie. Pero fui con Luka y comí un sándwich de queso fundido en el pequeño café del pueblo. Resultó que su madre acababa de mudarse a Inglewild y él estaba ayudándola a establecerse. Le ofrecí la quincalla que había terminado eligiendo y se le escapó una carcajada de sorpresa. Aún recuerdo el roce de sus dedos en mi palma cuando cogió la estúpida llave de mariposa que acababa de comprar sin necesidad.

Luka dijo que era el destino. Que iba a entrar en la tienda precisamente a comprar esa pieza.

A partir de ahí, desarrollamos una costumbre. Siempre que venía al pueblo, se las ingeniaba para encontrarme y comíamos un sándwich de queso fundido. Y de ahí pasamos a los paseos de media tarde por el parque y a los mercados de productores de buena mañana. A las *happy hour* y a las noches de preguntas y respuestas. Sus visitas a Inglewild se volvieron más frecuentes y me invitó a pasarme por su casa si alguna vez recalaba en Nueva York. Me armé de valor y probé: reservé un billete de bus en un arrebato.

Luka fue llenando los huecos de mi vida con lentitud y cautela, con su sonrisa fácil y sus chistes tontos. Hizo que volviera a ser yo.

Y así ha sido desde entonces.

Una relación frustrante y platónica al cien por cien.

Trato de decirme que esto no cambiará nada. Que pedirle a Luka que finja durante cinco días no será más que... un amigo que ayuda a otro. Que yo haría lo mismo por él, por Beckett o por Layla. No tiene por qué... No tiene por qué significar lo que sea que mi mente cree obsesivamente que significa.

Cuando Layla lo ha sugerido no ha sido la primera vez que se me ha pasado por la cabeza. Por supuesto que lo he pensado. Llevo toda la semana tratando de pedírselo. Luka es el motivo por el que lo puse en la solicitud. Llamadlo fantasía o pensamiento ilusorio, pero sé a quién imaginaba cuando escribí esas palabras.

No obstante, tengo la sensación de que es cruzar una línea que los dos hemos tenido cuidado de no traspasar. Una línea que he respetado con todo el cuidado. Luka es la primera persona en mi vida que no ha desaparecido. Es más que mi mejor amigo, es tradición y familiaridad. Es Pop-Tarts caseras el primer sábado de cada mes. Es visionados nocturnos de *La jungla de cristal* al calor pegajoso del verano, los dos teléfonos en modo de chat sobre nuestras respectivas mesitas de centro. Es pizza con extra de champiñones, salsa ligera y un borde que ha de ser perfecto.

La relación que tengo con él es lo más parecido a una familia. Ni puedo ni me atrevo a ponerla en riesgo por la oportunidad de ver en qué podría convertirse.

Aunque me lo pregunte. Aunque el motivo por el que llevo diecisiete meses sin estar con nadie sea que no puedo evitar comparar a todos los hombres con Luka y terminar siempre decepcionada.

Pero puede que esta idea, que esta relación falsa, sea la solución. Al cabo de una semana de fingir ser pareja, podré pasar página. Podré superarlo a él. Podré dejar de preguntarme y de comparar y seguir adelante.

Al fin y al cabo, si hubiera tenido que pasar algo con él, ¿no habría pasado ya?

La idea me molesta como una vieja magulladura, una de esas que oprimes de vez en cuando con el pulgar para notar un dolor sordo. Porque, si soy sincera, ha habido momentos en los que he creído que él también podría querer algo distinto. Momentos tras una noche de alcohol en los que lo pillo con la mirada fija en la curva de mi hombro o en el bulto de mi labio inferior. En los que sus toques son más libres. Una mano en mi cadera mientras me hace girar por la minúscula pista de baile. Su frente tocando la mía. Momentos suspendidos en el tiempo durante años, nunca más de un segundo o dos. Pero siempre suficientes para hacerme sentir que tal vez me desee del mismo modo en que yo siempre lo he deseado. Como más que amigos.

Más que todo.

Pero oprimo la magulladura y me digo que es mejor así.

Porque esta es la manera de conservarlo a mi lado.

—No estoy segura de que esa semana vaya a estar en el pueblo —respondo a Layla tras el largo paseo por mis recuerdos, muy consciente de que la excusa es, cuando menos, endeble.

Me dirige una mirada inexpresiva.

—Vive a tres horas. Además, ¿no lo he visto por aquí como dos veces este mes ya?

Beckett decide que es un momento idóneo para meter baza.

—¿Y no le pediste que viniera para el concurso de mermeladas de fresa en abril?

Me hundo aún más en el asiento.

—Le encanta la mermelada de fresa.

Beckett se levanta de la minúscula silla de cuero y se limpia las manos en los muslos. Oficialmente se ha desentendido de la conversación. En su mente ya se encuentra en algún lugar entre los abetos balsámicos, canturreando una cancioncilla y con una nueva rebanada de bizcocho de calabacín entre las manos amorosas.

—Me largo —anuncia antes de darse la vuelta.

Layla se levanta de un salto para marcharse con él y le rodea el codo con la mano antes de que se vaya demasiado lejos. Me apunta con un dedo amenazante.

—Pídeselo a Luka o se lo pediré yo por ti.

No quiero ni pensar lo que supondría. Con toda probabilidad, una presentación en PowerPoint. Y con toda seguridad, mi humillación total y absoluta.

Como si de una señal se tratara, el teléfono vibra y se desplaza por la mesa. Emite un zumbido largo y violento antes de detenerse. Le doy la vuelta con cuidado y me quedo mirando las notificaciones mientras una tormenta perfecta de ansiedad se me desata en las tripas y me asciende hasta los hombros.

7 mensajes
Luka Peters
3 mensajes
Charlie
1 mensaje
Charlie, Brian Milford, Elle Milford

Mierda. No hay mucha gente que tenga a su padre en la agenda con nombre y apellidos, pero eso resume a la perfección la relación que tenemos. Decido lidiar primero con él.

16.32
Brian Milford
Celebraremos la cena de Acción de Gracias el primer fin de semana de noviembre. Estelle, trae una tarta de calabaza.

Que lleve una tarta de calabaza. Perfecto. Me apuesto lo que sea a que, si fuera de las que guardan los mensajes, tendría exactamente el mismo de ese día y esa hora del año pasado. No estoy segura de que mi padre me haya mandado nunca nada más allá de este pequeño detalle. Y eso explica también los tres mensajes de Charlie. Borro el chat grupal con mi padre, su mujer y mi hermanastro y paso sin más al siguiente mensaje.

16.37

Charlie

Menuda labia que tiene, ¿eh?

16.47

No dejes que te afecte.

Te reto a que la traigas de pecanas.

Suelto una risotada y le envío un gif tonto: una imagen de un perro entre llamas que resume a la perfección los sentimientos que me inspira que me convoquen como si fuera una mocosa insoportable. Mi padre no celebra con su familia Acción de Gracias el primer fin de semana de noviembre, pero es cuando me invita a mí para poder tacharlo de su lista anual de festivos. Tal vez así se sienta menos culpable por el modo en que nos dejó tiradas a mi madre y a mí, o puede que Elle lo obligue a hacerlo. Sea cual sea el motivo, es una cena muy incómoda, en la que los silencios solo se ven interrumpidos por los intentos bienintencionados de Charlie de entablar una conversación y los murmullos malhumorados entre dientes de mi padre.

Desde luego que voy a llevar tarta de pecanas.

A continuación, cuando el estrés del día ya hace mella en mi ánimo, abro los mensajes de Luka. Creo que esta va a ser una noche de vino peleón, *Algo para recordar* y pizza en la cama.

16.15

Luka

¿Qué tal la llamada con tu proveedor?

Por cierto, te pones muy mona cuando me mientes.

Además, ¿por qué hay tres episodios de *Aventura en pelotas* descargados en mi tele? ¿Te me han cambiado?

A veces se me olvida que compartimos servicios de *streaming*. Gracias a Dios que las pelis guarras de Netflix las vi donde de Layla.

16.59
Luka
Charlie me está escribiendo no sé qué de una tarta de
pecanas.
Ay, Dios.
¿Layla ahora hace tarta de pecanas?

No debería sentir una punzada de celos por una tarta, pero
sí, así es. A esto me reduce Luka.

17.02
Luka
Están poniendo otra vez *Algo para recordar* en HBO.

Cierro los ojos y me apoyo el móvil en la frente. Me doy dos
golpecitos con él y tomo una decisión. Voy a hacerlo. Voy a pedírselo. Voy a pedírselo y no se va a acabar el mundo.

17.31
Stella
¿Te importa que hablemos por FaceTime esta noche?
Tengo que pedirte un favor.

El teléfono me suena casi de inmediato; una fotografía de
Luka de hace cinco años ocupa toda la pantalla. Es de cuando
lo obligué a probar siete pizzerías distintas en un solo día porque no encontraba una salsa que me gustase. En la foto lleva un
gorro ridículo con forma de porción de pizza gigante. Da toda
la vergüenza.
Me encanta.
Dejo que suene un par de veces más mientras trato de canalizar una versión más resiliente de mí misma. Una versión que
tal vez no tenga la camiseta manchada del jarabe de arce de los
gofres que esta mañana se ha comido por el estrés.
Puedo hacerlo. Puedo pedirle a Luka algo así de sencillo y
que nada cambie.
—¡Hola!

Sueno exageradamente alegre y forzada y me responde un silencio atronador. Se oye un movimiento amortiguado, una puerta cerrándose y un resoplido.

—¿Puedes decirme qué pasa, por favor?

Me pongo a juguetear con un ambientador de pino que no he tirado en el cajón inferior, rodando el cordel adelante y atrás con el pulgar.

—¿Qué quieres decir?

Es oficial: soy una mentirosa patológica.

—Llevas toda la semana rarísima.

—¿Yo...? Para nada.

—Ahora mismo lo estás —responde. Vuelve a suspirar y oigo un ruido, como si se hubiera dejado caer en la cama. Me lo imagino con las piernas abiertas cual estrella de mar, los tobillos colgando por el borde—. Venga ya, La La. ¿Qué te pasa? Ni me acuerdo de cuándo fue la última vez que me pediste un favor.

Frunzo el ceño, giro en la silla y miro por el ventanal en saledizo que da a los árboles. Nos encontramos en un lugar bastante aislado, pero si bajas por el estrecho camino de tierra que conduce a nuestro vivero, encontrarás el diminuto Inglewild. Hace unos veinte años, alguien trató de rebautizarlo como la Pequeña Florencia, comparándonos con la preciosa ciudad italiana. Supongo que lo hizo con idea de atraer a más turistas de paso por D. C. o Baltimore. Por desgracia para la campaña de marketing, Inglewild y Florencia tienen cero cosas en común. No cuajó.

—Hace como un mes y medio —respondo—. Te pedí que me trajeras unos diez litros de helado de chocolate de la tienda de alimentación de debajo de tu apartamento. Tuviste que comprar una nevera y todo.

Su risa retumba al otro lado de la línea y se me mete entre las costillas.

—Vale, eso es verdad. Pero estás rara. ¿Qué te pasa?

Me rugen las tripas y lanzo una mirada al reloj. Hay ramen esperándome en la despensa. Y la verdad es que no querría abordar este tema en un lugar donde cualquiera puede entrar. Preferiría con mucho tener una copa de vino en la mano.

—¿Te importa que te llame cuando esté de vuelta en casa?
—Trato de conseguir tiempo mientras jugueteo con el ambientador lanzándolo por la superficie del escritorio. Una marca roja me atraviesa el pulgar de apretar el cordón. Por lo visto, quiero cargar con esta ansiedad un poco más—. Estoy a punto de salir.

—Bueno, te vas a reír —empieza por decir—, pero he venido al pueblo a visitar a mi madre. Llego a tu casa en veinte minutos, ¿te parece?

Mierda.

—Vale, perfecto —respondo con voz ahogada por el pánico. Solo a él se le ocurre. Me recuerdo que se trata de mi mejor amigo y que a lo largo de nuestra dilatada relación he hecho cosas más bochornosas que pedirle que finja ser mi novio. Como aquella vez en que le vomité en el felpudo después de apostarme con alguien que era capaz de beberme una jarra entera de un vino misterioso. O cuando me corté el flequillo y durante dieciocho semanas fui con gorro de pescador siempre que salíamos juntos. Me trago los nervios—. Suena bien.

3

Aunque mi cabaña queda a poca distancia a pie de la oficina, tardo cuarenta y cinco minutos en dejar zanjados los correos electrónicos, recoger mis bártulos y encaminarme a ella. Me apunto que debo contactar con Hank y preguntarle si él notó algún problema en los árboles de la plantación sur. O si le llamó la atención que una familia de mapaches estuviera destrozando el granero. O si tuvo dificultades con el distribuidor de fertilizantes.

Y, de ser así, ¿por qué no me dijo nada?

«Porque sabía que este lugar es un pozo sin fondo y quería mudarse a Costa Rica con su mujer». Mi mente contribuye recordando los pósteres que tuve que despegar de las paredes de la oficina con selvas verde esmeralda y espectaculares cascadas, desvaídos hasta quedar casi blancos de llevar tanto tiempo colgados.

No fui lo que se dice sensata cuando compré el negocio; es probable que me cegara el optimismo. Solo pensaba en la recoleta casita que abraza el rincón de la propiedad; ya me veía acurrucada delante de la chimenea de piedra con una taza de té. Me imaginaba caminando entre filas y filas de árboles tras la primera nevada del año. Un lugar solo mío. Un lugar al que pertenecer... por fin.

De pequeña, mi madre y yo no hacíamos más que mudarnos en busca de la siguiente oportunidad. Me costaba adaptarme cuando nos plantábamos en un nuevo pueblo en el que había trabajo de camarera o para refuerzo de temporada. Y no era que mi madre no lo intentase. Siempre hacía lo posible por que las cosas fueran especiales, por que hubiera una conexión. Procuraba que nos quedáramos en cada lugar todo lo posible y recogía con esmero nuestras escasas posesiones cuando tocaba trasladarse de un lugar a otro. Colgaba una y otra vez el cuadro con la palabra bienvenidos a punto de cruz en la entrada, igual que hacía con los paños de cocina con limas y limones bordados. Pero yo siempre tenía miedo de echar raíces, pues me preguntaba si sería en balde. Si al mes siguiente tendría que arrancarlas y empezar de nuevo en otra parte.

Una ráfaga de viento sopla entre los árboles, me alborota el pelo y me acaricia las mejillas mientras bajo mis botas crujen las hojas caídas de los majestuosos arces que flanquean la linde de la propiedad. Un sendero serpentea a través de una praderita y bordea el margen exterior del huerto de calabazas que comunica la casa con la oficina. La caminata dura cinco minutos cuando hace buen tiempo, pero esta noche voy más lenta, contemplando el descenso del sol, su danza por el firmamento y su luz reflejándose en las hojas. Rojos, naranjas y amarillos bailan a mi alrededor formando un caleidoscopio de colores.

Probablemente no sea casualidad que comprase la finca en octubre. Hay una magia especial en noches como esta, una suerte de nostalgia en la que el pasado se entremezcla con el presente y coquetea con el futuro. Huele a leña del fuego que Beckett tiene encendido en su casa al pie de las colinas, vislumbro la columna de humo que se eleva desde la chimenea. Las ramas se agitan por encima de mi cabeza y las lechuzas ululan, un sonido solemne conforme el sol va bajando. Durante un instante, único y perfecto, me siento dentro del cuadro que mi madre solía fijar a la pared del apartamento que en ese momento considerásemos nuestro hogar.

Una granja. Un tractor rojo. Una niña con las rodillas manchadas de tierra y un bosque ideal de árboles de Navidad a su espalda.

Ese ha sido mi sueño desde que me atreví a soñar.

Una luz me llama la atención en la distancia, un brillo cálido que se derrama sobre la piedra de mi entrada. En cuanto rodeo el último árbol que marca el límite de mi propiedad personal, la puerta delantera se abre y Luka sale y apoya el hombro en el umbral. Resulta casi cómico de lo grande que se ve en el minúsculo porche delantero de mi minúscula casa con mi minúsculo paño de cocina entre las manos. Se lo echa al hombro y cruza los pies por los tobillos. Sonrío al ver que los lleva enfundados en los calcetines que le regalé las Navidades pasadas, los de botellitas de salsa *sriracha*. La boca se le curva en una leve sonrisa, esa que hace que el labio inferior quede más bajo por la comisura izquierda, mientras el viento de octubre le revuelve el pelo, siempre despeinado. Sus cálidos ojos marrones reflejan el sol poniente y parecen casi ámbar a la luz mortecina.

—¿Ahora te dedicas a allanar casas? —pregunto al tiempo que aprieto el paso y percibo un aroma a tomate y albahaca. Si ha preparado las albóndigas de su abuela, puede que jamás lo deje marchar.

—No es allanamiento si tienes la llave —responde.

Me río y su sonrisa se ensancha de forma hermosa. Es un momento que quiero grabarme en el alma para las noches en que me sienta un poquito sola y un muchito triste. Inspiro hondo y tomo conciencia del momento. Los rosas y morados que medio sombrean su rostro, la sudadera tirante en el pecho, el crujido de la vieja madera del porche al pisarla con los calcetines. «La magia está en los detalles», decía siempre mi madre. Y estos son perfectos.

Alcanzo el escalón inferior y Luka sale a mi encuentro; dos brazos fornidos me envuelven los hombros en un abrazo de oso. Huele a salsa marinara y al jabón de manos de vainilla que tengo junto al fregadero y de repente, sin saber por qué, quiero llorar.

—Hola, La La. —Apoya la barbilla en mi coronilla y me estrecha con fuerza—. Cuánto tiempo sin verte.

Deslizo los brazos alrededor de su espalda y apoyo las manos en sus omóplatos. Exhalo con lentitud por la nariz y nos mezo a la par.

—Nos vimos hace dos semanas —murmuro a algún punto de su pecho—. Nos sentamos en el sofá y vimos *Independence Day* dos veces seguidas porque estás obsesionado con Jeff Goldblum.

—Ese traje de piloto tiene algo, ¿verdad?

Se echa hacia atrás, pero deja las manos sobre mis hombros. Me escruta el rostro con sus ojos marrones. Estamos tan cerca que distingo las pecas que se le extienden desde la nariz hasta debajo de los ojos, como una constelación. Cuando ahogo un suspiro, frunce el ceño.

—¿Qué pasa, Stella?

El pánico sigue ahí, por lo que trato de ganar tiempo. Le doy una palmadita en los costados y me pongo de puntillas para mirar por encima de su hombro.

—¿Me alimentas primero?

Arruga el entrecejo, pero asiente al tiempo que desliza las manos por mis brazos con una serie de apretones. Lleva haciéndolo desde el día en que me lo llevé por delante, un un-dos-tres en el que baja desde mis bíceps, pasando por los codos, hasta mis manos. Una vez dentro de casa, se retira a la cocina y, mientras me descalzo en la puerta, veo sus botas dispuestas con cuidado bajo el taquillón. Dejo mis llaves encima de las suyas sobre el plato de cerámica azul que modelé en clase de plástica en el instituto y enrollo la bufanda en el perchero junto a su cazadora vaquera negra.

¿Y no es una bobada adorar el modo en que las cosas de alguien quedan junto a las tuyas? Pequeños fragmentos de una vida vivida en paralelo.

Me quedo mirando la cazadora un minuto de más antes de que Luka me llame desde la cocina para preguntarme por una botella de tinto que guardo en el armario del pasillo. Su memoria me impresionaría si no hubiera sido él quien la trajo y la escondió bajo mis jerséis hace unos meses.

Entro en la cocina con ella en la mano y otra bajo el brazo. Es probable que esta conversación vaya mejor si me infundo valor en estado líquido. Luka mira a su espalda cuando las suelto, uno de sus ojos tapado por un mechón de pelo y el dichoso paño de cocina de los gnomos de jardín remetido en el bolsillo trasero. Resulta absolutamente ridículo y deliciosamente perfecto con sus vaqueros gastados y su sudadera deslavada, las mangas subidas hasta los codos.

—¿Es una de esas noches?

—Es uno de esos años —mascullo mientras rebusco el abrebotellas en el cajón.

Luka me observa durante unos veintiséis segundos antes de abandonar lo que está removiendo al fuego, ocupar mi espacio, su pecho pegado a mi costado, y alzar la mano por encima de nosotros. La sensación de su cuerpo contra el mío es repentina y levanto la cabeza para verle la cara. Según estamos, podría morderle el bíceps si quisiera: su curva me queda a un par de centímetros de la nariz.

Sus ojos buscan algo en los míos al tiempo que eleva los labios en una sonrisita.

—A saber qué andarás pensando...

—Perversiones. —Se me sonrojan las mejillas y le doy un pellizco. Luka se estremece, pero sigue palpando por encima de los armarios—. ¿Qué haces ahí arriba? —En respuesta, me muestra un abrebotellas. Yo estiro el cuello para mirar por encima de los armarios con el ceño fruncido—. ¿Qué más escondes ahí en lo alto?

—Todo lo que no quiero que alcancen tus manitas.

Tomo nota mental de coger luego el escabel e investigar. Me quita la botella de vino y, con una serie de hábiles movimientos que, a decir verdad, no deberían parecerme tan atractivos, la descorcha. Se inclina por encima de mi hombro y nos sirve una copa a cada uno, sin despegarme de su pecho. Mi coronilla apenas le llega a los hombros y veo sus clavículas abultadas bajo la sudadera. Me quedo mirándolas hipnotizada.

—La cena estará lista en unos minutos —murmura y noto sobre la piel el calor de su aliento al pronunciar las palabras.

Parpadeo y cojo el vino, al que me aferro como si fuera un salvavidas. Ya me he dado cuenta de estas cosas, claro, pero ahora se diría que todo lo que rodea a Luka se ve ampliado, como bajo una lupa. La vida en tecnicolor, supongo.

—Gracias. —Recorro la cocina con la mirada como si no la hubiera visto nunca, aturdida y confusa—. ¿Necesitas ayuda con algo?

Mi voz suena con una formalidad extraña, como si solo me faltara añadir al final: «mi apreciado colega». Luka vuelve a mirarme con los ojos entrecerrados y, en respuesta, apunta hacia la mesa. Sigo su indicación sin abrir la boca y me acomodo en la tambaleante silla de comedor de mediados del siglo pasado, que no pega ni con cola con mi mesa de estilo rústico. Con la mirada fija en la superficie, hago todo lo posible por no ponerme histérica, pero es difícil cuando lo que estoy a punto de pedirle a mi mejor amigo podría hacer que se me carcajee en la cara, que agarre la puerta y se largue, o las dos cosas.

Para cuando Luka me pone delante un plato hasta arriba de espaguetis con albóndigas, he apurado la copa de vino y soy como un cohete emocional a punto de salir disparado.

—Beck dice que los árboles van bien. —Luka se sienta enfrente y se pone cómodo—. Bueno, quitando la plantación de la entrada sur.

No hace falta que me lo recuerde. Mi mirada va de mi plato de espaguetis al puño de su sudadera, estirado alrededor del antebrazo. De inmediato redirijo la vista hacia la botella de vino sobre la encimera y el queso parmesano que descansa al lado. Espero que este último no provenga de mi frigorífico.

Lo apunto con el tenedor, sin dejar de rebotar la pierna bajo la mesa.

—¿De dónde lo has sacado?

Luka se me queda mirando como si yo hubiera perdido el juicio.

—Del súper.

—Bien. Muy bien.

—Stella... —Luka deja el tenedor junto al plato y se inclina hacia delante, alarga las manos hacia mí como si quisiera tomar las mías, pero se detiene a medio camino. No estoy segura de que me sirviera de mucho, la verdad. Vuelve a echarse hacia atrás, suspira y se frota el mentón con los nudillos. Agarra de nuevo el tenedor—. ¿Qué te pasa?

—¿Por qué lo preguntas?

Enarca una ceja.

—Para empezar, creo que has movido la mesa entera por media cocina.

—Yo… necesito pedirte algo.

—¿Un riñón?

—¿Qué? No. —Aunque, ahora mismo, casi preferiría un trasplante de órganos.

—Actúas como si necesitaras uno.

—Lo que necesito es que salgas conmigo —le salto.

Me sudan las palmas de las manos, tengo el corazón en algún punto de la garganta y siento un agujero en el estómago, como si se me hubiera largado sin decir adiós. Luka, sin embargo, no parece haberse inmutado. No deja de dar vueltas al tenedor con total parsimonia mientras coge el espagueti más largo del mundo.

—Muy bien. —Se mete el tenedor en la boca.

—Es de mentira —prácticamente le grito. No sé por qué hablo tan alto. Hago un esfuerzo consciente por bajar la voz—. No quería…; lo que quería era preguntarte si puedes fingir salir conmigo. Lo de «fingir» es importante.

Se encoge de hombros.

—Vale.

Vale. ¿Cómo que «vale»? Estoy al borde del colapso nervioso y Luka dice que «vale». Una nueva albóndiga cortada con toda la elegancia desaparece tras sus labios. Ataco con fiereza una de las mías, pero atraviesa volando la mitad de la mesa. Sin hacerle caso, pincho otra y me la meto entera en la boca.

—¿*Ezda dezeda dedubeda*?

Luka toma un sorbo de vino con toda tranquilidad, sin inmutarse ante mi descenso a la locura.

—¿Cómo?

Trago y me doy unos toquecitos en las comisuras de la boca con la servilleta que descansa sobre mi regazo. Estoy hecha una damisela.

—¿Esta receta es la de tu abuela?

—Sí.

—¿Crees que me adoptaría?

—Me largaría de una patada y te adoptaría en menos que canta un gallo. —Luka suelta una risotada—. Lo sabemos los dos. Por cierto, gracias por llevarle la cena la semana pasada. Me llamó setenta y cinco veces para restregármelo por la cara y preguntarme qué les echas a las galletas de azúcar.

No fui yo quien las horneó, pero ni por encima de mi cadáver se lo confesaré a la abuela de Luka, que elabora la pasta a mano. Una vez vino a casa, vio un bote medio usado de marinara industrial en el frigorífico y me fulminó con la mirada mientras lo tiraba a la basura.

Ojalá Luka no me diera las gracias por pasar tiempo con su familia. No es un sacrificio. Cuando visito a su abuela y a su madre, y a veces a su tía Gianna, que vive a dos pueblos de distancia, me olvido por un agradable momento de que mi única familia celebra Acción de Gracias con tres semanas de antelación para no tener que dar explicaciones de mi existencia.

Además, su abuela es la leche.

—Las galletas son cosa de Layla, así que tendrás que preguntárselo a ella.

—Me interesa más saber por qué necesitas fingir salir conmigo, la verdad. —Efectúa una pausa dramática para tomar otro sorbo de vino. Yo miro con pesar mi copa vacía—. ¿No estabas saliendo con Wyatt?

Me quedo mirándolo. Con fijeza. Sin pestañear. ¿Cómo es posible que alguien ligado a mi vida de una forma tan estrecha aún no se haya enterado de que llevo poco menos que una eternidad sin llevar a Wyatt por ahí?

—Luka —respondo con incredulidad—, rompimos hace más de un año.

La cara de mi amigo parece la representación caricaturesca del asombro. Las cejas fruncidas, el tenedor detenido a medio camino de la boca. Sería gracioso si no fuera tan chocante.

—¿Cómo?

—Sí, después del festival de la cosecha del año pasado. Me mandó un mensaje.

—Que... Espera, ¿rompió contigo con un mensaje?

Wyatt era dulce y amable, aunque un poco inmaduro. En muchos sentidos era como sentirme de nuevo una adolescente y salir con el encantador capitán del equipo de fútbol. Mucho meterse mano, una etiqueta que significaba poca cosa y cero vínculo afectivo. En cuanto terminó el festival del año pasado, me mandó un mensaje que decía: «Eres una tía superguay, pero creo que queremos cosas distintas. ¿Amigos? :)».

Superguay.

El emoticono de la sonrisa fue la gota que colmó el vaso. Es probable que cualquiera que siga usando los signos de puntuación para transmitir emociones entre en el espectro del asesino en serie. Le dije que sí y... pues nada, ya está.

—Ya te lo había contado.

Luka me mira fijamente.

—Esto no me lo habías contado.

Suelto el tenedor y me inclino hacia la izquierda para coger la botella de vino.

—Luka, ¿cómo demonios crees que iba a pasar tanto tiempo contigo si estuviera saliendo con alguien?

Parpadea con la mirada perdida, como si estuviera haciendo memoria de todo lo sucedido durante el último año de su vida. Mueve la boca sin parar ni emitir sonido alguno; luego coge la copa de vino y la apura de un trago.

—Vale, así que nada de Wyatt.

—En efecto. Nada de Wyatt.

—Entonces ¿yo soy tu única opción?

No sé por qué suena tan enfadado.

—Si te hace sentir mejor, primero se lo pedí a Beckett, pero me contestó que no. —Luka frunce aún más el ceño y se le marca ese pequeño surco entre las cejas—. Iba a pedírselo a Jesse, pero...

—¿Ibas a pedírselo a Jesse antes que a mí? Anda ya, Stella.

—Ahora es él quien clava el tenedor en una albóndiga como si esta lo hubiera ofendido personalmente—. Deberías haberme preguntado a mí primero. Ahora tengo la impresión de que soy tu último recurso.

No le digo que, de hecho, es mi último recurso. Bueno, más allá del servicio de acompañantes.

—Lo siento, Luka. —Entrelazo las manos sobre la mesa, satisfecha porque apenas sueno sarcástica—. ¿Quieres que me esfuerce un poquito más a la hora de pedirte que seas mi novio de mentira?

—Pues tanto no te habría costado —farfulla al tiempo que se pasa las manos por el pelo, adelante y atrás, atrás y adelante, y uno de los mechones del lado izquierdo se le queda de punta. Es un gesto tan familiar que me provoca una punzada melancólica en mitad del pecho.

—Luka, mira. —Trago dos veces, vacilante. Esto es importante, ver cómo reacciona. Si ya se encuentra incómodo, no quiero… no quiero arruinar lo que hay entre nosotros. Cierro las manos alrededor de los cubiertos—. Ha sido una idea terrible. Si no quieres hacerlo…

—No, no es eso. Lo siento, es que yo… —Se interrumpe y, mordiéndose la lengua, clava los ojos marrones en el plato. Vuelve a coger el tenedor y lo gira, lo gira, lo gira para enroscar la pasta—. No hago más que desviarme del tema. ¿Por qué necesitas un novio de mentira?

Es un nuevo rumbo, pero se lo permito igual que él antes me dejó procrastinar. Le explico lo del concurso en redes sociales, con cuidado de omitir hasta qué punto el vivero necesita con desesperación el premio. Lo que hago es centrarme en la exposición a nivel nacional, en la afluencia de nuevos clientes y en una presencia online que, espero, podamos capitalizar. Al final suena como si estuviera dando una presentación a un consejo de administración y, dada la mirada vidriosa de Luka, es probable que él también lo piense.

Lo suyo son los datos. Tal vez debería haberme limitado a mostrarle un montón de números.

Cuando acabo, menea la cabeza con lentitud.

—Creo que es la primera vez que oigo salir de tu boca las palabras «ingresos y egresos».

—Sí, es probable. —Me quedo pensativa un segundo—. Aunque tengo la impresión de que tal vez las mencionara al quejarme de la feria estatal.

Al oírlo se echa a reír. Está más que familiarizado con mis opiniones sobre dicha feria.

Nos quedamos callados un momento; el sonido de las ramas de los árboles que rozan mis ventanas ocupa el espacio entre nosotros. El viento silba por las rendijas de la puerta y me planteo encender la chimenea. Beber vino al calor de la lumbre suena fenomenal.

Luka se reclina en la silla y me observa. Me conformo con dejarlo tranquilo con sus pensamientos mientras yo trato de desenredar los míos.

—¿Crees que servirá de algo? ¿La farsa?

—Sí —contesto sin atisbo de duda; la respuesta me sale de lo más hondo. No sé por qué estoy convencida de que Luka es la clave de todo esto, pero así es. Esta relación de mentira, por mucho que sea un cliché ridículo y absurdo, es la chispa que necesitamos. La chispa que necesito. Carraspeo—. De verdad que sí.

Luka me conoce lo suficiente como para entender que hay algo que no le estoy contando, pero también para saber que no es el momento de indagar. Se diría que hemos corrido varios maratones verbales seguidos desde que entré en casa y creo que a los dos nos vendrá bien dejar la conversación donde está por esta noche.

Así que asiente: la decisión está tomada.

—Vale, pues adelante.

Imito su postura y me recuesto en la silla, tratando de aferrarme a algo que me dé seguridad. Algo que me haga sentir que no estoy cometiendo un error colosal.

El problema es que no se me ocurre nada.

4

A la mañana siguiente me despierto con un dolor de cabeza por detrás de los ojos y un pinchazo en el vientre que son resultado de pasarme con las gominolas y, probablemente, precipitarme en la idea de obligar a mi mejor amigo a hacerse pasar por mi novio. ¿Es posible tener resaca de malas decisiones?

Eso parece.

A la luz del día da la impresión de ser un error innecesario. Un novio no va a ser determinante para mis oportunidades de ganar el premio. Ni siquiera sé si Evelyn Saint James leyó mi solicitud entera, y mucho menos el único punto de la presentación en el que decía que poseo y exploto el vivero con mi novio.

«A menos que sí que lo leyera y quedes descalificada de forma automática por mentir».

He estado investigando. En cuanto me enteré de lo del concurso, repasé el *feed* de Evelyn. Busqué tendencias en su contenido, el tipo de negocios que le gusta recomendar. Siempre tiene una historia que contar y adora el romance. Las últimas tres reseñas constituían, a su manera, historias de amor. La pareja de Maine que regenta un hostal. Los amigos de toda la vida que ofrecen cruceros en embarcaciones históricas desde un pequeño malecón de Carolina del Sur. Los recién casados que se conocieron en una cita a ciegas y decidieron abrir su propia bodega. Puede que, por una vez, desee que mi historia no sea triste.

Me aprieto los ojos con las palmas de las manos y saco las piernas de debajo del rebujo de mantas. Estoy harta de ser una persona triste.

Pienso en Beckett y en Layla. En el montón de facturas que cada vez me cuesta más pagar. Pienso en la verja de hierro forjado que da la bienvenida al vivero, en los dos lazos gigantes de color rojo que les puse el año pasado. Recuerdo el día que me entregaron las llaves, el sonido de las cadenas oxidadas al retirarlas de entre los barrotes casi me hizo llorar. Pienso en cerrar esas compuertas y en volver a pasar las cadenas por los barrotes y casi me echo llorar por un motivo completamente distinto.

Tengo que intentarlo. Es mi mejor oportunidad. Aunque… aunque suene tonto, es la historia que quiero contar sobre este lugar.

Quiero que Evelyn Saint James vea todas las cosas que hicieron que me enamorase de este vivero el primer invierno en que lo visité con mi madre. Tenía dieciséis años y, por lógica, debería detestar casi todo en la vida, pero caí rendida ante ese amplio espacio que olía a bálsamo, a rodajas de naranja y una pizquita de canela. Quiero que Evelyn pasee entre filas y filas de árboles mientras el sol se pone, donde el silencio es tal que oyes el suelo helado crujiendo bajo tus botas. Donde las agujas de los pinos se te enredan en el pelo y sientes que eres la única persona en el mundo. Quiero que tome chocolate caliente en la pastelería de Layla, que vaya a patinar a la pista que Beckett montó el invierno pasado y que vea a los niños jugar al pillapilla por el granero.

Quiero que vea la magia.

—De alguna manera, esperaba que no estuvieras sola.

Hasta tal punto estoy perdida en mis pensamientos que ni siquiera me percato cuando Layla aparece en la puerta de mi dormitorio con un gorro de punto azul marino calado hasta las cejas. Lo cual también demuestra que debería replantearme quién tiene llaves de casa.

La miro con el ceño fruncido, la cabeza todavía medio metida por debajo de la almohada, las piernas enredadas sin remedio entre las sábanas. Parece que haya librado tres batallas campales en mi cama.

—¿Y quién iba a estar aquí conmigo?

Pone los ojos en blanco y se quita los zapatos empujando con los pies para, acto seguido, subirse a la cama sin dudar un instante. Se produce una reorganización de extremidades, un codo se me clava en el plexo solar y luego Layla se acurruca a mi lado, las rodillas apoyadas en mi cadera. Me encanta que necesite contacto físico para la mayoría de las conversaciones, que jamás dude en reafirmarse con un rápido abrazo. Tira de la mullida colcha para taparse justo hasta la barbilla y me lanza una mirada.

—Ya sabes quién.

La miro con perplejidad. No tengo ni idea.

—¿Quién?

—Es evidente que me refiero a Luka. —Traza un caminito arriba y abajo por mi brazo con las puntas de los dedos—. Pasé por delante de casa de su madre antes de venir aquí y vi el coche en la entrada.

—Y, aunque viste el coche en casa de su madre, ¿entendiste que estaba aquí conmigo?

—Imaginé que habría vuelto sobre sus pasos. —Se encoge de hombros y se emboza hasta que no le veo más que los ojos. Hoy son verdes, reflejo del color de los árboles al otro lado de la ventana de mi dormitorio. Su voz suena amortiguada por las mantas que la tapan—. Yo qué sé, podría haberse escabullido.

—Es un hombre adulto. ¿Para qué iba a escabullirse?

—No sé, Stella. —Suspira—. Tú déjame sumergirme en esta fantasía. Llevo deseando que os lieis desde que os conozco.

Desde luego que eso explica los gestos levemente vulgares que hace a espaldas de Luka cada vez que viene a vernos al vivero.

Arrugo la cara. Layla lo nota y presiona con el índice justo la línea que se me forma en la comisura de la boca. Lo retira, trata de esbozar una sonrisa y, cuando le hago una mueca, se le escapa una carcajada. Se disipa el último rastro de frustración y su mirada se suaviza.

—¿Se lo has pedido?

Asiento al tiempo que tiro de una hebra suelta de la colcha.

—¿Y?

—Ha dicho que lo hará —murmuro con la cara pegada al algodón de la funda de la almohada con la que me he tapado.

Anoche, cuando hablé con Luka, estaba tan obsesionada con que se negaría que ni siquiera me planteé las consecuencias de que accediera. Tendremos que fingir que salimos. Y otras cosas también. Romance. Afecto.

¿Luka es consciente de ello? La verdad es que anoche no dijimos gran cosa después de la conversación durante la cena. Yo me negaba en redondo a abordar los detalles, abochornada por habérselo pedido siquiera. Tenía demasiado miedo de seguir tratando el asunto. De que cambiase de idea o, aún peor, de que tuviera que explicarle los pormenores de la situación.

Pusimos *Algo para recordar* y nos arrellanamos juntos en el sofá. Me quedé dormida con los pies encajados bajo su cadera y la cabeza en el reposabrazos.

Layla me da un tironcito de pelo.

—Y entonces ¿por qué estás triste, cariño?

Por vergüenza, supongo. Y un poco porque me siento sola. Porque tengo miedo a los cambios; porque me aterroriza la idea de fastidiarlo todo, que Luka descubra la verdad sobre lo que siento por él.

Elige, Layla: podría ser cualquier cosa.

Sin embargo, exhalo una bocanada lenta y prolongada contra la almohada y dejo que esa sea mi respuesta. Layla me la quita de la cara con todo el cariño y me la coloca bajo la mejilla.

—Creo que es hora de que hablemos del tema.

—No, gracias.

—Stella.

Niego con la cabeza.

—No quiero. ¿Qué tal si mejor hablamos sobre Jacob y tú?

Layla achica los ojos hasta formar rendijas. Su historial amoroso es, como mínimo, interesante. Posee cierta tendencia a elegir el peor tipo de hombre.

—Ahora no estamos hablando de mí. Estamos hablando de ti.

—Podríamos hablar de ti.

—Sientes algo por él, Stella.

Ya lo sé. Por supuesto que lo sé. Es solo que no quiero hacer nada al respecto.

—Yo...

—Sientes algo muy grande por Luka y él también por ti, así que no entiendo por qué ninguno de los dos ha movido ficha todavía.

Para Layla es fácil. Ella siempre ha tenido una enorme confianza en quién es y en lo que siente. A pesar de todo por lo que ha pasado, siempre se las ha ingeniado para sacudirse el polvo del pasado y mirar al futuro con alegre optimismo. Reacciona con elegancia ante las decepciones. Yo no.

Y las cosas con Luka están muy bien, fenomenal incluso, tal y como están.

—Cariño —me dice, deslizando la mirada entre mis ojos mientras una sonrisa triste le curva los labios—, que te permitas querer a alguien no significa que ese alguien te vaya a abandonar.

Pero desde luego que tampoco significa que se vaya a quedar a mi lado.

—Creo que... —Intento tragar el nudo que se me ha formado en la garganta y canalizar una pizca de la confianza que muestra Layla. Me ovillo en mi lado de la cama y adopto la misma postura que ella, las manos entrelazadas bajo la barbilla. Aquí, bajo la colcha, parece que flotásemos en una nube. Ingrávidas. Así, como estamos, le confieso mis secretos más profundos.

—Creo que si tuviera que pasar algo entre Luka y yo, ya habría pasado.

A Layla no le gusta la respuesta. Lo veo en sus labios apretados.

—Tal vez esté esperando a que digas algo.

Niego con la cabeza, desanimada. Una vez vi a Luka acercarse a una chica en un bar, apoyar la mano en el respaldo de su silla y decirle algo que provocó que echase la cabeza hacia atrás de la carcajada. Se mostraba seguro, encantador. No había pasado ni media hora cuando se marcharon juntos. Luka jamás ha vacilado a la hora de expresar lo que quiere. Si fuese yo, ya me lo habría dicho.

—Creo que ya somos lo que tenemos que ser. —Me hundo aún más entre las mantas, pestañeando para evitar el picor que me arde en los ojos—. Se supone que somos amigos. Solo amigos.

—Entonces ¿por qué mentiste en la solicitud? —La acusación es cariñosa, pero me escuece igual—. Beckett tiene razón. No era necesario.

—No lo he planeado aposta, si es a eso a lo que te refieres. No lo engañaría para que finja ser mi novio. Yo no… —Me restriego la cara con las manos—. No estoy tan desesperada.

No, no es eso. Mentí en la solicitud porque quería que este lugar sonase romántico. Acogedor. Cuando me puse con la parte más personal, ni siquiera creía que fueran a elegirme. Me pareció un detallito insignificante. Lo único que quería era… que tuviéramos las mejores opciones.

Unos dedos fríos se entrelazan con los míos; los anillos de Layla me dejan diminutas muescas en la piel.

—No, cariño. No era eso a lo que me refería.

—¿Y entonces?

Me mira con cariño al tiempo que me coloca un mechón tras la oreja.

—Lo único que digo es que podría ser la oportunidad que ambos estabais esperando.

Las palabras de Layla rebotan en mi cabeza mientras me arrastro de vuelta al despacho. Si anoche recordaba todos los motivos por los que compré este lugar, esta mañana me asaltan todos los motivos por los que no debería haberlo hecho. Por e camino veo el perfil ralo de los árboles secos y moribundos. E evidente que en la entrada no está el camión de suministros qu había encargado y una de las calabazas que flanqueaban los e calones que conducen a la oficina está aplastada.

Esto último hace que maldiga para mis adentros. Com uno de los gemelos McAllister se le haya ocurrido liarla o vez en los campos por hacer la gracia, estoy segura de que B kett va a cometer un asesinato.

El otoño pasado, el alumnado del instituto de Inglewild decidió que nuestro vivero era el lugar perfecto para sus actividades ilícitas. He visto más piel de un blanco lechoso perteneciente a chicos de dieciséis años de la que nadie debería. Beckett y Luka lidiaron con el problema como haría cualquier adulto que se precie.

Se vistieron de camuflaje, se escondieron en el maizal y dieron un susto que flipas a los chavales que andaban comiéndose los morros en los coches.

Desde entonces la cosa ha estado tranquila y más de una vez me ha dado la risa al bajar al pueblo y oír a los chicos hablar de las criaturas enloquecidas que viven en los campos del vivero de la señorita Stella. Pienso en Luka y en Beckett poniéndose la pintura de camuflaje en mi minúsculo cuarto de baño. En la cantidad absolutamente ridícula de pintura verde con que mancharon todas y cada una de mis bonitas toallas.

Siempre he querido convertirme en una leyenda urbana.

Estoy recogiendo los restos de la calabaza cuando oigo cerrarse de golpe la puerta de un coche y un par de botas pesadas aparecen en mi campo de visión. Luka se acuclilla y coge el pedazo más grande de cáscara. Lleva un vaso de papel extragrande en la otra mano.

Percibo un leve aroma a avellana, por lo que suelto de inmediato la pulpa de calabaza. Extiendo las manos con un gemidito avaricioso desde el fondo de la garganta. Luka ni siquiera se opone cuando le rodeo la muñeca con una y el vaso con la otra. Tan solo se deja hacer.

El café de avellanas, cálido y cremoso, me lleva al nirvana en cuanto le doy un largo trago. Emito un sonido casi sobrehumano antes de volver a beber. Otra vez. Y otra.

—¿Cómo la has convencido?

La señora Beatrice prepara el que con toda probabilidad sea el mejor *latte* de avellanas del universo, pero solo cuando quiere y si le dedicas el cumplido extrañamente específico que espera en ese momento. Este nunca se repite y ella tampoco da pistas, y Dios te libre de decírselo sin el tono exacto de sinceridad.

A mí sigue sirviéndome descafeinado y ya.

A Luka se le escapa una carcajada por la nariz con una pequeña nube de vaho blanco en esta mañana fría de octubre. Me cede el vaso con un leve ademán de asentimiento.

—Le dije que el cabello violeta le quedaba estupendo. —Esboza una sonrisita modesta—. Creo que hasta puse un poco de acento sureño. No estoy seguro. Olí las avellanas y, a partir de ahí, solo tengo recuerdos borrosos.

Me quedo mirándolo mientras aferro el vaso con ambas manos y me lo llevo al pecho, no sea que se le ocurra quitármelo. Que Dios me ayude; lleva puesto un gorro de lana negro con un pompón verde en lo alto. Me apostaría los magros fondos de mi cuenta de ahorro a que se lo ha tejido su madre. Es probable que a la señora Beatrice le bastase mirarlo una vez para ruborizarse de la cabeza a las medias de compresión.

Le doy otro trago al *latte*.

—Las cosas que hacemos por un buen café.

—Que «hacemos», claro que sí —contesta riendo. Enarco una ceja y me tiende los dedos enguantados pidiéndome no con demasiada cortesía que le devuelva su brebaje—. También he traído un café para ti. —En ese momento me doy cuenta de que hay un vaso de papel encima del techo de su coche—. Aunque estoy casi seguro de que es descafeinado. —Suelto una palabrota—. Venga, vamos dentro y compartimos.

Dejamos los restos de calabaza desparramados por los escalones y entramos juntos en la oficina. Ya cogeré una escoba luego, o puede que se los deje a los mapaches. Luka se derrumba sobre la silla de cuero deslucido, despatarrado y con los codos apoyados en los reposabrazos de cualquier manera. Siempre ha tenido problemas para caber en ella; es todo piernas largas y brazos tonificados. Quizá deberían hacer un calendario juntos Beckett y él.

Se mueve adelante y atrás en un valeroso intento por ponerse cómodo. Yo aún no he soltado su *latte* y él aparta sus cálidos ojos marrones del vaso para mirar a los míos y de vuelta al vaso. Su expresión comienza a dar un poco de pena. En algún lugar de ese bonito cerebro suyo está tomando conciencia de que ha cometido un terrible error.

—Espero que bebieras un poco en el coche —le digo antes de tomar un sorbo con teatralidad.

Luka se remueve, la silla chirría y él frunce el ceño.

—Estaba demasiado caliente —farfulla—. ¿Me lo vas a devolver?

—No creo.

Refunfuña y vuelve a removerse.

—La La, escucha.

—Te estoy escuchando.

—Siempre he sido un buen amigo, ¿verdad?

Me siento con delicadeza en mi silla. En mi silla adecuadamente tapizada y de un tamaño perfecto.

—Sí.

Luka se inclina hacia delante, las manos unidas con desenfado entre las piernas.

—¿Recuerdas el verano de 2012? Te di mi gofre en la fiesta vecinal del primer viernes del mes.

No recuerdo que Luka jamás me haya dado un gofre. Sorbo haciendo ruido.

—Stella, venga ya. Te llevé al pase de medianoche de *El señor de los anillos* cuando ni siquiera sabía lo que era un hobbit. Te conseguí una capa.

Eso es cierto. Lo hizo. Y luego se pasó siete semanas seguidas preguntándome si debería dejarse crecer el pelo a lo Aragorn. Como si el universo necesitara que Luka estuviera aún más guapo.

—No le he contado a mi abuela que las galletas de azúcar eran de Layla.

Alzo las cejas y tomo un nuevo sorbo. No le tengo miedo a su abuela.

De verdad que no.

Bueno, puede que un poco.

Luka se acerca aún más mientras se recorre el interior de la mejilla con la lengua. Sus ojos marrones brillan más oscuros y su voz se vuelve más grave.

—He aceptado ser tu novio de mentira durante una semana.

De repente suena como si no estuviera de broma. Toda mi

bravuconería y mi buen humor se esfuman con ese pequeño comentario y una oleada de calor me sube por las mejillas. Se me forma un nudo odioso en el estómago y desvío la mirada a la superficie de la mesa. ¿A partir de ahora va a ser siempre así? ¿Luka lo utilizará como moneda de cambio mientras dure nuestra relación? ¿O como una pequeña anécdota que contar en pícnics y fiestas? «Ay, ¿te acuerdas de aquella vez en que estabas tan desesperada que me pediste que me hiciera pasar por tu novio?».

Si ya lo sé. Fui yo la que le pidió el favor. Pero, aun así, se me hace... raro. Y no para bien.

Al cabo de un tiempo indeterminado con la mirada clavada en la muesca que hay en la mesa de aquella vez en que me puse demasiado agresiva con la grapadora, me aclaro la garganta y vuelvo a mirarlo antes de fijar la vista por encima de su hombro izquierdo. Le devuelvo el café y me felicito al notar que la mano no me tiembla.

—Aquí tienes.

Me cubre los dedos con los suyos, pero no me permite soltar el vaso. Me sujeta con una fuerza inesperada, lo que lleva a mis pensamientos a tomar un nuevo rumbo, más vulgar.

—Stella.

Consigue cargar de significado esas dos sílabas rítmicas que forman mi nombre. Es un don. Parpadeo, aparto la mirada del calendario de la pared para fijarla de nuevo en él y suspiro al advertir que sus labios han formado una fina línea. Está preocupado. Maldita sea.

—¿Por qué estás tan disgustada?

Trato de retirar la mano, pero él no hace sino asirla con mayor firmeza. Temo por el vaso de papel. El *latte* de avellana no merece este trato.

—No estoy disgustada.

Emite un sonido desde el fondo de la garganta.

—Te conozco desde hace casi una década. ¿Por qué estás disgustada?

—No quiero... —Flexiona los dedos sobre los míos. No quiero que lo haga porque se sienta obligado. No quiero que odie cada segundo de esta farsa. No quiero que sea una molestia, un incordio, una obligación—. No quiero que esto lo eche todo a perder.

—Y no lo hará. Stella, mírame, por favor. —Cuando consigo hacerlo, sus ojos marrones están más serios de lo que jamás los haya visto. Con el sol filtrándose por la ventana y ese gorro ridículo en la cabeza veo hasta las pintitas doradas. El círculo castaño claro en el borde del iris me recuerda a un café con demasiada leche. Un *latte* de avellana—. Esto no va a echar a perder nada, ¿vale? Somos tú y yo.

Cuando asiento, me vuelve a apretar la mano por encima del vaso. El brazo comienza a temblarme de tenerlo extendido. Luka abre la boca para decir algo más y tira de mí con la mano, acercando la mitad superior de mi cuerpo a él, pero la puerta de mi oficina se abre de golpe y Beckett, malhumorado, se planta en medio con las manos llenas de pulpa de calabaza.

—Tenemos un problema.

Veinte minutos después estoy en mitad del campo de calabazas, contemplando los restos de cientos de hortalizas aplastadas. Parece un campo de batalla, pero mucho más… naranja. Por lo visto, a los mapaches no les ha bastado la ofrenda de paz en forma de una sola calabaza en la oficina. Han preferido el bufé libre de aquí fuera.

Tomo nota mental de buscar en Google si los mapaches comen calabaza.

—Bueno… —Estiro el cuello a un lado y a otro. No pasa nada. No pasa… nada en absoluto. A mi lado, Luka me tiende su *latte* de avellana sin mediar palabra—. Dentro de dos días es Halloween. De todos modos íbamos a tener que recolectarlas para Layla. Tal vez podamos…, yo qué sé, ¿convertirlo en un huerto encantado?

Beckett masculla algo. Es probable que tema que lo obligue a ponerse un disfraz de zombi.

—Voy a matar a esos mierdecillas de los McAllister.

Suena como un anciano de ochenta años parado delante de su césped delantero. Me siento como si fuera yo quien ha atraído esta desgracia.

Miro a mi alrededor sin creerme el alcance de los daños. Todas y cada una de las calabazas que quedaban en las plantas estás destrozadas. Parece excesivo para tratarse de dos adolescentes. Demasiado organizado, demasiado metódico.

—No sabemos si han sido ellos.

Supongo que tendré que instalar cámaras.

Luka y Beckett me contemplan con incredulidad, aunque
este último consigue añadir a su mirada una capa de hostilidad
y frustración. A Luka cuesta tomarlo en serio cuando lleva ese
pompón en lo alto de la cabeza.

—Pues nada... —trato de canalizar mi optimismo interior—, de todas formas ya era hora de empezar con la Navidad.
Dejaremos el grueso de la decoración para la semana que viene,
pero podemos empezar a quitar los adornos de Halloween. Le
pediré a Layla que prepare dulces extra en la pastelería y, si alguien aparece buscando calabazas, podemos venderle con descuento las que ya habíamos quitado de las plantas.

—¿Y qué vamos a hacer con quien nos ha liado esto? —Beckett suena como si ya tuviera un par de ideas en mente.

Me encojo de hombros.

—La verdad es que no lo sé. ¿Qué podemos hacer? —Por un
momento me planteo recurrir a lo que he aprendido en los maratones de *Ley y orden: Unidad de Víctimas Especiales*, buscar
huellas de zapato en la tierra y fibras de tela en las ramas de los
árboles. Qué no daría ahora mismo por tener aquí al detective
Stabler—. Mandaré instalar cámaras en los lugares más importantes, pero no podemos cubrir todo el vivero.

No me puedo permitir cubrir todo el vivero.

Los tres nos quedamos callados. Menos mal que ha sucedido
al final de la temporada de otoño. No puedo quitarme de encima
la sensación de que esto, lo del fertilizante, los árboles..., todo
está relacionado. Nadie tiene tan mala suerte, ¿verdad?

—¿Crees que esto tiene que ver con tus problemas de abas-
tecimiento?

Miro a Luka con el ceño fruncido y me presiono la nuca con
los dedos. Me ha oído quejarme de pedidos desaparecidos y
otros incidentes desde que compré la propiedad. Los hombros

se me tensan al pensar en este nuevo problema que sumar a los demás.

—No lo sé. Es probable. —Dejo caer las manos a los lados y miro a mi alrededor—. Puede que sí.

Sea lo que sea, tenemos que averiguarlo. A poder ser antes de que el vivero protagonice unas reseñas que verán millones de personas.

5

Beckett nos sigue de vuelta a la oficina y, de alguna manera, el café de avellana acaba en sus manos. No sé por qué. No es que él haya tenido problemas al hacerle sus pedidos a la señora Beatrice.

—¿Cómo es que has bajado? —le pregunta a Luka. Yo también me lo estaba preguntado, pero aún no había tenido la oportunidad de interrogarlo. No es común que aparezca de repente. Normalmente sé qué fines de semana va a venir para estar con su madre. Nueva York queda a tan solo unas horas y es verdad que alguna vez ha bajado sin planearlo, pero lo habitual es que me mande un mensaje cuando decide pasar aquí el fin de semana—. Pensé que no venías a casa hasta Acción de Gracias.

—Decidí adelantarme. —Luka me lanza una mirada que no tengo ni idea de cómo interpretar—. Y echar el rato con Stella.

Lo miro con el ceño fruncido. Ah, ¿es que quiere… practicar? ¿Repasar nuestra historia? Quizá sea una buena idea. Carraspeo.

—Sí, estamos saliendo. —Mi voz suena demasiado alta en el silencio del vivero y los pájaros de un árbol cercano echan a volar. Bajo el volumen—. Somos…, eh…, gente que sale con otra gente. Ha venido a estar conmigo, que soy su… novia.

Beckett se detiene y me clava la mirada con las cejas enarcadísimas. Me remuevo, incómoda, y estiro la mano en busca de la de Luka. Este se ríe, pero trata de disimularlo con una tosecilla. Le aprieto tanto los dedos que se los podría romper.

—Pues sí… —Beckett se da media vuelta y se encamina hacia el granero, llevándose el *latte* de avellana—. Esto va a necesitar algo de trabajo.

Le suelto la mano a Luka.

—Así que «gente que sale con otra gente». —Luka se queda mirando el perfil de los árboles y una leve sonrisa le achica el rabillo de los ojos. Se gira y baja la vista hacia mí—. ¿Sabes? Creo que deberíamos presentarnos así cuando llegue doña Instagram.

Lo miro con los ojos entrecerrados y decido no contestar. Me doy media vuelta y continúo hacia la oficina. Luka suelta una fuerte carcajada y corre tras de mí hasta adelantarme, con el único propósito de caminar hacia mí y pincharme un poco más. El abrigo se le abre con la brisa; lleva una sudadera ridícula con la mascota del instituto de Inglewild. Es probable que se hiciera con ella en la última campaña de recaudación, más que dispuesto a ayudar a su madre, que es profesora y preside la asociación de familias y docentes.

No sabía que un hombre pudiera estar tan atractivo con un tejón en mitad del pecho.

—Ofrece un buen tema de conversación, eso sí.

—¿El qué?

—Si somos gente que sale con otra gente, ¿se sobrentiende que en algún momento no salíamos con otra gente?

No le hago ni caso y me niego a avisarlo del vetusto arce con el que está a punto de chocarse. Pero, como el universo me odia, lo esquiva con elegancia y sin perder el paso. Hundo las manos aún más en los bolsillos y me embozo en la bufanda.

—Yo qué sé. He dicho una chorrada. Está claro.

—Pero es algo de lo que deberíamos hablar. Stella, espera un segundo.

Me sujeta por los hombros con sus fuertes manos y me obliga a detenerme. En su cara aún se lee la diversión, pero también hay cierta seriedad. Como aquella vez que dijo que quería aprenderse toda la letra de *A Night at the Opera*, de Queen, e iba medio en broma, pero también bastante en serio.

—Cree que estamos saliendo, ¿verdad? ¿La influencer esta?

Asiento.

—¿Y cree que compramos juntos la finca?

Asiento de nuevo.

—Vale, muy bien. —Me sacude un poco—. Me imagino que también se quedará aquí, en Inglewild, y que la noticia correrá por todo el pueblo, que está lleno de cotillas.

El alma se me cae hasta la punta de los pies. Eso no lo había pensado. En un pueblo tan pequeño como el nuestro, que Luka y yo de repente anunciemos que estamos saliendo y que llevamos años juntos casi que saldrá en primera plana del periódico. La vez que Beckett se quitó la camiseta mientras araba los campos de la parte trasera en mitad del calor estival y Becky Gardener pasó al lado con su monovolumen, protagonizó la columna derecha de la gaceta de Inglewild tres semanas seguidas.

—Eso no lo había pensado —consigo responder. Trago con dificultad, haciendo un ruidito casi cómico que queda entre nosotros—. Va a quedarse en el hostal.

Luka me aprieta los brazos con su clásico un-dos-tres.

—Tengo un plan.

Una hora más tarde estoy plantada junto a la fuente de piedra que marca la entrada al distrito centro del pueblo. No estoy segura de que pueda considerarse distrito el pequeño grupo de edificios formado por una panadería, una pizzería y una librería, pero así se conoce desde que vivo aquí. Luka suele bromear al respecto cuando estamos en Nueva York, diciendo lo mucho que echa de menos las brillantes luces del centro de Inglewild mientras paseamos por las calles bulliciosas, repletas de hombres con maletines, puestos ambulantes de comida y parejas que salen de los bares entre risas.

Cabe señalar que la última vez que Luka Peters me dijo que tenía un plan acabé borracha como una cuba a base de tequila, con una falda hawaiana y cantando pop de los noventa en el karaoke de un restaurante veinticuatro horas. A Luka se le escapa una sonrisita cuando se lo recuerdo, me busca la mano con la suya y entrelaza nuestros dedos.

—Pero te lo pasaste bien, ¿no?

Eso sí. También tuve una resaca que me duró casi cinco días. Al siguiente tuve que tumbarme en un maizal para que el horizonte se mantuviera quieto.

—Tómatelo como unas prácticas. —Comienza a balancear nuestras manos al ritmo de nuestros pasos mientras ponemos rumbo a la calle principal—. Entramos en un par de tiendas, saludamos y, a partir de ahí, vamos viendo.

Resisto las ganas de retirar la mano y echar a correr de vuelta al vivero. La idea me parece precipitada. Y absurda.

—¿No deberíamos habernos preparado o algo?

Luka murmura para sí algo que no acierto a entender y me suelta la mano para pasarme el brazo por encima del hombro. Refunfuño, pero se acomoda junto a mí. Siempre nos hemos mostrado afectuosos con el otro. Esta cercanía física no es nada nuevo entre nosotros. Supongo que es el resultado de juntar a dos personas que usan el contacto como forma de confort y comunicación.

Pero con la historia que nos hemos propuesto vender me parece distinto. Un latigazo de consciencia me sube por la espalda y se detiene justo donde la cruza su brazo. Siento el cosquilleo de sus dedos jugueteando con mi pelo, que se me escapa por debajo del gorro.

—¿Qué habrías hecho tú?

Canturreo con aire distraído. Estoy ocupada devolviéndole al señor Hewett, el bibliotecario del pueblo, la mirada que me ha clavado. Está parado en mitad de los escalones de la biblioteca, escoba en mano, mientras barre las hojas que cubren el camino de piedra. Pero se ha quedado mirándonos como si estuviéramos haciendo algo indecente. Lo saludo con la mano y seguimos paseando.

—Para prepararte —prosigue Luka, sin darse cuenta de la extraña interacción—, ¿qué habrías hecho tú?

—No lo sé. Es probable que me hubiera inventado una historia, para empezar.

Vuelvo la mirada y pego la nariz en el brazo de Luka. El señor Hewett sigue observándonos calle abajo, las gafas de carey tan empañadas que no verá gran cosa.

—Ya tenemos una historia.

—Ah, ¿sí?

Me olvido de los ojos saltones del viejo bibliotecario y alzo la vista hacia Luka, que tiene la mandíbula tensa. Ay, madre, ya le he visto esa cara de determinación.

2009. La feria de verano. Más de setenta y cinco dólares en tíquets para liberar al mayor número posible de pececillos.

2016. Olimpiadas de verano de Río. Estaba convencido de que sería capaz de hacer una milla en cuatro minutos.

2018. El minúsculo estudio en el que vivía yo, encima del taller de coches. Sintió la necesidad repentina de ponerles cerrojos a todas las ventanas y otros dos en la puerta.

—Pues sí —responde. Doblamos la esquina de la calle principal—. Chico conoce a chica. Es una historia muy sencilla.

Eso levanta mis sospechas.

—Vale…

—Mira: la madre del chico decide que quiere mudarse a un pueblecito de la costa este. Busca algo distinto, algo nuevo, y no deja de hablar de la Pequeña Florencia. El chico no acaba de entenderlo, pero la sigue. La ayuda a establecerse. En mitad de la mudanza, el chico conoce a la chica. En realidad se choca con ella. Y ella es… —Luka tose y tensa el brazo sobre mi hombro—. Es increíble. Inteligente, divertida, guapa de verdad. Pero también está triste. Así que la invita a una cerveza y a un sándwich de queso fundido y después…, bueno, después no para de toparse con ella. La invita a más sándwiches. Y ya está.

Y ya está. Trago con dificultad. Es nuestra historia, pero… distinta. Sí que me invitó a un sándwich de queso fundido y a cerveza. Me dijo que era una disculpa por casi atropellarme. Llevaba meses sintiéndome como si nadara bajo el agua y, de repente, llegó Luka y emergí a la superficie.

Levanto los ojos y lo miro, atascada en una parte en concreto de la historia.

—¿Crees que soy guapa?

Frunce el ceño mientras seguimos andando.

—Pues claro. Si ya te lo he dicho más veces.

Niego con la cabeza, algo perpleja. Echo la vista atrás, tratando de recordar ese día y los que vinieron después. La amistad con Luka surgió sin esfuerzo alguno. La mitad de las veces no recuerdo cómo era mi vida antes de él. Es como si siempre hubiera formado parte de ella. Y no es de extrañar, después de una década.

Y, aunque siempre hemos estado cómodos con el otro, como es habitual entre mejores amigos, no creo que me haya dicho nunca que soy guapa. Luka siempre ha parecido..., inmune no sería la palabra adecuada. Supongo que no creí que pensase así en mí. Los amigos no ven a sus amigos en esos términos.

«Desde luego que a ti sí que te llaman la atención sus clavículas —contribuye mi cerebro, solícito—. Y no dejas de lanzarle miraditas a los bíceps».

—Qué va.

—Oh. —Frunce aún más el ceño—. Pues eres guapa, La La.

Lo dice casi como si la cuestión lo enfadase. Y con ese ceño, además. Bueno, es probable que sea el piropo más raro que me hayan dedicado jamás.

Aunque es verdad que, una vez, un tipo me dijo que tenía buenos dientes. Y una señora, en el supermercado de un par de pueblos más allá, me soltó que tenía unos gemelos potentes.

—Pero si quieres que me invente que te salvé de un cubo de basura que venía rodando hacia ti en mitad de la calle mientras tenías la bota atascada en una alcantarilla..., por mí que no quede.

—Me suena de algo... —farfullo.

Sonríe con malicia, pero apenas lo noto. Mi cerebro sigue encallado en lo de que soy guapa.

Guapa, guapa, guapa. Continúo rumiando la idea mientras caminamos, así que no me doy cuenta de que me conduce hasta el invernadero que hace justo esquina. Es enorme, tiene acristaladas las paredes curvas y una cúpula decorada y pintada de color en lo alto. Las siluetas de las cestas colgantes y las hojas enormes rozan los ventanales, pero el vaho de los calefactores impide distinguir ningún detalle. Cuando era niña, los chicos del instituto solían colarse y dibujar penes en los cristales empañados.

Sigo a ciegas a Luka, que se agacha para atravesar una de las puertas de vidrio grueso. De inmediato suceden dos cosas: la fuerte humedad del invernadero me recibe de inmediato ahuecándome el pelo y Mabel Brewster suelta un chillido a pleno pulmón.

Luka y yo damos un respingo.

—Ya te vale —gruño—. ¿De verdad pensaste que empezar por aquí era una buena idea?

Mabel zigzaguea entre los estantes de suculentas de la parte trasera con una mirada que roza la locura. Lleva el cabello negro en trencitas y recogido con pulcritud alrededor de la cabeza con una banda naranja y roja que contrasta con su piel oscura. Aunque yo noto el sudor que se me comienza a acumular en la parte baja de la espalda y el hueco de la garganta, es injusto que a ella le resplandezca la piel con la humedad del invernadero y sus altos pómulos presenten un suave brillo. Parece una «Barbie Invernadero», justo lo que le digo cada vez que viene al vivero con hierbas frescas.

Pero en este momento lo que parece es un cartucho de dinamita dispuesto a todo.

Vuelvo a gruñir, por si acaso. Luka cambia el peso de pie; por lo que se ve, comienza a arrepentirse de su decisión cuando Mabel vuelca un par de palmeras en sus macetas y ni siquiera afloja el paso.

—¿Por qué está así?

Sé con exactitud a qué se refiere, pero quiero oírselo decir.

—¿Así cómo?

Luka me acerca a su cuerpo, como si pudiera protegerme de la determinación, francamente aterradora, que muestra Mabel. La conozco desde el instituto. La última vez que la vi así fue cuando pilló a Billy Walters dibujando penes en los cristales del invernadero de su padre.

—Como si quisiera descuartizarnos en cachitos chiquititos, pero, de alguna manera, también quisiera comernos a besos.

Ahogo una carcajada. Mabel apenas llega al metro y medio y, empapada como está, pesará unos cincuenta y cinco kilos. Pero lo que le falta de estatura lo compensa de sobra con su energía. Viene hasta nosotros con paso firme y mira con fijeza la mano de Luka cerrada alrededor de mi brazo. Este me acerca una pizca más hacia él y exhala, trémulo, sobre mi nuca. Me reiría encantada, pero me da un poco de miedo cómo podría reaccionar Mabel.

—Se os ve acaramelados. —Ninguno de los dos abre la boca. Mabel entrecierra los ojos—. Llevaba un tiempecito sin verte, Luka.

—Me viste hace dos semanas, Mabel. En el súper.

Murmura algo, aunque no le da la razón.

—Y tú…, doña Vivero Chic, ¿no tienes nada que anunciarle al resto de la clase?

Su mirada fulminante casi me hace un agujero en la mano que tengo aferrada a la cazadora de Luka.

—Pues no mucho —respondo, haciéndome la tonta—. Ah, bueno —continúo y Mabel levanta la vista—, que te tendré unos restos de poda listos la tercera semana de noviembre. Para que hagas coronas de Adviento con ellos si quieres.

Me mira como si quisiera retorcerme el cuello.

—Para hacer coronas.

—Sí.

—Pues muy bien.

Transcurre un instante de silencio en el que nos observamos. Yo reprimo una sonrisa y noto el rumor de una carcajada atrapada en el pecho de Luka. Me gira y me coloca delante de él; me rodea los hombros con ambos brazos y me envuelve. Encajamos a la perfección. Su barba incipiente y rasposa se me enreda en la mata caótica en que se ha convertido mi pelo con tanto calor. A Mabel se le iluminan los ojos y en sus labios comienza a desplegarse una sonrisa.

—Esperábamos que pudieras hacernos una corona para la puerta principal de casa —propone Luka, con la barbilla apoyada en mi coronilla.

Pero qué listo es. Podría habérselo dicho sin más, pero ha preferido actuar como si fuera algo que Mabel ya debiera saber. Una conclusión lógica. Ha apuntado justo al corazón de la red de cotilleos del pueblo.

Mabel entrelaza los dedos y se lleva las manos al corazón. Sonríe de oreja a oreja mientras se balancea sobre los talones.

—Por fin —canturrea.

Y así, como quien no quiere la cosa, comienza nuestra farsa.

Por lo visto, hay una cadena telefónica en Inglewild.

Y lo descubrimos en cuanto salimos del invernadero de Mabel y cruzamos el camino que comunica la estación de bomberos con la calle principal. Las persianas del garaje están subidas y Clint y Montgomery están repantigados en las sillas de jardín descoloridas que usan cuando hace buen tiempo. Los dos rompen a aplaudir en cuanto estamos cerca y de algún lugar del interior sale un fuerte silbido. Gus, sin duda. Es probable que tenga medio cuerpo debajo de la furgoneta de emergencias, arreglando algo.

—¡Por fin, hostias! —exclama Clint, que levanta su bebida energética a modo de brindis. Monty le da un cachete y señala el parque infantil completamente vacío al otro lado de la calle, como si la palabrota pudiera quedarse flotando e influir en los niños, inexistentes en este momento, y hacer que empiecen a jurar como un carretero. Clint lo aparta con un gesto de la mano—. ¡Mabel ha llamado para darnos la buena noticia!

—Pero si no hace ni doce segundos que estábamos allí —mascullo.

—Te lo dije: unos cotillas. —Luka saluda a Clint alzando la barbilla—. ¿Cathy sabe que bebes de eso?

Clint baja la mirada al brebaje que lleva en la mano y sonríe con descaro a Luka.

—Por supuesto que sabe que tomo esta fantástica bebida hidratante y potenciadora de electrolitos. —Baja la barbilla y nos mira a ambos por encima del borde de las gafas, una sombra de advertencia en sus ojos sonrientes. Cathy, su mujer, le daría una buena tunda si supiera que sigue bebiendo de eso tras el último susto que le dio el corazón—. Pero chitón, ¿eh?

En la librería, Alex nos saluda discretamente con la taza de manzanilla en la mano al pasar por delante de las amplias ventanas del escaparate. La señora Beatrice, cascarrabias como siempre, no hace sino arrugar el ceño cuando Luka asoma la cabeza con mi mano envuelta en la suya y le pide un *latte* para llevar. Y Bailey McGivens y su mujer, Sandra, casi se echan a llorar cuando nos cruzamos con ellas en la acera.

—Cuánto nos alegramos por vosotros —consigue decir la primera mientras se aferra al brazo de Sandra—. Esperábamos que acabara por suceder.

No sé si me habla a mí o a Luka, pero me sonrojo, tartamudeo y hago todo lo posible por no encogerme de la vergüenza. No tenía ni idea de que todo el mundo estuviera tan interesado en nosotros. Lanzo una miradita de reojo a Luka para ver si se siente incómodo, pero no hace más que sonreír con amabilidad y aceptar las felicitaciones con desenvoltura, sin una pizca de ansiedad en su bello rostro. ¿Y yo? Yo soy como una madeja prieta de desazón.

—¿Te encuentras bien? —Me hace la pregunta al oído mientras engancha los dedos a una trabilla de la cintura de mis pantalones.

Casi pego un salto del susto.

—¡Fenomenal!

La situación se repite durante nuestro paseo por el pueblo. Gente que conozco de siempre o que no conozco de nada nos da palmaditas en los hombros, nos saluda con la mano y nos da la enhorabuena. En cierta manera se diría que estamos protagonizando un desfile y me alegro infinito de que Luka sugiriera que lo hiciéramos ahora y no cuando Evelyn esté en el pueblo. La gente actúa como si fuéramos los elegidos y nuestra unión determinase el destino del mundo.

Para cuando llegamos a la oficina del sheriff al final de la calle principal, estoy agotada. No creo haber hablado con tanta gente desde la última vez que la señora Beatrice ofreció un dos por uno de sus *mochaccinos* de Nutella y el pueblo entero se plantó a hacer cola en cuanto abrió.

Luka me acaricia la espalda antes de pasarme los dedos por el pelo y clavarme el pulgar en la base de la nuca. Experimento lo que solo puede describirse como un escalofrío generalizado mientras un sonido absolutamente obsceno me sale de la boca. Luka responde con un murmullo de interés.

—¿Pizza a la vuelta?

Asiento, todavía concentrada en el centímetro cuadrado de piel donde traza pequeños círculos presionando con el pulgar. La mitad de mi ser quiere desplomarse de bruces sobre la acera; la otra mitad quiere arrancarse toda la ropa.

Luka arquea una ceja y sus ojos marrones se oscurecen en un destello. Vuelve a presionar el pulgar con interés, a modo de prueba, y yo echo los hombros hacia atrás con un leve estremecimiento. Siento su presión en el bajo vientre y en la curva de la columna vertebral.

Siempre me he sentido atraída por él. Posee todo lo que más me gusta: es alto, siempre anda despeinado, tiene una mandíbula potente y el puente de la nariz salpicado de pecas. Sin embargo, nunca me ha costado hacer caso omiso de todo ello y convencerme de que no lo veo así.

Ahora sí que lo veo.

Una sonrisita taimada le asoma en la comisura de la boca y un claro interés se vislumbra en las líneas de su rostro.

—No… —Se aclara la garganta y desliza los dedos sobre mi piel hasta que abarca con la palma la curva entera de mi cuello. Su mano es grande, cálida. Aprieta una vez al tiempo que me estudia la cara—. No me había dado cuenta de que…

No llego a saber de qué no se había dado cuenta, porque nos interrumpe el chasquido nítido de una escopeta al cargarse.

6

Luka usa la mano que tiene sobre mi nuca para tirar de mí hacia atrás y colocar su cuerpo medio tapando el mío. Miro por encima de su hombro y veo al sheriff Jones sentado en el porche delantero de la vieja comisaría con una escopeta apoyada con naturalidad en las rodillas.

—Buen instinto, hijo —le dice a Luka llevándose una mano al sombrero, pero sin soltar el arma con la otra—. Eso es un punto a tu favor.

Luka se ríe y relaja los hombros mientras exhala con fuerza. Aparta la mano de mi cuello con ademán de alivio.

—Vaya, ¿me está poniendo a prueba?

El sheriff Jones no se ríe.

—Por supuesto.

Dane Jones, el sheriff del pueblo, fue la primera persona a quien mi madre y yo conocimos cuando nos trasladamos a Inglewild. Nos vio sacando nuestras pertenencias del coche atestado y se ofreció a ayudarnos. Se echó al amplio hombro uno de los bolsos de lona desparejados de mi madre y sujetó una caja de libros míos con el otro brazo. Pidió un par de pizzas para nosotras, le dio a mi madre su tarjeta y le dijo que lo llamara si alguna vez necesitaba algo.

Oculto una sonrisa tras el abrigo de Luka y luego me alzo de puntillas para saludar con la mano al buen sheriff.

—¿Qué tal, Dane?

Este deja de mirar con fijeza a Luka para sonreírme. Apenas podría considerarse una sonrisa según la definición habitual, pero después de casi veinte años sé lo que significa esa inclinación en sus labios.

—Me he enterado de que estáis saliendo.

—Ah, ¿sí?

—Así que he pensado en daros la enhorabuena. —Luka emite un sonido ahogado de protesta; sin duda se pregunta cómo puede interpretarse como «enhorabuena» la presencia de la escopeta. Dane vuelve a clavar los ojos en él—. Y en hacerle una advertencia a este muchacho.

Ah, vale.

Mi sonrisa se ensancha y una calidez se me instala en el pecho. Por raro que parezca, noto cómo Luka se relaja delante de mí.

—¿Eso es todo? —dice señalando el arma con la cabeza—. ¿Una escopeta descargada y una advertencia ambigua?

—No tiene nada de ambiguo que te diga que te romperé cada uno de los huesos de ese cuerpo tan bien estructurado si veo el menor asomo de una lágrima en la cara de esta chiquilla. Y disfrutaré de lo lindo hundiéndote física, mental y emocionalmente. —Se apoltrona en la butaca y levanta los pies para apoyarlos en la barandilla. Le da una palmadita a la escopeta—. ¿Y quién dice que esta no esté cargada?

—Ah… —Luka traga saliva—. Entendido.

Se extiende un silencio mientras los tres nos miramos. Yo, a Dane. Dane, a Luka. Luka, y hay que reconocerle el mérito, no aparta la mirada del sheriff.

—¿Sabes? —intervengo con la voz cuidadosamente controlada—. Cuando salí con Wyatt, jamás nos viniste con una escopeta.

Dane vuelve sus ojos perezosos hacia mí y me mira impasible.

—Creo que los dos sabemos que aquello no iba a ninguna parte, Canelita.

Pongo los ojos en blanco ante el apodo que me dio cuando

tenía trece años y le confesé entre lágrimas el abyecto crimen que había cometido al olvidarme de pagar una piruleta de canela en la tienda Stop and Save de la esquina de Third con Monroe. Me senté delante de su escritorio y rompí a sollozar desconsolada mientras le tendía las muñecas para que me esposara, pues estaba segura de que se vería obligado a hacerlo.

Para mi sorpresa, no vio la necesidad de mandarme al calabozo.

—¿Vas a ir donde tu padre el fin de semana que viene?

Tuerzo el gesto. Casi se me había olvidado.

—Sí, como siempre.

Luka se vuelve y me mira con el entrecejo fruncido.

—¿Sigue haciéndolo? ¿Lo de adelantar Acción de Gracias?

Sí, mi padre sigue haciéndome ir a una cena adelantada de Acción de Gracias en su casa para evitar el horror de tener que recibir a su hija ilegítima durante el verdadero festivo. Y sí, mi padre sigue siendo la peor combinación de egocéntrico y narcisista y su falsa modestia, el broche de oro, es igual de falsa que él.

Pero es la única familia que me queda y eso también debería contar.

Aun cuando él no quiera.

—Sí —me limité a responder—. Voy a llevar la tarta.

Noto que los dos me miran con cara de pocos amigos. Luka parece albergar ciertas opiniones al respecto. Creo que lo he visto arrugar el ceño más en los últimos dos días que desde que nos conocemos. Dane vuelve a acariciar la escopeta con los dedos, perdido en la contemplación.

—Salúdalo de mi parte —me propone— y dile que sigo pensando que no llega ni a la altura de lamerle el culo a Satanás.

Rompo a reír. Me encantaría ver la cara de Brian Milford si le hiciera llegar ese mensaje. Luego se lo mandaré a Charlie.

—Claro que sí. —Enlazo mi brazo con el de Luka y comienzo a tirar de él de vuelta al pueblo. Con un poco de suerte, a Matty le quedará algo de pizza de masa gruesa de *pepperoni* y podremos pillar una tarta para llevar—. Como siempre, un placer, sheriff.

—Lo mismo digo, Canelita. Te estaré vigilando, Peters.

Yo medio esperaba que se apuntara a los ojos con dos dedos antes de dirigirlos a Luka y luego hacer el gesto de cortarle el cuello. Pero, por lo visto, sería ir demasiado lejos para el hombre que en estos momentos está sentado delante de la comisaría con un arma en el regazo.

Mientras caminamos de regreso, Luka permanece callado. Levanto la vista hacia él y noto que su ceño no se ha relajado un ápice. Carraspeo. ¿Qué no daría por sentir de nuevo la ligereza de sus dedos enganchados en la trabilla de mi pantalón?

—¿Te ha molestado?

—¿Qué?

—El sheriff. Creo que iba de broma, más que nada. Ya sabes que es un poco sobreprotector.

Luka va a pasarse los dedos por el pelo, pero en el último segundo recuerda que todavía lleva puesto el gorro con el pompón, así que, en su lugar, se sube el borde hasta que una densa y desordenada mata queda liberada sobre la frente. Con sus mejillas sonrosadas y su pelo oscuro y alborotado, su figura debería lucir en una bola de nieve. Suspiro.

—No, ha estado bien —responde. Esboza una sonrisa y parte de su melancolía se esfuma—. De hecho, ha estado genial. Me gusta que haya gente que saca la cara por ti.

—Se pasa por el vivero semana sí y semana no. Creo que hasta manda a sus agentes a limpiar las cunetas del tramo de carretera que lleva hasta nuestro negocio.

Y siempre nos compra tres árboles. Todos los años. Se lleva bastantes calabazas y las coloca en cada barandilla de su porche delantero. Se asegura de comprarles un chocolate caliente a Layla y producto fresco a Beckett. Es un buen hombre.

—Pero ¿por qué sigues yendo a casa de tu padre, La La? Siempre estás muy… —escoge las palabras con cuidado, mirándome de reojo— muy encerrada en ti misma después. Te pone triste.

Me encojo de hombros y fijo la mirada en nuestros pies, que marcan el mismo ritmo sobre la acera. Las piernas de Luka son mucho más largas, pero refrena su paso para adaptarlo al mío. Dos pares de botas en perfecta armonía.

—Triste no, solo... me cansa, creo. Siempre acabo agotada.

—Entonces ¿por qué sigues yendo?

—Me gusta ver a Charlie. Y Elle es maja.

—¿Y? Puedes verlos siempre que quieras. No tienes por qué participar en ese no festivo tan raro que tu padre se empeña en celebrar año tras año.

No estoy segura de que sea idea de mi padre. Él sigue el juego, claro. Y, desde luego, le resulta más cómodo que yo asista a esa versión de Acción de Gracias y no al fiestón que celebra en la fecha correspondiente para el consejo de administración que supervisa su empresa de gestión de fondos de cobertura. Pero al principio era Elle quien me invitaba.

Suspiro y decido mostrarme sincera.

—Es agradable tener un lugar al que ir —respondo en voz baja—. Tener una familia a la que visitar.

Aunque la cena entera dure unos incómodos noventa minutos de conversación intrascendente, sigue siendo una tradición.

—¿Cómo? ¿No me estarás diciendo que...? —Me sorprende oír a Luka enfadado. Furioso, incluso—. Stella, te he invitado a todas y cada una de nuestras cenas de Acción de Gracias.

Ya lo sé. Y todas y cada una de las veces he rechazado la invitación. En su lugar paso el día en un albergue de las afueras de Baltimore, sirviendo puré de patatas y sándwiches de pavo hasta que los brazos se me caen de cansancio. De camino a casa paro en una estación de servicio Sheetz y compro mi peso en bolitas de patata frita y bocaditos de macarrones con queso.

Y está bien. Perfecto, incluso. Es justo como quiero pasar ese día. Mi madre solía preparar un festín similar cada día de Acción de Gracias. Nunca podíamos permitirnos el guiso de pavo, batatas y judías verdes, así que improvisaba. Comprábamos comida congelada, poníamos la mesa con nuestra cubertería de plástico más elegante y nos moríamos de risa al brindar con Dr. Pepper.

Es mi pequeña tradición.

—Pero si te veo al día siguiente —me defiendo—. Ya sabes

que no me gusta perderme las ofertas del Black Friday en la librería.

Luka se detiene y me agarra de los hombros con ambas manos. Levanto la vista hacia él y el pompón atrae de nuevo mi atención. Es exasperante de verdad. Vuelvo a mirarlo con el ceño fruncido.

—¿Por qué no has querido pasar Acción de Gracias conmigo y con mi madre?

Porque la madre de Luka sigue pellizcándole los carrillos cuando entra por la puerta. Porque su abuela y todas sus tías preparan la cena sin dejar de gritarse en italiano y golpearle las muñecas con una cuchara de madera a cualquiera que se acerque demasiado a la cazuela. Porque es cálido, ruidoso y caótico: perfecto. Porque se parece demasiado a todas las cosas que me estoy perdiendo.

Me encojo de hombros y Luka murmura algo entre dientes.

—Bueno, dado que no puedo impedirte pasar el día con ese gilipollas si quieres hacerlo, al menos no permitiré que vayas sola. —Me mira de tal manera que noto que la cosa va en serio. Parece que estuviera proclamándolo desde lo alto de una colina, delante de un enorme prado verde. Con una espada o algo en la mano. Quizá un kilt—. Iré contigo.

Me esfuerzo por borrar de la mente la imagen de Luka de esa guisa.

—¿Cómo?

—Que voy a acompañarte a la cena de Acción de Gracias falsa y forzada.

—Ni hablar.

—¿Por qué no?

—Bueno, para empezar, porque no estás invitado.

—Bah, a Charlie le caigo fenomenal. Le mandaré un mensaje y ya.

Eso es cierto. A Charlie le cae de vicio. Lo invitaría en un nanosegundo.

—¿Y después?

—¿Cómo?

Lo miro confusa antes de volver la vista con anhelo al rótulo con una pizza a dos manzanas de distancia. Como se hayan quedado sin la de base gruesa para cuando terminemos esta discusión, puede que jamás se lo perdone a Luka.

—Has dicho: «Para empezar». ¿Y después?

—Y después... —Busco una respuesta adecuada—. Después...

—¿Ves? —responde, ufano. Pongo los ojos en blanco y aprieto el paso hacia la pizzería. Me voy a comprar una pizza de base gruesa para mí y Luka que se quede con la especial vegetariana sin gluten y de masa fina—. Después no hay nada.

—Claro que hay algo después —replico. No quiero que oiga cómo me habla mi padre y que vea que a veces ni siquiera me dirige la palabra, como si no estuviera, como si fuera una sombra incómoda en la mesa. No quiero que Luka descubra cómo es mi cena de Acción de Gracias cuando la suya es maravillosa—. No quiero que vengas.

Eso hace que se quede parado y noto cómo sus pasos titubean al lado de los míos. Me esfuerzo por resistir las ganas instintivas e inmediatas de retirar lo dicho.

—Eso no es cierto —responde en voz baja y el pecho se me encoge al oír en su voz lo dolido que se siente—. No lo dices en serio, Stella.

Mierda. Me detengo en la acera y lanzo una última mirada anhelante a Matty's Pizza antes de volverme hacia Luka y agarrarlo con las manos justo por encima de los codos, como tan a menudo hace él conmigo. Lo sacudo una sola vez.

—Luka. —Se lo ve tan triste que es casi gracioso. No tengo ni idea de cómo su madre sería capaz de disciplinarlo de pequeño—. Luka, ya estás haciendo muchísimo por mí. No quiero que vengas... —Trato de recordar sus palabras exactas—. No quiero que vengas a mi cena de acción de Gracias falsa y forzada.

Se recupera un poco.

—¿Es por eso? ¿Porque crees que hago demasiado por ti? —Cuando asiento, vacilante, suelta aire con fuerza y se balancea sobre los talones—. Bueno, pues es muy fácil.

—¿El qué es fácil?

—Que voy a ir contigo. Somos amigos desde hace casi diez años, La La. Deja de llevar la cuenta de lo que hacemos por el otro.

Por suerte para Luka, sigue quedando pizza de base gruesa de *pepperoni* cuando por fin llegamos donde Matty. Como de costumbre, él me espera en la acera mientras yo entro a toda prisa a comprar la comida. El pizzero me sonríe y me guiña un ojo desde la cocina en la parte trasera y me hace saber que a los tortolitos hoy los invita la casa. Hasta dispone las lonchas de *pepperoni* formando un corazón. Esto contribuye en gran medida a aliviar mi frustración por lo de Luka.

Él dice que no lleva la cuenta de lo que hacemos por el otro, pero yo no puedo evitarlo. Siempre he tenido problemas a la hora de aceptar ayuda y en los últimos tiempos parece que no hago más que pedirla. No sé cómo voy a compensarlo por todo esto.

Permanecemos callados de vuelta al vivero; el murmullo de la radio llena el silencio entre nosotros. De vez en cuando, la caja de cartón cruje cuando meto la mano para sacar una loncha o dos de *pepperoni*. Trato de disimular, pero a la tercera Luka alarga la mano y me agarra la muñeca, guiando una loncha grasienta y perfecta hasta su boca.

Me muerde los dedos con la punta de los dientes y con el labio inferior atrapa y tira del pulpejo del pulgar. Noto su lengua un instante y el corazón me da una vuelta de campana.

Emite un gruñido exagerado mientras mastica y me veo obligada a bajar la ventanilla un par de centímetros.

Después de eso dejo cerrada la tapa de la caja.

Cuando doblamos la curva para adentrarnos en el estrecho camino que conduce hasta el vivero, veo que Beckett nos hace un gesto con la mano, los codos apoyados en el poste de la valla que rodea el huerto que usamos para cultivar verduras. Luka frena hasta detener el coche y baja la ventanilla. Me apresuro a tomar una fotografía para subirla a la cuenta de Instagram del vivero y Beckett arruga la cara. La culpa es suya por estar allí parado con ese aspecto. En algún lugar por detrás de mí, Luka suelta una risita.

—¿Por qué he recibido cuatro llamadas sobre vosotros dos?

—¿Cuatro llamadas?

—Primero mis hermanas y luego la cadena telefónica.

Mis cejas se levantan disparadas.

—¿Estás en la cadena telefónica?

Beckett frunce el ceño.

—Todo el mundo está en la cadena telefónica.

—Yo no —oigo decir a Luka por encima de mi hombro— y La La tampoco.

—Ah, bueno. —Beckett se encoge de hombros, con total despreocupación. A decir verdad, ni siquiera sabía que el hombre tuviera móvil. Cuando lo necesito, no hago más que salir de la oficina y vociferar su nombre hacia los campos—. Si lo que queríais era que la gente se enterara, misión cumplida.

Frunzo el ceño: algo se remueve en lo más recóndito de mi mente. Con toda la emoción, me da la impresión de que se me ha olvidado algo importante. Beckett se despide de nosotros y se vuelve para seguir con lo que sea que hace cuando está solo con las patatas, mientras que Luka continúa por los caminos.

Recuerdo mis dudas a primera hora del día ante la idea de que nos estábamos precipitando sin haber planeado nada. Esta vez ha funcionado, sí, pero ¿y luego qué? Sigo dándole vueltas cuando me bajo del coche y revuelvo en el bolso en busca de las llaves, abro la puerta con el hombro y entramos los dos al recibidor atestado. Me quito las botas de una patada y hago caso omiso cuando Luka las alinea de inmediato mientras dejo la bufanda en la mesa. Entro automáticamente en la cocina y saco los platos en forma de gnomo a juego con el paño de cocina, abandonados por el anterior propietario y, la verdad, demasiado graciosos como para deshacerme de ellos. Agarro una loncha de *pepperoni* y me quedo mirando por la ventana que hay encima del fregadero.

Me bastan dos bocados para percatarme del problema.

—Luka.

No ha hecho caso de mi humor introspectivo y ha acampado en mi sofá, un partido de fútbol americano universitario en la televisión y una cerveza IPA en la mano. Se vuelve a mirarme, su largo brazo estirado sobre el respaldo del dos plazas.

—¿Ya te has dado cuenta?

Asiento y me acerco un paso más. Tomo un bocado extra de pizza para que me dé fuerza y valor.

—Todo el mundo cree que estamos saliendo —comienzo por decir. Él responde con los ojos con toda claridad: «¿No era ese el objetivo de lo de hoy?». Le lanzo una mirada penetrante, pero me recuerdo que no sabe leerme la mente—. Es solo que…, si creen que estamos saliendo, ¿qué van a pensar cuando… lo dejemos?

Todas las personas con las que nos hemos topado hoy estaban encantadas por nosotros. Apostaban por la relación. A Bailey McGivens se le han empañado los ojos. Mabel casi tira a Luka al suelo cuando ha insinuado que estábamos viviendo juntos. Sé que debería haberlo pensado antes, pero todo esto empieza a parecerme un follón tremendo. Y Evelyn ni siquiera ha llegado aún.

Luka da un largo trago a la cerveza y entre sus cejas se forma una pequeña línea.

—No te sigo.

Rodeo el sofá y me siento en el borde.

—No tenemos una estrategia de salida.

—¿Para qué queremos una estrategia de salida?

¿Es que vamos a ser novios de mentira para siempre? ¿Vamos a pasear del brazo por el pueblo los sábados para luego volver cada uno a su casa? Me parece… raro. Mi cara debe de delatar la confusión que siento, porque Luka se ríe y levanta las manos.

—Echa el freno y escúchame. —Se vuelve hasta que queda de frente a mí y apoya el botellín en mi rodilla. Entrecierro los ojos, alargo la mano para cogerlo y doy un rápido trago. El delicioso amargor del lúpulo me explota en la boca y me calmo un poco—. Entiendo que lo de hoy ha sido un poco por dar espectáculo, pero cuando todo termine, después de encandilar a Evelyn Stackhouse…

—Saint James —lo corrijo.

—Lo que sea. Cuando tú ganes el concurso, ¿qué habrá que cambiar en realidad? Hoy no hemos hecho nada demasiado distinto a lo que hacemos siempre. Solo le hemos lanzado un par de indirectas a Mabel.

Pienso en el modo en que me ha rodeado la nuca con la mano, en los latidos de su corazón contra mi espalda cuando me atrajo hacia su pecho. Pienso en cómo hundió su nariz bajo mi oreja al pasar junto a la librería mientras señalaba la nueva antología de no ficción sobre asesinos en serie. Vale que a veces actuamos así, pero no diría que es normal.

Luka prosigue, sin fijarse en mi mirada dudosa.

—Porque, a ver, ¿qué tenías pensado? ¿Enviar una circular o algo? ¿Y si simplemente... seguimos?

Lo miro sin entender. Él le pega un mordisco gigantesco a la pizza, encantado de la vida. No tengo ni idea de qué quiere decir. ¿Seguir con qué, Luka? Me gustaría agarrarlo de los hombros y sacudirlo. ¿Seguir con qué?

—¿Que nosotros...? —Casi no quiero ni decirlo. Agarro su cerveza y me la acabo de cuatro tragos antes de arrugar la cara. La IPA no está hecha para trincársela así. Le tiendo el botellín vacío y entrelazo los dedos sobre el regazo. Empleo mi voz más paciente, la que uso cuando los niños de la guardería vienen a visitar el vivero en su excursión anual y les enseño a plantar semillas—. Luka, ¿qué quieres decir con «seguir»?

Me mira como si supiera con exactitud el tipo de voz que estoy poniendo.

—Imagina que estuviéramos saliendo de verdad. —Su mirada se suaviza a la luz neblinosa del televisor, sus ojos marrones cálidos y reconfortantes. Una media sonrisa le curva la comisura de la boca, como si la idea le gustase. Como si no pudiera imaginar nada mejor—. Esta parte de nuestra relación no cambiaría, ¿no?

—¿La de comer pizza en el sofá? Por supuesto que no.

Aunque imagino que lo de llevar puestos pantalones sería opcional. La sola idea me provoca un cosquilleo por todo el cuerpo.

—No, lo que quiero decir... —Mientras busca las palabras

adecuadas, levanta la barbilla y mira al techo como si en algún lugar allá arriba, entre las vigas de apoyo, fuera a encontrar la respuesta. Al sol crepuscular, su rostro es una suma de líneas puras. El ángulo agudo de su mentón. La pincelada oscura de sus cejas. La rectitud de su nariz y las pecas que danzan sobre ella. En cuanto llegamos a casa se quitó el gorro, pero su pelo aún no sabe con exactitud qué hacer, por lo que sigue despeinado, revuelto y disparado en todas direcciones—. Lo que intento decir es que, si saliéramos de verdad, quiero pensar que, pasase lo que pasase, seguiríamos haciendo lo mismo que hacemos ahora. Que, aun en caso de que cortásemos, como tanto te preocupa, seguiríamos siendo amigos y haciendo esto mismo. Seguiríamos igual.

—Así que tú crees... —Trato de seguir su lógica—. Vale, tú crees que, como somos amigos, daría igual si cortamos o no.

—Sí, justo eso —asiente—. No hace falta que le digamos nada a nadie. Simplemente seguiremos haciendo lo que hemos hecho siempre y, si alguien pregunta, supongo que podemos contarle algo. Pero es poco probable.

—¿Y eso no...? A ver cómo lo digo, ¿no afectará a tus actividades cuando estés de vuelta en la ciudad? ¿Una vez que esto acabe?

Me mira, confuso, mientras se pasa la mano por el pelo, adelante y atrás, alborotándoselo aún más si cabe.

—¿Actividades?

—Ya sabes. —Hago un gesto vago con las manos—. Que salgas por ahí y quieras cortejar a alguien o yo qué sé. —Sueno como si tuviera ciento siete años.

Parpadea sin apartar la mirada de mí.

—¿A quién voy a cortejar yo, a la señora Beatrice?

—Luka.

—Eso no lo he hecho jamás en el pueblo.

Tuerzo el gesto al recordar una noche en el bar, estando de visita durante las vacaciones de primavera de la universidad, en que empezó a subir la mano por el muslo de una turista por debajo de la barra mientras le rozaba el hombro con la nariz y se le acercaba más y más. Carraspeo.

—Una vez o dos sí que lo has hecho en el pueblo.

Frunce el ceño como si no tuviera ni idea de lo que le hablo. Como si la mera idea fuera ridícula.

—Claro que no.

No estoy dispuesta a seguir con la conversación y a explicarle por qué tengo cada, ejem, encuentro suyo grabado a fuego en el cerebro.

—Para el caso es lo mismo —replico, tratando por todos los medios de sonar relajada—. Si «seguimos» y la gente cree que estamos saliendo juntos, podrías tener... problemas. Para ligar.

—Tampoco es que importe —contesta, confuso y algo dolido—, porque no es algo que haya hecho en unos... cinco años, Stella. Y menos aún en el pueblo.

—Vale. —No tiene razón, pero vale.

—Pues eso.

—Bien.

Se le escapa una carcajada de frustración y estira las piernas, abiertas sobre el sofá. Yo tengo mis reservas, pero después de lo de hoy es demasiado tarde para echarse atrás. En el peor de los casos, podemos decirle a todo el mundo que hemos decidido que nos va mejor como amigos.

O podría fingir mi propia muerte y trasladarme a México. Me apuesto lo que sea a que a un vivero de árboles de Navidad le iría fenomenal allí abajo. Podría vender palmeritas minúsculas en cáscaras de coco por alguna playa.

Al cabo de unos minutos en los que ambos miramos sin ver a un ala abierta que corre como una exhalación por el campo de fútbol, me roza el pie con el suyo, enfundado en un calcetín.

—Todo va a salir bien, La La. Pase lo que pase, no voy a desaparecer de tu vida, ¿vale?

Solo a Luka se le ocurriría abordar mi mayor miedo mientras tengo la barbilla pringosa de grasa de *pepperoni*. Mi padre se marchó antes de que yo naciera y dejó a mi madre destrozada. Esta murió cuando yo tenía poco más de veinte años. Nos mudábamos con tanta frecuencia que no pude hacer amigos para toda la vida. Nunca he conseguido conservar a nadie a mi lado.

—¿Me lo prometes?

No me avergüenza el modo en que me tiembla la voz ni el nudo que tengo en la garganta. Luka necesita saber lo importante que esto es para mí. No estoy dispuesta a hacer nada que implique perderlo a él.

Entrelaza nuestros dedos y me aprieta la mano. Sus ojos son sinceros, por lo que es fácil creerlo.

—Te lo prometo.

7

La semana previa a la versión de mi padre de Acción de Gracias transcurre a toda velocidad. Luka la pasa en Nueva York, encargándose de no sé qué misterioso proyecto laboral que me explica con algún adjetivo impreciso, por lo que ocupo mi tiempo organizándolo todo para el cambio de temporada festiva en el vivero.

Una vez que se ha marchado de vuelta a la ciudad, encuentro un ambientador de pino en la puerta de casa, colgado en mitad del dintel como un tallo de muérdago. Tiro de él con una sonrisa y lo guardo con los demás al tiempo que me pregunto si parará cada vez en la gasolinera de las afueras del pueblo.

Limpiamos el campo de calabazas dañado e instalo un par de cámaras a lo largo del límite de la propiedad. He tenido que conducir durante casi veinte minutos para dar con una tienda de electrónica con existencias de algún tipo. Barry, de Barry's Electronics, me informó de que, aunque estas cámaras no son tan avanzadas como otras del mercado, me harán saber si alguien entra en el vivero sin mi conocimiento.

O si los mapaches han desarrollado cierta ansia de destrucción calabacil.

En un golpe de absoluta genialidad, Beckett convierte los árboles retorcidos de la plantación sur en un bosque encantado para la noche de Halloween. Lo mejor es que no tiene que hacer nada de nada para que parezca salido de *El laberinto del fauno*. A Susie Brighthouse le basta un vistazo mientras recoge el cáterin con su madre en la pastelería de Layla para declarar que «mola» y, antes de que me dé cuenta, la clase entera de segundo corretea entre ellos como una horda de zombis borrachos.

No habíamos tenido tantos visitantes desde la última temporada navideña y, a pesar de que son un grupo de acelerados adolescentes prepuberales, bastan para que lo tome como una señal esperanzadora. Beckett, Layla y yo lo celebramos como es debido, sentados en el borde de los campos con un termo de sidra especiada mientras los escuchamos chillarse.

—¿Qué has puesto para asustarlos?

—Nada.

—¿Nada?

—Tal vez les dé miedo su propia estupidez.

En general es una buena semana. Me despierto la mañana del día falso y forzado de Acción de Gracias esperándome lo peor, pero me llevo una agradable sorpresa: no aparece nada destruido en el vivero, todos los pedidos llegan a tiempo y nadie se presenta en mi oficina para decirme que hay un incendio. Una parte de mí espera que se abra un abismo y me hunda en lo más profundo del infierno mientras recorro los campos de camino al enorme granero rojo, pero no veo sino las jardineras bien atendidas al lado de la carretera, los árboles en la distancia y un par de cestas vacías junto al sendero que ha debido de olvidar algún recolector de verduras.

Las recojo y me las cuelgo del brazo para luego apilarlas junto a la puerta del granero, donde me introduzco para empezar a bajar las cajas con los adornos de Navidad. Es mi momento favorito del año, la transición entre el otoño y el invierno: cuando saco de las cajas todas las cosas que hacen de este un lugar mágico.

Hank hacía lo que podía para dotar al vivero de un ambiente festivo, pero se preocupaba más de los árboles que de la experiencia. Dejó tras su marcha un par de tristes renos de madera, un trineo fabricado a base de cajones de transporte y un traje de Santa Claus apolillado. Todas las luces tendidas a lo largo de los edificios se habían fundido años atrás y la señal que indicaba el Polo Norte estaba gastada y descolorida. La primera semana que pasamos en el vivero, Layla lo llamó «Navidad en un yermo posnuclear».

La mayor parte de mi presupuesto el año pasado se fue en remodelar la finca. Quería que la gente que bajase por el estrecho camino de tierra se encontrase con un túnel de enormes bombillas iluminadas, iguales que las que tenían sus abuelos. Quería que atravesasen las puertas de la verja, decoradas con dos enormes lazos de color rojo cereza, y se dejaran guiar por postes indicadores pintados con espirales en rojo y blanco. Quería que las familias se apearan del coche y se toparan con filas y filas de árboles en la falda de las colinas, que los niños echaran a correr para ponerse a la cola de la pista de patinaje.

Quería que tuvieran la impresión de haberse sumergido en un especial navideño de Dolly Parton.

Agarro la escalera y comienzo a bajar cajas, a levantar tapas y a echar un vistazo a través del papel de embalaje envuelto con todo el cuidado. Acaricio la señal del Polo Norte que me pasé horas pintando con una plantilla de estarcido y que me dejó las puntas de los dedos rojas durante semanas. Parte de la tensión que siento en los brazos desaparece al llegar a la quinta caja. Parece que todo está completo y donde tiene que estar. Hasta el renito que Beckett hizo con latas de cerveza y que me dio el año pasado en el intercambio de regalos cutres.

Levanto uno de los gigantescos lazos rojos y paso el dedo por el borde inferior. Es estúpido ponerse emotiva precisamente por un lazo, pero así soy yo. Pensé que..., con todo lo sucedido, los lazos estarían hechos jirones o que los habrían robado o alguna otra chorrada. Pero aquí están, impecables y perfectos, listos para lucir preciosos en nuestras compuertas de hierro forjado. Me siento agradecida. Envío un deseo a los fantasmas de las Navidades pasadas, presentes y futuras. Lo único que necesito es este poquitín de magia para llegar al final del mes.

—Por favor —susurro, deseando tener un tallo de muérdago para dar una vuelta a su alrededor. Tal vez baste con una barrita de incienso de menta.

—¿Es eso lo que vas a ponerte esta noche? —Cuando me doy la vuelta, Luka está apoyado en la puerta abierta del granero con un dónut en la mano. Tiene los hombros relajados; el cuerpo anguloso, distendido, y sus ojos efectúan el mismo patrón un-dos-tres con el que sus manos siempre presionan mi piel. Tengo una excusa lista en la punta de la lengua, dispuesta a recular, a explicarme, pero él no da señal de haber oído la súplica lanzada hacia las vigas del granero. Da un mordisco al dulce y asiente al ver el enorme lazo que tengo en las manos y que me oculta a medias—. Atrevido, pero festivo. Desde luego, llamará la atención.

Con ganas de hacer el tonto, me aprieto el lazo contra el pecho y me envuelvo en él, extiendo la pierna por debajo y arqueó el cuello. Soy Jessica Rabbit con un bonito lazo rojo. Oigo un sonido ahogado y, al incorporarme, me encuentro a Luka doblado por la mitad, tratando de tragar el pedazo de dónut, que se le ha atascado.

Preocupada, arrojo el lazo encima de las cajas de adornos, corro hasta él y lo golpeo una y otra vez con el talón de la mano entre los omóplatos. Trato de recordar lo que nos enseñaron en la clase sobre resucitación cardiopulmonar del instituto. ¿Había que seguir el ritmo de una canción? Me pongo a canturrear entre dientes antes de que Luka me aparte de un manotazo; su risa suena algo ronca.

—¿Por qué cantas Earth, Wind & Fire mientras yo casi me ahogo?

Ay, que… no era esa la canción.

Luka tose una vez más y se incorpora, la boca ensanchada por una sonrisa arrebatadora. En momentos como este es fácil pensar que es mío. Así, con esta sonrisa y en este lugar. Con las botas marrones de cordones y un jersey encima de la camisa de cuadros. La punzada posesiva es tan aguda que me arrebata el aliento y tengo que frotarme el esternón en un esfuerzo por librarme de la sensación. Es como si nuestro pequeño espectáculo en el pueblo hubiera abierto una rendija de la caja de acero en la que guardo a buen recaudo todos mis sentimientos por él.

Debo recordar que Luka no es mío. Ni siquiera cuando fingimos que sí.

Él ladea la cabeza, reflexivo, y algo se tensa en las líneas de expresión de sus ojos. ¿Qué no daría por saber qué se le está pasando por la mente? El instante se esfuma y hago lo posible por mantener el tipo.

—¿Estás lista?

No, no lo estoy. Quiero quedarme aquí, en este granero, con él y con mis bonitos lazos rojos el resto de mi vida. Quiero olvidar que nada más existe. Quiero que Layla nos deje dónuts de sidra especiada en la puerta para alimentarnos. Y puede que una pizza o dos.

Sin embargo, suspiro y miro a su espalda, donde su coche permanece estacionado en el aparcamiento de grava a la puerta del granero. Me permito fantasear con rajarle los neumáticos y así vernos obligados a quedarnos aquí.

—Qué remedio.

—¿Se te hace cuesta arriba? ¿Lo de este Acción de Gracias raro?

Apoyo la frente en la ventanilla y contemplo las granjas y los pastos al otro lado dando paso poco a poco a los centros comerciales. Unas afueras animadas con un Starbucks con *drive-in* y unos grandes almacenes Burlington. Con casas cortadas por un mismo patrón con sus vallas de un blanco inmaculado y su único roble levantado en el jardín delantero. Perfecto para colgar un neumático como columpio. Cuando era niña, soñaba con casas así.

Me cuesta ir a casa de mi padre, pero no por los motivos que Luka cree. Es probable que piense que me duele ver la casa, el jardín, la bodega y el garaje para cuatro vehículos cuando lo más normal era que mi madre y yo compartiésemos un apartamento de una sola habitación. Que me duele ver el hogar que formó con Elle y con Charlie en lugar de con mi madre y conmigo. Y en cierto modo es verdad, pero más me duele sentarme a esa mesa en una fiesta supuestamente familiar y darme cuenta de lo mucho que mi padre y yo nos parecemos.

Tenemos la misma cara redonda, los mismos ojos grandes y

azules y el cabello oscuro y rizado. Cuando conocí a Charlie, me quedé de piedra. Fue como mirarme en un espejo. Mi madre solía bromear diciendo que lo único que había heredado de ella eran su inclinación por fantasear y un gancho de derecha potente. Le gustaba fingir que no le importaba, que quedarse soltera había sido su elección. Pero conforme crecí, me di cuenta de lo sola que se sentía. Que yo recuerde, nunca salió con nadie. Mi padre la destrozó al abandonarla.

Por eso me duele. Me siento a esa mesa y no dejo de hacerme preguntas. Si cada vez que mi madre me miraba lo veía a él. Y si eso la entristecería.

Dibujo una carita sonriente con el meñique en la condensación de la ventanilla.

—Sí —me limito a responder, sin añadir nada más.

Veo que Luka me lanza miradas de preocupación por el rabillo del ojo, pero no les hago caso. Esta noche va a… ir bien. Todo va a ir bien. Como siempre.

Cualquier duda que tuviera sobre la presencia de Luka a mi lado desaparece ante la gratitud que siento al saber que, en el peor de los casos, puedo emborracharme a placer con el vino carísimo de mi padre y dejar que me lleve de vuelta a casa y me meta en la cama.

Borro la carita sonriente con el pulgar, me recuesto en el asiento y, apoyada en el reposacabezas, me vuelvo a mirar a Luka. Sobre el regazo tengo un par de tartas mediocres. No le he pedido a Layla que me hornease nada. Mi padre no se merece uno de sus dulces.

—Hemos pasado al lado de, por lo menos, tres restaurantes Wendy. ¿Quieres que pasemos de la cena y nos compremos un helado?

—No. —Suspiro, porque la oferta es tentadora. Tal vez a la vuelta—. Ver a Charlie estará bien.

Luka murmura algo.

—Sí, estará bien. Hace que no lo veo desde… —mueve la boca sin emitir sonido alguno mientras hace memoria— el 4 de Julio, ¿no?

De todas las cosas extrañas y alienantes que me han sucedido tras la muerte de mi madre, Charlie es la más positiva. Busqué a mi padre y me puse en contacto con él en un intento irreflexivo por dar un cierre a su historia. Había imaginado que querría enterarse... Bueno, pensé que le gustaría saber que la mujer con quien había tenido una hija había muerto. Aún recuerdo el vestido que llevaba cuando aparqué en la entrada de su casa aquel cálido día de primavera. Cómo me enfadé al ver las flores abiertas en su jardín. ¿Por qué seguían abriéndose cuando mi madre había muerto? ¿Por qué el sol seguía brillando tanto? ¿Por qué la gente reía en el porche de su casa, bebiendo limonada como si tal cosa?

Un vestido azul pálido con unas bailarinas rojo chillón. Quería estar guapa. Llamé a la puerta y esperé, con el corazón en un puño y un taco de cartas que mi madre había escrito en la mano. Fue Charlie quien respondió y su saludo quedó interrumpido en cuanto se fijó en mí. Parpadeó, estupefacto, con sus ojos enormes y azules, igualitos que los míos.

Charlie nació exactamente ocho meses después que yo. Cuando me enteré, me quedaron claras muchas cosas.

Y a pesar de la incomodidad inherente a que la hija ilegítima de tu padre se presente en tu porche delantero un día cualquiera de primavera, Charlie y yo nos hicimos amigos enseguida. Supongo que los dos deseábamos tener un hermano.

—¿Fue el 4 de Julio cuando insistió en competir bebiendo cerveza boca abajo y vomitó a chorro junto a la casa de Beckett?

A Luka se le escapa una risita entre dientes.

—Sí, ese día. Le advertí que no lo hiciera.

—Qué va. De hecho, creo que lo animaste. Pero si hasta lo vitoreabas.

—Ay, mierda, es verdad. Los chupitos de gelatina de Layla debieron de afectarme de alguna manera. Es que los prepara buenísimos. Ni te enteras de que te has metido entre pecho y espalda una botella entera hasta que llevas un gorro del Tío Sam y exiges que un hombre adulto beba cerveza boca abajo.

—Estamos viejos para los chupitos de gelatina y beber cerveza boca abajo.

—Está claro que sí —se ríe—. Creo que es hora de pasarnos al vino barato e irnos a la cama prontito.

—No te falta razón.

Agradezco la distracción. Ni me doy cuenta de que hemos llegado hasta que Luka aparca el coche en la calle que hace esquina con el camino de entrada. Me dice que es para facilitar nuestra huida al tiempo que me guiña el ojo con malicia, por lo que no dejo de reír hasta que llegamos a la puerta delantera. Qué agradable y qué distinto de mi trayecto habitual, lento y pesaroso.

Llamo a la puerta y me quedo mirando su perfecta pintura azul marino. No tiene ni un rasguño. Enderezo los hombros centímetro a centímetro hasta que me siento fuerte, impasible. Casi doy un respingo cuando siento unos dedos entrelazarse con los míos. Luka me aprieta la mano.

—Helado. —Forma con los labios sin emitir sonido alguno y me guiña un ojo.

8

Mi llegada a esta casa siempre constituye una experiencia extraña. Supongo que, a su manera, puede considerarse una tradición. Elle nos recibe tan efusiva y encantadora como siempre, sin un solo pelo rubio fuera de sitio. Lleva la blusa blanca metida con esmero por dentro de su bonita falda azul regio, tiesa como un palo y sin una arruga. Me pregunto cómo se las apaña para sentarse y que se le quede así. Me la imagino apoyada en la pared. O tumbada cuan larga es en el sofá.

Accedemos al recibidor, donde el sol se refleja en los suelos de mármol y, de ahí, en el intricado candelabro que cuelga en el centro del «hall de entrada», como lo llama ella. Es imposible dejar de comparar una y otra vez la vida en este lugar con la que mi madre y yo llevábamos. El tipo de mujer que era mi madre y el que es Elle. Mamá habría respondido a la puerta con la cara manchada de mermelada y un lápiz pinchado en el pelo, descalza y con el esmalte de las uñas de los pies desconchado. Nosotras no teníamos hall de entrada.

—¿Habéis llegado bien? Espero que no hubiera mucho tráfico.

Qué amable, haciendo como si de verdad fuera Acción de Gracias y no un sábado cualquiera de noviembre. La sigo hasta la cocina y, diligente, deposito las tartas en la encimera.

—Hemos venido sin problemas.

—Me alegro de oírlo —responde. Mira a Luka y apoya la barbilla en las manos entrelazadas. Parece que estuviera posando para el catálogo navideño de J. Crew—. Y me alegro mucho de que hayas traído a un amigo.

—Yo también me alegro de haber venido. Gracias por aceptarme con tan poca antelación —responde Luka mientras le tiende un ramo de flores recogidas en el vivero.

La mujer hunde la nariz entre los pétalos y las mejillas se le sonrojan. Me tapo la boca al sonreír. Es bonito saber que no soy la única a quien afectan los gestos de Luka.

—He oído hablar tanto de ti a Charlie y Stella que me hacía ilusión conocerte por fin en persona.

Posa los ojos en uno y en otro con lo que entiendo que es una mirada significativa. A veces olvido que, a pesar de que Charlie y yo hemos aceptado al otro en nuestras respectivas vidas en muchos sentidos, mis interacciones con Elle siguen siendo muy limitadas.

—Viniendo de ellos, no quiero ni imaginar las historias de horror.

—Tonterías. —Elle pone las flores en un jarrón que saca de encima del frigorífico y luego camina repiqueteando hasta el horno, a cuyo interior echa un vistazo. No creo que jamás se me haya ocurrido andar por casa con tacones de aguja. Ni siquiera creo que mis zapatos hayan llegado a rebasar el umbral—. Mis hijos no dicen más que cosas buenas de ti.

Ha debido de escapársele. En realidad, no son más que dos palabras, y un solo posesivo. Pero la cocina entera se queda como si de repente le hubieran sacado todo el aire. Puede que emita un sonido, o puede que mi cuerpo hable lo bastante alto como para que no haga falta, pero me siento electrocutada. Rígida y frágil, como uno de esos espantapájaros dispuestos en los maizales.

Elle se incorpora al instante, con la cara tensa. Por primera vez desde que la conozco, parece azorada.

—Lo que quería decir… —Compulsiva, no para de colocarse el pelo por detrás de las orejas—. Yo solo quería decir…

—No pasa nada. —Le dirijo una sonrisa débil y me aclaro la garganta—. Ya sé que no… Sé lo que querías decir.

—Stella. —Se la ve afligida—. Yo...

Por suerte, lo que fuera a decir se ve interrumpido por un estruendo procedente de la puerta delantera. Esta cena ya es lo bastante difícil sin el recordatorio añadido de que soy la hija que su marido tuvo con otra mujer. Oigo varias bolsas golpear el suelo, una palabrota amortiguada y, a continuación, el sonido nítido del cristal al estrellarse contra el mármol. Elle deja caer la cabeza hacia atrás y mira al techo esbozando una sonrisa compungida.

—Ese debe de ser Charlie.

Se me escapa una carcajada y la tensión huye de la cocina al mismo tiempo que Elle, que sale a buscarlo al recibidor. Suspiro y me sacudo la incómoda sensación que me ha dejado la conversación, el confuso cóctel de sorpresa y remordimiento. Lo de la sorpresa tiene sentido. Lo del remordimiento no acabo de entenderlo. Luka se me acerca; sus ojos marrones expresan calidez mientras me aprieta con cariño el brazo. Con ternura, me acaricia por debajo de la barbilla con los nudillos.

—¿Estás bien? —pregunta en voz baja.

—Sí —respondo y me sorprende darme cuenta de que realmente lo estoy.

O al menos lo suficiente como para no querer agarrar una botella de vino y pimplármela con las mismas. Esto ya constituye un cambio a mejor con respecto a cómo suelo sentirme llegado este momento de la tarde. Le sonrío y señalo con la cabeza las elegantes copas de cristal dispuestas en la encimera. Estamos debatiendo cuál de las carísimas botellas descorchar primero cuando la puerta de la cocina se abre con tanta fuerza que rebota en la pared.

—¿Que has traído una cita?

En lugar de saludar, Charlie entra en tromba, los brazos cargados con los restos desparramados de lo que traía para cenar. Grandes pedazos desgarrados de una bolsa de papel y un cordón de lo que entiendo que sería el asa. La masa de una tarta de pecanas y lo que parece el borde de un jarrón de cerámica decorativo que adornaba el recibidor. Los ojos de Charlie van de los hombros de Luka a mi cara y viceversa, entrecerrados por el desconcierto. No sé qué resulta más divertido: que Charlie no reconozca de inmediato a Luka o que haya sido capaz de concentrar una vida entera de agresividad fraternal y protectora en una sola pregunta.

Luka vuelve la vista a Charlie, sin soltar la botella de *cabernet sauvignon* que estaba abriendo. Flexiona y relaja los brazos una y otra vez mientras gira el sacacorchos. Me siento hipnotizada.

—Ey, tío. Cuánto tiempo.

A Charlie se le tambalea el montón de cosas que lleva en las manos y la mayoría acaba de nuevo en el suelo.

—Ay, dios. Por fin.

Me pongo roja como un tomate. Charlie debería estar en la cadena telefónica de Inglewild. Le arrebato la botella a Luka y me sirvo una copa generosa. Se acabó lo de no querer ahogar la incomodidad en vino.

—¿Cómo que «por fin», Charlie? Luka solo ha venido a cenar.

—Contigo —añade este, sonriéndome con malicia y guiñándome el ojo. Resoplo—. Juntos.

Luka y Charlie se dicen algo en silencio —uno enarca una ceja; el otro responde con las dos— y a mi hermano casi se le escapa una risita tonta. ¿En serio…? Luka me quita la copa de la mano y toma un sorbo, como un signo de exclamación silencioso en esta especie de conversación que acaban de mantener.

—A ver, sí, técnicamente hemos venido en el mismo coche —balbuceo. No le doy un bofetón, pero poco me falta. Dejo que se quede con la copa y cojo otra—. Así que vale, juntos. Como amigos. En armonía.

—Una armonía que flipas —salta Charlie, mordiéndose los labios.

Pongo los ojos en blanco y él me devuelve el gesto. Es extraño esto de ver mis expresiones reflejadas en su cara. Los mismos ojos grandes y azules, de un cobalto oscuro cuando la luz incide de cierta forma. Podríamos ser gemelos si no fuera por la anchura y amplitud de sus hombros. A mi lado parece una torre y, en cuanto da tres pasos y me envuelve con sus brazos, noto cada centímetro de nuestra diferencia de altura. Me cuelgan los pies sobre el suelo mientras lo rodeo por los hombros, con las puntas en las espinillas.

—Me alegro de verte, retaco —me dice.

Le pellizco entre los omóplatos y lo oigo reírse con calidez por encima de mi cabeza.

—Yo también me alegro de verte.

Me suelta y va hacia Luka, a quien dedica el mismo gesto, salvo lo de levantarlo del suelo. Sonrío a la copa al verlos abrazarse, Charlie con un trozo de masa de tarta todavía pegado en el brazo. Luka murmura algo en voz baja y Charlie suelta una risotada; los ojos le brillan cuando se cruzan de nuevo con los míos.

—¿Cenamos o qué?

Para cuando todas las bandejas de comida están sobre la mesa, mi padre aún no ha llegado y su ausencia pende ominosamente sobre nosotros. Es como esas nubes negras y pesadas que se forman antes de la tormenta, los relámpagos fulgurando en la distancia. Sabes que se acerca algo malo, pero no puedes huir de la naturaleza. Elle nos conduce al comedor formal, que no debe confundirse con el acogedor comedor familiar ni con el rincón del desayuno nada más salir de la cocina.

La mesa tiene el aspecto de un cuadro de Norman Rockwell. El mantel es de un blanco inmaculado y las fuentes de plata relucen. Nada que ver con los vasos de plástico y los platos de papel con los que me crie. El único detalle que indica que unos humanos de verdad vayan a tocar la comida son los minúsculos pavos de cartón que marcan el lugar donde debe sentarse cada comensal. Están gastados y descoloridos, los nombres escritos por una mano con poca práctica. Sonrío al imaginar a un Charlie mucho menor afanándose en poner pompones a los rollos de papel higiénico para que parezcan pavitos. Lo veo de niño, confeccionándolos, con los mismos rizos alborotados en lo alto de la cabeza y la punta de la lengua asomando por la concentración.

Mi nombre aparece escrito en una tarjeta mucho más nueva y profesional. Un sencillo STELLA impreso en un pedacito de cartón, fijado a un pesado sujetapapeles con forma de hoja. Los bordes apenas tocan la curva inferior de la «a». No es un objeto guardado de un año para otro. Es probable que se imprimiera esta mañana. Se lo habrán encargado a algún sofisticado proveedor, que lo ha estampado en cartulina gruesa de esquinas redondeadas.

Encuentro mi sitio y veo una nueva tarjeta haciendo compañía a la mía: LUKA, con una hoja de un naranja tostado. Clavo la mirada en la tarjeta un buen rato, hasta que todos los demás están instalados en su silla.

—¿Va a venir papá? —pregunta Charlie, con los ojos fijos en la silla vacía a la cabeza de la mesa.

Sé que mi padre y él no se llevan bien. Mi hermano suele tener que aguantar el peso de unas expectativas injustas. Trabaja en la misma empresa que él, formándose para algún día ocupar su puesto. Es una carga sobre sus hombros; una docilidad apagada que lo oprime cada vez que se encuentran en la misma habitación. Lo odio. No soporto ver cómo lo moldea a su imagen y semejanza, eliminando todo aquello que hace de Charlie una persona tan maravillosa.

—Con suerte, no —dice Elle antes de llenarse con parsimonia la copa de vino hasta el borde. Un copazo con todas las letras.

Charlie y yo nos quedamos mirándola. Luka emite un sonido, como si intentara no reírse. Jamás he visto a Elle decir nada malo de nadie, mucho menos de Brian. Ni siquiera cuando me presenté en la puerta de su casa como la peor sorpresa imaginable, seguro. Se limitó a lanzarme una mirada, murmurar algo para sí y ofrecerme una limonada.

Charlie es el primero en recuperarse.

—¿Te encuentras bien, mamá?

—Estupendamente, cariño. ¿Quieres un poco de vino?

—¿Queda algo?

La mujer inclina la botella a un lado y a otro.

—Una pizca.

Charlie alarga la mano y bebe de la botella. Sentado al lado de su madre, veo el sutil parecido que los une. La misma curva de los labios. Un hoyuelo que tiembla a la luz titilante de las velas. La picardía que se oculta en los ojos de Elle, pero se revela a las claras en los de Charlie. Esa que sale a relucir ahora que se ha acabado la botella.

—Puede que este se convierta en mi día de Acción de Gracias favorito —dice aquel.

Estoy a punto de darle la razón cuando oigo abrirse con torpeza la puerta delantera y unos pasos arrastrados en dirección al comedor. Charlie suelta una palabrota para el cuello de la camisa.

—Si antes lo digo…

Todos oímos en silencio a mi padre tambaleándose por la planta principal de la casa, sin rumbo fijo. Avanza dos pasos y se da la vuelta. Tropieza, trastabilla y se apresura hacia la cocina. En un momento dado suena como si se hubiera resbalado y su hombro hubiera chocado con la pared.

Luka se inclina hacia mí.

—¿Está…?

—¿Borracho? —Elle da un largo trago a su copa de vino demasiado llena—. Es probable.

Esto es nuevo. Creo que nunca he visto a mi padre bebido. Suele llegar tarde, alegando a voz en grito alguna excusa sobre la oficina, un cliente, un nuevo trato, no sé qué sobre lo importante y necesario que es en la empresa. Pero creo que nunca lo he visto con un pelo fuera de sitio. Siempre contenido, impecable. Frío e intocable.

Al fin se abre paso a codazos hasta el comedor formal; sus movimientos, descoordinados y caóticos. Al rodear con paso lento la mesa, vuelca con el brazo uno de los candelabros de plata y casi le prende fuego al mantel. Charlie lo endereza antes de que ocurra una desgracia y mueve el platillo de la mantequilla para tapar el pequeño cerco negro de la quemadura. Sus movimientos son ágiles, anticipatorios. Como si tuviera práctica arreglando desaguisados como este.

Siempre he pensado que era yo la que había tenido menos suerte en la vida. Brian Milford dejó a mi madre tirada en cuanto la prueba de embarazo dio positivo. Pero aquí, al ver esto, al contemplar cómo Charlie observa con tristeza a su padre, quien se deja caer a plomo en la silla que preside la mesa..., no puedo evitar pensar que me he librado de una buena.

—Feliz día de Acción de Gracias —murmura, la vista fija en el plato, sin molestarse en mirar a nadie a los ojos. Extiende el brazo y coge una porción de puré de patatas del cuenco para servir... con la mano.

Y yo no lo puedo evitar. No sé si es la tensión de haber venido, la decepción continua con este hombre y todos sus defectos o el estrés de la próxima visita de Evelyn, pero, al ver al autodeclarado dios de las finanzas comer puré de patatas de la palma de la mano como un crío, a mí... se me va. Los hombros me tiemblan mientras trato de contener la histeria. Trago de manera compulsiva, una y otra vez. Pero es una batalla perdida y, en cuanto la mano de Luka encuentra mi muslo por debajo de la mesa, supongo que queriendo comprobar mi estado mental, lanzo una risotada estentórea.

Ay, cómo me gustaría que los cuadros de Norman Rockwell fueran así. Puede que le hubiera encargado algo.

Mi padre me mira con el ceño fruncido. Es la primera vez que lo hace directamente en casi un año, creo, y tiene un hilo de salsa en la comisura de la boca.

—Estelle —dice, arrastrando las sílabas—, contrólate.

Mis carcajadas continúan, aunque a menor volumen.

—Vale —respondo con un leve asentimiento de cabeza, afable como siempre, aunque con una generosa dosis de sarcasmo que nunca me había atrevido a emplear con mi padre. No lo puedo evitar. No cuando me está reprendiendo con la mano llena de puré de patatas—. Claro que sí, haré todo lo que pueda.

Charlie no puede contener una carcajada, que se le escapa y hace que mi padre dé un respingo en la silla. Me vuelvo hacia Luka y veo que sonríe con la mirada fija en el guiso de judías verdes. Con su mano todavía sobre mi muslo y los dedos rozándome apenas el interior de la rodilla, de repente me siento agradecida hasta el absurdo por que haya venido. Por no tener que contarle todo esto *a posteriori* por FaceTime, arrellanada y sola en el sofá. Tenerlo a mi lado es como una inyección de confort y confianza. Busco su mano por debajo de la mesa y se la aprieto. Aparta sus ojos cálidos del plato y me sostiene la mirada.

Charlie tenía razón.

Es el mejor día de Acción de Gracias.

Elle no está de acuerdo con el sentimiento general. Me queda claro en cuanto mi padre se desploma de bruces y esquiva por poco la salsa de arándanos con la frente. Y es de la buena, además; nada de esa masa gelatinosa que mantiene la forma de la lata. Esta contiene frutos de verdad y rodajas de naranja, y hasta cierto punto me decepciona no ver a mi padre con la cara manchada de rosa para recordarlo la próxima vez que se comporte como un imbécil.

Aunque creo que me bastará con lo del puré.

Decidimos tratarlo como si fuera otro objeto decorativo en la mesa, sin más vida que los pavos de cartón. Me pregunto si Elle lo llevará con cariño hasta la cama, pero se levanta y desaparece en la cocina para luego volver con mis dos tartas y otra botella de vino. Charlie hace varias fotografías con el móvil y suspira melancólicamente.

—Sé que a todos nos preocupaba ver con qué tipo de cagada nos salía hoy el tío este —dice. Elle lanza una mirada a su hijo por hablar mal. Tiene ciertas reglas sobre lo que se puede decir o no a la mesa—. Lo siento, mamá. Pero, al final, creo que todo ha salido bien.

Mi padre ronca y su cuerpo entero se congestiona. Se remueve y una de sus manos aterriza en la salsera.

—A ver, es que admirad este servicio de mesa. —Charlie hace otra foto—. Qué perfección.

La mano de Luka sigue apoyada en mi muslo por debajo de la mesa, la palma ligeramente curvada, los dedos casi en el hueco entre mi rodilla y la pantorrilla. Me pesa como diez mil kilos y cada punto en que me toca la piel se activa como un circuito eléctrico. De vez en cuando me aprieta y, cuando me acaricia con suavidad el interior de la pierna con el meñique, doy tal salto que vuelco una cesta de panecillos. Él esconde una sonrisa tras la servilleta y deja la mano donde estaba.

—¿Las tartas son de Layla?

Charlie ya alarga las manos hacia la tarta de calabaza que tiene más cerca, con el tenedor atrapado entre los dientes. Niego con la cabeza.

—No, son de una receta sin azúcar que he hecho en casa.

Ante su mirada horrorizada, observo a Elle por el rabillo del ojo. Aunque esta noche ha sido distinta de todas las demás por su obvio desdén hacia mi padre, todavía no estoy segura de lo que puedo decir delante de ella. No quiero que me considere una desagradecida. Ni que deje de invitarme en el futuro. Tengo hambre de familia, de vínculos y de raíces, vengan de donde vengan.

Pero cuando me vuelvo hacia ella está sonriendo con serenidad a la copa de vino; un destello secreto en sus ojos me dice que ya sabe lo que voy a decir. Me encojo de hombros, tímida.

—No quería que estuviera rico.

Charlie vuelve a recostarse en la silla.

—Maldita sea, Stel. ¡Podrías haber traído tarta de pecanas, como te dije! Con eso habría bastado.

Podría, sí.

—Tú guárdale esta tarta a Brian para mañana —digo.

Elle levanta la copa con un hipido.

—Brindemos por ello.

—No ha sido como esperaba.

Nos encontramos a medio camino de vuelta al vivero y tengo un helado de chocolate extragrande entre las manos. Luka sujeta una caja de bocaditos de pollo picantes entre los muslos; medio pedazo le asoma entre los dientes mientras accede a la autovía. Cuanto más avanzamos, más aliviada me siento. Las estrellas comienzan a asomar mientras nos alejamos de las afueras.

—No suele ser así.

—¿Qué me dices? ¿Que tu padre no acostumbra a meter la

mano en las bandejas y comer de ella antes de quedarse roque? —responde Luka, que me ofrece un bocadito de pollo mientras yo niego con la cabeza.

—Pues sí, eso ha sido nuevo. —Dejo caer la cabeza en el respaldo y contemplo la luz de las farolas danzando sobre su piel. Amarillo, naranja, un rojo oscuro y apagado. Un dibujo relajante que le perfila los pómulos y la punta de la nariz. Luka flexiona las manos en el volante—. Sé que no lo has pasado bien, pero me alegro de que hayas venido.

Parece encantado y estira el cuerpo entero poco más de un centímetro. Me lanza una mirada rápida antes de volverla de nuevo hacia la carretera.

—¿Sí?

—Sí, aunque solo sea porque así te creerás lo que ha sucedido.

Se echa a reír.

—Ya, no sé si me lo creería de no haberlo visto con mis propios ojos.

—Y por el apoyo moral —añado un poco más en serio, envalentonada. Recuerdo lo que Layla dijo en mi dormitorio la otra mañana, que solo por decirle a alguien cómo te sientes de verdad no significa que vaya a irse. No creo que sea esto en lo que pensaba, pero es un paso más en la buena dirección. El mayor paso que puedo dar ahora mismo, la verdad.

—Por eso no tienes que darme las gracias, La La.

—Ya lo sé, y no lo estoy haciendo. Es solo… —Pienso en su mano sobre mi rodilla, en la forma en que abrazó a Charlie en la cocina. En cuando Elle le dio un beso en la mejilla al despedirnos en la puerta. En sus manos sobre mis hombros cuando me ayudó a ponerme el abrigo, deslizando los dedos por debajo del cuello para sacarme el cabello que había quedado atrapado—. Es solo que me alegro.

La caja donde guardo todos mis sentimientos por él se me agita en el pecho y amenaza con derramar el contenido.

Echo un vistazo a los perfiles sociales del vivero mientras avanzamos; Luka se remueve complacido en el asiento cuando le digo que Evelyn ha comentado la fotografía de Beckett que colgué el otro día. No se distingue su cara, solo se ve la silueta de un hombre alto a la luz dorada del atardecer, con kilómetros y kilómetros de campo a sus espaldas. Evelyn ha escrito: «Estoy deseando que pasen estas dos semanas para estar allí», seguido de una complicada serie de emojis que me provocan un escalofrío de emoción y una punzada de terror a la vez. Emoción porque nuestro número de seguidores ya está aumentando con un solo comentario suyo, y terror porque, bueno, ahora tengo que cargar con las consecuencias de lo que he hecho.

Bloqueo el teléfono y me lo llevo el pecho al tiempo que me muerdo el labio inferior.

—Quizá deberíamos practicar.

Es algo que llevo pensando desde nuestro paseo por el pueblo. Dada mi reacción cuando me puso la mano en la nuca y la palma en el muslo, creo que necesito un poco más de exposición antes de que Evelyn se presente en el vivero. No me fío de no soltar un chillido cada vez que me bese la mejilla.

—¿Practicar el qué? —pregunta Luka con despreocupación, las manos relajadas en el volante, el pulgar extendido a lo largo de la curva inferior.

—Actuar como una pareja.

Una pareja que se toca. Que se besa.

—Ah… —Acciona el intermitente, aunque no se ve un alma a kilómetros a la redonda. La luz de los faros atraviesa los maizales cuando gira en la curva que comunica con la carretera zigzagueante que lleva de vuelta al vivero—. ¿No es precisamente lo que hemos hecho esta noche?

Tardo un instante en comprender lo que acababa de decir, pero, cuando lo hago, me quedó inmóvil. No quiero dar nada a entender con la curva de los hombros ni con la tensión de la mandíbula. Aunque tampoco es que él pueda verlo. Las farolas han quedado lejos, nos hallamos en carreteras secundarias iluminadas tan solo por la luna llena.

Expulso el aire por la nariz con lentitud. No creía que esta noche fuera parte de nuestro plan. Creía que era solo… nuestra. De verdad.

—¿Por eso has venido? ¿Para practicar?

9

Trato de no transmitir ansiedad al hacerle la pregunta, aunque me siento como si me hubieran dejado sin aire de un puñetazo. Pues claro. Así que era eso. Las caricias, las miradas, las sonrisas tranquilas. Todo era una oportunidad de practicar delante de un público ignorante. Igual que nuestro paseo por el pueblo. Sacudo la cabeza. Debo tenerlo siempre en mente. No puedo confundir los sentimientos de Luka.

La vergüenza me pesa en el estómago como un plomo conforme el silencio se extiende entre nosotros. Por eso tendría que haber acudido a un servicio de acompañantes. Me apuesto lo que sea a que no pasaría semejante bochorno con una cita de alquiler.

Intento cambiar de tema.

—Creo que mañana voy a empezar con los preparativos de Navidad —murmuro, acurrucándome en el asiento. Pego las rodillas al pecho, prestando atención a cómo la falda se me acampana alrededor de los muslos. Los lazos. Pondré los lazos mañana y fingiré que esta conversación jamás ha tenido lugar. Si de todas formas fue una estupidez sugerir nada. ¿Qué vamos a hacer, practicar los besos? No estamos en el instituto. Somos capaces de besarnos sin ensayar—. Quiero tenerlo todo bajo control antes de que llegue Evelyn.

Mi cordura, por ejemplo.

—Vale... —Luka arrastra la palabra mientras el coche empieza a traquetear cuando el camino de tierra cede el paso a la grava—. Pero rebobinemos, ¿crees que te he acompañado esta noche para, no sé, aprovechar y practicar un poco? ¿Comprobar cómo debo darte la mano? —Observo cómo se remueve en el asiento y apoya el codo en la moldura de la ventanilla. Se frota la frente por encima de la ceja, frustrado—. No necesito practicar para cogerte la mano —masculla.

Me hundo aún más; las rodillas chocan con la guantera y las rodeo con los brazos.

—Se me ocurrió sin más.

—Pues menuda chorrada de ocurrencia.

Se me escapa una carcajada.

—Gracias, ¿eh?

Mi risa debe de calmar lo que sea que haya agitado a Luka, porque relaja los hombros, que se le habían subido hasta las orejas. Me mira una vez más desde el asiento del conductor; la luz de las estrellas forma un halo alrededor de su cabeza.

—Pero creo que tienes razón en lo demás.

—¿Qué demás?

—En lo de practicar.

Lo miro y parpadeo, incrédula.

—Acabas de decirme que no te hace falta.

—Lo que he dicho es que esta noche no te he acompañado para practicar. Es distinto. —Recorre con el pulgar la curva inferior del volante—. Creo que nos vendría bien.

Eso me sorprende.

—¿En serio?

—Sí, creo... —Ahora es él quien se remueve en el asiento—. A ver, lo de parecer una pareja. Addison...

—Evelyn —lo corrijo. No entiendo por qué no es capaz de recordar su nombre.

—Es probable que se sienta confusa si somos una pareja que no se toca para nada.

Sé que soy yo quien lo ha sugerido, pero mi imaginación toma de repente unos derroteros indecentes. Pienso en su mano en el interior de mi rodilla. En lo cálida que la notaba, en todo el espacio que era capaz de abarcar con la palma, en sus dedos curvados ligeramente hacia el interior de mi muslo. Imagino que asciende con ella por debajo de la falda del vestido. Y sube todavía más, con la nariz pegada a mi garganta y yo con las piernas abiertas por encima de sus caderas.

Él sigue hablando desde su lado del coche, explicándome no sé qué, pero no me he enterado de nada. Me aclaro la garganta.

—¿Cómo?

Luka traga saliva de forma ruidosa; un bache en el camino hace que el coche se bambolee.

—Te decía que si no va a ser raro que no nos besemos.

—Sería raro, sí —coincido. Sueno jadeante, como si me acabaran de dar un tiro en el pie.

—No hace falta mostrar tanto entusiasmo, La La. —Como no le respondo y sigo pensando en sus manos sobre mis piernas, Luka suspira; los nudillos se le ven tensos cuando aprieta las manos sobre el volante—. Estoy seguro de que podemos intentar evitarlo.

—Espera. —Me vuelvo en el asiento y el cinturón de seguridad se me queda atascado en el hombro—. ¿Ahora por qué te has enfadado?

—Porque actúas como si fuera una sentencia de muerte —farfulla.

—Pero ¿qué dices?

A la tenue luz de la consola de mandos, no distingo más que el perfil de su mentón, el puente de su nariz. Pero me basta para ver que está haciendo esfuerzos por controlarse. Cuando tiene el cuerpo tan rígido es que está cabreado. Alargo la mano hasta su antebrazo y lo aprieto. Casi hemos llegado a casa; la oscuridad nos envuelve como una manta. Las estrellas están ocultas por una densa capa de nubes y todo parece cernirse sobre nosotros con una quietud silenciosa. Se detiene delante de la entrada y deja el coche encendido al tiempo que exhala un suspiro desde lo más hondo del pecho.

—No lo sé. Esta conversación se nos ha ido de madre. —Se pasa una mano por la cara—. Creo que tienes razón en lo de practicar —afirma, tratando de reconducirla. La tensión que lo atenazaba empieza a disolverse y se ablanda el rígido perfil de su cuerpo—. Así no se te dará fatal la primera vez que pase con público delante.

—¿Que yo lo haré fatal? —respondo ofendida—. No se me da fatal. Pero puede que a ti sí.

—Te aseguro que no.

—¿Qué pasa, haces que te rellenen una encuesta después de besar? ¿Del tipo «Puntúe su nivel de satisfacción del uno al diez»?

Luka suelta una risotada.

—Pues no creas que es mala idea. La añadiré a la cesta de regalos poscoito con un código QR que escanear.

Pongo los ojos en blanco y me apeo del coche. Me alegra ver que podemos volver a actuar con normalidad tan rápido.

—No quiero volver a oír salir de tu boca la palabra «poscoito».

Dos puertas se cierran de golpe; dos pares de botas recorren el sendero de piedra.

—¿Por qué? —Luka me sigue con paso tranquilo y las manos en los bolsillos.

Porque no quiero pensar en él con nadie. Porque su mano en mi muslo durante la cena va a perseguirme durante décadas. Me aclaro la garganta mientras trato de encontrar las llaves en el bolso. Tengo a Luka demasiado cerca.

—Creo que «coito» es una palabra rara —digo sin apartar la vista del interior. Puede que algún día sea una persona más organizada y no tenga que rebuscar las llaves de casa cada vez que quiera entrar. Pero ese día no es hoy.

Su risa me acaricia la nuca. Me recorre un escalofrío; espero que él no lo note.

—Entonces ¿qué palabra prefieres?

—¿Qué?

Por fin consigo meter la llave en la cerradura y prácticamente me caigo cuando la puerta se abre. Tengo las mejillas ardiendo, a pesar del frescor del aire, y la respiración agitada. Me quito la bufanda y la dejo en la mesa.

—Si «coito» no te gusta —Luka hace lo posible por reprimir una sonrisita, pero esta se le escapa—, ¿qué palabra prefieres?

Lo que prefiero es cambiar de tema.

—No es algo en lo que me haya dado por pensar —acierto a responder.

Me descalzo de un puntapié y voy a la cocina. Luka me sigue en cuanto ha reorganizado mi espacio, como siempre. Me alegro de haber dejado fuera esta mañana el whisky bueno, sabedora de que necesitaría un buen reconstituyente a mi regreso. Whisky, limón, té y miel: todo está dispuesto a la perfección en la encimera. Y los restos de un bizcocho de calabaza, por cortesía de Layla.

Levanto la botella y miro a Luka con ademán interrogante. Este asiente y se apoltrona en la vieja mecedora del extremo de la mesa; no pega con nada y es feísima, pero sorprende por su comodidad. Cojo el limón y la tabla de cortar.

—¿Un polvo? ¿Un revolcón? —Casi me corto el dedo al oír las opciones que ofrece Luka—. ¿Un kiki?

—No puedo decir que nadie me haya propuesto nunca un «kiki».

—Algo más directo, entonces… —Luka apoya la barbilla en la mano y me mira con tal fijeza que lo siento en el bajo vientre y en las corvas de las rodillas—. Follar, ¿no?

Trago saliva ante el nuevo torrente de imágenes que se me precipitan por la mente como fichas de dominó obscenas. De verdad que ya no sé de qué estamos hablando. Al oír esa palabra salir de su boca, he perdido el hilo de la conversación. Lo único que noto es una punzada de calor infernal y sus ojos marrones oscurecidos en la quietud de mi cocina. Estamos en territorio inexplorado y… es bienvenido. Con la boca seca de repente, me paso la lengua por el labio inferior.

—Eh… —Sacudo la cabeza y cojo el vaso de whisky—. ¿Cómo?

—Follar.

Luka y yo hemos hablado de sexo dos veces exactas y siempre con términos vagos y gestos sugerentes con las manos. Una vez, cuando aludí a la falta absoluta de compromiso con los preliminares de la población masculina al completo, y la otra, después de ver un drama de época con una escena de amor de lo más confusa, en la que nos pasamos siete minutos debatiendo sobre mamadas.

Así que estoy... perpleja. Perpleja y acalorada de la cabeza a los pies.

—Yo no... —Niego con la cabeza y corto los limones antes de encender el fogón para la tetera. No deja de sorprenderme que sea siquiera capaz de llevar a cabo estas tareas básicas cuando tengo la impresión de estar viviendo una experiencia sobrenatural. Voy a oír a Luka decir «follar» por toda la eternidad—. ¿Qué está pasando aquí?

Él apoya el tobillo en la rodilla contraria y lo balancea.

—No lo sé. Supongo que me he dejado llevar. —Un leve sonrojo le tiñe las mejillas y me recorre los hombros con la mirada para bajar después por la curva de mi espalda. Nunca lo he visto mirarme así. Es como una caricia—. Es fácil dejarse llevar —añade casi sin darse cuenta; su voz, un mero susurro en el silencio de la cocina.

Lo observo sin saber si lo dice de broma o en serio. Ni idea. Casi parece que... que esté flirteando conmigo. No sé cómo responder. Sacudo levemente la cabeza y trato de encauzar una vez más la conversación.

—No es lo que tenía en mente.

—¿No?

—No creo que nadie vaya a preguntarnos cómo me refiero al sexo.

—Ahí tienes razón.

—Gracias.

Nos quedamos mirándonos en silencio, con el ambiente cargado de tensión. No sé ni dónde posar la vista: si en las yemas de los dedos mientras recorre con ellas el reposabrazos de la mecedora; en sus largas piernas, que se abren un poco, o en las puntas de las orejas, que se le han puesto algo coloradas. Mi examen visual se ve interrumpido cuando la tetera comienza a silbar al fuego. Le doy la espalda, me pongo de puntillas y saco un par de tazas del armario superior.

Lo normal es que tenga tazas desperdigadas por toda la cocina. No es que sea desorganizada, sino que me gusta la comodidad. Bebo un montón de café. Y de té. Y de whisky. Y de té con whisky. A veces vino caliente especiado. Y preparo algún que otro bizcocho en taza. Son mi recipiente favorito y, como tal, se encuentran por distintos puntos de mi casa.

Pero estoy intentando ser más ordenada, más organizada, y la llegada de Luka ha dado paso a mis típicas dos semanas de limpieza. Lo que, por desgracia, significa que he vuelto a colocar mis tazas en el lugar más inalcanzable de la cocina. Oigo el crujido de la mecedora, unos pasos indolentes por el suelo de madera y siento a Luka a mi espalda, tan cerca que me roza con las rodillas la parte trasera de los muslos. Me quedo sin aliento cuando una de sus manos encuentra mi cadera y la otra se eleva por encima de nosotros para coger las tazas.

—Y vuelta a las andadas —murmuro.

Al final no saqué el escabel para comprobar qué tiene guardado ahí arriba. Me siento algo indulgente, por lo que echo la cabeza hacia atrás para notar el roce de su barba incipiente en el pelo. Su risa reverbera en mi espalda; una taza queda depositada con pulcritud delante de mí, luego otra.

—¿Cómo te llama Charlie? ¿Retaco?

Luka no se aparta cuando cojo la tetera y vierto el agua; me tiende el whisky con una mano mientras la otra sigue en la cadera. Me la aprieta una vez.

—Sí, anda probando apodos. A ver si encuentra uno que cuaje.

—Tal vez debería probar el de Canelita. ¿No es así como te llama el sheriff Jones?

Murmuro algo, mi existencia concentrada en el punto en que me roza el hueso de la cadera con el pulgar. Se pega aún más a mí, durante un solo segundo, y siento contra mí la presión deliciosa y pesada de su cuerpo. Hunde la nariz en mi pelo y la desliza hasta por debajo de la oreja.

—Sí que hueles a canela —afirma en voz baja, seria, de una dulzura insoportable.

Vuelvo un poco la cabeza, mi sien contra su mentón.

—Gajes del oficio.

—Entonces ¿todos los silvicultores huelen a canela?

—Y a hadas de azúcar.

Luka se ríe y se disuelve la extraña tensión que hay entre nosotros. Da un paso atrás, pero su mano se resiste al soltarme la cadera, sus dedos se retiran con renuencia. Levanto la vista hacia él a la tenue luz de mi cocina y, por un instante, veo un hambre salvaje y feroz. Pero parpadea y se esfuma. Vuelve a ser mi Luka de siempre; el cambio es tan brusco que creo haberlo imaginado. Sus ojos marrones son tiernos; su sonrisa, sardónica; su pelo, una mata indomable.

Deja caer una rodaja de limón en mi bebida.

—*Saluti*.

—Gracias. —Le tiendo la suya; la taza, vieja y desportillada, tiene dibujado un zorro y pone ME LO PASO POR EL ZORRO. Bebe un sorbo; yo ladeo la cabeza y me quedo mirándolo—. Y gracias por haberme acompañado. Significa mucho para mí.

—No hace falta que sigas dándome las gracias —masculla con un puntito de frustración en la voz. Parece que quisiera decir más, pero se lo guarda y me estudia la cara. Siento su mirada como un dedo recorriéndome el mentón, el hueco de la garganta, la comisura de los labios—. Yo esto no lo hago para que me lo agradezcas, ¿vale?

Extiende la mano por encima de mi hombro y coge de la encimera un pedazo de bizcocho de calabaza, que sostiene entre los dientes al tiempo que tira de mí hacia el sofá.

—Vamos a ver *La jungla de cristal* y así me imitas a Hans Grueber.

Cuando nos acomodamos, con una manta de franela cubriendo nuestro regazo, ni siquiera se me ocurre preguntarle: si no lo está haciendo para que se lo agradezca, entonces ¿para qué?

Empiezo la jornada en el enorme granero rojo junto al camino, armada con un gran bastón de caramelo de plástico y una silueta de madera de un soldado cascanueces. Parezco un caballero vengador de la Navidad. Lo único que me falta es un arco y una flecha de pan de jengibre. Pero oigo ruidos en un rincón nada más entrar y no tengo intención de pillar la rabia antes de que llegue Evelyn. Los espumarajos en la boca no acaban de casar con la estética que busco.

Vuelvo a oírlo, un poco más alto esta vez, y uno de los arcos de metal gigantes que ponemos sobre el camino para colgar las luces se balancea.

—Mierda —mascullo mientras escruto el suelo.

Tal vez debería haber avisado a los bomberos para que viniesen a echar un vistazo. Ellos sabrían qué hacer con una familia de mapaches, ¿verdad? El arco vuelve a agitarse y suelto el bastón de caramelo antes de echar a correr hacia la puerta.

Hoy no quiero tentar al destino. Mañana será otro día.

Al intentar abrir la puerta del granero, la noto pesada. No se mueve con los dos primeros tirones y se me escapa una carcajada entre dientes. Por supuesto que voy a quedarme encerrada entre una infinidad de adornos con el bicho que haya decidido instalarse aquí. Debe de ser la venganza del karma.

Vuelvo a tirar y meto la punta de la bota bajo el borde inferior para que la madera vieja no se salga de la guía, procurando por todos los medios abrirla sin que se rompa. Al final, con un chirrido que no augura nada bueno a medida que se desplaza, cede lo suficiente y me cuelo por el hueco. Pero, en cuanto voy a salir del granero, alguien más decide entrar.

Mis rodillas chocan con Luka y suelto la puerta. Comienza a cerrarse y él profiere una sarta de exabruptos entre dientes al tiempo que me cubre con el cuerpo y nos aparta a ambos. Sigo pegada a él cuando se cierra de golpe.

—Ey —acierto a decir, la mirada fija en la puerta. No tengo ni idea de cómo voy a hacer para abrirla otra vez. Puede que Luka tenga que alzarme hasta los estrechos ventanucos de la fachada sur. Tendré que salir como pueda. Con suerte, Beckett y Layla estarán en algún otro punto del vivero y nadie tendrá una cámara a mano. Ya he expuesto mi torpeza con anterioridad, como demuestra una tarjeta navideña cortesía del móvil de Layla. Miro a Luka y parpadeo—. No te esperaba por aquí.

—Ya. Yo tampoco me esperaba por aquí.

Se pasa una mano enguantada por la cara y me observa con sus ojos marrones a través del abanico de los dedos. Deja caer la mano con un suspiro pesado; la frustración le tensa los rasgos.

—¿Todo bien?

—Stella, tengo que volver a la ciudad —me confiesa con la misma seriedad con que uno anunciaría que tiene cáncer o que ha descubierto un fantasma de la guerra civil en el ático.

—Vale.

Trato de esquivarlo, pero niega con la cabeza y hace que nos adentremos aún más en el granero, sus manos rodeándome los brazos. Me siento desorientada al caminar hacia atrás y lanzo una mirada a los arcos. Ahora no se mueven. Con suerte, la criatura que andaba por allí ya se habrá marchado.

—No creía que tuviera que volver antes de que Evelyn llegase.

Le doy una palmadita en el pecho por encima de la cazadora. Desde luego no esperaba que se pasase todo el mes de noviembre en Inglewild. De vez en cuando trabaja en remoto, pero, con todo, había entendido que iría y vendría a la oficina. Sé que dependen de él para las presentaciones ante los clientes y eso no puede hacerlo a través del ordenador.

—No pasa nada. Tampoco te vas a perder gran cosa por aquí. Solo vamos a empezar con los preparativos para la Navidad. Y puede que compremos una nueva puerta para el granero. —Miro por encima de su hombro y echo un nuevo vistazo a la puerta, que al menos parece no haberse salido de las guías—. ¿Cuándo vuelves?

—Dentro de una semana, creo. Y luego me quedaré todo el... —Traga saliva, sin acabar la frase—. Estaré aquí.

—Vale...

Todavía no entiendo por qué está tan nervioso. Permanece inmóvil con las manos rodeándome los brazos y apenas quedan cinco centímetros entre nosotros. Flexiona los dedos una vez, dos, y entonces me dirige una mirada de determinación mientras aprieta la punta de la lengua contra el interior de la mejilla.

—Creo que deberíamos practicar ahora, antes de que me vaya.

—Eh…, ¿vale?

De verdad que me sé otras palabras, pero mi mente es como un disco rayado, atascado en el recuerdo de Luka en mi cocina, con esa taza ridícula en la mano, oliendo a limón y a whisky. En la ronquera de su voz y en las cosas que decía. En su cuerpo apretado contra el mío delante de la encimera, su pecho tocándome la espalda, el borde del mueble clavándoseme en las caderas.

Después de que se fuera estuve dando vueltas en la cama, las sábanas enredadas en mis piernas desnudas, con la mano en el bajo vientre, por debajo del suave algodón de la camiseta. Me quedé en suspenso, deslizando las puntas de los dedos adelante y atrás justo por debajo del ombligo, con un anhelo que no había sentido en siglos.

—Verás, La La —me dice. Respiro hondo por la nariz y espero no tener escrito por toda la cara lo que estaba pensando—. La cuestión es que, si no lo practicamos hoy, vas a estar pensando en ello toda la semana.

Tiene razón. Por supuesto que voy a estar pensando en ello toda la semana. Me voy a obsesionar, me voy a poner de los nervios y es probable que, con el estrés, me zampe todos los *brownies* de moca y menta de Layla hasta que no quede ninguno para los clientes. Sí, ahora también prepara *brownies*.

—¿Vale? —Carraspeo y busco alguna otra palabra—. Vale. Pues qué bien.

A Luka no parece importarle.

—Voy a besarte y lo vamos a procesar como dos adultos que actúan de forma madura y por propia voluntad. Así, cuando vuelva y Evelyn esté aquí, ya no tendrás que preocuparte por ello. Todo estará bajo control.

El problema es que no soy una adulta que actúe de forma madura y decido que voy a besarlo yo primero. Como quien se arranca una tirita. Le agarro el cuello del abrigo con las dos manos y uso el impulso para izarme y pegarme a él. Lo hago con tal fuerza que unimos las bocas de manera extraña: con el labio inferior le toco la barbilla y pego la nariz a la suya en un ángulo raro. Ni trato de corregirlo ni me demoro; me dejo caer de nuevo sobre las plantas de los pies, con las manos enlazándolo todavía.

—Ya está —digo, satisfecha conmigo misma, como si por fin tuviera yo la sartén por el mango. Lo he besado yo primero. Lo he besado y todo estaba bajo control—. Hecho.

Me mira con incredulidad y se lleva la mano a la boca.

—¿Qué ha sido eso? —susurra.

Me encojo de hombros.

—Querías un beso. Te he dado un beso.

—Lo que me has dado es un buen golpe. ¿Es así como besas? —Parece preocupado de verdad.

Pongo los ojos en blanco.

—Anda ya.

—Es probable que tenga que pasarme por el dentista. —Aparta la mano y se la mira como si buscase sangre.

—¿Y lo de procesarlo como dos adultos que actúan de forma madura y por su propia voluntad?

Luka se tapa la boca con la mano para ocultar una sonrisa.

—Vale, tienes razón. Probemos de nuevo.

—¿De nuevo? Creía que había estado bien.

—Qué va a haber estado bien —espeta, con la mirada fija en mi boca. Es un hombre muy terco; el ámbar que suele iluminarle los ojos se ha vuelto de un marrón cálido como el chocolate—. Si alguien nos ve besarnos así, se dará cuenta de inmediato de que es una farsa.

Ahí tiene razón.

—Vale, pues prueba tú.

—Eso intento —farfulla exasperado.

Inspira hondo por la nariz y se queda mirándome con sus ojos oscuros. Un único rayo de luz entra por las ventanas en lo alto del granero; el sol matutino comienza a deslizarse por el suelo y apenas toca una vieja caja de espumillón, cuyas tiras estallan en una caleidoscópica lluvia de oro al resplandor del sol.

Luka no pronuncia ni una palabra. Veo cómo me observa la cara bajo la luz danzarina, con un reflejo dorado en la mirada.

Busca algo en mi expresión y, cuando lo encuentra, la comisura derecha de su boca se eleva con una sonrisa que le tensa con suavidad los labios. Es mi sonrisa, mía sola. La colecciono, como todas las demás; la atesoro y la guardo en el mismo cajón que los cartoncitos en forma de pino.

En un movimiento dolorosamente lento, se inclina hacia delante y me acaricia la nariz con la suya. Dejo los ojos abiertos, aunque todo se vuelve un poco borroso y chispas doradas titilan en los márgenes. A tan poca distancia, con su labio inferior apenas rozando el mío, puedo contar cada una de las pecas de su nariz: un puñado sobre el puente, cada vez menos a medida que se extienden por debajo de los ojos. En cierta ocasión, cuando éramos más jóvenes, nos emborrachamos con tequila y me dediqué a dibujar constelaciones sobre su piel, mi cabello formando una cortina a nuestro alrededor mientras me cernía sobre él. Recuerdo la gravedad de sus ojos al mirarme, tumbados como estábamos en el suelo de mi cuarto de estar, y sus dedos curvados alrededor de mi tobillo como si tratase de mantenerse a flote.

Me atrapa la boca con un beso al tiempo que encuentra con sus manos enguantadas las mías y sus dedos me acarician con dulzura hasta que nuestras palmas quedan unidas. Me molesta el grueso material que le cubre la piel y me impide sentir el calor y los callos. Da un apretón cuando me aproximo aún más a él, como una recompensa por buen comportamiento. Cuando suspiro, sonríe sobre mis labios y los suyos forman una curva que quiero grabar a fuego en todas partes. En la mejilla, en el cuello, en la piel suave de los muslos. Me siento como cada vez que discutimos. Yo, impaciente. Él, provocador. Me reconforta saber que, a pesar de inclinar la balanza de nuestra relación, seguimos siendo los mismos.

Luka me mantiene a la espera, nuestras manos entrelazadas, sus labios suaves y exploratorios. «Así —parece decir su boca contra la mía—. Poco a poco».

Qué delicioso sabor el de un beso que no pretende más. Que es paciente. Casto.

Que me vuelve loca.

Murmura algo cuando aparto la mano de la suya para deslizarla hasta su nuca, un ruidito de sorpresa que me incita a atraparle el labio inferior entre los míos. Quiero tirar de él con los dientes, quiero ver si ese sonido se vuelve más profundo, más intenso. Quiero mover la mano y enredar los dedos en su pelo, obligarlo a ladear la boca contra la mía. Quiero desenmarañar toda su calma tranquila hasta que esté tan impaciente como yo.

Sin embargo, retrocede. Con los ojos cerrados, me acaricia la mejilla con la nariz; apoya la frente en mi sien. No sabría decir si las que tiemblan son mis manos o las suyas.

—Hum —carraspeo. Me humedezco el labio inferior con la lengua, y noto el sabor a café de avellana. Y, si soy sincera, se me hace casi insoportable. Vuelvo a carraspear—. Creo que no está mal para empezar.

Luka se aparta del todo; yo fijo la mirada en la caja de guirnaldas del rincón. El sol ya la ha rebasado y ahora está medio en penumbra. Luka me suelta la mano y yo cierro ambos puños.

—Sí, ha estado bien.

Me armo de valor, levanto la vista hacia él y observo cómo se pasa las manos por el pelo, de delante atrás y viceversa. Parece que acabase de llegar a casa del supermercado. Como si hubiera tenido que parar de camino para echar gasolina. Tranquilo. Impasible.

Como si tal cosa.

Me digo que tengo que recomponerme.

—¿Nos vemos en una semana?

Luka asiente y camina hacia la puerta, se dobla por la cintura y trastea con algo cerca del suelo.

—Te llamo en cuanto salga de la ciudad.

—Muy bien.

Se yergue y tira del picaporte. La puerta se abre con suavidad. Una explosión de luz inunda el espacio y me rodeo el cuerpo con los brazos.

—¿Quieres que te acompañe hasta la oficina?

—No. —Señalo con un gesto el montón de adornos, las cincuenta mil luces enredadas—. Voy a seguir trabajando aquí un rato.

No me importa si hay una familia entera de rapaces escondida en el granero. Necesito tiempo a solas para analizar este beso y luego guardarlo a buen recaudo.

Luka titubea en el umbral.

—Hasta pronto.

Me despido con la mano y me dedico a desembalar los adornos. Es justo el tipo de movimientos inconscientes que necesito, demasiado concentrada en las luces, los bastones de caramelo y las señales para pensar con detalle en el beso. Ha sido un buen beso, sí, pero solo porque los dos estamos empeñados en que la farsa funcione. Porque los dos nos hemos comprometido a que esta relación falsa parezca lo más real posible. Que lo haya sentido hasta la punta de los pies no significa que tenga importancia alguna.

Para cuando todas las cajas están apiladas y clasificadas, he conseguido convencerme de que me ha afectado tan poco como a Luka.

Doy la mañana por concluida cuando las tripas me empiezan a rugir. De camino a la oficina, me meto las manos en los bolsillos del abrigo. Comienza a hacer más frío, el viento desciende por la falda de las colinas y azota los campos. Con un poco de suerte tendremos algo de nieve mientras Evelyn está de visita. Imagino el aspecto de las plantaciones cuando la primera capa blanca bese las ramas de los árboles. La fría quietud, la ponderosa expectación en el cielo. El leve aleteo de los copos de nieve al posarse en mis mejillas, en las pestañas, en la punta de las orejas. Si pudiera vivir en los campos mientras dura la nieve, lo haría.

Cierro los dedos dentro de los bolsillos y siento el borde nítido del papel duro; un pedazo de cordón se me enreda en el meñique. Tiro para extraerlo y sonrío.

Un ambientador de pino con forma de árbol, de la estación de servicio que hay al bajar por la carretera.

10

—¿Que os besasteis?

Hago todo lo posible por mantener la atención en la bandeja de corteza de menta y no en Layla. No era mi intención iniciar la conversación con este pequeño bombazo, pero llevo días guardándomelo y necesitaba contárselo a alguien. Y eso que había dicho que no me obsesionaría.

Luka me ha enviado varios mensajes desde que se marchó. Una selfie con un *cannoli* de calabaza de la tienda italiana de su calle, con una mirada de terror tensándole el borde de sus ojos dorados y los labios fruncidos en una línea recta y fina. Una diatriba en torno a que «nada es sagrado» y que los *cannoli* merecen consumirse como Dios manda, con su masa frita, su ricota y sus pepitas de chocolate.

Otra selfie veinte minutos más tarde con los ojos cerrados de puro placer, el envoltorio del *cannoli* vacío y un pegote de calabaza en la comisura de la boca. De inmediato sustituí su foto de contacto.

Un mensaje preguntándome si le había cambiado la contraseña a HBO Max y, uy, que no, que se había confundido con la cantidad de signos de exclamación. ¿Había visto que acababan de añadir la colección completa de películas de Harry Potter? Una nota rápida diciendo que había dejado palomitas en el armario junto a la estufa cuando me trajo la cena el otro día. De mantequilla, como las del cine, no esa porquería de maíz del que se echa en la sartén.

Una foto suya con Charlie almorzando juntos, los dos con el rostro contraído en una mueca exagerada y divertida. «Ojalá estuvieras aquí con nosotros», decía.

Un audio recordándose comprar tomates y caldo de pollo, la voz sin resuello, un sonido de pesas pesadas de fondo. Me imaginé a Luka sudoroso y colorado, el cabello húmedo justo detrás de las orejas. Los brazos en tensión y distensión. Escuché el mensaje dos veces antes de borrarlo por completo del teléfono, preocupada por mi salud mental.

Un mensaje diecisiete minutos más tarde con una disculpa, que la nota era para él pero que por casualidad mi nombre salía el primero en sus mensajes. Pero que, ahora que lo pensaba, ¿necesitaba que me trajese algo del súper cuando volviera al pueblo?

Todo de lo más normal. Ni una sola señal de que estuviera pensando en nuestro beso.

—Sí. —Cojo un mazo y golpeo la corteza de menta por la mitad de la plancha. Se parte y la golpeo de nuevo. Ahora entiendo por qué Layla anda siempre preparando corteza de chocolate en temporada. Es catártico—. Pero era un beso de mentira.

—Ah, vale. Un beso de mentira —responde ella mientras atraviesa la cocina y yo sigo arreándole a la corteza.

Convertimos un viejo cobertizo para tractores en el espacio de cocina y repostería de Layla, de techos bajos en la parte trasera, donde prepara todas sus recetas, y el frontal sustituido casi por completo por una cristalera. Abetos balsámicos y otros perennifolios adultos crecen a ambos lados, rozando las ventanas con las ramas. Cuando hace mucho frío se forma escarcha en el extremo inferior de los cristales y apenas se vislumbra a Layla atareada tras el mostrador, las bandejas de galletas, *brownies* y tartaletas alineadas con pulcritud en cada expositor. Tazas repletas de bastones de caramelo y una pizarra con el plato del día. La zona de restaurante está llena de mesitas de tablero rojo con sillas de nogal y acogedores reservados verdes a lo largo de las paredes. Delante de la entrada hay mesas de pícnic con calefactores, que se extienden hasta adentrarse en los campos. Adoro que este rincón se encuentre apartado, como una casita de jengibre para que nuestros visitantes la descubran.

Esta mañana me presenté con una caja de bombillas de repuesto para las guirnaldas que Beckett había colgado durante el fin de semana, pero enseguida me pusieron a elaborar corteza de menta.

Layla me envuelve la mano con que sostengo el mazo.

—Queremos hacer corteza de menta, cariño, no polvo.

Lo suelto y, con la mirada fija en el mostrador, frunzo el ceño al tiempo que formo un montoncito de menta y chocolate con los dedos. Layla recoge uno de los pedazos más grandes que quedan y me lo ofrece.

—Explícame en qué consiste un beso de mentira.

—No lo sé. Supongo que es tal y como suena. —Me encojo de hombros y pienso en el ruido que Luka emitió cuando le pasé las manos por el pelo. Ese pequeño ronroneo. Mordisqueo dulce—. Se nos ocurrió que sería una buena idea practicar unos besos antes de tener público delante.

Layla se me queda mirando.

—Vale. Entonces ¿qué? ¿Os besasteis sin más?

—Pues sí.

Layla suspira y me rodea. Le asesta otro golpe firme a la corteza de menta.

—No me estás dando mucho hilo del que tirar.

—No sé qué contarte.

—Pues los detalles, obvio.

—¿De qué tipo?

Layla se me queda mirando como si quisiera usar el mazo sobre mis dedos.

—Que de qué tipo… —murmura. Lo suelta y se apoya la mano en la cadera mientras rebusca entre las esquirlas de corteza de menta hasta dar con un pedazo a su gusto—. ¿Lo hablasteis primero? ¿Cuánto duró? ¿Hubo lengua? Venga, mujer. No seas tímida.

No es que sea tímida. Tan solo un poco… protectora, supongo. Ahora mismo tengo la impresión de que es algo mío —bueno, mío y de Luka— y guardármelo me resulta natural.

—Estuvo... bien.

Ante la mirada levemente asesina que me lanza Layla, noto que se esfuma parte de la tensión de mis hombros. Suelto una carcajada por la nariz y alcanzo las bolsas en las que deberíamos meter la corteza... en vez de zampárnosla.

—Fue un buen beso —añado en voz baja mientras pienso en la luz dorada bailando sobre su piel, la palma de su mano apretando la mía cuando me atrajo hacia sí, hacia la curva de su cuerpo. Suspiro—. Muy bueno.

—Un buen beso.

—Sí.

Layla murmura algo entre dientes y su afán interrogatorio se disipa, su mirada se tiñe de un brillo pensativo y ladea la cabeza. Coge unas tijeras y desliza la hoja por una cinta de color cereza, que se curva bajo sus dedos.

—¿Sabes? No pasa nada por disfrutar de la compañía de Luka.

—Ya lo sé. Siempre disfruto de su compañía.

—Lo que quiero decir... —Forma un lazo con la cinta y repite el gesto con un movimiento impecable de sus uñas verde bosque—. A lo que me refiero es a que no pasa nada por que disfrutes de besarlo. Por que disfrutes de la farsa.

Y es justo eso, ¿no? Me gusta esta farsa. Probablemente demasiado. El problema va a ser cuando acabe. Lo que vendrá después. No puedo dejar de pensar en ello a pesar del plan de Luka de seguir y punto.

Nos quedamos calladas, lo único que se oye es el crujido de las bolsas y el sonido de la cinta al rizarse. Una vez más agradezco el trabajo que me mantiene las manos y la mente ocupadas.

—Hace tiempo que no me dan un buen beso —reflexiona con cierto tono nostálgico.

Pienso en ella y en Jacob, su actual novio. Cuando están juntos, él se pasa más tiempo con los ojos pegados al teléfono que mirando nada de Layla. Arrugo el ceño y alcanzo su mano, que le aprieto un instante. Me ofrece una sonrisa tensa y me devuelve el apretón.

Suena la alarma de un temporizador. Una nueva bandeja de bollería está lista para salir del horno. Tras la interrupción, Layla sigue mirándome, pensativa, y frotándose el labio inferior con el pulgar.

—¿Qué?

Parpadea; una sonrisa maliciosa le curva los labios.

—Habría pagado una pasta por mirar.

Se me escapa una carcajada y se me encienden las mejillas. A veces, la dulce y tímida Layla me sorprende. Le pellizco la piel justo por encima del codo.

—No seas pervertida.

—Demasiado tarde —responde con soniquete al tiempo que se dirige a los hornos.

Estoy en la farmacia, buscando un pintaúñas que no me hace falta para nada, cuando Gus se me planta delante, una bolsa de chocolatinas de mantequilla de cacahuete en la mano y una sonrisa bobalicona en la cara. Es un tipo guapo, en especial cuando sonríe y se le forman un par de hoyuelos en las mejillas oscurecidas por la barba incipiente. Corre el rumor por el pueblo de que tiene algo con Mabel; creo que los dos son adorables como pareja. Se lleva la mano al bolsillo delantero del uniforme de personal médico de emergencias, se saca un montón de billetes doblados de cualquier manera y me los tiende sujetándolos con dos dedos.

Al cabo de un instante de duda acepto el taco grasiento. Debe de haber ido a comer donde Matty.

—¿Qué es esto? —pregunto.

Gus se reclina sobre el expositor de correctores, el codo apoyado sobre varios tonos de bases de maquillaje. Desenvuelve con todo el cuidado una chocolatina y luego me ofrece la bolsa. Niego con la cabeza, la mano todavía ocupada con el montón de billetes que sostengo entre el índice y el pulgar.

—Gus, ¿me acabas de dar un fajo de billetes?

Sonríe con la boca llena de chocolate.

—Es tu parte.

Me sale un gruñido.

—Por favor, dime que no estás cultivando nada en el vivero sin mi conocimiento.

Al reírse, tira toda una fila de frasquitos de vidrio.

—Que no es eso. Venga ya, Stella.

—¿Y entonces?

—De la porra.

—Vale...

Espero a que continúe, pero se limita a seguir sonriéndome con una nueva chocolatina de mantequilla de cacahuete en su mano gigantesca.

—Mira, es que tenía una ecuación a prueba de errores. —Levanta una mano como si estuviera haciendo una presentación en un aula magna, los dedos extendidos mientras pronuncia sus palabras—. Distancia, sincronización y tensión de la buena de toda la vida. La foto esa en los campos que colgaste en Instagram también ayudó. Pero sobre todo ha sido cuestión de suerte. Ahí no puedo atribuirme yo el mérito.

Me cuesta seguir el hilo de la conversación; se me ha quedado atascada la mente en la última parte. Es verdad que había subido a la cuenta del vivero una fotografía en la que estoy en los campos, pero ya hacía más de un mes. Normalmente yo no salgo, pero era un día perfecto de trabajo silencioso entre los árboles y tenía las mejillas y las manos manchadas de tierra. Fue algo tonto e impulsivo. Dos ojos azules brillantes sonriendo a través de una máscara de tierra. «Más barato que una mascarilla de barro de Sephora», había escrito.

—Gus, ¿de qué hablas? —De repente entiendo por qué Layla quería asesinarme ayer con una espátula.

Al abrir la boca para responder, se ve interrumpido por Dane, que avanza por el pasillo ataviado con toda la parafernalia de sheriff, el sombrero sujeto bajo el brazo. Me lanza una mirada y frunce el ceño, bajando un montón las cejas.

—Un minuto, Stella, si no te importa. —Su voz rechina, señal inequívoca de que estoy a punto de recibir un rapapolvo.

—Oh, oh. Alguien se ha metido en un lío.

Dirijo una mirada asesina a Gus, que se encoge de hombros y se da la vuelta para enfilar hacia las cajas registradoras, dejando tras de sí los frascos de maquillaje descolocados. Cobarde. Espero que pague esas chocolatinas que se está metiendo para el cuerpo. Casi le digo a Dane que está a punto de robarlas para posponer la conversación.

Me guardo el taco de billetes en el bolsillo trasero y dedico toda mi atención al sheriff, que tamborilea con los dedos en el ala del sombrero.

—No sé nada de la porra si es eso lo que te preocupa. —Me cruzo de brazos y observo cómo le tiembla el bigote—. Así que si has venido a interrogarme sobre una red ilegal...

—¿Por qué he tenido que enterarme por Luka de unos daños en el vivero?

Parpadeo.

—Vino a la oficina hace unos días y dice que has estado teniendo problemas. ¿Se cayó una valla y ahora te han destrozado las calabazas? —Maldita sea, debió de pasarse por allí antes de volver a Nueva York. Me rasco una ceja y trato de no mostrarme nerviosa bajo la mirada escrutadora de Dane—. Iba a bajar al vivero, pero te he visto aquí. ¿Qué está pasando, Stella? ¿Por qué no has venido a contármelo?

—Yo... no pensé que fuera para tanto.

Y no lo es. O no lo era. Por separado son minucias. La valla, las calabazas, la señal robada de la carretera principal. Las entregas desaparecidas y la puerta del granero abierta de par en par en agosto, la mitad de nuestros suministros empapados por una tormenta veraniega.

Frunzo las cejas y, pensativa, me froto las palmas de las manos contra los muslos.

—¿No iban a venir de una revista dentro de poco? —No lo corrijo para aclararle que se trata de una reseña en redes, no de una revista. Ahora mismo no tengo energías para explicarle qué es TikTok. Una vez traté de enseñarle Instagram y arrugó tanto la frente que pensé que la cara se le quedaría así para siempre. Se pasó casi un mes refunfuñando contra los filtros de gatos—. Motivo de más para asegurarte de que todo está bajo control.

—¿Crees que está relacionado?

Luka me había dado a entender algo parecido y no puedo decir que yo no lo haya pensado también. Se diría que es muchísima mala suerte junta, pero ¿cuál podría ser la explicación? No me imagino a un grupo de adolescentes siendo tan metódicos. Y no estoy segura de quién podría haber sido si no. No tengo enemigos en este pueblo.

Dane se pasa la mano por el mentón y mira por encima de mi cabeza, recorriendo la farmacia con la vista. Hasta donde yo sé, se encuentra vacía, pues Cindy está en la parte trasera, revisando las existencias.

—No lo sé —responde en voz baja—, aunque opino que merece la pena investigarlo.

Vuelve a colocarse el sombrero, pero se levanta el ala con el índice, por lo que aún le veo la cara.

—Me pasaré por el vivero esta tarde y echaré un vistazo. —Se queda parado y mueve los pies con incomodidad—. ¿Crees que estará Layla por allí?

Lo miró con los ojos entrecerrados.

—¿Por qué?

Un leve rubor se le extiende por las mejillas.

—No le diría que no a uno de sus bollos de hojaldre, ya que me preguntas.

Suelto una risotada.

—Sí, allí estará. Le haré saber que vas a pasarte para que te prepare algo rico.

—No hace falta que se moleste —farfulla.

—No es molestia. —Sonrío y le rodeo el codo con la mano, arrastrándolo hacia la parte delantera de la tienda para asegurarme de que no se escapa. Quería tratar una cosa con él y este es el momento perfecto—. Y, ya que estamos con cosas que no nos hemos contado, he notado que pasas mogollón de tiempo en la pizzería.

Las mejillas de Dane pasan de un ligero rosado a un rojo chillón en cuestión de segundos. Me río por lo bajo y le tiro del brazo; poco me falta para ponerme a dar saltitos de alegría. Es que lo sabía.

—Lo sabía. —Le clavo un dedo en el pecho, justo por encima de la placa—. Lo sabía, lo sabía, lo sabía.

—No sabes nada, Canelita. —Me aparta de un manotazo, pero veo que trata de reprimir una sonrisa. Sus dedos vuelven a encontrar el ala del sombrero y se la baja antes de volver a subírsela, sin saber muy bien qué hacer. Se aclara la garganta y me mira de reojo—. Es que me gusta la pizza.

—Claro que sí —canturreo—. Y no tiene nada que ver con cierto pizzero guapetón, ¿verdad?

Ya he pillado un par de veces a Dane merodeando a la puerta de la pizzería de Matty. No le di mayor importancia hasta que lo descubrí de pie junto al escaparate, mirando con añoranza al atractivo pizzero tras el mostrador. Lo seguí y le oí pedir tartamudeando una pizza de *pepperoni* y panecillos de ajo. Entonces lo supe.

—La pizza especial de los martes está buenísima.

—Desde luego, eso explica por qué te pasas por allí también los sábados, los lunes y los jueves.

—Echa el freno o seré yo quien te destroce las calabazas.

Ahogo una carcajada y lo conduzco calle abajo, de vuelta a la oficina del sheriff y, qué casualidad, la pizzería. Aún tengo un par de recados que hacer y, ya que estoy en el pueblo, no me importa lo más mínimo desviarme un poco para darle un empujoncito a Dane en la dirección adecuada. Cuando se da cuenta de adónde nos dirigimos, gruñe entre dientes, pero no me suelta la mano, aún en el hueco de su codo, y le da palmaditas con aire ausente.

—¿Cuándo llega la señora del concurso? La que va a escribir el artículo sobre el vivero. —Oficialmente ha desconectado el modo sheriff y me pregunta como amigo.

—Dentro de semana y media, más o menos. El lunes después de Acción de Gracias. Se quedará el fin de semana y se irá el domingo.

—¿Te sientes preparada?

Por sorprendente que parezca, sí. La mayoría de la decoración y las luces están puestas. Lo único que me queda por hacer es sustituir las bombillas fundidas de las guirnaldas colgadas por los campos y colocar los lazos en la verja. El año pasado decidimos que las luces empezaran en la carretera y que llegasen hasta la esquina de la linde de la propiedad. Por la noche, cada rincón de nuestro vivero resplandece. Beckett, Layla y yo hicimos una prueba ayer, iluminándolo todo en cuanto el sol bajó lo suficiente como para teñir los alrededores de un leve tono púrpura. En el instante en que las luces se encendieron, me quedé sin aliento. Layla sonrió de oreja a oreja y hasta Beckett asintió con aprobación. Todo iba como tenía que ir.

—Me siento preparada. El vivero está precioso. Me ha puesto de ánimo festivo.

Dane suelta una risotada.

—Me da que tú tienes el ánimo festivo las veinticuatro horas y los trescientos sesenta y cinco días del año.

Eso es cierto. Siempre me han encantado la Navidad y todo lo que implica. Es el momento del año en el que todo es mágico. Esperanzador. Amable y cordial. El mundo entero baja el ritmo y… cree, por una vez.

Mamá y yo hacíamos lo mismo todas las Navidades, allá donde estuviéramos. Luces enormes y coloridas en el árbol junto a la chimenea. Gruesos calcetines rojos en el recibidor. Tarta para desayunar la mañana de Navidad y, por la tarde, a patinar. Aunque ya no esté, mantengo las tradiciones. Es como conservar conmigo un pedacito de ella; la dulce punzada de añoranza siempre me atraviesa con mayor fuerza el centro del pecho.

—Supongo que hay que tenerlo si posees un vivero de árboles de Navidad.

Sacudo la cabeza para quitarme de encima las telarañas del pasado y respiro hondo para calmarme. Han pasado casi…, Dios, casi diez años desde que murió mamá. Me gusta pensar que todo sucede por un motivo, pero aún… aún no comprendo por qué tuvo que irse tan pronto.

En este momento nos encontramos a las puertas de la pizzería, la luz brilla cálidamente a través de sus ventanales húmedos y empañados. Miro a Dane por el rabillo del ojo. Dudo que se haya dado cuenta de que es él quien se ha detenido delante, obnubilado por el hombre que trabaja en los hornos tras el mostrador. El aire a nuestro alrededor huele a orégano y a salsa de tomate, un canto de sirena que se extiende hasta la acera.

Le doy un empujoncito con el hombro.

—¿Quieres que entremos?

Se encoge de hombros, con algo de impotencia, y le aprieto el brazo. A este hombre solo quiero que le pasen cosas buenas. A este hombre que eligió ser como un padre para mí cuando el mío se negó. Se rasca la barbilla y empieza a juguetear con el cuello de la camisa.

—¿Tú cómo…? —Carraspea—. ¿Cómo supiste lo de, ya sabes, lo de Luka?

Durante un bochornoso segundo, creo que Dane me está preguntando por el beso en el granero.

—¿Qué?

Vuelve a carraspear, esta vez algo más fuerte.

—¿Cómo le dijiste lo que sentías? ¿Cómo le pediste que… te diera una oportunidad?

Al oírlo, algo se me remueve en el pecho, un pellizquito que reverbera hasta las plantas de los pies. Le aprieto el brazo con más fuerza, hasta que al final me mira.

—Contigo no es una oportunidad, Dane. —Querría sacudirlo por los hombros, coger el megáfono que guarda en el asiento del pasajero del coche patrulla y gritárselo a la cara. En cambio, decido usar un susurro tembloroso y la mejor sonrisa que logro esbozar teniendo un nudo tan fuerte en la garganta—. Contigo es una apuesta segura.

Me escondo detrás de una farola al otro lado de la calle y observo a Dane entrar con paso distraído en la pizzería, fingiendo contemplar los *cannoli* del expositor de cristal de la parte delantera antes de moverse hacia los hornos. Con los hombros encogidos hasta las orejas, se remueve nervioso, el sombrero sujeto bajo el brazo. Matty se gira un poco, a punto de preguntarle qué desea, y sus miradas se cruzan. La sonrisa del pizzero se ensancha hasta formar un arco enorme y bello y Dane echa los hombros hacia atrás al tiempo que sus antebrazos encuentran el mostrador. Por fin se ha relajado.

Una apuesta segura.

Escondo la sonrisa tras las puntas de los dedos y regreso a la calle principal; le envío un mensaje a Layla para hacerle saber que Dane se pasará más tarde a echar un vistazo. El viento se me enreda en los tobillos y asciende por las pantorrillas hasta levantarme los bordes de la cazadora, enroscarse bajo el jersey y saludar a la parte baja de mi espalda. Es mi momento favorito del año, esta tierra de nadie entre el otoño y el invierno. Es como si el mundo entero aguantase la respiración. El silencio y la dulzura se hacen uno.

No miro hacia dónde voy, ensimismada en el movimiento de mis botas sobre la acera, el contraste de la puntera negra con los marrones y cremas de las hojas caídas. Apenas queda alguna en los árboles; las únicas ramas que estallan de vida son las del vivero. Minúsculas pinceladas recias de verde salpican los campos y se extienden colina arriba. Aquí y allá la mancha roja del acebo plantado por Beckett exclusivamente por su belleza.

El teléfono me vibra: acaba de entrarme un mensaje. Lo saco y veo un montón, todos de Charlie.

Charlie
No creas que se me va a olvidar que trajiste a Luka a cenar.
El otro día, cuando comimos juntos, hablamos mucho de ti.

Interesante. Me pregunto de qué. Estoy escribiendo una respuesta cuando llega otro mensaje.

Charlie
Pero no soy un cotilla.

Pongo los ojos en blanco.

Aparece una fotografía de mi padre boca abajo sobre la mesa de Acción de Gracias, solo que Charlie ha añadido unos pavos bailando por encima de él. De inmediato guardo la imagen en el teléfono.

Estoy escribiendo una respuesta cuando me choco con un cuerpo y el impacto casi me arroja al suelo. Trastabillo y me agarro a una farola. Por desgracia, la persona con la que me he topado no tiene tanta suerte.

Alargo la mano y ayudo al señor Hewett a levantarse, las mejillas encendidas por la vergüenza. No es propio de mí ser tan descuidada, aunque supongo que tengo muchas cosas en la cabeza.

—Lo siento mucho, señor Hewett. —Él se afana por recolocarse las gafas en la cara y sacudirse las hojas pegadas al borde del abrigo—. No lo he visto. No estaba mirando por dónde iba.

Alza la vista malhumorado, los ojos entrecerrados por el desprecio tras las lentes de aumento de sus gafas de carey. Su chaqueta tiene las coderas desgastadas, se nota que le gusta y la usa con frecuencia; lleva el cuello levantado y se le sube más por un lado que por el otro. Tiene la mata de pelo gris bastante despeinada, revuelta por el viento, que ahora sopla en serio. Es un hombre menudo, pero se yergue muy derecho, la barbilla alzada, desafiante.

Su mirada hace que dé un paso atrás, con una agresividad que parece fuera de lugar en esa pequeña bocacalle. Parece más enfadado de lo que merecería un tropezón en la acera. De repente recuerdo el paseo que di con Luka por el pueblo la semana pasada; el señor Hewett nos observó desde los escalones de la biblioteca con la misma mirada furiosa. Creí que tendría que ver con el hecho de que anduviéramos los dos juntos, pero por lo visto el denominador común soy yo.

—Lo siento mucho —repito. Llevo años sin pasarme por la biblioteca y se diría que me he perdido alguna que otra cosa.

Por ejemplo, lo que sea que he hecho para cabrear a Will Hewett—. ¿Puedo...?

—«Es mejor tener la cabeza en las nubes y saber dónde estás —recita, su voz extrañamente formal, algo nasal— que respirar la atmósfera más clara debajo de ellas y creer que te hallas en el paraíso».

Lo miro, confusa.

—Ajá.

¿Es un insulto? ¿Una advertencia?

—Henry David Thoreau.

Por lo que se ve, es Henry David Thoreau.

Iba a ofrecerme a invitarlo a un chocolate caliente a modo de disculpa por habérmelo llevado por delante, pero ahora lo único que quiero es librarme de esta conversación tan rara. Hago lo posible por mostrarme amable con todo el mundo en el pueblo, agradecida por su ayuda a la hora de reponerme tras la muerte de mi madre, pero no estoy segura de poder soportar una conversación artificiosa sobre el trascendentalismo de Nueva Inglaterra. Ni siquiera por un chocolate caliente con menta y extra de nata montada.

—Muy... bonito, supongo. —Cuando el señor Hewett no me ofrece más que un silencio desdeñoso a modo de respuesta, hundo las manos en los bolsillos de la cazadora y busco una excusa para largarme. El ambientador de pino del otro día sigue dentro y me agarro a él como a un salvavidas; los bordes se me clavan en la palma—. Bueno, pues nada. Tengo cosas que hacer en el pueblo. Ya me pasaré por... —No voy a mentir a este hombre—. Ya nos veremos por ahí, seguro.

Aprieto el paso calle abajo, con cuidado esta vez de ver por dónde voy y si hay alguien más en la acera. Qué hombrecillo tan peculiar. Rebusco el teléfono en mis bolsillos enormes con la intención de responder por fin a Charlie cuando de repente cobra vida y se me pone a zumbar en la mano. Sonrío al ver la fotografía de Luka y el *cannoli* de calabaza en la pantalla y deslizo el dedo para contestar.

—Ey, estaba a punto de mandarte un mensaje.

—Ay, Dios, ¿ya ha llegado?

Frunzo el ceño al darme cuenta de que suena un poco sin resuello. Como si estuviera corriendo o —de fondo se oye el tintineo de una taza de café y el sonido amortiguado de un programa de deportes— caminando por su apartamento.

Miro a mi alrededor; el callejón se encuentra casi desierto. Solo estoy yo con un par de gorriones, que picotean las migajas de un *bagel* a medio comer.

—¿Qué? No, Evelyn no llega hasta dentro de una semana o así. El lunes después de Acción de Gracias.

—Evelyn no —responde y me lo imagino rascándose la nuca, justo donde se le empieza a rizar el pelo—. Mi madre.

Ahogo una carcajada ante su tono de profunda amenaza. Más que nada porque sé lo mucho que Luka la quiere. Su relación con ella es como una tarjeta de Hallmark. No pasa un día sin que la llame a las cinco y media justas para que no tenga que cenar sola. Una vez lo pilló la hora en medio de una reunión y, aun así, se las ingenió para hacerlo desde el pasillo a la puerta de la sala de reuniones y añadirme a mí a la llamada de grupo para que así tuviera con quien hablar. Le lleva flores siempre que la visita y se pone el disfraz de la mascota del instituto cuando la mujer no encuentra a nadie más. Todo porque se lo pidió una vez y no quiere que tenga que volver a hacerlo. Es el hijo perfecto y no para de mimarla con un afecto genuino.

—¿Qué pasa con tu madre?

—No quiero que te asustes, Stella.

Una sensación desagradable se me agarra a la garganta y trago saliva hasta que consigo controlar la voz. Si algo le pasara a la madre de Luka... Los recuerdos me arrollan como un tsunami. Las visitas al hospital, los frascos de medicamentos, lo pequeña y quebradiza que parecía mi madre al final, aunque siguiera tratando por todos los medios de sonreírme.

—Luka... —No consigo respirar. Me llevo unos dedos temblorosos al pecho—. ¿Se encuentra bien tu madre?

—Ay, mierda. Sí, Stella. Está bien. —El aire se me escapa de los pulmones. Necesito doblarme por la cintura y apoyar las manos en las rodillas—. Está bien. Lo siento. No ha sido... la mejor manera de empezar.

—Creo que me conoces lo suficiente como para entender que advertirme que no me asuste es la mejor forma de conseguirlo.

Juraría que lo oigo sonreír al teléfono. Cierro los ojos para imaginarme la comisura izquierda de su labio inferior elevándose de repente, un poco a su pesar.

—Tienes razón. Lo siento.

—No te preocupes. —Me dirijo a la librería, mi última parada antes de volver a casa. Alex me llamó ayer para hacerme saber que acaba de recibir un cargamento de *Canción de Navidad* encuadernado en tela con grabados en pan de oro. Quiero unos cuantos ejemplares para la oficina y otro para la habitación de Evelyn en el hostal. Añadiré unas galletas de Layla y un paquete de café recién molido de la señora Beatrice. Tal vez uno de los árboles mini que Beckett cultiva en el invernadero detrás de su casa. Pero Luka me distrae con… lo que sea esto—. ¿Qué sucede?

—Mi madre se ha enterado. —Es toda la explicación que me ofrece. Oigo de fondo que apaga el televisor y un hondo suspiro cuando se deja caer en el sofá—. Subestimé el poder de la cadena telefónica. Y a Betsey Johnson.

Las hojas crujen bajo mis botas a lo largo de la acera; los pájaros se apartan mientras camino.

—Pero no pasa nada, ¿no? Ella ya sabe que… —Miro a mi alrededor y bajo la voz—. Ya sabe que no es de verdad. —Luka guarda silencio al otro lado del teléfono y yo noto de nuevo una sensación desagradable—. Luka.

Mentir a Evelyn es una cosa. Al pueblo, otra. Pero mentir a su madre, justo a ella, me parece ir demasiado lejos. Yo nunca preví engañar a su familia. No puedo creerme que Luka se lo plantee siquiera. El hombre que se compra una sudadera con un tejón iracundo cada año y se la pone los fines de semana, sin ironía alguna, solo porque hace feliz a esa mujer.

—Luka —repito, esta vez con un dejo de súplica—. Dime que no lo has hecho.

—Si con «no lo has hecho» te refieres a que no le dije nada cuando me llamó y se puso a contarme en italiano a toda velocidad que iba a llevarte *manicotti* y lasaña, entonces sí, estás en lo cierto. —Oigo un nuevo tintineo de la taza de café y me esfuerzo por no cambiar de rumbo y dirigirme al bar—. Estaba... emocionadísima, Stella. No podía decirle que no es más que una farsa.

—¡Precisamente por eso deberías habérselo dicho! Si se entera de que le estamos mintiendo, se pondrá hecha una furia.

—O, peor aún, se sentirá dolida. Yo no soportaría decepcionar a su madre. No soportaría que me mirase de otra forma después de todo esto—. Luka, menudo follón.

—Míralo así: si le decimos que es mentira, se lo contará a sus hermanas, ¿no? —Eso es cierto, las tías de Luka siempre andan juntas y no se guardan nada, pero nada. Una vez oí a su tía Gianna hablarle a su madre de la crema que usa para las hemorroides—. Y mi tía Sofía se lo contará a Cindy Croswell, fijo. Juegan al *bridge* un domingo sí y otro no.

Me rasco la ceja y me esfuerzo por no gritarle al cielo. En mi vida he sentido tantos impulsos infantiles en un solo mes.

—No lo sé. Esto es...

—Todo va a salir bien, La La.

Trato de convencerme con la calmada confianza de su voz, pero es difícil. De hecho, lo único que hace es enfadarme aún más. «Todo va a salir bien. Sigamos y punto. No es para tanto». Su despreocupación frente a todos y cada uno de los detalles me saca de quicio. No es él quien se arriesga a perderlo todo. Intento explicárselo.

—Es que no quiero que me mire de forma distinta cuando todo esto acabe. Es solo eso.

—¿Qué quieres decir?

—Cuando nosotros... —Vuelvo a recorrer la calle con la mirada para asegurarme de que estoy sola—. Cuando esto acabe, cuando ya no tengamos que fingir estar juntos. No quiero hacerle daño.

Luka suspira; se le nota la frustración, el rumor en su voz profunda. Lo imagino en su apartamento con los pies encima de la mesita de centro, la taza de café apoyada en la rodilla.

—Esto ya lo hemos hablado, Stella. No tenemos por qué decirle nada a nadie.

Este hombre es increíble.

—Por supuesto que tendremos que decirle algo a tu madre cuando invite a la novia de su hijo a una cena familiar.

—O quizá me aproveche del hecho de que por fin te sientas lo bastante culpable como para asistir a las cenas familiares.

Esta no es la conversación que quiero mantener. Ahora mismo tengo bastantes cosas en las que pensar sin la actitud despreocupada de Luka hacia la relación más importante de mi vida. Se diría que no le importa lo que pase después de todo esto, que le da igual lo que la gente piense de nosotros…, de mí. Enfadada y un poco dolida, acelero el paso y parpadeo para evitar las lágrimas de frustración que me arden en los ojos. Siempre he sido de las que lloran de rabia, por mucho que intente evitarlo. Y lo único que consigo es enfadarme aún más mientras camino acera abajo. Sé que todo este embrollo ha sido idea mía y una consecuencia de mis actos, pero Luka… no se está tomando en serio los efectos colaterales.

—Vale, muy bien, estoy delante de la librería, así que tengo que dejarte —le miento. Me quedan por lo menos tres manzanas para llegar—. Ya sabes que a Alex no le gusta que la gente hable por teléfono entre los estantes.

—Stella, espera.

—Luego te llamo.

No espero a que responda; corto la llamada y me guardo el teléfono en el bolsillo para no sentir la tentación de leer la cadena de mensajes que me va a mandar. Luka nunca ha sido el tipo de persona que deja las cosas estar. Por desgracia para ambos, probablemente, yo sí.

Justo en ese momento, como era de esperar, me suena el móvil. No le hago caso y sigo caminando.

11

Hay un coche esperando en la entrada cuando por fin llego a casa con una pila de libros nuevos y una pizza cargadita de *pepperoni* en el asiento del pasajero. Matty estaba en la gloria cuando paré en la pizzería antes de volver a casa, canturreando entre dientes mientras sacaba las pizzas del horno. Eso bastó para disipar temporalmente la pequeña nube de tormenta que me pesaba sobre los hombros después de la conversación telefónica con Luka.

Ahora, sin embargo, percibo rumor de truenos en la distancia al ver a su madre apearse del Kia rojo chillón con una torre de táperes en los brazos y una sonrisa en el rostro. Es extraño esto de sentirme culpable y halagada al mismo tiempo. Aun así, me aguanto y levanto la mano para saludar a la vez que suspiro.

La madre de Luka es arrebatadoramente bella, con una espesa cabellera de color chocolate que le cae por la espalda. Tiene un par de mechones grises justo detrás de las orejas, a juego con el color de sus ojos. He oído hablar a los niños del pueblo de sus «ojos espeluznantes» y de que no se le escapa nada de nada. Dicen las malas lenguas que la muñequita italiana que tiene sentada en el borde de su mesa en el aula de octavo es un objeto espiritual. Le vigila la clase mientras ella está de espaldas escribiendo en la pizarra. Me parto de risa, porque es una absoluta chifladura: en cuanto se enteró, Luka le compró a su madre tres más.

Es una mujer intimidante, como lo son todos los buenos docentes: silenciosa, sabia y segura. Te hace saber cuándo no estás alcanzando todo tu potencial y te guía y te arropa hasta que lo logras. Todo para ella es una lección, y cada momento, una oportunidad para aprender. A Luka le gusta quejarse de que lo obligaba a escribir redacciones sobre los especiales de televisión durante las vacaciones de Navidad. Y a practicar fracciones con los espárragos durante las cenas en familia.

Me bajo del coche, los brazos cargados de libros y pizza. La mujer echa un vistazo a la caja de cartón manchada de grasa que llevo en la mano y achica los ojos hasta dejar apenas una rendija. El rápido cambio de actitud es tan gracioso que tengo que ahogar una carcajada.

—Hola, señora Peters.

—Stella, me haces sentir vieja cuando me llamas así. —Se pasa la torre de recipientes a un brazo para poder señalar mi pizza con la otra mano—. ¿Qué es eso?

Bajo la mirada a la caja. No hay más que una pizzería en el pueblo y las cajas de Matty presentan en la tapa un logotipo azul y blanco bastante obvio. A los lados pone MATTY en grandes letras en negrita.

—Es una pizza.

—De Matty.

Vuelvo a bajar la mirada a la caja, por si acaso. Distingo el borde de las letras de imprenta azules. Aun así dudo, porque Carina Peters está a un paso de usar las fiambreras a modo de arma contra la cena que porto y de verdad que tengo antojo de *pepperoni*. La aferro con un poco más de fuerza e indico la casa con la cabeza.

—¿Quiere entrar? Se la ve cargada.

Agarra con firmeza los táperes perfectamente apilados en sus brazos. Con la tapa azul y un dibujo triangular impreso en la parte superior. Luka los tiene del mismo tipo en su frigorífico de la ciudad, con sobras de *risotto*, *manicotti* y tiramisú a las que siempre doy un tiento cuando me quedo a dormir en su casa. La mujer trae dos bandejas y otros tres recipientes más pequeños, todos con sus etiquetas bien pegaditas en un lateral.

Parece suficiente para mantenerme alimentada durante semanas.

—Entre —vuelvo a decir—. Creo que tengo restos de *biscotti* de Luka. Incluso puede comer un poco de pizza si quiere.

Me sigue escaleras arriba hasta el porche y vuelve a lanzar una mirada despectiva a la caja que llevo en las manos.

—No comería esa pizza ni aunque fuera el último alimento en el planeta.

Estoy segura de que no se comería una pizza de Matty aunque le apuntaran a la sien con una pistola. La he oído referirse a ellas como un insulto al pueblo italiano, una adulteración de su cultura.

Ir allí con Luka siempre ha supuesto una lección magistral sobre el arte de la evasión. Ni una sola vez ha llegado a cenar dentro y, cuando vamos a por pizza para llevar, me obliga a entrar sola. Una vez casi lo pilló su madre esperando junto a la acera a que yo saliera con nuestra cena. Pisó el acelerador tan rápido que la máquina barrendera luego tuvo que borrar las marcas de los neumáticos. Cuando salí, la calle estaba vacía y me vi obligada a caminar cuatro manzanas hasta un callejón detrás de la cafetería para volver a casa en coche. Cuando me monté en el asiento del pasajero, las manos le temblaban y en su bonito rostro llamaban la atención los ojos como platos, del terror. Aquella noche durmió en el sofá; tenía demasiado miedo de volver a casa y hacer frente a su madre si se la cruzaba.

—Ningún italiano en sus cabales le pondría queso al borde de la pizza. —Niega con la cabeza como si no hubiera oído cosa más ridícula en su vida—. Y el *stromboli*... ¿Tú sabías que el *stromboli* no existe en Italia? Es un crimen crear algo así.

Claro que lo sé. Ya me lo ha contado ella. Y Luka me lo cuenta cada vez que lo pide.

—Y, sin embargo, está riquísimo.

La mujer corta el aire con un gesto firme de la mano, interrumpiendo mis palabras.

—No hago más que pedir que el colegio deje de servir su comida cuando hacemos funciones de recaudación de fondos, pero a los niños los vuelve locos. A mis alumnos de octavo ya les he dado una lección sobre comida italiana. —Ni idea de cómo lo ha logrado, porque es profesora de matemáticas—. De comida italiana de verdad, fíjate bien, y tuvieron la desfachatez de preguntar si los palitos de mozzarella se consideran *antipasti*. —Se lleva una mano al pecho, los dedos cubiertos de anillos de oro rosa. Uno de su difunto marido, otro de su hermana Cecilia y otro de Luka. Brillan a la luz del sol mientras alcanzo la lata de galletas que su hijo esconde en mi armario—. La de daño que ese hombre está haciendo a nuestros jóvenes.

Niega con la cabeza, triste, y se gira sobre los talones para dirigirse al frigorífico. Consigue abrirlo sin que un solo recipiente se le caiga de los brazos y comienza a trastear en el interior. Observo que saca una bolsa de verduras mustias y la arroja cerca del cubo de la basura antes de ordenar y reordenar el contenido del frigorífico para que quepa su colección de táperes.

—¿Sabías que es de Boston? —Arroja un bote de mostaza caducada junto a la bolsa de verduras—. Me apuesto lo que sea a que no tiene ni una gota de sangre italiana. Una vez le pregunté que de qué parte de Italia era su familia y me dijo que de la costa norte. ¡La costa norte, Stella! No creo que sea verdad.

—¿Por qué no iba a ser verdad?

Se gira y me mira por encima del hombro, un mechón de denso cabello oscuro cayéndole en cascada sobre el ojo derecho. En cuanto arquea una ceja, entiendo cómo se sienten sus alumnos cuando los pilla mirando el móvil al fondo de la clase.

—Porque la costa norte es conocida por su *risotto al neri di seppi*. —Las palabras se le escapan de la lengua con un leve acento del que no ha conseguido librarse a pesar de llevar treinta años viviendo en Estados Unidos—. Y jamás he visto a ese hombre mirar siquiera la tinta de calamar.

Reprimo una mueca y las comisuras de sus labios se curvan, la izquierda un poco más elevada. Se parece tanto a Luka que siento una elocuente opresión en el pecho.

—Está mejor de lo que crees.

—Si lo dice usted, no lo dudo —le respondo al tiempo que le

tiendo un plato lleno de *biscotti*—. Bueno, ahí tiene. Siento no tener a mano café Illy. Luka también se queja de ello.

—¿Mi hijo te está poniendo las cosas difíciles?

Pienso en él parado junto a la cocina, a escasos metros de donde ella se encuentra ahora, con mi paño en el bolsillo trasero. Me hizo la cena y guardó las sobras, escondió alimentos por mi cocina. Pienso en su hombro pegado al mío en el sofá, mi pelo enredado en la barba incipiente de su mentón mientras me quedo traspuesta. En cuando me despierto en mi cama con una gruesa manta arropándome y un vaso de agua en la mesilla.

Pienso en él en el granero, sus manos enguantadas sosteniendo las mías con fuerza. El sabor de la menta piperina y el café de avellana.

—No. —Le sonrío al tiempo que las mejillas se me acaloran sin poder evitarlo—. En absoluto. Ha criado usted a un hombre maravilloso de verdad.

Incluso cuando no quiero que lo sea. Incluso cuando estoy enfadada con él.

La mujer se esponja, el orgullo evidente en su rostro.

—Sí, ¿verdad? —Muerde una galleta y se acomoda en una silla de la cocina, dando una palmadita a modo de invitación en el asiento que le queda en diagonal—. Aunque supongo que en parte también se deberá a su padre.

—Luka no…

Dudo, sin saber muy bien si debería contarle que no suele hablar de él. ¿Está mal por mi parte compartir este tipo de cosas con ella? ¿Es una deslealtad hacia Luka y nuestra relación que hable con su madre de esto? No sé dónde me encuentro en esta relación falsa y hasta qué punto difumina las líneas de la real.

Me dirige una mirada de comprensión cuando me siento frente a ella.

—¿No habla de su padre?

—No, la verdad es que no.

A veces se le escapa alguna cosa. Menciona sin darse cuenta algo que dijo o hizo en algún momento. Pero, en cuanto se percata, se lo guarda de nuevo. Aparta los recuerdos uno a uno hasta que dejan de dolerle tanto. En cierto modo, es lo mismo que hago yo con mi madre. Es algo que a veces se apodera de ti, cuando la punzada constante se convierte en un dolor tan atroz que te roba el aliento.

La mujer asiente.

—Conmigo tampoco habla de él. —Recorre con un dedo el borde del plato, adelante y atrás, y la mirada se le escapa hacia la ventana—. Me entristece. Deberíamos recordar con cariño a aquellos que nos han dejado. Hablar de ellos mantiene vivo su recuerdo.

—Mi madre me dijo algo parecido justo antes de, ejem, justo antes de morir. —Aún recuerdo el olor a antiséptico, tan fuerte y tan químico, picándome en la nariz. El chirrido de mis zapatos contra el suelo mientras me doblaba por la cintura y buscaba un enchufe al que conectar los difusores de aroma que le traía. Su favorito era el de lavanda—. Me dijo que solo quería que atesorase recuerdos felices.

Hago lo que puedo. Trato de recordarla sana y alegre, bailando por la cocina al ritmo de la baqueteada radio que siempre tenía encima del frigorífico. Pero unos días es más fácil que otros y, a pesar de que casi siempre es agradable, como dice la madre de Luka, también hay una buena cantidad de añoranza.

Carina alarga la mano hasta tomar la mía.

—A veces se me olvida que perdiste a tu madre. Murió justo antes de que me trasladara aquí, ¿verdad?

Un martes a las 15.13. Acababa de llover y un arcoíris se extendía por encima de uno de los árboles del aparcamiento, en cuyo bordillo me encontraba sentada, con las dos piernas estiradas y el pelo pegado a la frente. Me estaba fumando un cigarrillo que le había pedido a uno de los guardas de seguridad; era la primera vez que lo hacía. Asiento.

—Llevaba un tiempo enferma. Cáncer.

—El cáncer es algo terrible —responde. Emite un breve sonido entre dientes, un chasquido rápido—. No sé si existe una forma fácil de perder a alguien, pero con Leo fue visto y no visto. Se marchó a trabajar como siempre. Me dio dos besos a mí y otros dos a Luka. La última vez que lo vi salía por la puerta delantera y gritaba por encima del hombro que quería flores de calabacín para cenar. —Se pasa a toda prisa las puntas de los dedos por debajo de un ojo para enjugarlo—. Era un mandón.

Reconozco la tristeza en sus palabras, la soledad de recordar a alguien que ya no está contigo.

—Debería tratar usted de hablar de él con Luka —le propongo con amabilidad—. Creo que sería bueno para los dos.

Asiente y vuelve a limpiarse la cara antes de agitar la mano, apuntándome con un dedo falsamente acusador.

—No había venido yo aquí para esto, para echarme a llorar en tu mesa. —Me suelta la mano y apoya ambas palmas sobre el tablero, removiendo el cuerpo en la silla mientras que me taladra con la mirada—. He venido a interrogarte.

—¿Cómo? —Sus preguntas ahora me parecen un descanso bienvenido ante lo grave de nuestra conversación. Era lo que esperaba cuando vi su coche en la entrada. Me reclino en la silla y alcanzo una galleta de la lata—. En tal caso espero que haya metido algo de tiramisú en el frigorífico.

Rompe a reír, iluminando con su brillante carcajada mi pequeña cocina.

—Ah, aquí estás. Por un segundo me preocupó que te hicieras la tímida ahora que estás saliendo con mi hijo. —Se recuesta en la silla—. Venga, dime, ¿cómo es que Luka y tú habéis pasado de ser mejores amigos a algo más?

Me ciño a la realidad todo lo que puedo. Le cuento que, después de tantos años de amistad, empezamos a salir casi sin darnos cuenta. Que, al fin y al cabo, no era tan distinto de... ser buenos amigos. Al oírlo, arquea una ceja y murmura entre dientes con interés.

Hablamos de los niños de su clase, de la incursión en los bailes de salón de su hermana Eva y de lo ridículos que son la señora Beatrice y su sistema de clasificación según el mérito. Parece que la única manera de que la señora Peters pueda hacerse con un buen café es pidiéndoselo a Luka.

Es agradable tenerla en mi cocina. El ambiente es cálido y acogedor y ella llena el espacio con su risa fuerte y el tintineo de sus anillos contra el borde de la mesa. Devora el resto de las galletas y declara que tiene que ir a molestar a Gianna con los preparativos para Acción de Gracias, antes de apartarse de la mesa con un empujón brusco y entregarme una hoja de cuaderno doblada que se saca del bolsillo con instrucciones para calentar la comida. Se marcha después de besarme las mejillas e invitarme con una amenaza velada a la cena familiar cuando ya estaba de espaldas.

Desaparece en medio de la nube de polvo que levanta su pequeño Kia, que desciende con un rumor sordo por la carretera de vuelta al pueblo. La veo alejarse con el hombro apoyado en la jamba de la puerta delantera mientras las luces de los campos empiezan a titilar conforme el sol se oculta bajo el horizonte. Oigo el teléfono en la cocina, pero por el momento decido ignorarlo y contemplar a la madre naturaleza pintando el cielo de tonos púrpura. Los tallos del maíz se mecen suavemente con la brisa, único recordatorio de la temporada de otoño. Pronto lo segaremos y llenaremos el espacio de árboles ya cortados, listos para las familias con pocas ganas de ir campo a través hasta el pie de las colinas. Layla se ocupa de esa parte del negocio, aserrando los árboles y apilándolos en el pequeño tractor que Beckett utiliza para moverse por la finca. Ella dice que es bueno para su rabia reprimida. Él, que es bueno para su espalda.

Cuando el cielo acaba por teñirse de índigo oscuro, vuelvo al interior y echo un vistazo al teléfono, que descansa sobre la encimera. No me gusta discutir con Luka. Jamás me ha gustado. Nuestros desencuentros nunca duran demasiado, pero siempre me dejan la sensación de haberme puesto un jersey que pica: me siento incómoda en mi propia piel. Marco su número.

—Stella, escucha. —Su voz suena algo jadeante, irregular—. Lo siento.

Me arrellano en el sofá y pongo los pies encima de la mesita de centro. Me cubro el regazo con la manta de punto de ochos que Luka usó el otro día. Todavía huele a él.

—Yo también lo siento.

Luka suelta aire con lentitud y lo imagino dejándose caer sobre su mullido sofá, el brazo extendido a lo largo del respaldo.

—¿Se ha…? ¿Mi madre ha pasado por ahí?

—Sí. —Vuelvo la vista al frigorífico. Tenía que haber cogido el tiramisú de camino al sofá—. Me ha traído de comer.

Luka suelta un gruñido fuerte y largo que me forma un nudo en el vientre. Oírle emitir esos sonidos nunca ha sido fácil, pero ahora que conozco su sabor es casi insoportable. Me remuevo bajo la manta.

—Eso quiere decir que también te ha montado una inquisición.

—Ella lo ha llamado «interrogatorio».

—Stella, lo siento mucho. —Su voz baja y suena algo amortiguada, como si hablase a través de una almohada o apretase la cara contra la superficie más cercana—. Debería haber estado ahí.

—¿Y qué habrías hecho? No sabes mentir a tu madre.

—Claro que sí. Si lo hago todo el rato. ¿Cómo crees que he sobrevivido a ella y a todas sus hermanas? Tienes que mostrarte conciliador. Tienes que felicitarlas porque su salsa para la pasta es la mejor que jamás hayas probado. Tienes que decirles que te gusta el capelán.

Arrugo el ceño, me repantingo aún más en el sofá y me tapo con la manta hasta la nariz.

—¿Quiero saber que es el capelán?

—No. No quieres saberlo.

—Me ha invitado por Acción de Gracias —musito—. Así que es probable que lo descubra.

—¿Y vas a venir? —Suena sorprendido.

—Por supuesto que sí. Me ha invitado tu madre.

Se ríe, burlón.

—Yo también te he invitado. Durante años. Y siempre has puesto alguna excusa.

—No es una excusa si ya tengo planes.

—Y esos planes, ¿este año de repente ya no los tienes?

Seguiré yendo al albergue por la mañana para ayudar a servir comidas, pero puedo regresar a tiempo de ir a casa de la familia Peters a la cena de Acción de Gracias. Es fácil decirme a mí misma que es por nuestro secreto, para que nadie sospeche que estamos fingiendo. Pero, a decir verdad, sería bonito no pasar sola la festividad. Pienso en lo que hemos hablado la señora Peters y yo, lo de rememorar y atesorar recuerdos felices. No creo que mi madre quisiese que me pasara Acción de Gracias holgazaneando en el sofá y atiborrándome a comida de gasolinera.

—Creo que... —Hablo con lentitud, midiendo mis palabras. Layla me dijo que debo permitirme disfrutar y creo... creo que tiene razón. No hago daño a nadie por pasar un festivo con mi mejor amigo y su familia—. Creo que me gustaría probar algo distinto.

Luka emite un ruidito feliz. Oigo el roce de una tela contra el cuero, el tintineo de un cristal contra la mesita de centro.

—Me alegro mucho.

—Yo también.

Agito los dedos de los pies dentro de los calcetines gruesos y tiro de una hebra suelta de la manta que me cubre el pecho, dudando si mencionar lo otro que hemos discutido su madre y yo. Quiero hablar con Luka de ello, pero no estoy segura de cómo reaccionará.

—¿Qué es?

Me muerdo el labio inferior.

—¿Qué es qué?

—Lo que no me estás contando.

—Tu madre y yo también hemos hablado de otras cosas —respondo. Viendo que no añade nada, continúo—: Estuvimos charlando un poco sobre tu padre. Creo que... creo que le entristece que nunca se lo menciones.

Luka tenía doce años cuando falleció. Nunca es un buen momento para perder un progenitor, pero se ha visto obligado a hacerse hombre sin su padre. Su madre tiene una fotografía en el pasillo, colgada justo donde arrancan las escaleras hacia la segunda planta. Debe de ser de las fiestas del instituto o una celebración similar; Luka parece desgarbado, como suelen serlo todos los adolescentes, y llevaba el pelo greñudo y despeinado.

Lo normal es que sea un retrato de los chavales con sus padres, pero Luka se alza orgulloso rodeando con el brazo a su madre. Cada vez que voy a su casa y veo la fotografía, me abruma la tristeza. Porque lo noto en la tensión de sus brazos, en las débiles comisuras de su sonrisa. Echaba de menos a su padre.

Echa de menos a su padre.

Luka se aclara la garganta.

—¿Te dijo de qué quería que habláramos?

—No, solo que quiere hablar de él. Dijo que hacerlo mantiene viva su memoria.

Luka se queda largo tiempo callado. Tan callado que compruebo varias veces el teléfono para asegurarme de que no me ha colgado.

—Luka.

—Me preparaba un sándwich de queso fundido —responde en voz baja y a sus palabras les sigue un silencio pesado. Oigo el ruido de su garganta al tragar saliva. Toma una inspiración profunda y temblorosa; aguanta el aire antes de soltarlo. Aferro el teléfono con fuerza, los botones metálicos se me marcan en la palma de la mano. Me gustaría tenerlo a mi lado, la rodilla presionada contra su cadera en el sofá—. Era…, la verdad es que era un cocinero de mierda. Siempre le echaba la culpa a mi madre y decía que era una mandona en la cocina. —Reprimo una carcajada al recordar que Carina ha dicho lo mismo hace tan solo una hora—. Pero me preparaba un sándwich de queso fundido siempre que estaba triste.

Aquel día de la ferretería, cuando Luka evitó que estampara la cara en el cemento, nada más verme me preguntó si me apetecía un sándwich de queso fundido. ¿Sabía que estaba triste? ¿Me lo notó?

Me froto la nariz, apabullada por la oleada de cariño por este pedazo de idiota. Me aclaro la voz y trato de que suene lo más firme posible.

—Puedes hacerlo… Siempre que quieras hablar de él, Luka, puedes hacerlo.

Continúa callado e inmóvil, lo noto incluso a través del teléfono.

—Ojalá estuvieras aquí ahora mismo —confiesa.

Algo me oprime el pecho. Asiento y pellizco la manta que me cubre el regazo.

—Ya, yo estoy igual.

Se produce otra larga pausa. Esta vez su voz suena más baja.

—Gracias, La La.

12

—Bueno, chavales. Ha sido divertido... —Apoyo las manos en las caderas y miro al fondo del granero; algo ha conseguido desenrollar la mitad de la guirnalda que había enrollado alrededor de las vigas de apoyo y faltan dos lazos en las coronas de la puerta—. Pero ha llegado la hora de la verdad.

Son muy consciente de que los mapaches son criaturas nocturnas, pero mi coraje se tambalea. Quise venir anoche con una linterna y una raqueta de tenis, pero, en cuanto me adentré un par de pasos en los campos y oí un ruido inexplicable en la oscuridad, me pareció una malísima idea. La linterna salió rodando por el suelo y yo eché a correr de vuelta a casa. Qué tenía pensado hacer con una raqueta es algo que nunca sabré. Ahora, a la luz del día, desde luego que da menos miedo y, como mínimo, podré averiguar dónde se han hecho la madriguera los bichos estos.

Una vez más, no tengo ni idea de que haré con esa información. Pero necesito el granero para Santa Claus y, a menos que pueda convencer a los mapaches de que se pongan diademas con cuernos, tendrán que buscarse un nuevo hogar.

Algo cruje en el rincón del fondo, por lo que trato de armarme de valor. Puedo hacerlo. Me he enfrentado a cosas que daban más miedo que esto. Descubrí una familia entera de cucarachas mientras vaciábamos el cobertizo para tractores. Me pasé semanas con pesadillas en las que me corrían por el pelo con sus patitas. En comparación, esto no es nada.

Me adentro un paso más. Se produce un movimiento y oigo un... ¿maullido? Un poco más animosa, atravieso el granero y asomo la cabeza por encima de nuestro buzón metálico de estilo antiguo. Justo detrás, en una especie de nidito formado por las guirnaldas que faltaban y un lazo rojo de terciopelo, hay una gata con tres crías. Todas son blancas con manchas negras alrededor de los ojos.

—Bueno... —Mamá gata me mira con no poca desconfianza y se enrosca alrededor de las tres bolitas de pelo que tiene pegadas al cuerpo—. No era esto lo que me esperaba.

Media hora y un par de llamadas de teléfono más tarde, Beckett, Layla y yo contemplamos en mi oficina a la pequeña familia, instalada en una cesta de la colada con el trozo de guirnalda que la gata se ha negado a soltar. No aceptó de buen grado abandonar su hogar, pero, en cuanto vio que ponía con todo el cuidado a sus bebés en la cesta y la animaba a que los siguiera, accedió sin demasiados problemas. Ahora están dormidos los cuatro y sus naricillas rosadas emiten unos ronquidos monísimos.

—Joder, son adorables —murmura Beckett, casi con enfado. Se da la vuelta a la gorra de béisbol y se cruza de brazos—. ¿Qué se supone que vamos a hacer con ellos?

—¿Llevarlos a la protectora? —digo; él descruza los brazos y los pone en jarras, lanzándome una mirada asesina. Levanto las manos con ademán apaciguador—. Vale, puede que no. Pero es que... no sé qué hacer con cuatro gatos.

—Creo que deberíamos llevárselos al doctor Colson y, a partir de ahí, ir viendo. —Layla se acuclilla y pega la cara a las tiras de la cesta de la colada. Una minúscula patita le toca la nariz y la mujer casi se deshace del gusto. Suspira con gesto soñador—. La verdad es que un poco sí que parecen mapaches.

Con esos colores y las manchas alrededor de los ojos, no es de extrañar que todo este tiempo los confundiera. La verdad es que abrí la puerta del granero una vez, vi un borrón blanco y negro y salí por patas. Pensé sin más que quien dejaba arañazos en todas las vigas era un mapache con muy mala uva.

—Tal vez deberíamos llamar Mapache a la madre —pienso en voz alta, y Beckett y Layla se me quedan mirando—. ¿Qué pasa?

—Si les ponemos nombre a los gatos, es más que probable que nos los quedemos —advierte nuestra repostera mientras vuelve a ponerse de pie y se limpia las manos en la parte trasera de los vaqueros.

Echo un nuevo vistazo a las bolitas de pelo y siento una punzada de añoranza. Cuando era pequeña siempre quise tener una mascota, pero nunca tuvimos ni sitio ni tiempo. Y ahora que se acerca la temporada alta y Evelyn llega dentro de una semana, desde luego que tiempo tampoco voy a tener, pero quizá entre los tres podríamos…

—No vamos a llamarla Mapache. —Beckett resopla—. Es insultante. Creo que es evidente cómo deberíamos llamarlos.

Layla y yo intercambiamos una mirada y ella esconde una sonrisa con la mano. Beckett no ha apartado la vista de los gatos ni una sola vez.

—Ah, ¿sí?

El hombre señala a la bolita de pelo más pequeña, acurrucada y con la cara escondida en el pecho de la madre.

—Cometa. —Luego apunta a las otras dos criaturitas, que duermen ovilladas juntas—. Cupido y Diablillo. —Después señala a la gata, que ha levantado el rostro hacia él y lo contempla con lo que juraría que son ojos enamorados. Beckett le rodea la carita con su enorme mano y el animal ronronea y se frota contra la palma—. Esta es Cabriola.

—Bueno. —Suspira Layla—. Diría que hemos adoptado a unos gatos.

Tras un buen baño y un examen minucioso por parte del veterinario del pueblo, el doctor Colson les da el alta a Cabriola y a sus bebés. Receta un champú antiparásitos por si acaso y pienso enriquecido con suplementos para que Cabriola coja algo de peso. Cuando me pregunta si tengo todo lo necesario para acoger a una familia gatuna, me quedo mirándolo como una idiota.

Apenas cuento con todo lo necesario para acogerme a mí misma. Ni siquiera sé dónde queda la tienda de animales más cercana.

Pero Beckett aparece como una exhalación con el ceño fruncido y se aprieta la cesta de la colada contra el pecho al tiempo que farfulla no sé qué de unas listas de compra en Amazon y que en su casa hay una vieja cama para perros, así como escudillas de cuando su hermana trató de tener en acogida un par de *frenchies*. Al notar que vuelve a estar en los brazos de su amor verdadero, Cabriola se alza con gracia por encima de la cesta, se sube al hombro de Beckett y se enrosca alrededor de su cuello con un ronroneo. El doctor y yo contemplamos divertidos cómo abre de par en par la puerta de la consulta y accede a la sala de espera con una gata en el hombro y una cesta de crías en los brazos. Es más que probable que aniquile a toda la población femenina de Inglewild como vaya demasiado lejos de esa guisa.

Por lo que se ve, no soy la única que quería una mascota de pequeña.

Para cuando estamos de vuelta en el vivero, el sol está bajo en el cielo y aún queda mucho por hacer. Pero, por una vez, no noto el enorme peso con el que normalmente me presiono. No siento sino una burbuja de felicidad al doblar la curva del camino. Veo unos arcos gigantescos decorados con luces. Postes a rayas rojas y blancas. Una señal enorme y de un blanco inmaculado que da la bienvenida al Polo Norte. De verdad que es perfecto.

—Hemos estado tan liados que aún no había tenido la oportunidad de hablar contigo esta semana, pero esto tiene un aspecto fabuloso. Aún mejor que el año pasado —dice Beckett desde el asiento del pasajero, con Cabriola todavía enroscada sobre su hombro y la pequeña Cometa echándose la siesta en el bolsillo delantero de su cazadora—. Este lugar es lo que es gracias a ti.

Giro a la izquierda y pongo rumbo a su cabaña al pie de las colinas. Hank me contó que los propietarios anteriores a él habían intentado usar el lugar como refugio para cazadores o algo así. Pero nunca ha habido buena caza en la orilla este, así que no tardaron en echar el cierre. Yo tengo una casita, Beckett otra y la tercera la convertimos en nuestra oficina de administración y centro de bienvenida. Le ofrecí la cabaña como parte de su trabajo en el vivero. Para él, al tener que madrugar tanto, es más fácil vivir en la propiedad. Antes compartía casa con sus padres y sus dos hermanas menores, aunque las dos mayores se dejaban caer por allí con frecuencia. Beckett siempre ha sido el primero en cuidar de los demás; es algo casi patológico.

—También gracias a ti y a Layla.

Me siento fatal cada vez que recibo un cumplido de cualquiera de los dos. Aún no he sido del todo sincera con respecto a nuestras finanzas. Tengo demasiado miedo a su reacción, a su decepción. Juro que me cortaría el brazo antes que dejarlos en la estacada.

—Escucha, Beck. Lo de Evelyn no es solo una buena oportunidad.

—¿Qué quieres decir? —pregunta mientras trata de trasladar a una apoltronada Cabriola de su hombro a la cesta de la colada. Esta maúlla bajito y Beckett la acalla con un susurro y una caricia con los nudillos bajo la barbilla. Es insoportable.

—La publicidad es estupenda y espero que atraiga a más clientes. Pero lo que más me interesa es el dinero del premio. Nos... nos ayudaría un montón.

Beckett me lanza una mirada; tiene el rostro inescrutable al sol del ocaso.

—¿Tenemos problemas?

Me encojo de hombros, con el corazón en la garganta y un nudo en el estómago.

—Nos vendría bien un milagro navideño.

Beckett me observa y sopesa mis palabras. Esto es lo más cerca que he estado jamás de decirle la verdad. Sigue siendo menos de lo que merece, pero el resto de la explicación se me atasca en la garganta. Al cabo de un momento coge en brazos la cesta de la colada y se baja de mi coche. Agacha la cabeza, un brazo apoyado en la puerta, la cara seria.

—Pues entonces habrá que hacer magia, joder.

Por la mañana me despierto enterrada bajo un montón de mantas; el olor del café me hace cosquillas en la nariz y el sonido de cristal entrechocando en la cocina me saca de las profundidades del sueño. Parpadeo adormilada ante la débil luz que penetra por la ventana sobre la cómoda y estiro las piernas; los dedos desnudos asoman por debajo de la manta mientras intento recordar si debería haber alguien en casa. Como sea un ladrón, es superamable preparándome café.

Oigo movimiento en el recibidor, unos pies en calcetines resbalan sobre el parquet. No sé cómo sé que es él, pero el caso es que lo sé, y me reconforta oírlo moverse por mi casa. De niña odiaba lo silencioso que estaba el apartamento cuando mi madre trabajaba hasta tarde. Siempre me sentía mejor al oírla entrar y encender el calentador para el té o meter unas sobras en el microondas.

Luka aparece en la puerta en mitad de un bostezo enorme, los ojos cerrados y la sudadera del revés. Tiene el pelo aplastado de un lado, como si hubiera llevado un gorro cuando llegó y no se hubiera acordado de quitárselo hasta ahora. Lanzo una mirada rápida a sus pies. Lleva los calcetines de *Romeo y Croqueta*, en los que aparecen un par de croquetas agarradas de la mano.

—¿Qué hora es? —murmuro al tiempo que saco la mano de debajo de la montaña de mantas en busca de la taza de café en la suya. Es la única parte de mi cuerpo que estoy dispuesta a mover en este momento.

Luka se sienta en el borde de la cama y me da una palmadita en el pie, me tiende la taza y se asegura de que la tenga bien sujeta antes de soltarla.

—Las siete. Siento hacerte madrugar.

Lo miro con los ojos entrecerrados.

—¿Has salido a las tres?

Se encoge de hombros como si no fuera para tanto y evita mi mirada fijando la suya en un punto del cabecero. No estoy segura de que los pespuntes de la tapicería de saldo sean tan interesantes. Algo no quiere decirme, pero es demasiado pronto como para intentar adivinarlo. Por ahora dejaré que se guarde sus secretos.

Bebo un sorbo de la taza. No sé qué será, pero desde luego que no es el café que guardo en mi armario. Este es aromático y delicioso y, cuando le doy otro largo trago, gimo al notar un toque de moca. La mirada de Luka se oscurece y yo me hundo un poco más en la cama. Es distinto ahora que sé que sus ojos se vuelven de ese color exacto cuando su boca está unida a la mía. Carraspeo.

—Creí que ibas a llamarme cuando estuvieras en camino.

—Iba a hacerlo —responde sin decir nada más. Tiene la voz algo ronca por el sueño y se le nota una suave agitación de puro agotamiento.

—Aunque en cierto modo me alegro de que no lo hicieras si saliste de casa a las tres de la mañana. —Le veo las ojeras, noto que se tambalea ligeramente hacia un lado, como si no fuera capaz de tenerse en pie. Me acurruco a un lado de la cama—. Luka.

Murmura algo con los ojos cerrados, la taza junto a la boca, pero sin beber. Es como si hubiera olvidado qué hacer con ella a medio camino. Me muerdo el labio para no sonreír y aparto las mantas.

—Luka, túmbate. Vente a dormir un rato.

Baja la vista hacia mí; los párpados se le caen al tratar de pestañear.

—Puedo dormir en el sofá.

Le quito la taza de las manos y la deposito en la mesilla.

—Anda ya. Ni que no hubiéramos compartido cama antes.

—Iba a dormir en el sofá —murmura de nuevo mientras deja que tire de él y se desploma en mi cama con un gemido que roza lo pornográfico—. ¿Es espuma viscoelástica?

Lo único que le veo a través del montón de almohadas y mantas es un mechón de cabello castaño y la curva de la oreja. El colchón ondea levemente mientras se remueve bajo las mantas, desliza los pies bajo mi pantorrilla y, un segundo después, su mano aterriza en mi cadera. Me la aprieta una vez al tiempo que yo me hundo de nuevo en la almohada.

—Descansa un poco, Luka.

La única respuesta que obtengo es un ligero ronquido y su pie temblando contra mi pierna.

Me voy despertando poco a poco; la luz del sol me calienta la mejilla y el tobillo, porque el pie se me ha escapado de entre las sábanas. Aún huele a café, aunque menos, y los pájaros ya están despiertos del todo en los árboles que crecen en el mismísimo borde de mi jardín. Los oigo llamarse y saltar de rama en rama. Abro un ojo y veo la luz dorada y brillante del sol llenando el dormitorio y danzando sobre la bola de nieve que decora la cómoda y el espejo *vintage* de cuerpo entero que encontré en un mercadillo de la ciudad y que obligué a Luka a fijar con correas al techo de su coche.

Casi he olvidado que hay alguien conmigo en la cama hasta que unos dedos se flexionan sobre mi vientre por debajo de la camiseta del pijama y una palma pesada desciende por mi piel desnuda. Todavía envuelta en la neblina del sueño, parezco flotar en una nube deliciosa. Me pego aún más al hombre acurrucado detrás de mí, sus rodillas acopladas al hueco de las mías. Dos cucharas en un cajón.

—Qué piel tan suave —murmura Luka entre mi pelo con voz ronca, recorriendo mi perfil con la nariz hasta detenerse en el hombro.

Flexiona la mano de nuevo; el pulgar sube para luego volver a bajar, memorizándome. La piel de los brazos se me eriza y siento un fuerte tirón en el bajo vientre. El calor me inunda y se extiende y empujo hacia atrás, intentando pegarme más a él. Luka gruñe, mueve la mano de mi cintura a mi cadera y me agarra. Durante un segundo creo que va a apartarme, a ponerse de espaldas y a dormirse de nuevo con el antebrazo cubriéndole los ojos, pero no.

Tensa la mano sobre mi cadera y mueve la rodilla hacia delante, presionando la mía hasta que me separa las piernas y quedo rodeada por su calor. Nuestros cuerpos se tocan por todas partes: su pecho contra mis hombros, su vientre contra el hueco de mis lumbares. Siento cada vez que toma aire mientras el suave algodón de su pantalón de chándal me acaricia los muslos desnudos. Arqueo la espalda y, al moverme otra vez, inquieta, noto algo duro presionando contra la curva de mi trasero. En ese momento Luka se aparta y gira las caderas lo justo para que dejemos de tocarnos. Y puede que sea la lentitud pegajosa de la mañana indolente o tan solo que estoy cansada de fingir todo el tiempo, pero busco su contacto y me aprieto una vez contra él. Luka responde con un suspiro brusco en el hueco de mi oreja.

Seguimos callados; no se oye nada más que el canto de los pájaros y los latidos de mi corazón. Él no mueve más que los dedos, que aprietan y me sueltan la cadera al tiempo que el meñique se cuela un centímetro por debajo del borde de mi pantalón de pijama corto. Es un roce inocente, dadas las circunstancias, tan solo un dedo acariciando la piel desnuda sobre el hueso de mi cadera, pero parece un paso más en esta extraña danza que estamos coreografiando juntos. Siento ese contacto en el hueco de la garganta, en la punta de los pechos. Una conversación silenciosa en la que su cuerpo pregunta: «¿Te importa que haga esto?». Echo la cabeza hacia atrás y la apoyo en su hombro. Él me agarra con más fuerza y aprovecha el movimiento para tirar de mis caderas hacia el hueco de las suyas, más insistente esta vez. «¿Y esto otro?».

Es un ritmo pausado en el que su cuerpo se mece hacia delante y el mío, hacia atrás. Se parece un poco a salir por la bahía con una de esas barcas que a veces alquilamos en verano, un leve vaivén con cada exhalación susurrada. Es suave y tentativo; el calor de mi vientre crece y se expande hasta que siento la respiración entrecortada y una gota de sudor desciende entre mis pechos. Luka empuja con más fuerza, ondula las caderas y yo me agarro a su muñeca, animo a su palma a ascender hasta que extiende la mano justo por debajo de la curva de mi pecho. Quiero que el último tramo lo recorra él solo, que me tome en sus manos hasta que no haya nada más sino piel desnuda. Es una tentación deliciosa, todo este movimiento sin fricción, y me está provocando una dolorosa humedad entre los muslos. Su pulgar se estira y traza una vez la curva inferior de mi pecho. Ambos gemimos.

—Luka —tartamudeo. Quiero preguntarle qué está haciendo. Quiero pedirle más. Al oír su nombre, emite un sonido desde lo más profundo de la garganta, a medio camino entre el gruñido y el gemido. Empuja con fuerza y el momento es perfecto, todo el peso de su cuerpo pegado al mío—. Luka, ¿podrías...?

Mis palabras rompen el hechizo que nos envuelve; un estremecimiento de conciencia pasa de su cuerpo al mío al tiempo que nuestro ritmo se ralentiza y titubea. Juro que siento la sangre corriendo bajo mi piel, latiendo ardiente en los puntos donde más lo deseo.

—Haré lo que quieras, Stella —responde, la voz áspera por la respiración entrecortada, la frente apoyada en mi nuca. Tiene la piel hirviendo, algo pegajosa de sudor. De pronto el dormitorio es como un horno. Lo oigo tragar saliva—. No... no tenemos que hablar de ello si no quieres.

Algo en el modo en que su voz se quiebra, en el temblor de su mano, que intenta ocultar..., no está bien. Me doy la vuelta entre sus brazos y me distrae su visión. Las mejillas sonrojadas, los ojos oscuros, un único mechón de pelo adherido a la frente, el labio inferior enrojecido de apretarlo entre los dientes. Parece que lo hubieran metido en la lavadora y hubieran puesto el centrifugado a tope.

Bajo las mantas, le acaricio el empeine con los dedos de los pies.

—¿Qué quieres decir?

¿Cree que quiero que pare?

Ay, madre.

¿Quiere parar él?

Sus manos pugnan por mantenerme cerca mientras yo intento alejarme al otro lado de la cama; sigue sujetándome la cadera por debajo de la camiseta.

—Espera, no. —Se lleva mi muñeca a la boca y me da un beso rápido en el pulso, que me provoca una nueva oleada de calor por la espalda y un escalofrío. Si lo nota, tiene la decencia

de no decir nada al respecto—. No, lo que quiero decir es que...,
si tú quieres parar, paramos y... —traga saliva— no tenemos
por qué volver a hablar de ello.

Desde luego que no quiero parar. Luka me mira con tanta
atención que es como si yo hubiera pronunciado las palabras en
alto. Su figura entera se relaja, los dedos alrededor de mi muñeca se extienden, me acaricia el centro de la palma con el pulgar.
Una ceja oscura se enarca. Está para mojar pan y hacerle tres o
cuatro favores, con la cara de sueño y acaloramiento en mitad
de mi cama.

He tenido sueños que empezaban y acababan justo así.

—Si no... —dice, sin acabar la frase.

Me acerco más a él.

—Si no, ¿qué?

Saca la mano con la que ha estado haciendo dibujos sobre la
piel desnuda de mi cadera de debajo de mi camiseta y me agarra
de la barbilla. Con el pulgar, recorre con suavidad mi labio inferior, adelante y atrás.

—Si no, podríamos probar una cosa.

—¿Qué cosa?

Querría que mi voz no sonase tan jadeante, que no fuera tan
obvio que deseo que me toque por todas partes.

Lucas se lame el labio inferior, recorre con los ojos la punta
de mi mentón, la maraña de pelo enredado como un halo infor-
me sobre la almohada. Cualquier duda que tuviera se ha disipa-
do: el modo en que enrosca un mechón con el dedo delata toda
su intención.

—Podría ver qué te gusta. Los sonidos que haces —responde, su voz baja e íntima, con una aspereza que jamás había oído
hasta ahora. Es su voz de alcoba, pienso con timidez. La mitad
de su boca se curva en una sonrisa maliciosa. Sus ojos marrones parecen de oro bruñido, líquido y cálido—. Si eres silenciosa o no.

Trago con dificultad y aprieto una pierna contra la otra. Sí,
eso es lo que quiero. Mucho.

—¿Por qué? —pregunto. Me importa su respuesta.

—Porque quiero, joder —espeta, jadeante.

Sus palabras se posan como copos de nieve sobre mi piel acalorada. Una descarga fría y luego un calor abrasador. Una confesión. Parpadeo dos veces, pero no me doy ni un segundo para pensarlo, para agobiarme por las consecuencias. Me mantengo en el presente.

—Vale.

Luka gira la mano hasta que nuestras palmas están unidas, igual que aquel día en el granero. Cierro los ojos por la anticipación y oigo su cuerpo moverse bajo las sábanas. Susurra «Vale» quedamente en respuesta y me recorre la mejilla con la nariz hasta tocar la mía. Levanto la barbilla hacia él y nuestros labios apenas se rozan... cuando una bocina nos atruena desde el camino de entrada.

Luka se deja caer sobre mí con un gruñido, su frente sobre mi clavícula. Paso los dedos una sola vez por su pelo y tiro con suavidad hasta que vuelve a emitir ese sonido, algo más ahogado. Es extraño, pero la incomodidad que debería sentir por haberme magreado con mi mejor amigo es inexistente. No siento sino una feliz ligereza, como champán burbujeando en el pecho, cada vez que siento el aleteo de sus pestañas en la piel.

Puede que más tarde entre en una espiral de ansiedad, pero ahora mismo estoy encantada. Floto en una nube de acaloradas endorfinas. Me apuesto lo que sea a que podría correr treinta kilómetros en dos minutos.

Un nuevo bocinazo llega desde el jardín delantero; esta vez suena la melodía de *Jingle Bells*. Luka se alza por encima de mí apoyándose en el codo y aparta un pico de las cortinas para mirar al exterior. Uno de los cordones de su sudadera pasa rozándome la clavícula y se detiene en el hueco de mi garganta. Lo siento duro contra mi muslo. Trago saliva.

—¿Por qué Beckett está subido a su tractor con una familia de gatos encima?

Me aprieto los ojos con las palmas de las manos y trato de ignorar las caderas de Luka clavándome en la cama. Mi burbuja de neblinosa felicidad mañanera acaba de estallar oficialmente.

—Se supone que hoy me encargo yo de ellos. —Olvidé que lo acordamos anoche, cuando salimos del veterinario.

Luka me mira desde la posición en la que mantiene el equilibrio, por encima de mí, sus brazos rodeándome la cabeza. Si la girase un poco hacia la izquierda, podría morderle la delicada piel de la muñeca. Sus ojos pasan de un dorado ambarino a un rico color chocolate derretido, como si supiera lo que estoy pensando. Nos quedamos mirándonos, sopesando las opciones.

Un nuevo bocinazo, esta vez con una melodía de la orquesta transiberiana. No sabía que se pudiera hacer música con una máquina utilitaria compacta.

Luka sacude la cabeza con una sonrisita pesarosa y vuelve a mirar por la ventana. Lo veo en sus ojos: quiere arrancar la bocina del tractor de Beckett y hacer algo creativo con ella.

—¿Desde cuándo tenéis gatos?

No soy yo quien tiene a la familia felina, sino Beckett. O puede que sea una cuestión de custodia compartida, no lo sé. Los detalles no están muy claros.

—Son los mapaches —murmuro mientras Luka se aparta de mí, se baja de la cama y se tambalea por el pasillo.

Se recoloca por dentro de los pantalones mientras se acerca a la puerta y yo me pongo colorada, con la mirada fija en su pelo alborotado de dormir. Espero la inevitable oleada de arrepentimiento. Me quedo quieta, cierro los ojos y respiro hondo por la nariz, como he aprendido en esos vídeos de yoga que Layla no deja de enviarme.

Pero no llega. Lo que siento es el fuego bajo de la excitación, un calor líquido que me recorre la piel. Un tamborileo de deseo. Y el vértigo de la conciencia, la minúscula llama de la esperanza.

Lo de antes no parecía fingido.

13

Me arrastro fuera de la cama con un gruñido y agarro una sudadera extragrande que cuelga del umbral de la puerta. Es un milagro que Luka consiguiera ignorarla y no doblarla a su gusto para luego guardarla en el cajón correspondiente en cuanto entró en el dormitorio. Le habría dado un ataque al corazón si hubiera abierto el armario ropero y visto el montón de cosas que tengo metidas de cualquier manera dentro.

Me echo una chaqueta por encima de los hombros de camino al porche delantero, atravieso la puerta y noto los listones de madera helados bajo mis pies descalzos. Me pongo a dar saltitos hasta que Luka me lanza un par de botas de agua viejas con el interior forrado de gruesa franela. Me las pongo, agradecida. Las de él están sin atar y se le abre la boca en un bostezo feroz mientras los dos contemplamos con mansedumbre la luz de última hora de la mañana. Bajo la vista un instante a la parte delantera de su pantalón de chándal. Él se da cuenta y me dirige una mirada lastimosa.

—No era plan bajar empalmado a tu porche delantero —refunfuña.

—Buenos días.

Doy un respingo al oír la voz exageradamente alegre de Beckett al otro lado del porche. No sé cómo es capaz de que esas dos palabras suenen tan cargadas de doble sentido, pero lo consigue, allí de pie, delante del tractor, con las gatas encaramadas a él, como si fuera su rey. Cabriola ocupa su lugar habitual, en la curva entre su cuello y el hombro, y las tres gatitas se pelean por el bolsillo delantero de su camisa de franela.

Entrecierro los ojos y me envuelvo en la chaqueta de punto antes de cruzarme de brazos. Ojalá me hubiera puesto también un pantalón largo. Siento el viento frío por detrás de las rodillas.

—¿Por qué me has dado una serenata con la bocina del tractor?

Beckett me dedica una sonrisita burlona, sube los escalones del porche con pasos pesados y le entrega una gatita a Luka.

—No quería interrumpir nada.

Cometa observa a Luka con curiosidad, su cabecita inclinada hacia un lado, como si estuviera pensándose si confiar en él o no. Ambos se examinan, unos ojos castaños frente a otros dorados, y parpadean reflexivamente. Luka tiene el pelo alborotado de dormir; los mechones le salen disparados en todas direcciones. Me encantaría peinárselos con los dedos, acariciarlos y darles un tirón. Cometa debe de estar pensando lo mismo, porque al cabo de un momento lanza un maullido quejoso y trepa por su brazo hasta subirse a lo alto de su cabeza y hundir el morro entre sus rizos.

Entiendo su impulso a la perfección.

—No querías interrumpir nada, pero te pones a deleitarnos tocando con la bocina el catálogo de éxitos navideños de principios de los noventa.

Beckett se encoge de hombros y clava la mirada en mis piernas desnudas.

—No quería ver nada.

—No hay nada que ver —gruño. Podría haberlo habido, quizá, si hubiera llegado veinte minutos más tarde.

Me estremezco al tiempo que recojo en la palma de la mano a Cupido, que estaba durmiendo en la camisa de Beckett.

Los ojos de Luka son lo único que se mueve cuando intenta llamar mi atención; el resto de su cuerpo continúa inmóvil en una posición poco natural debido a que la gatita está usando su pelo como nido.

—Sigo sin entender de dónde han salido estos gatos.

Tiendo los brazos hacia Beckett para que me entregue al resto de la pequeña familia. Cabriola me mira con la misma desconfianza que ayer y retrae los labios para lanzar un bufido. Me resisto a hacer lo mismo. En su lugar, la cojo con cuidado y trato de separarla de Beckett, pero se aferra con las garras a la camisa como si le fuera la vida en ello.

—No pasa nada.

Al menos una de sus bebés ha decidido que soy de fiar. Diablillo sale del bolsillo de Beckett y se me sube por el brazo hasta acomodarse con toda delicadeza sobre el hombro, su rabito acariciándome la oreja. Cupido ronronea en mi mano, todavía dormida y sin que le preocupe lo más mínimo el barullo a su alrededor. Cabriola, entretanto, está tan ansiosa que le está desgarrando el delantero de la camisa a Beckett. La rodeo con la mano y trato de tirar.

—Tranquila, pronto estarás de vuelta con tu amor verdadero.

—Estas gatas eran los mapaches del granero —le explica Beckett a Luka mientras me afloja la mano sobre Cabriola y la rodea con las suyas. La levanta y le frota la nariz con la suya, lo que hace que suelte su camisa con un minúsculo maullido de despedida. Es tan dulce que empacha y siento una absurda decepción por haberme dejado el móvil en la mesilla.

Contemplo a Beckett darle un beso de despedida a la gata. Tengo la impresión de que deberíamos poner una placa en su porche delantero. Observa con evidente añoranza cómo acojo a Cabriola en el hueco del codo. Es cómico y enternecedor. Cambia el peso de pie y se balancea sobre los talones con las manos metidas en los bolsillos.

—Si quieres, puedo venir a recogerlas esta noche.

Trato de poner cara seria y no reírme de este hombre a costa de su ansiedad por separación gatuna.

—¿Quieres tú?

—Está bien tener compañía.

Su respuesta me enternece. A veces cuesta pensar en Beckett más allá de su estoicismo, pero reconozco en él las señales de la soledad, igual que lo hago en Luka y en mí. Es otro motivo por el que agradezco la existencia del vivero y de esta extraña y pequeña familia que hemos formado. Todos estamos un poco menos solos.

—Ven a buscarlas cuando quieras. Estaré en la oficina.

Beckett asiente y se vuelve hacia el tractor, que sigue rugiendo en el camino de entrada, detrás del híbrido de Luka. Lo veo alejarse mientras Cabriola declara su descontento clavándome las garras en el pelo.

—Vale, pero no son mapaches, ¿no? Son gatas.

—Correcto.

—Pues sigo sin entenderlo.

Luka levanta la mano por encima de la cabeza para coger a la gatita que sestea sobre ella y, una vez en sus brazos, me sigue al interior de la cabaña. Me pierdo en mis pensamientos mientras me ocupo de depositar a las gatitas sobre un montón de mantas viejas dispuestas en el rincón; Luka calienta el café y saca dos tazas en las que Santa Claus guiña el ojo. Cometa se baja de sus brazos de un salto y se acomoda en su nuevo hogar entre las mantas. La familia entera se ovilla en un montoncito feliz de maullidos satisfechos y se duerme a la luz del sol, que forma un dibujo sobre el parquet.

Supongo que debería estar más preocupada por lo sucedido esta mañana, pero la verdad es simple: deseo a Luka. Siempre lo he deseado. Y lo de hace un rato no ha sido más que el tipo de capricho que todo el mundo me dice que necesito darme.

¿No decía Layla que debía disfrutar de mi tiempo con él? ¿No es justo eso lo que he hecho?

Lo miro, de pie delante del fregadero con la mano rodeando una taza de café. Lleva casi un minuto removiendo con la misma cuchara; el metal tintinea contra la cerámica cada vez que completa una vuelta. Veo sus labios curvarse hacia abajo y niega con un movimiento leve de la cabeza, una sola vez, como si mantuviera consigo mismo una discusión que solo él oye.

—¿Deberíamos…? —Vacilante, trago saliva y lo veo parpadear, volviendo en sí. Sus hombros se estremecen cuando los endereza—. ¿Quieres hablar de lo de esta mañana?

Se queda quieto y deja la cuchara en el fregadero; ese escaso segundo de indecisión hace que el corazón se me suba a la garganta. No quiero verlo dudar con respecto a mí. No quiero perder jamás la naturalidad con que nos tratamos.

Se acerca hasta el cuarto de estar y extiende una mano para ayudarme a levantarme del suelo, donde estoy acuclillada. Cuando nuestra piel se toca no se produce una descarga eléctrica, solo la dulce calidez de siempre. Como el primer bocado de una tarta después de esperar a que se enfríe en la rejilla junto al horno, ácido y delicioso. O como la ropa recién sacada de la secadora en mitad del invierno. La sensación es de firmeza y seguridad. De confort familiar.

Aparta la mano y se la guarda en el bolsillo delantero de la sudadera, que se ha puesto del derecho en algún momento de la mañana. Su rodilla se agita arriba y abajo; enseguida saca la mano y se la pasa por el pelo. Me mira a través de las pestañas, renuente, y su mano se instala en la nuca.

—Esto..., ¿quieres tú?

—Creo que deberíamos —respondo en voz baja, dejándome caer sobre el cojín a su lado.

Tras una leve vacilación, meto los pies por debajo de su muslo. Su cuerpo entero se derrumba ante ese movimiento, sus hombros se relajan con alivio y de lo más profundo de su pecho se escapa un suspiro. Encuentra mi tobillo con la mano y lo rodea con el dedo pulgar sobre el anular. Así nos tiramos siempre en el sofá y la sensación es reconfortante. Me dirige una sonrisa tímida.

—Yo no... —Me da un apretón en la pierna—. No te he hecho sentir incómoda, ¿verdad? —Cuando no le respondo de inmediato, se aprieta con tanta fuerza la parte posterior del cuello que los nudillos se le ponen blancos—. No esperaba que...

—No, no estaba incómoda. —Todo lo contrario, de hecho—. Lo que pasa es que... —Pienso en el modo en que se movía contra mí, en su labio inferior recorriéndome la piel del cuello. Me aclaro la garganta y me envuelvo aún más en la chaqueta—. Nunca hemos hecho algo así.

Nos hemos abrazado. Nos hemos acurrucado. Nos hemos

enredado el uno contra el otro en el sofá mientras veíamos una película. Pero nunca hemos recorrido jadeantes la piel del otro. Nunca nos hemos movido al unísono buscando la fricción, el calor y el deseo.

—No, nunca —responde, con un atisbo de vergüenza. Al final se quita la mano de la nuca y sonríe con la mirada fija en el café. Esta versión de Luka me gusta casi tanto como la que se sienta despatarrada en mi mecedora y pronuncia la palabra «follar»—. ¿Se te ha hecho raro?

Llevo toda la mañana esperando a que se me haga raro, a que me entre el pánico. A que me incomode que mi mejor amigo me haya susurrado al oído que le gustan los sonidos que emito. Pero lo único que he sentido es el mismo burbujeo agradable que cuando me besó en el granero. No lo sé, puede que más tarde me ponga a analizarlo, pero ahora mismo me siento... me siento bien. Muy bien.

—Se me hace raro que no se me haga raro, creo. No sé si me explico...

Luka se endereza un poco.

—Sí, te explicas —responde—. Somos amigos de siempre y lo de hoy ha sido... —Una sonrisa pícara se dibuja en sus labios y casi siento su mirada detenerse en el hueco de mi garganta—. Estaba soñando contigo y, cuando me desperté, estabas suave y cálida y... supongo que no pude resistirme. —Me acaricia el hueso del tobillo con un dedo—. La verdad es que, La La, llevo un tiempo sintiendo la tentación.

Parpadeo, confusa.

—¿Qué tentación?

—A ver, no específicamente la de restregarme contra ti en la cama —se apresura a responder antes de detenerse y asentir con lentitud como si se lo estuviera pensando—. Bueno, la verdad es que sí. Específicamente la de restregarme contra ti en la cama.

Me mira con una sonrisa descarada y sus mejillas se sonrojan. Le doy un pellizco en el costado.

—Habla en serio, anda.

—Lo digo en serio —contesta riendo mientras se aparta para que no lo pellizque. Sin embargo, se me pega otra vez en cuanto me muevo en el sofá y alargo la mano para acariciarles con los nudillos la cabecita a las gatas—. Creo que... —Se remueve en el asiento, deja el café sobre la mesa y, agarrándome los tobillos, me mueve las piernas para que queden colocadas a su lado—. La mujer esta de las redes llega el lunes, ¿verdad? ¿Y va a quedarse una semana?

Asiento.

—Pues recapitulemos. No se nos tiene por qué hacer raro lo de esta mañana. Y a ti se te hace raro que no se te haga raro. Pero ¿en el buen sentido? —Vuelvo a asentir y Luka sonríe; un rayito de sol se detiene en su pelo. Clavo la mirada en él, como si esperara que una familia de azulillos entre volando por el hueco de la ventana y se pose en sus hombros—. Vale, así que te propongo una cosa. De todas formas, tenemos que fingir, ¿no? Pues ¿y si usamos esta semana como periodo de prueba? Para ti y para mí. Y así vemos qué tal nos va.

—¿Como periodo de prueba?

—Sí.

—¿Y así vemos qué tal nos va?

—¿Vas a repetir todo lo que te diga?

Me froto la sien con el pulgar.

—Creo que necesito que me lo expliques.

—Vale, mira... —Entrecierra los ojos y ladea la cabeza—. Igual que hacemos delante de la gente, ¿por qué no probamos también cuando estemos solos? Piensa en esta mañana, por ejemplo. Queríamos probar y hemos probado. Y no ha pasado nada. Creo que..., si estamos cómodos, deberíamos seguir.

—¿Qué quieres decir?

—Lo que quiero decir es que, si ahora mismo quiero subirte a la encimera y ver a qué sabes, puedo probar a hacerlo. —El estómago me da un vuelco. Luka me acaricia la rodilla—. Si tú quieres.

—¿Es lo que quieres tú?

—Es evidente.

A mí no me lo parece.

—¿Como si fuéramos amigos con derecho a roce? —La idea no me gusta.

Luka niega con la cabeza y pone mala cara. Eso me reconforta.

—No. Creo... creo que los dos sentimos una tensión entre nosotros, ¿verdad? —Asiento. No puedo creer que esté admitiendo que he pensado en él, en nosotros, en este sentido—. Así que esto será..., no sé, una semana de salir de verdad, con todo lo que eso implica. No tenemos por qué cambiar cuando estemos solos.

Me lo planteo. No estoy segura de qué me parece lo de contar con una garantía de siete días de prueba en la relación más importante de mi vida.

—¿Y seguiremos siendo amigos? ¿Pase lo que pase?

Luka asiente con convicción.

—Pase lo que pase.

—¿Me lo prometes?

Necesito una promesa. De hecho, preferiría un documento con validez legal al final del cual los dos firmáramos con nuestra sangre. Sé que Alex, el de la librería, certifica documentos de vez en cuando. Me pregunto si estaría dispuesto a poner su sello en algo escrito en el reverso de un menú de comida para llevar. Tengo la impresión de que estamos simplificando demasiado un aspecto complicado de una relación irreemplazable. He visto suficientes comedias románticas como para saber que es probable que esto acabe mal para uno de los dos. Y me apuesto lo que sea a que va a ser para mí.

Luka me tira del labio inferior con el pulgar hasta que lo suelto; tiene marcada la huella de mis dientes. Es una persona honesta y formal y le agradezco que parezca estar tomándose esto tan en serio como yo.

—Te lo prometo, Stella, de corazón —afirma al tiempo que se traza una pequeña cruz sobre el pecho—. Con la mínima presión. Y sin expectativas. No tenemos que hacer nada que no queramos.

Ese es el problema. No se me ocurren demasiadas cosas que no quiera hacer con él y no estoy segura de que regalarme una semana a su lado para luego renunciar para siempre sea un buen plan. Una vez intenté dejar la cafeína a lo bruto. Layla me encontró temblando en la oficina en mitad del verano, mascando chicle como una histérica. No sé si se fabricarán chicles lo bastante fuertes para el síndrome de abstinencia de Luka.

—De todas formas, ¿sabes qué es lo que me apetece en este momento?

Se inclina hacia delante hasta que me roza la mejilla con la punta de la nariz y el corazón se me sube a la garganta. La misma deliciosa tensión de esta mañana se me acumula en el vientre cuando sus manos ascienden por mis pantorrillas y la parte exterior de mis muslos. Se detiene con las palmas rodeando mi piel desnuda, las puntas de los dedos apenas rozando el bajo de mi pantalón corto. Se me ocurren muchas cosas que me apetecerían en este momento, empezando por que Luka me aplastara contra el sofá.

Me sonríe; primero se le eleva una comisura de la boca y luego la otra. Me quedo mirando la constelación de pecas justo debajo de su ojo izquierdo.

—Tortillas con beicon.

Nos comemos las tortillas en la mesa, como seres civilizados, con un respetable tablero de un metro de sólida madera entre nosotros. A pesar de la decisión de desarrollar este nuevo aspecto de nuestra relación, no ocupamos el espacio del otro. No hay besos ni caricias ni miradas encendidas. Somos Luka y yo, sin más, con un cartón de zumo de naranja medio vacío y a punto de caducar, una pila de beicon crujiente y su tenedor en mi plato cada dos bocados, tratando de robarme el queso.

—No entiendo por qué no le echas queso a tu tortilla y ya —protesto al tiempo que alejo de su alcance el plato y, por si acaso, agarro una loncha de su beicon. Me está poniendo de los nervios.

—Porque no me gusta el queso en la tortilla.

Su tenedor errante dice otra cosa. Coge el zumo de naranja y agita el cartón antes de rellenar nuestros vasos. Ahora parece más descansado; las ojeras han desaparecido. Las propiedades restaurativas de un buen magreo, supongo. Me pilla mirándolo.

—¿Qué pasa?

—¿Por qué has salido tan temprano de la ciudad? —inquiero antes de meterme un pedazo de tortilla en la boca. No sé cómo consigue que el beicon le quede tan crujiente una vez ligado con el huevo. Brujería, supongo.

Se encoge de hombros, aparta la mirada y frunce el ceño ante su mezcla de claras y espinacas. Sus ojos, cargados de anhelo, se desvían hasta mi plato. Huevos con chédar, beicon y condimento Old Bay. Tiro del plato hacia mi lado de la mesa. Si quería una tortilla deliciosa, debería habérsela preparado en lugar de la prescripción facultativa que tiene delante.

—Porque he querido —murmura. La punta de las orejas se le tiñe de rosado—. Yo... echaba de menos mi casa y no podía dormir, así que me he venido y ya.

No me gusta la idea de que Luka no sea capaz de dormir. Arrugo el ceno.

—¿Tu madre sabe que has vuelto?

Asiente, señalando la cafetera con la mirada.

—¿De dónde crees que he sacado esto?

—¿Le has robado el café a tu madre?

—No, estaba fuera con un pósit azulón que decía «para Stella» seguido de una serie de creativas amenazas en italiano como me tomase libertades con tu café. —Se reclina en la silla y engancha el brazo al respaldo, con las piernas abiertas. No debería resultar tan indecente. Lo único que hace es estar sentado en la silla de la cocina. Pero la cantidad enorme de espacio que ocupa y el recuerdo del vacío que llenaba en mi cama... hacen que me remueva en el asiento—. Al verlo se me ocurrió pasarme por aquí. Iba a dormir en tu sofá.

—Me alegro de que no lo hicieras.

Una de sus oscuras cejas sale disparada.

—¿El qué? ¿Dormir en el sofá?

Asiento y sonríe. Baja la vista al mantel antes de volver a subirla y mirarme con timidez y un toque de calor.

—Ya, yo también.

Nos quedamos en silencio mientras paso lista a lo que necesito hacer hoy. Una de las gatitas investiga el zumo de naranja, otra pasea entre el salero y el pimentero. Cabriola y Diablillo no se han movido de su acogedor rincón bajo la ventana, donde las baña la luz del sol. Esta noche se las devolveré a Beck y es posible que no vuelva a ofrecerse a traérmelas. Imagino que nuestro acuerdo de custodia compartida puede darse por concluido.

Mañana es Acción de Gracias y al día siguiente comienza de forma oficial nuestra temporada navideña. Hemos recibido algún que otro cliente, sobre todo gente del pueblo que acude a Layla por su dosis de azúcar. Pero un par de personas también han venido en busca de árboles. Una familia en particular, con un padre con cara de circunstancias y dos preadolescentes sobrexcitados que no dejaban de saltar con sus abrigos a juego. Habían declarado el inicio de la Navidad a primeros de noviembre y, por lo visto, se habían cansado de esperar para comprar el árbol.

—No creo que vaya a quedarme en Nueva York mucho más tiempo —confiesa Luka. Acompaña la bomba que acaba de soltar con un sorbo de zumo de naranja y el crujido del beicon. Cometa se aparta de los condimentos y vuelve corriendo al montón de mantas bajo la luz del sol. Luka se encoge de hombros un poco—. Allí no soy feliz de verdad.

Lo miro estupefacta y hago memoria de nuestras últimas conversaciones. ¿No se pasó el otro día cuarenta y cinco minutos explicando la superioridad de un buen transporte público? Estoy segurísima de que le compuso un poema al puesto ambulante de pollo halal parado delante de su apartamento.

Como una idiota, es con eso con lo que me obsesiono.

—Pensé que te gustaba el pollo que venden en tu calle.

No me hace caso.

—Hay una empresa emergente en Delaware que está intentando reclutarme. Es pequeña y muy distinta de lo que estoy haciendo ahora. Se centra menos en cosas de cara al cliente, pero estaría más cerca. Además…, podría trabajar más en remoto.

Luka en Delaware. Queda a tan solo… En coche se tarda veinte minutos en llegar al límite del estado. Hasta hay un puesto de tacos de pescado si voy camino de la costa y cojo la ruta panorámica. Podríamos vernos en la playa las mañanas de verano y beber café con los dedos enterrados en la arena. Trato de refrenar la ilusión y canalizo la parte de mí que supuestamente es mi mejor amiga imparcial, la voz de la conciencia a la hora de tomar grandes decisiones como esta.

—¿Es lo que quieres tú?

Que yo sepa, Nueva York nunca ha dejado de ser su plan. Trabajar en una gran agencia de marketing, dirigiendo el equipo de datos, siempre me ha parecido algo que le hacía feliz.

Luka se rasca la cabeza y, meticuloso, extrae de la tortilla un pedacito de espinaca con la punta del tenedor. Lo mira como si le hubiera mentado a la madre.

—Me gustaría estar más cerca. No sé; no creo que la ciudad siga siendo para mí. Se me hace demasiado grande. Y mi madre dice que está cansada de coger el autobús para ir a visitarme.

Esa mujer no ha cogido el bus ni una sola vez en la vida. Luka siempre le saca un billete en el elegante tren Acela que sube y baja por la costa y la deja en Nueva York en menos de dos horas, achispada por las minibotellas baratas de vino. Dice que el tren le recuerda a Italia, pero que, en vez de las suaves colinas de los viñedos de la Toscana, se ve obligada a contemplar por la ventana un páramo capitalista.

—Pero ¿serías feliz? ¿En Delaware?

La tensión se le disipa de los hombros y deja de agarrarse con tanta fuerza el pelo. Me lanza una mirada con una media sonrisa curvándole los labios. Las líneas de su cara esconden un secreto.

—Creo que sí, lo sería.

No puedo evitar sonreír de oreja a oreja. Mi alegría se derrama como la luz del sol que resplandece en mi cocina. Me dejo llevar por la fantasía y, durante un instante, por la posibilidad de tener cerca a Luka.

—Ya sabes que hay un…

—Un puesto de tacos de pescado, sí. —Su tenedor encuentra de nuevo mi tortilla, pero esta vez le dejo hacerlo. Me siento magnánima—. Es verdad que no es como el pollo que venden en mi calle, pero creo que me conformaré.

Empujo mi plato hasta su sitio para que se sirva. De todas formas, lo único que quería era el beicon. Picoteo los restos que Luka ha dejado en su plato abandonado.

—Ya que nos ponemos a hablar de cuestiones hogareñas, quizá deberíamos ver cómo vamos a hacer esta semana.

Ni siquiera levanta la cabeza; está demasiado ocupado poniéndose morado.

—Mañana tengo que llevarte como sea a la cena de Acción de Gracias —responde mientras se come un pedazo de patata—. Mi madre ha dicho específicamente que no le importa si estás inconsciente a la mesa, que te despertará a tiempo para la tarta.

—Eso suena… agresivo, pero no es a lo que me refería.

—Oh… —Se incorpora en la silla y se pasa el pulgar por el labio inferior para atrapar una gota de kétchup antes de metérselo en la boca y lamerlo. El gesto me distrae lo suficiente—. ¿De qué estamos hablando, entonces?

—Evelyn cree que la finca es propiedad de los dos. Si te quedas en casa de tu madre mientras estés aquí, le va a extrañar.

Luka asiente y pincha una patata que quedaba del desayuno.

—En tal caso, me alegro de haber traído el café bueno, compi de piso.

14

La cena de Acción de Gracias en casa de Luka constituye un
tipo de caos maravilloso. Al atravesar la puerta delantera, ar-
mados con suficientes botellas de vino tinto como para diezmar
un pequeño ejército, nos recibe un coro de chillidos y risas desde la cocina. Llevo una en cada mano y otra sujeta bajo el brazo,
más una cuarta en el bolso, al lado de la petaca de whisky que
Luka ha colado justo antes de que nos marcháramos. Va cargado con ramos de flores para su madre, su abuela y cada una de
sus tías, un verdadero invernadero andante. Se detiene en el recibidor mientras desde la cocina nos llegan palabras en italiano
e inglés, además de la voz de David Bowie. Oigo a su tía Gianna
gritar no sé qué sobre un relleno sin ostras y él se estremece.

—Me lo estoy pensando mejor —murmura en el momento
en que las mujeres se echan a reír y su madre exclama algo en
italiano. A Luka se le ponen las orejas como un tomate—. Rápido, creo que podemos darnos media vuelta antes de que nos
descubran.

Voy a acariciarle el hombro con la mano, pero aún sostengo
la botella de vino. Le doy un golpecito amigable con ella, esperando que lo entienda como un gesto de consuelo. Frunce el
ceño y me mira.

—No te preocupes —le digo—. No es la primera vez que
estoy con tu familia.

Pero sí es la primera con ellas creyendo que estoy saliendo con Luka. Todos los buenos sentimientos que podría haberles inspirado a lo largo de los años se evaporan en cuanto pongo el pie en la cocina y cinco pares de ojos asombrosamente grises se entrecierran y se clavan en los míos. Así debe de sentirse alguien atrapado tras las líneas enemigas. Saludo agitando una de las botellas de vino y la tía Eva se me acerca.

—¿Llegáis tarde porque estabais dándole que te pego? —Me quita la botella de la mano y asiente satisfecha al ver la etiqueta. Oigo a Luka proferir una letanía de inventivas palabrotas a mi espalda—. Que ahora andéis como conejos no significa que podáis llegar tarde a los sitios.

Un puñado de señoras se interpone entre nosotros y Luka frunce el ceño aún más.

—Llegamos veinte minutos pronto, tía Eva.

La mujer se alza, le pellizca las mejillas y lo llena de besos.

—Eso lo decidiré yo, Cucciolo. Y tú —dice, señalándome antes de apuntar hacia un lugar vacío delante de la encimera en el que se amontonan lo que serán como treinta y cinco kilos de patatas—, a pelar.

—Es nuestra invitada, tía Eva.

—Qué va a ser una invitada. Es de la familia y le toca pelar patatas.

Así que voy a pelar patatas. A Luka, después de hacer la ronda de saludos, las mejillas refulgentes de tantos pellizcos, también lo ponen a trabajar. Organiza y reorganiza el servicio de mesa bajo la atenta mirada de su madre. Su abuela se me acerca junto al fregadero con un pelador en la mano. Agarra una patata y la monda en un santiamén al tiempo que asiente mirando hacia el comedor, donde Luka desplaza la salsera un centímetro a la derecha con la mandíbula prieta.

—Ponerlo colorado forma parte de la tradición —me confiesa, guiñándome el ojo. Pobre Luka, hijo único frente al tormento de todas estas mujeres. Sus tías son todas, de forma intencionada y algo notoria, solteras. Dice que, de pequeñas, en el pueblecito italiano en el que vivían las llamaban *lupi che ulula-*

no: las lobas que aúllan—. Nos gusta comprobar cuánto tarda en rogarle clemencia a san Pietro.

Tarda exactamente veinte minutos y una discusión medio en inglés y medio en italiano sobre qué deberían ponerles a los boniatos. Arroja con exasperación a la alacena la bolsa de nubes de azúcar que lleva en la mano y baja a grandes pasos hasta el sótano, siseando no sé qué sobre las sillas plegables. Me fijo en que primero hace una parada donde está mi bolso y veo un destello plateado en su mano. En cuanto se ha ido, las mujeres rompen a reír. Se produce un intercambio de dinero y Carina me lanza una mirada pícara y me planta un par de besos en las mejillas.

—Qué contentas estamos de tenerte aquí, Stella.

—Yo también estoy contenta de estar aquí —respondo con una sonrisa.

De hecho, a medida que avanza la velada y Luka emerge de las profundidades del sótano con dos sillas plegables bajo el brazo y el aliento oliendo a whisky, estoy cabreada conmigo misma por haber rechazado la invitación todos estos años. La tía Sofia, con la cara iluminada de ilusión, saca un álbum de fotos de Luka de bebé durante los entremeses. Se lo arrebato con manos avariciosas y atisbo un trajecito de marinero antes de que él lo cierre de golpe, se lo lleve y lo deje encima del frigorífico. Es gracioso que crea que no me atreveré a encaramarme hasta él.

Después de eso deja de molestarse en esconder la petaca.

Es acogedor, divertido, entrañable, un festivo perfecto en familia. Luka me toma la mano a mitad de la cena, entrelaza nuestros dedos y me acaricia los nudillos con el pulgar. No sé si lo hace para que lo vean sus tías o si es de esas cosas que le salen a uno porque sí, pero lo prefiero así; apoyo el hombro en el suyo y cojo un poco de tarta de su plato. Para cuando nos vamos, estoy ahíta de buena comida y mejor compañía: por primera vez en meses siento el pecho ligero. Por lo visto, una cena con la familia Peters-Ruso al completo sirve de adecuada distracción del miedo preponderante al fracaso y al abandono.

Me quedo parada junto a la puerta, contemplando con

asombro una vez más la torre de sobras que parece ir del suelo al techo. Estas fiambreras son distintas, más modernas, y me pregunto si la madre de Luka las compró tras ver el estado de mi frigorífico la semana pasada. Aún no he conseguido terminarme los platos que me trajo. Aunque sí que me he quedado sin tiramisú; ese se acabó rápido, en cuanto Luka descubrió su escondrijo, agazapado tras las espinacas.

Mientras él se pone el abrigo, la mujer coloca otro platillo encima. No tengo ni idea de qué voy a hacer con tanta comida.

—A Luka le gusta untarle la salsa de arándanos al cruasán por las mañanas —me dice, guiñándome el ojo.

Él se sonroja por la que debe de ser la centésima vez esta noche. Me encanta.

—*Grazie, mama* —le dice antes de besarle ambas mejillas y estrecharla contra su pecho.

Le susurra algo al oído que no logro entender y ella cierra los ojos con fuerza y mece a su hijo. Cuando los abre de nuevo, los tiene empañados, pero sonríe, y yo aparto la vista hacia los rodapiés.

—¿Cuándo volverás de visita? —pregunta ella mientras Luka abre la puerta y una ráfaga de aire frío penetra en el recibidor.

—¿No puedes esperar a que me vaya para preguntármelo?

La mujer cierra la boca con una mueca y observa con atención a su hijo saliendo al porche. Este me tiende la mano y me quita la mitad de los táperes que cargo. En cuanto atravesamos el umbral, le pregunta de nuevo:

—Entonces ¿cuándo vas a venir, Luka?

Me río.

—¿Qué tal si viene usted al vivero esta semana? Vamos a tener visita y estoy segura de que a ella le encantaría conocerla.

Luka se me queda mirando con una graciosa cara de angustia. «Has cometido un error», me dicen sus ojos, aunque su madre une las manos y da un saltito. Él pone los ojos en blanco y disimula una sonrisa.

No pasa nada. Ya sonrío yo por los dos.

—¡Es verdad! ¡Que participáis en un concurso! Los niños

llevan hablando de él toda la semana. Hay una especie de hoja de asistencia corriendo entre la gente. Se están repartiendo turnos. El señor Holloway la confiscó pensando que era para comprar drogas. —Luka pronuncia «¡drogas!» a sus espaldas—. Pero se la entregó a la asociación de familias y docentes cuando se dio cuenta de lo que era. Los adultos también han decidido apuntarse.

No entiendo nada.

—¿Apuntarse a qué? —pregunto.

—A visitar el vivero —responde. Se apoya en el umbral con los brazos cruzados sobre el pecho—. No puedes tenerlo vacío mientras la señorona esa del «Tok Tok» esté en el pueblo. Por lo que vi la última vez, creo que vas a tener un goteo constante de visitantes durante la temporada navideña. Mabel incluso está colgando ya los adornos para que todos demos nuestra mejor cara por ti.

Parpadeo rápido para reprimir la cálida presión de las lágrimas y Luka me acaricia la espalda con dulzura.

—¿Todo el mundo... —carraspeo— va a hacer eso por mí?

—Sospecho el motivo por el que Cindy Croswell se ha apuntado a visitar el vivero todos los días, pero sí, claro. —Rodea con los dedos la jamba de la puerta; la luz, el calor y las risas del interior se derraman hasta el porche—. ¿Es que no lo sabes, Stella? Este es tu hogar. ¿Cómo se dice...? Me lo sé en italiano: «Chi si volta, e chi si gira, sempre a casa va finire».

Luka asciende con la mano por mi columna y la cierra sobre mi hombro.

—Vayas donde vayas, siempre acabarás en casa.

—Sí. —La mujer chasquea los dedos mirando a su hijo—. Y en casa está la familia.

—¿Cómo puedes ponerte a comer?

Luka está repantingado en mi sofá, con el jersey grueso subido por encima de la cintura y la mitad inferior de la camisa expuesta. Antes apenas le vi el cuello, pero ahora distingo mejor el estampado. Los muslitos de pavo bailan por toda la tela, cubierta por el cálido jersey verde. Pincha otro pedazo de tarta del molde.

—No sé —gruñe—. No tengo autocontrol.

Me siento como si fuera yo quien carece de él al ver la luz que desprende la lumbre en la chimenea danzando sobre su piel. Cierra la boca alrededor del tenedor y una pizca de nata se le queda pegada al labio superior. Querría subirme encima de Luka, rodearle las caderas con las piernas y limpiársela a lametones.

Me apunta con el tenedor.

—Se te ve por toda la cara lo que estás pensando.

Me hundo en la cómoda butaca junto a la ventana.

—Claro que no.

—Te mueres por darle un mordisco a la tarta.

Suelto una risotada. Siento la pesadez del vino y del deseo.

—Qué va.

Luka me lanza una mirada y suelta con todo el cuidado el molde de la tarta sobre la mesita de centro antes de relajarse en el sofá, con todo el cuerpo blando.

—La La… —Traga saliva, mi nombre tan dulce en su lengua como la tarta de calabaza—. No puedes decirme estas cosas.

—¿Por qué?

—Porque… —Su mirada es oscura a la luz trémula de la chimenea—. Porque me dan ganas de besarte y estás muy lejos.

Vuelve la cabeza y la apoya en el cojín del sofá para mirarme, la mano abierta sobre la barriga. Ojalá fuera yo quien estuviera ahí. Un latigazo de reconocimiento resuena entre los dos, como un cordón de deseo tan tenso y tan fino que está a punto de romperse.

—Sé que dijimos que haríamos lo que nos apeteciera —confiesa en voz baja. Sus ojos, cautivados, se posan en mis labios. Los míos recorren la línea recta de su mandíbula, el largo perfil de su garganta, el bulto de sus clavículas a través del cuello torcido de su ridícula camisa. Creo que jamás he sentido una anticipación como esta, que se me enrosca y me pesa en el pecho—. Pero tienes que empezar tú, La La. No quiero sentir que te estoy presionando.

—Eso no es justo. —Estiro las piernas, que tenía dobladas por debajo del cuerpo, y dejo la taza de té en la mesa. Luka me observa mientras mueve las manos y estira los brazos a lo largo del respaldo del sofá. Me levanto y, cuando avanzo un paso, abre las rodillas como una invitación—. Yo tampoco quiero presionarte.

—¿Y si hacemos una cosa? —responde con voz áspera por la impaciencia al tiempo que tiende las manos hacia mí en cuanto mis pies me llevan al hueco entre sus muslos abiertos y me rodea las caderas con los dedos. Tira una vez y mi rodilla cae sobre el cuero gastado a su lado. Vuelve a tirar; no se da por vencido hasta que me sitúo encima de él. Murmura algo entre dientes; la postura desgarbada y perezosa de su cuerpo trasluce satisfacción, casi le rodeo las caderas con los muslos. Justo como yo quería—. ¿Qué te parece si nos presionamos mutuamente?

Sonrío y apoyo las manos en sus hombros.

—Eso suena a frase para ligar.

Arruga la nariz y se le forma una línea adorable en el entrecejo.

—Si lo es, es penosa —repone.

—No lo sé, se diría que a ti te ha funcionado.

Hago caso omiso de la señal de advertencia en el fondo de mi mente, el neón luminoso intermitente que dice: espera, ve despacio. Me cuesta pensar en las consecuencias cuando siento la cálida palma de su mano en el hueco de la espalda, ascendiendo por la columna. Entierra su mano en mi pelo y tira con suavidad, una sola vez, con un destello de algo decadente en sus ojos de ámbar cuando me sale un leve sonido de lo más hondo de la garganta. Noto que le ha gustado. Quiere oírlo de nuevo.

Le recoloco el cuello de la camisa hasta que queda enderezado y le acaricio la piel desnuda del hueco de la garganta con el pulgar. Ahí también tiene pecas, más claras que las del rostro. Recorro con la punta de los dedos un grupito en la clavícula y trazo una línea hasta el centro de su pecho. Luka se estremece contra mi cuerpo.

—Se me sigue haciendo raro que no se me haga raro —susurro y a Luka le sale un murmullo grave del pecho.

Relaja el cuerpo aún más en el sofá mientras me siento por completo encima de él. Es una delicia tocarlo así. Observo cómo me mira, la mano que tiene cerrada sobre mi pelo y que abre para acariciarme con dulzura, los mechones que resbalan entre sus dedos. Me rodea la nuca y vuelve a levantar la mano; esta vez los bucles caen en cascada alrededor de los hombros y nos rodean como una espesa cortina negra. Una sonrisa le ilumina la cara.

—Tu pelo también es muy suave —musita.

Me siento suave. Suave y relajada y lánguida entre sus brazos. Me roza el pecho con el suyo con cada inhalación. En cuanto llegamos a casa me puse un jersey maxi y un pantalón de chándal viejo y ahora quiero que lo aproveche. Que hunda la mano por debajo del elástico y descubra si soy suave por todas partes.

Pero no lo hace. Una mano permanece en mi pelo y la otra en mi cadera mientras levanta la barbilla y me toca la nariz con la suya hasta que deslizo la mano hasta su nuca y nuestros labios se encuentran.

—Llevo toda la semana pensando en besarte. —Noto que murmura contra mis labios.

Eso me gusta. Yo llevo pensando en besarlo desde los veintitrés.

La primera vez que lo hicimos fue con delicadeza. Con cuidado. Me envolvió la mano con la suya, se curvó hasta rodearme el cuerpo y me besó como si fuera de cristal.

Yo no me ando con tantos miramientos.

Me inclino hacia delante y le atrapo la boca con la mía; le rozo el labio inferior con los dientes. Deslizo la mano de su nuca a su mentón, guiando su boca abierta con la mía. Luka gruñe como si lo hubiera golpeado y se hubiera quedado sin aire. Siento la pregunta en el perfil tenso de su cuerpo, ese «debería» que le quito de la punta de la lengua con un lametón. Emite otro sonido ahogado y entonces su cuerpo se deshace, me agarra con las manos y me demuestra lo mucho que se estaba refrenando cuando me besó en el granero.

Es insistente, impaciente... y un poco avaricioso. Es como si quisiera todo lo que puedo darle, inmediatamente. Ahonda en mi beso, su pulgar en mi barbilla me abre la boca hasta que todo se ralentiza en una húmeda oleada de calor. Sabe a canela y al whisky que ha estado bebiendo toda la noche a escondidas, sorbito a sorbito, y me dejo llevar por la lánguida atracción que ejerce. Porque ahora se diría que es a mí a quien han asestado un puñetazo en el pecho. Los latidos del corazón me resuenan en los oídos, me palpitan por todo el cuerpo: en los pulsos de las muñecas, en la base de la columna, en el lugar entre mis piernas donde me abro sobre él. La mano sobre mi cadera traza la curva de mi culo, me empuja hacia él, me pega a su cuerpo. Es como por la mañana en mi cama, pero mejor, porque ahora lo siento duro y preparado. El botón de sus vaqueros se me clava en el vientre cuando me acerco aún más y me aprieto contra él; Luka gruñe alrededor de mi lengua y es lo mejor que he probado de él hasta ahora.

Se separa de mi boca y traza una línea de besos y mordiscos por el mentón hasta llegar detrás de la oreja. Me estremezco y enredo los dedos en su pelo, me ondulo sobre su regazo. Suelta una carcajada y me echo hacia atrás para verle la cara; las llamas danzarinas de la chimenea hacen que se vea mitad sombra, mitad luz. Me sonríe y besa el punto en el que el jersey se me ha bajado hasta dejar expuesto el hombro. Se queda mirando la piel desnuda, tira un poco más de la prenda y me besa la piel suave justo por encima del sujetador. Suspira y apoya la frente; la palabrota que murmura es una bendición.

—Creo que esta noche debería dormir en el sofá.

Murmuro un asentimiento y le acaricio el cuero cabelludo con las uñas. Su cuerpo prácticamente vibra cuando me muerde el pecho, justo donde quedaba su boca. Espero que me deje marca.

—Estaremos apretados, pero creo que nos apañaremos.

Gruñe y sacude la cabeza; sus caderas efectúan el más mínimo embate por debajo de mí. Quiero restregarme contra él hasta que la presión que siento dentro sea tan insoportable que me parta. Quiero jadear y que la tensión aumente hasta romperme. Quiero hacerlo en el sofá. Quiero hacerlo en el recibidor. Quiero hacerlo sobre la mesa del comedor.

—Quiero tomarme mi tiempo —dice Luka, con el rostro en algún punto de mi jersey—. Quiero hacer esto bien. —Inclina la cabeza hacia atrás para apoyar la barbilla en mi pecho; sus ojos marrón oscuro arden al mirarme—. ¿Cuándo te volviste irresistible?

Me envuelve por completo con los brazos, no deja que me aleje, pero tampoco que me mueva contra él. Reconozco que el momento ha pasado. Es probable que ir despacio sea una buena idea tratándose de nosotros, pero ahora mismo me siento como si el corazón se me fuera a salir del pecho.

—Yo solía ser capaz de controlarme —murmura al tiempo que flexiona los brazos alrededor de mí.

Lo mismo digo.

15

Me despierto en mitad de la noche con un cuerpo aplastándome contra la cama, la respiración de Luka, calmada y rítmica, sobre el cuello. Siempre ha sido de dormir abrazado, por lo que se remueve, se gira y se revuelve en sueños hasta envolverme con su cuerpo. La primera vez que compartimos espacio para dormir estábamos de camping en la playa; los fuertes vientos procedentes de las aguas sacudían los faldones de la tienda, nuestros sacos estaban dispuestos en paralelo y una lámpara colgaba de un rincón. Luka, adormilado, había tratado de levantar un murete entre nosotros con camisetas y una bolsa de chips de tortilla, murmurando algo de que era un «abrazador crónico». Pensé que estaba de broma hasta que me desperté con su muslo sobre las piernas, sus brazos enroscados alrededor del torso y la bolsa de chips atrapada bajo la espalda.

Le acaricio con suavidad el antebrazo con las uñas y sonrío cuando se acurruca contra mí. Es agradable tenerlo aquí. Es agradable despertar con él al lado.

O encima de mí.

Me remuevo, bostezo y echo un vistazo al reloj en la esquina de la cómoda. El brazo izquierdo de Luka me ciñe la cintura al moverme. Tardo un segundo en entender por qué estoy despierta, pero oigo de nuevo el pitido metálico del teléfono. Estiro la mano para cogerlo y él gruñe antes de ponerse de lado y hundirse bajo uno de los siete mil cojines apoyados contra el cabecero.

Todos los hombres con los que he salido se han quejado de la cantidad de cojines que tengo en la cama. Pero Luka no. Anoche, antes de caer rendido, murmuró en voz baja «Hostia que sí» y hundió la cara en la suave felpilla de uno de ellos. En menos de treinta segundos estaba dormido.

El brillo de la pantalla del teléfono en la habitación oscura me ciega mientras busco la aplicación de la cámara. El sistema de alarma se ha disparado un par de veces en mitad de la noche desde que lo instalé. Una vez era una familia de ciervos pastando entre los tallos de maíz apilados por los tractores. Otra era Beckett, haciendo lo que sea que haga en los campos antes de que salga el sol. La última vez fue un petirrojo curioso, poco más que un borrón de plumas mientras picoteaba el extremo superior de la cámara y hacía que todo se tambalease.

Así que no sé lo que me espera cuando abra la notificación de movimiento procedente de la cámara tres, pero desde luego no pensaba que fuera una persona encapuchada lanzando piedras.

Me yergo de un salto en la cama, consciente por fin, y observo al encapuchado dejar las piedras y mirar a sus pies en busca de algo. Con el corazón en un puño veo que recoge una cosa larga y delgada —un rastrillo, por lo que se ve, abandonado junto al granero— y la levanta. La imagen tiembla, pierde nitidez y, por último, se funde en negro

—Luka. —Dejo el teléfono y prácticamente me caigo de la cama mientras busco el pantalón del chándal, que reposa doblado encima de la silla del escritorio. Trato de ponérmelo de un salto, pero las manos me tiemblan demasiado para agarrar bien la cinturilla—. Luka, despierta.

Este gruñe y se hunde aún más bajo la montaña de cojines.

—Ahora no puedo llevarte a por tacos, La. Estoy durmiendo.

Localizo la bota izquierda, medio escondida bajo la cama, y salto a la pata coja mientras trato de ponérmela.

—Hay alguien fuera.

Eso hace que Luka se yerga y parpadee soñoliento, con el pelo alborotado y de punta.

—¿Cómo?

—Las cámaras —le explico—. Alguien acaba de romper una con un rastrillo.

Aparta la colcha y planta los pies en el parquet.

—¿Ahora mismo?

—Sí. —Alcanzo el teléfono, la pantalla oscura destaca sobre la colcha. No sé por qué: no sirve de nada enseñarle la cámara desconectada—. La notificación me ha despertado y he visto a alguien.

Se pone la sudadera y me mira con fijeza mientras trato de meter el pie en la bota.

—¿Y qué vas a hacer, salir y entablar una conversación amistosa con quien sea?

Frunzo el ceño.

—Como entenderás, tengo que salir a ver qué pasa.

Luka se rasca con energía la parte posterior de la cabeza, haciendo que el pelo se le dispare aún más. Sería monísimo si pudiera concentrarme en ello durante medio segundo.

—No, por supuesto que no lo entiendo. Quédate aquí y llama a Beckett —me dice. Avanza un paso hacia el pasillo antes de darse la vuelta—. Llama a Beckett y luego llama a Dane.

Lo sigo fuera del dormitorio.

—Voy contigo.

—No, no vienes.

Voy pisándole los talones hasta la entrada, donde cojo el abrigo antes de que él lo meta en el fondo en el armario, fuera de mi alcance. Introduzco los brazos por las mangas con ademán desafiante, agarro un gorro y me lo calo por encima de los rizos enredados. Se diría que me estoy armando para una batalla. Luka arruga la frente, lanza un suspiro pesado y se pone la cazadora.

—¿Sigues teniendo el bate de sóftbol aquel?

Asiento.

—¿Qué vas a hacer con él?

—Espero que nada.

Llamo a Beckett mientras Luka está medio sepultado en el armario del recibidor, del que emerge con el bate de sóftbol que utilicé durante unos tres años, cuando decidí que quería llegar al campeonato mundial infantil. Es de un llamativo color rosa, con el mango teñido con cuerdas, y me niego a deshacerme de él porque mi madre hizo horas extra durante un mes para poder comprármelo. Me chifla. Logré exactamente cero *home runs* con ese muchachote.

Huelga decir que no llegué al campeonato mundial infantil.

Luka se lo echa al hombro y lanza un vistazo por la puerta delantera abierta como si fuera el hombre del saco y estuviera a punto de abalanzarse desde detrás de un poste. Trata de encerrarme en casa, pero me apresuro detrás de él, bajando con paso ligero los escalones del porche. Beckett responde al tercer tono.

—¿Qué haces llamándome a las…?

—Hay alguien en el vivero —suelto de sopetón, pero en voz baja, por si acaso. Por si acaso ¿qué? Ni idea. Luka me hace un gesto, una pregunta sin palabras: ¿dónde? Señalo el granero de Santa Claus, enorme y ominoso al otro lado de la pista de patinaje que hemos instalado tres días antes. El lugar se ve distinto en mitad de la noche; la luna está tapada por un espeso manto de nubes, la brisa susurra a través de los árboles. Todos los sonidos parecen pasos y tengo la impresión de que el intruso encapuchado se presentará delante de nosotros en cualquier momento. Agarro a Luka del brazo—. Alguien ha destruido a golpes la cámara del granero.

—¿Estás sola? —Se oyen ruidos de fondo, una sarta de creativos exabruptos y un estruendo.

—Estoy con Luka. Nos dirigimos hacia allí.

—Voy para allá.

Luka va pegado a mí mientras damos la vuelta a la pista, los puños apretados alrededor del colorido mango del bate. En el momento en que cuelgo, señala con la cabeza el teléfono.

—Ahora a Dane.

—¿De verdad crees que debemos llamar a la policía?

Me dirige otra mirada, mitad incredulidad, mitad pura exasperación.

—Que llames a Dane —repite con los dientes apretados.

Dudo que quien haya roto la cámara constituya una verdadera amenaza. Probablemente sea uno de los chavales del instituto haciendo el tonto. Por el amor de Dios, pero si hasta llevaba una sudadera con un tejón.

Llamo a Dane, que responde al primer tono.

—¿Qué pasa?

—Hay alguien en el vivero —repito por centésima vez, o eso me parece—. Se me disparó la alarma y había alguien dando golpes a la cámara. Ahora está desconectada.

Miro fijamente a la oscuridad, buscando algún tipo de movimiento. Los ojos me engañan. Cada rama que se mueve en los árboles me parece una pierna; las banderolas que rodean la pista de patinaje, una sudadera.

—¿Por qué susurras? Stella, te juro por Dios... —Se oye una nueva retahíla de exabruptos de lo más creativos; estas conversaciones telefónicas empiezan a resultar repetitivas—. ¿Estás fuera?

Me muerdo el labio inferior.

—Puede.

—Métete ahora mismo en casa.

—Estoy con Luka.

—Entonces meteos los dos ahora mismo en casa. No os enfrentéis con quien haya allanado tu propiedad, Stella Bloom, o voy yo y te encierro. Y lo mismo le digo a Luka. —Exhala como si acabase de correr durante veinticinco kilómetros con un barril atado a la espalda—. Ahora quedaos sentaditos en casa, echad el cerrojo a todas las puertas y esperad a que llegue yo. ¿Entendido?

Lanzo un vistazo a Luka. Casi hemos llegado al granero, el alto revestimiento exterior rojo está al alcance de la mano. Nos pegamos a uno de los laterales, para que las sombras nos protejan. Luka apunta con un gesto hacia la cámara desactivada.

—Comprobemos en un momento si el granero está bien cerrado —susurra—. Luego volvemos.

—¿Entendido, Stella? —Oigo una puerta cerrarse y el rugido de un motor.

—Entendido, sí —respondo a toda prisa, ansiosa por que cuelgue el teléfono. Entiendo por qué quiere que lo haga, pero eso no significa que esté de acuerdo—. Ahora nos vemos.

Empieza a decir algo más, pero corto la llamada y me guardo el teléfono en el bolsillo trasero. Luka y yo nos aproximamos a las enormes puertas correderas, yo con ambas manos rodeándole con firmeza el brazo a Luka. Le van a quedar diez pequeños moratones de mis dedos en el bíceps. El corazón se me va a salir del pecho; la adrenalina me hace temblar. Él se detiene de pronto a mi lado y casi me caigo hacia delante, centrada como estoy en mirar los pedazos de cámara desparramados por el suelo. Luka me endereza y apunta a la puerta del granero.

Está abierta.

Nos miramos. De repente, las instrucciones de Dane tienen mucha más lógica. Niego con la cabeza y señalo hacia mi casa. Luka frunce el ceño y apunta al suelo antes de echar la cabeza hacia delante: «Tú te quedas aquí mientras yo voy a ver». Ni de broma. No va a meterse él solo en el granero a oscuras sin más armas que un bate. Niego furiosamente con la cabeza. Él pone los ojos en blanco.

Por suerte, nuestro enfrentamiento se ve interrumpido por una figura que sale del granero.

Me muerdo la lengua tan fuerte que casi me la parto y suelto un chillidito de sorpresa cuando Luka me empuja hasta arrastrarme detrás de él. Ojalá nos hubiéramos quedado esperando a Dane, como habría hecho cualquier otro humano en su sano juicio. Luka tenía razón. ¿Cuál es el plan? ¿Pedirle con educación que deje de destruir mis posesiones?

La figura oscura se detiene; es evidente que nos ha visto. Luka levanta el bate delante de nosotros. Ojalá llevase yo uno de los bastones de caramelo de plástico. Si él tiene razón y esta es la misma persona que me ha causado todos los problemas desde que abrimos el negocio, me gustaría arrearle una o dos veces.

—¿Qué hacéis aquí los dos?

Luka deja caer el bate con un suspiro de alivio y, doblándose por la cintura, se apoya en las rodillas. La tensión que sentía se esfuma de repente y me deja mareada y enfadadísima. Recojo un pedazo de cámara del suelo y se lo arrojo a Beckett, que lo aparta de un manotazo.

—¿Qué demonios haces merodeando tú por aquí?

—He venido a comprobar si el granero estaba cerrado. ¿Y vosotros dos? —Observa a Luka con los ojos entrecerrados, quien todavía se está recuperando del ataque al corazón, doblado por la mitad—. ¿Eso es un bate fucsia?

—Es de color oro rosa —espeto—. ¿Estaban las puertas cerradas?

Beckett asiente.

—No hay daños en el interior. Solo la cámara esa.

—Alguien atascó la puerta hace una semana —tercia Luka—. No se cerraba del todo.

—¿Era por eso? —Sabía que algo no iba bien con la dichosa puerta, pero ni me lo planteé—. ¿Crees que quien sea seguirá por aquí?

Miro a nuestro alrededor al tiempo que Luka coge el bate y se yergue. Ahora me percato de que Beckett lleva a una de las gatitas en el bolsillo delantero. Diablillo, por la pinta. Puede que Cometa.

—¿Aún tienes todo en el interruptor?

El año pasado conectamos todas las decoraciones a un único conmutador digital. Es más fácil que si Beckett y yo andamos por todo el vivero desenchufando mil alargadores. Él, que es la monda, sigue refiriéndose al sistema como «el interruptor», como si fuese igualito que encender la luz al entrar en el garaje.

—Buena idea —susurra Luka.

—¿Qué idea? —pregunto, tendiéndole el móvil a Beckett.

El vivero de repente cobra vida a nuestro alrededor: todas y cada una de las luces se encienden a la vez. Es como esa escena de *¡Socorro! Ya es Navidad* en la que Chevy Chase alza los cables por encima de la cabeza. Estoy segura de que ahora mismo se nos ve desde el espacio. Parpadeo cegada por el brillo repentino y entonces lo veo, una mancha blanca y un rastrillo que cae, los árboles agitándose en la entrada de la plantación oeste.

—Ahí. —Señalo la zona y Beckett me entrega a la gatita antes de echar a correr hacia allí, seguido de cerca por Luka, con el ridículo bate sujeto sin fuerza en la mano izquierda.

Por un momento me planteo salir tras ellos, pero es imposible. Ambos practicaban atletismo en el instituto y nadie conoce estos campos como Beckett. Buena suerte a quien crea que puede correr más que ellos.

Levanto a Cometa (o Diablillo) hasta la altura de la cara y le doy un besito en la nariz. Me maúlla.

—Ya lo sé, mi amor. Vámonos a casa a esperar a Dane.

Intimida menos volver con todas las luces encendidas. Aun así, presto especial atención a los alrededores. No tengo ni idea de si esta persona estaba sola o no y Luka se ha llevado mi bate. Si Beckett tiene razón y se trata de los gemelos armando bronca, es probable que uno de ellos siga escondido cerca del granero.

Pero regreso a casa sin problemas. Me siento en los escalones del porche y aguzo el oído, tratando de escuchar cualquier ruido que hagan Luka, Beckett o nuestros intrusos. Me muerdo el labio y observo unas luces moviéndose; de repente aparecen unos faros en la entrada del vivero. Dane baja por el camino de tierra como alma que lleva el diablo, la grava cruje con fuerza bajo los neumáticos. Se apea del coche antes de detenerlo del todo, completamente uniformado y con cara de poquísimos amigos. Me pregunto si dormirá con la placa de sheriff puesta.

—Te dije que te quedaras en casa.

Levanto a la gatita en un esfuerzo por distraerlo y, con todo el respeto, le indico que estoy sentada en los escalones de casa. Dane frunce el ceño y recorre el jardín con la mirada.

—¿Dónde está Luka?

Me encojo.

—No te va a gustar la respuesta.

Suspira y echa los hombros hacia atrás. Con una única llamada en mitad de la noche lo he hecho envejecer cinco años.

—¿Dónde está?

—Con Beckett.

—¿Estás respondiéndome con evasivas adrede? —Se levanta

el ala del sombrero con los nudillos y me lanza la misma mirada que cuando, a los diecinueve, le dije que no tenía ni idea de cómo aquella lata de cerveza había acabado en mi mano—. ¿Dónde está Beckett?

Sopeso mis opciones. Dane se pellizca el puente de la nariz y decido ser sincera.

—Hemos visto a alguien y los dos han echado a correr hacia los campos.

Él suspira y se traga con un esfuerzo evidente unas cuantas palabras escogidas que tenía en la punta de la lengua.

—¿Fue cuando encendisteis las luces?

Asiento.

—Idea de Beckett.

—Y buena. Aunque mejor habría sido que esperases a que llegasen refuerzos adecuados. —Se da la vuelta y echa un vistazo cuando un par de faros aparecen bajando por el camino. Señala a su espalda con el pulgar—. He llamado a Caleb. Porque yo sí comprendo la importancia de seguir el protocolo y contar con refuerzos. —Ostras, menuda indirecta. Estoy segurísima de que, si Dane pudiera esposarme y meterme en el asiento trasero de su coche durante un periodo indeterminado de tiempo sin consecuencias, lo haría. Se apoya los puños en las caderas cuando el coche patrulla de Caleb se detiene con un rugido del motor junto al suyo—. ¿En qué dirección salieron corriendo?

—Hacia la plantación oeste —respondo. Dane se da media vuelta—. Espera un segundo. —Bajo los escalones de un salto y salgo detrás de él para rodearle el pecho con los brazos. Lo estrecho con fuerza; Diablillo (o Cometa) maúlla feliz, apretada entre los dos—. Gracias por venir —murmuro a la altura de su placa—. Siento no haberte hecho caso.

Me pasa una mano rauda entre los omóplatos y apoya la barbilla un instante en lo alto de mi cabeza. Dane suspira y yo lo estrecho aún más.

—Solo me alegro de que estés bien —farfulla. Se aparta de mí y rodea el vehículo. En ese momento Caleb se baja del suyo, con pinta de acabar de levantarse, la camisa del uniforme por fuera del pantalón y la placa de agente prendida boca abajo—. Quédate aquí con Caleb. Yo iré a buscar a los chicos.

Caleb y Dane debaten apoyados en el paragolpes. Dane me apunta a mí y luego a la cabaña, tres veces seguidas. Parece que está diciendo una y otra vez: «Asegúrate de que se quede en casa, asegúrate de que se quede en casa, asegúrate de que se quede en casa», pero el otro asiente como si fuera su primer día en la academia, ansioso por recibir instrucciones.

Caleb es un buen tipo. Fuimos juntos al instituto aquí, en Inglewild. Lo recuerdo tímido y un poco raro, alto y desgarbado, con unas gafas demasiado grandes para su cara. Desde luego que con el paso del tiempo su imagen ha cambiado. Ahora es guapísimo, con los ojos castaño oscuro y una amplia sonrisa. Un hoyuelo cobra vida en su mejilla izquierda cada vez que se ríe. Su piel es de un bonito tono oliváceo. Su estructura delgada se ha rellenado de músculo y mantiene el pelo oscuro rapado por los lados y un poco más largo en lo alto. Ahora mismo lo lleva de punta en la parte trasera y me pregunto si estará molesto por haber tenido que bajar hasta aquí en mitad de la noche.

Una vez oí a Becky Gardener diciendo en el supermercado que era una verdadera lástima que no hubiera salido con nadie en serio desde que se hizo agente de policía.

Dane se sube a su coche y retrocede por el camino mientras Caleb me saluda con un pequeño gesto de la mano.

—Hola, señorita Bloom. —Asiente al ver a la gatita enroscada en el hueco de mi codo mientras trata por todos los medios de reprimir un bostezo. Sacude la cabeza y se mete las manos en los bolsillos—. Buenas noches, señorita Miau.

La gatita se estira en mis brazos y me amasa el hombro con las patas antes de reacomodarse. Debe de ser Cometa.

—Me conoces desde hace años, Caleb. Creo que me puedes llamar Stella sin más. —Le sonrío al tiempo que me recorre un leve escalofrío, envuelta como estoy en el abrigo de lana. Él se debe de estar congelando solo con la camisa. Señalo la casa con la cabeza—. Entremos. Prepararé café mientras esperamos.

Es difícil no preocuparse. Aunque estoy convencida de que no es más que un grupo de adolescentes aburridos tratando de asustarnos, me pone de los nervios que Luka y Beckett sigan ahí fuera. Intento consolarme pensando que están juntos y que Dane va de camino, pero a mi corazón le cuesta no salirse del pecho. Es poco probable que la cafeína ayude, pero necesito hacer algo con las manos. Caleb me sigue al interior y le indico que se siente a la mesa. Desvío la mirada al sofá y me pongo como un tomate al recordar que, pocas horas antes, estaba sentada a horcajadas sobre Luka, su cuerpo cálido y sólido bajo el mío. Sus manos deslizándose por debajo de mi camiseta hasta llegar a la piel desnuda de la espalda y sus dedos apretándome hasta que me estremecí y empujé las caderas contra su miembro endurecido.

Carraspeo y dejo a Cometa en el pequeño fuerte de almohadas y mantas que sigue montado en el rincón.

—Gracias por bajar hasta aquí, Caleb. Es un detalle.

Este asiente y se queda en el umbral de la cocina, observando la colección de cuadros, tarjetas y fotografías fijadas en la pared. Sonríe al ver una foto de Layla y de mí, ambas con el brazo rodeando el hombro de la otra delante de una barbacoa, muertas de risa. La endereza con el meñique.

—No es nada. Forma parte del trabajo.

—Aun así… —Saco unas tazas del lavavajillas mientras la cafetera se pone en marcha—. Imagino que no te llamarán mucho en mitad de la noche.

Se sienta a la mesa, estira sus largas piernas y apoya las palmas abiertas sobre el tablero. La mirada se le va una y otra vez al plato de dulces en mitad de la isla de la cocina, un surtido variado en el que Layla ha estado trabajando de cara a la temporada navideña.

—No mucho —reconoce—. Aunque me da la impresión de que los chavales de instituto han estado liándola sin parar este año. Dane dice que, a estas alturas, Mercurio debe de estar retrógrado permanente.

—Ah, ¿sí? ¿Algo interesante?

Se ha quedado mirando el bollo de hojaldre de menta con un anhelo tan puro que escondo una sonrisa en el cuello de la sudadera.

—Esto... —Sacude la cabeza para despertar de las fantasías azucaradas—. Sin dar nombres, encontramos a un par de chicos bañándose en pelotas en la fuente del centro del pueblo. Otra pareja estaba estacionada detrás del café, desnudos de cintura para arriba. La señora Beatrice se mostró muy elocuente acerca de lo que vio por la cámara de seguridad.

—No lo dudo —respondo riendo.

Me dirige una sonrisa tímida, entrelaza las manos y se yergue en la silla.

—Ya estaba poniendo carteles de «Se busca» en la tienda, justo detrás del mostrador. Creo que los había mandado imprimir a propósito para ponerlos en vallas publicitarias de tipo sándwich, ¿sabes a cuáles me refiero? Tardé casi dos horas en convencerla de que no lo hiciera.

Ahora que lo menciona, creo haber visto a Jenny Bowers y al chico de los Stillman trabajando allí los fines de semana. Cojo la cafetera.

—O sea que ¿así consigue ahora personal para el café la señora Beatrice?

—¿Con chantajes y amenazas? —Caleb sonríe de oreja a oreja—. Sí, señorita.

Suelto una risotada y luego nos quedamos en silencio. Miro por la ventana que da a los campos. No se ve nada fuera de lo común: guirnaldas de luces a lo largo de los árboles oscuros, serpenteando hasta la casa de Beckett para extenderse hacia las colinas. Ojalá hubiera puesto cámaras por toda la propiedad. Así vería qué está pasando.

—¿Has tenido problemas últimamente?

Me encojo de hombros.

—Tampoco tantos, la verdad. Al menos, nada serio. Esta es la primera vez que siento... —¿Miedo? Quizá. Creo que sería más preciso llamarlo preocupación. Me inquieta que alguien intente dañar mi negocio a propósito—. Bueno, supongo que es la primera vez que creo que es intencionado.

—Dane dijo algo sobre unas calabazas destrozadas. Y unos postes de valla rotos, ¿puede ser?

Sirvo dos tazas de café, cojo la bandeja de dulces y me acerco a la mesa. Los bonitos ojos de Caleb se iluminan como si le hubiera regalado un boleto de lotería ganador. Él coge el bollo de hojaldre; yo, una magdalena, a la que arranco la parte superior.

—También algunas entregas desaparecidas y un par de cosas más que no tienen sentido. Creía que era una racha de muy mala suerte, pero ahora ya no lo sé. —Pienso en los árboles de la plantación sur que se han podrido sin causa aparente. En los neumáticos deshinchados de todos los tractores hace tres meses. En la puerta del granero atascada—. Luka y Beckett creen que todo está relacionado.

—¿Tú no estás segura?

—No lo sé, creo… —respondo mientras jugueteo con el borde del film transparente. Tiene un estampado de minúsculos arbolitos de Navidad, un pedido especial que le hice a una empresa de cáterin de California. La temporada pasada compré como cien rollos para Layla—. ¿Quién querría hundir un vivero de árboles de Navidad?

—Supongo que tienes razón —reflexiona—. Aunque si algo he aprendido en este trabajo, es que la gente siempre tiene un motivo. Por raro que sea.

—¿Crees que alguien lo tendría para romperme la cámara?

—Creo que es probable que esa persona no quisiera que vieras lo que tenía pensado hacer esta noche. ¿No te encontraste nada raro ni fuera de lugar?

Niego con la cabeza. Solo la cámara rota.

—Luka dice que, la semana pasada, la puerta del granero estaba atrancada para que no cerrase.

—Dane averiguará qué sucede. No se le escapa nada —afirma Caleb antes de darle un mordisco gigantesco al hojaldre, la imagen del embeleso dibujada en su rostro. Cuando abre los ojos, se avergüenza y las mejillas se le ponen coloradas.

—Layla hornea como los ángeles —confiesa con timidez y la boca llena de migas. Se ayuda a tragar con un sorbo de café—. Qué envidia me dio cuando Dane volvió el otro día a la oficina con una cesta entera.

—¿Y no la compartió?

Caleb me mira como si tuviera cuatro cabezas y una de ellas le acabara de pedir un pañuelo de papel.

—Uno no comparte los bollos de hojaldre de Layla.

Me quedo mirando la mitad del bollo que todavía sostiene en la mano y Caleb se la lleva al pecho.

—Ya le daré recuerdos de tu parte.

A oírlo, Caleb se sonroja tanto que las mejillas se le ponen de un rojo fuego. Interesante. Empieza a juguetear con su pelo y a cruzar y descruzar las piernas por debajo de la mesa.

—Ella… no tendrá problemas en la pastelería, ¿verdad?

Divertida, sonrío con la mirada fija en la taza de café.

—Hace como un mes, al entrar se encontró una ventana abierta, pero no le habían robado ni roto nada. Creo que entró un pájaro, pero volvió a encontrar la salida él solo en cuanto Layla abrió las puertas.

—Como Blancanieves. —Suspira Caleb y, quién lo iba a decir, creo que le gusta. De hecho, resulta bastante obvio cuando lo veo agitar la rodilla bajo la mesa, con una pregunta en la punta de la lengua. Le dejo pasar el trance.

Tarda unos treinta segundos en soltar prenda.

—Esto…, ¿sigue…? —Se obliga a dejar la pierna quieta—. ¿Sigue saliendo con el Jacob aquel?

Enarco una ceja.

—¿Esto forma parte de la investigación, agente?

Lo veo tan acalorado y cohibido que se me escapa una fuerte carcajada. Arranca un pedacito de menta del bollo de hojaldre y me lo tira; el rubor sigue cubriéndole las mejillas y le baja hasta el cuello. Es un placer ver a alguien tan reservado perder un poco el control. Oigo pisadas de botas en los escalones del porche y, con una sonrisa tirándome de las comisuras de la boca, echo hacia atrás la silla.

—Pues sí. Pero, entre tú y yo, creo que se merece algo mejor.

16

Luka no deja de fulminarme con la mirada.

Bueno, siendo específicos, Luka no deja de fulminar con la mirada a Caleb. Para mí se guarda un surtido especial de miraditas de irritación, que me lanza con los ojos entrecerrados cada uno o dos minutos. Cree que no se le nota, pero Beckett ha puesto los ojos en blanco no menos de catorce veces desde que volvieron a casa los dos, inexplicablemente cubiertos de barro a pesar de que mi bate rosa sigue tan inmaculado como cuando se fueron. Nadie se ha molestado siquiera en explicar qué ha pasado en los campos, distraídos como están todos por la bollería y el café caliente.

Pongo las manos en jarras.

—Bueno, ¿y? ¿Quiere alguien dejar de lado el desayuno un segundo y decirme qué pasa?

Caleb me sonríe de oreja a oreja mientras da buena cuenta de un *brioche* relleno de crema de nueces con sirope de arce.

—Te lo dije —me advierte mientras mastica, sin hacer caso del hombre que lo mira con fijeza desde al lado del frigorífico—. Es que están buenísimos.

Vale, está claro que Caleb necesita un momento a solas con sus dulces. Y Luka no parece tener muchas ganas de hablar en este momento. Me vuelvo hacia Dane y enarco las cejas. Él se toma su tiempo en degustar un bocado de su danesa de manzana y canela.

—No encontramos al intruso —responde, tan sucinto como siempre—. Lo que sí que me encontré fue a estos dos luchando en el barro.

Beckett suspira, cansado. Estas aventuras de madrugada han sido demasiado para él. Recoge a Cometa de donde está sesteando y se la guarda con delicadeza en el bolsillo delantero.

—Me voy a casa —anuncia al tiempo que agarra un bollito de canela de la pila de dulces, que mengua a toda velocidad—. Luego nos ponemos al día, Stella.

Desaparece por la puerta delantera, dejando a su espalda un ruido quedo al cerrarla. Vuelvo la mirada hacia Luka.

—¿Cómo que luchando en el barro?

En cuanto resopla, parte de su frustración se esfuma con la sonrisa que le pone una chispa en los ojos. Es un alivio. No estoy acostumbrada a este Luka gruñón.

—Beckett se cayó mientras corríamos. Y yo me caí encima.

Me imagino a los dos enredados en mitad del barro. Me muerdo los labios para reprimir una sonrisa.

—Entonces nos encontró Dane.

—¿Lograsteis ver a quién perseguíais?

Luka niega con la cabeza, la decepción evidente en la pronunciada curva de sus cejas. Se reclina en la encimera de la cocina y cruza las piernas por los tobillos. Deja una mancha de barro en el rodapié de los armarios que probablemente mañana a estas horas ya habrá dejado limpia.

—A duras penas. Nos llevaba mucha ventaja y los dos íbamos con botas.

—Pero quien fuese debió de venir de alguna manera, ¿no? —Me vuelvo hacia Caleb y Dane—. ¿Había algún coche aparcado en la carretera cuando llegasteis?

Ambos niegan con la cabeza.

—Echaremos un vistazo de camino al pueblo. Pero, Stella, me gustaría que presentaras una denuncia formal. Que quede un registro de todas las cosas de las que hablamos el otro día.

Me retuerzo las manos en el regazo con el ceño fruncido.

—¿Crees que será necesario?

—Sí. —Dane asiente—. Es evidente que esta persona tenía

pensado hacer algo más, por eso te rompió la cámara. Es probable que la interrumpieras antes de que empezara.

—Más vale prevenir —añade Caleb, y Luka vuelve a bajar la vista al café con cara de pocos amigos. Le lanzo una mirada interrogante, de la que hace caso omiso—. También pondremos una nota nosotros, pero lo mejor es que la queja venga directamente de ti.

—Está bien —respondo. Todo me tiene un poco abrumada. Evelyn llega dentro de un par de días y me da la impresión de que los planes que había preparado con tanto cuidado se están saliendo de madre. Bastante difícil es mantener la farsa de nuestra relación, pero ahora además tengo a un intruso misterioso sembrando el caos. Al percatarse de mi incomodidad, Luka me coge la mano y me besa los nudillos. Yo se la aprieto, agradecida, antes de volverme a Dane—. Me pasaré por allí hoy mismo.

Los acompaño a él y a Caleb hasta la entrada y me despido de ellos con la mano desde el porche mientras bajan por la carretera. El sol empieza a despuntar por el horizonte con un brillo tenue tras las nubes. Suspiro y me rasco el entrecejo, me saco el teléfono del bolsillo y pulso el interruptor. Todas las luces se apagan a la vez.

¿Esto es la venganza del karma? ¿Esta es la consecuencia de mentir con lo de Luka?

Cuando vuelvo a entrar en la cocina, anda rebuscando por los armarios, con los hombros tensos. Le preguntaría qué le pasa, pero, la verdad, estoy demasiado cansada. Me siento y espero, picoteando los restos de mi magdalena de arándanos; entre nosotros se ha extendido un silencio tirante e incómodo. Quiero que volvamos al momento en el que nos encontrábamos juntos en el sofá, los brazos de Luka estrechándome con fuerza.

—¿Por qué no le pediste a Caleb que se hiciera pasar por tu novio?

—Eh, ¿cómo?

—Caleb. —Luka cierra el armario de un portazo y abre otro—. Se os veía muy a gusto a los dos. ¿Por qué no se lo pediste a él?

Si por «a gusto» quiere decir que estábamos sentados a la

mesa y hablando con cordialidad como dos adultos normales, entonces sí, estábamos tan a gusto, supongo. Observo a Luka en la otra punta de la cocina. Las miradas de enojo, el contorno tenso de su cuerpo. La forma en que prácticamente está arrancando de las bisagras las puertas de los armarios. ¡Está celoso! Entró, nos vio a los dos riéndonos juntos y le entraron celos.

Es alucinante. Apoyo la barbilla en la mano, divertida.

—Pues no me lo había planteado —respondo con lentitud. No es la respuesta que Luka desea, por lo que su ceño se frunce aún más y le aparecen unas líneas alrededor de la boca. Me gustaría apretarlas con el pulgar, suavizárselas—. ¿No hay una norma que impide a los policías mentir o algo por el estilo?

Él no se ríe con mi broma. Suspiro y decido mostrarme sincera.

—Luka —lo llamo. Sin hacerme caso, murmura algo sobre unos *biscotti* que le faltan—. No se lo pedí a Caleb porque solo había una persona que me interesaba.

Luka me mira por encima del hombro y siento de nuevo el corazón golpeándome con fuerza en el pecho. Es maravilloso y, a la vez, terrible sentir esto cada vez que me mira. No sé cómo he logrado sobrevivir tanto tiempo.

—Clint, ¿verdad?

Suelto una risotada y me levanto de la silla.

—Cómo no voy a adorar a un hombre que aprecia un buen bocata.

—¿Jesse?

—Es probable que me hiciera descuento en el bar.

Luka suspira y levanta la cara hacia el techo, los ojos cerrados en agonía.

—Entonces era Billy, lo sé.

Billy trabaja a media jornada en la funeraria que hay un par de pueblos más allá. Es un oficio honorabilísimo, desde luego, pero creo que le entusiasma un poquitín más de lo recomendable. Ha empezado a dormir por el día. Se autodenomina «noctívago». Lo he visto con un abrigo de cuero negro en pleno agosto.

Me coloco entre las piernas de Luka y le rodeo la cintura

con los brazos. Inclina la cabeza hasta que estamos nariz con nariz. Su sonrisa es demoledora; posee una sinceridad única.

—No era Billy, no —le confieso—. Eras tú, pedazo de idiota.

Se pone serio y su sonrisa se vuelve cálida y amable. Recorre la curva de mi mejilla, el ángulo afilado de mi mentón, mi labio inferior cuarteado. Me lo acaricia una vez, otra más, y luego me envuelve la nuca con la mano. Me masajea el extremo superior de la columna con el pulgar y me estremezco, la frente apoyada en su barbilla. Lo estrecho entre los brazos.

—Me alegro de que quisieras que fuese tu novio de mentira.

—Yo también —coincido—. ¿Te has puesto celoso, novio de mentira?

Se le escapa una carcajada y extiende la mano entre mis omóplatos. Me masajea un nudo particularmente tenaz en el lado izquierdo y me fundo entre sus brazos. Espero que lo niegue, que cambie de tema, pero me sorprende una vez más.

—Pues claro que sí. Tenías un plato de dónuts en la mano y llevabas el pantalón corto del pijama con el estampado de soldados cascanueces bailando. —Ambos nos reímos y yo bajo la vista a mi pantalón—. Y parecías feliz, La La. Los dos os estabais riendo cuando entramos Dane y yo. —Me levanta la barbilla con la mano y sus ojos buscan algo—. Era… —Traga saliva con dificultad—. Esa sonrisa era la mía.

Me entra vértigo al sentir que no soy la única que desea poseer cada momento de felicidad, coleccionar cada risa y conservarla, guardarla como si fuera un pequeño tesoro. Lo miro con una sonrisa radiante. Su avaricia hace que no quepa en mí de satisfacción.

—Vale —respondo.

Doy un paso atrás y lo rodeo para alcanzar el bote de la harina, moverlo a la izquierda y entregarle la caja con los *biscotti* que quedan y que escondía detrás. Parpadea al verla y luego me mira.

—¿Cómo que «vale»?

—Vale, puedes quedártelos. —Le señalo las galletas que tiene en la mano—. Mis *biscotti* y mis sonrisas.

Vuelve a tragar saliva, la nuez de la garganta se le mueve con tal pesadez que deseo pegarme a él y recorrerle el cuello entero con los dientes. No obstante, doy otro paso atrás. Y otro más.

—Cuidado, La La. —Me mira como si fuera un bollo de hojaldre de moca con menta y cobertura extra de crema de queso con nueces—. Luego no podrás retirarlo.

—No hay nada que retirar —le prometo, pero no le digo todo lo demás: que mis sonrisas siempre han sido suyas y un gran pedazo de mi corazón también. Y todos mis recuerdos más preciados.

Igual que la tostadora que me llevé de su apartamento hace seis años y que tengo escondida en el trastero, entre dos cazadoras de cuero y una raqueta de tenis.

Me acaricio los labios con los dedos. Ahora también es suyo mi mejor beso. Luka tiene prácticamente todo en sus manos y ni siquiera lo sabe. La idea me entristece.

—No creo que pueda volver a dormirme —reconozco. La esperanza de conseguirlo se esfumó en cuanto me desperté y vi a alguien lanzando piedras a mi cámara. Miro por la ventana hacia las colinas—. Creo que voy a salir a coger un árbol para el cuarto de estar. Quiero que aquí también se note el ambiente festivo.

Me vendrá bien respirar aire fresco y alejarme de las superficies horizontales. Veo por el rabillo del ojo a Luka asentir, la lata de galletas sujeta bajo el brazo.

—Voy contigo.

—¡Relájate!

Que quede claro que decirle a una mujer que se relaje jamás ha dado como resultado dicha relajación. Tomo aire con fuerza y lo expulso con los dientes apretados. Como un dragón. Luka se ríe desde su rincón del sofá, donde está repantingado. Tiro del espumillón que rodea el árbol para quitarlo y vuelvo a empezar. No consigo que la puñetera guirnalda cuelgue como es debido.

—Estoy relajada —mascullo—. Relájate tú.

—Como puedes ver, yo estoy relajadísimo.

Me vuelvo hacia él. Tiene las manos enlazadas por detrás de la cabeza y los ojos medio cerrados, una sonrisa de suficiencia en la comisura de los labios. Esta noche lleva los calcetines de patitos y tiene un pie en lo alto del reposabrazos y el otro apoyado en el suelo con la rodilla doblada. Sobre su pecho descansa un libro abierto: una vieja novela de ciencia ficción que se ha encontrado en el mueble del televisor.

La visión es obscena.

Pongo los ojos en blanco y me vuelvo hacia el árbol, tratando de pasar el espumillón dorado por entre las ramas inferiores formando el ángulo exacto. ¿Cómo se va a creer Evelyn que soy una experta en cuestiones navideñas si mi espumillón es un asco? No va a tomarme en serio. Verá el espumillón torcido, sabrá que soy un fraude y perderemos el concurso. Tendré que cerrar el vivero y trabajar hasta bien entrada la noche en la funeraria con Billy.

Luka suspira desde el sofá.

—Te estás obsesionado.

—No me estoy obsesionando —contesto, completamente obsesionada.

—Ven aquí, por favor.

Dejo el espumillón hecho un gurruño y me acerco a Luka, que ladea la cabeza para mirarme y se da una palmadita en la pierna. Enarco una ceja.

—¿Cómo?

—¿Cómo que «cómo»? Ven.

Lo miro sin terminar de entenderlo. Está ocupando todo el sofá. El único lugar al que podría ir sería encima de él. Vuelve a darse una palmada en la pierna.

—Que no soy un perro —refunfuño. Apoyo una rodilla en el sofá y paso la otra por encima de sus caderas. Mis manos encuentran sus hombros. Me quedo ahí, encaramada de una forma extraña sobre él. Arrugo la frente—. Tenías razón. Es genial. Me siento superrelajada —afirmo con tono monocorde.

—Sienta —responde Luka entre risas. Apoya la mano en mis caderas y tira una sola vez con firmeza, haciendo que pierda el equilibrio y caiga encima de él—. Quieta.

Le aplasto el pecho con el mío, extiendo las piernas hasta que nuestras caderas quedan pegadas y hundo la nariz en su clavícula. Luka suspira satisfecho y se arrellana un poco más en el sofá, sus brazos rodeándome como una boa constrictor.

—Mucho mejor.

Resoplo y recoloco las piernas para que les siga llegando la circulación. Doblo los codos y apoyo las palmas en su pecho. Me digo que tengo que relajarme, pero mi cerebro no es capaz de dejar de lado el millar de cosas que tengo que hacer antes de que llegue Evelyn.

Durante la temporada navideña suelo pasarme desde que amanece hasta que se pone el sol en la oficina o en los campos. Pero Luka se presentó hace dos horas en la puerta con un bastón de caramelo colgando de la boca y la promesa de una boloñesa casera, por lo que lo seguí sin pensármelo dos veces.

Ahora, sin embargo, siento que se me acumulan todas las responsabilidades. Tengo los hombros en tensión y me cuesta respirar. No es el momento de distraerme con lo que sea que Luka y yo nos traemos entre manos. Debo concentrarme. No puedo permitirme ni un fallo.

Después de ir a la comisaría para presentar la denuncia por las aventuras del fin de semana, pasé por el hostal para asegurarme de que todo estaba preparado para la llegada de Evelyn. Suaves sábanas de franela, una corona de las de Mabel en la puerta, un café recién hecho a diario..., hasta una caja de galletas de azúcar de Layla al registrarse, como bienvenida. Entonces noté que me abandonaba parte de la ansiedad. Al menos ella estaría cómoda.

E inmersa en el espíritu navideño, a juzgar por la decoración que cubre cada centímetro cuadrado de nuestro pueblecito. Densas guirnaldas con luces parpadeantes enroscadas en las farolas. Una pesada corona de Adviento con lazos de color cereza en cada puerta. Sobre la fuente, un cartel escrito a mano deseando felices fiestas a todo el mundo, con un brillante copo de nieve colgando del centro como por arte de magia. Un árbol de Navidad gigante con adornos hechos a mano por los niños del colegio y una plaquita de madera que indica que ha sido cultivado nada más y nada menos que en el vivero Love-light Farms de Inglewild.

Una palma asciende con pesadez por mi espalda hasta el punto clave de mi cuello; Luka lo acaricia con los dedos en lugar de presionar. Aun así me estremezco y me ciño un poco más a su pecho.

—¿Qué necesitas?

Suspiro contra la piel cálida de su cuello. Huele delicioso. A menta y albahaca y al exfoliante chic de pomelo que no deja de robarme de la ducha.

—Que todo sea perfecto —musito al tiempo que cierro las manos sobre su camiseta antes de relajarlas de nuevo—. Que mi cerebro vaya más lento.

—Lo primero está hecho —responde, y ahora presiona con el pulgar con firmeza. Mis piernas se vuelven de goma a cada lado de su cuerpo y un sonido de placer le surge de lo más profundo del pecho. Siento cómo retumba debajo de mí—. Con lo segundo puedo ayudarte yo.

Emito un sonido vagamente inquisitivo, concentrada como estoy en la cantidad perfecta de presión que siento en el cuello. Luka desciende entre mis omóplatos con la mano antes de volver a ascender.

—¿Qué sabes de análisis causal?

Podemos afirmar sin temor a equivocarnos que no tengo la menor idea sobre análisis causal. Gruño algo contra su clavícula y me vuelvo a concentrar en la mano que tiene en mi nuca, la palma curvada con suavidad bajo el pelo. Me lo echa hacia un lado y se lo enrosca en el puño. Luego lo suelta y se le desliza entre los dedos.

—Se utiliza para determinar la causa y el efecto. —Me da un beso leve bajo la oreja y me estremezco entera—. Hay que establecer cuatro elementos, pero los más importantes son la correlación y la secuencia temporal. ¿Me explico?

—Claro que sí.

No se explica para nada. Me interesa mucho más el gesto suave con que me ladea la cabeza para rozarme el cuello con los dientes. Enredo los dedos en su pelo y lo agarro con fuerza.

—Espera, que esto es importante. —Su risa me cosquillea en la piel—. Te estoy enseñando algo. Quédate sentada un segundo.

Gruño, pero hago lo que me pide y me incorporo sobre su regazo. Se ríe al ver que hago un puchero, se apoya en los codos para alzarse, extiende las manos sobre mis muslos y tamborilea con los dedos.

—Para determinar el efecto de una causa concreta... —sus manos suben y vuelven a bajar; me toca la costura interior del pantalón con los pulgares—, tienes que correlacionar dos acciones con la secuencia temporal. La causa tiene que anteceder al efecto.

—Vale —respondo; la verdad es que estoy demasiado pendiente de sus manos sobre mis muslos como para contribuir de cualquier otro modo a la conversación.

No es de extrañar que sea siempre él quien hace las presentaciones a los clientes. No tengo ni idea de lo que me cuenta, pero está tremendo hablando de datos. Quiero pedirle que me muestre una hoja de Excel y que hasta clasifique los valores en orden ascendente. Se acerca cada vez más a mí, hasta que me agarra las caderas y pegamos el tronco. Con un rápido movimiento me pone de espaldas y me tumba en el sofá.

—Buena maniobra de distracción —digo, con los ojos como platos.

Me suelta la cintura y desliza las manos sobre mis costillas, las palmas rozándome alegremente el borde de los pechos. Me urge a que levante los brazos y me agarra las muñecas, sujetándolas sin hacer fuerza contra el reposabrazos del sofá.

—Por ejemplo —prosigue, con los ojos oscuros y la lengua asomando por la comisura de la boca—, si te beso aquí... —Baja la cabeza y presiona sus labios con dulzura en la línea de mi clavícula. Mis piernas se agitan por debajo de él; le envuelvo la parte posterior de la rodilla con el tobillo. Luka se echa hacia atrás, me extiende el brazo y me sube la manga hasta el codo—. Se te pone la piel de gallina aquí.

Entre nosotros se instala un silencio atronador; los dos observamos con interés qué va a hacer el otro. Él me estudia: tengo los brazos por encima de la cabeza, el jersey se me ha bajado por un lado. Asciende por ellos con los dedos acariciándome con suavidad y engancha el pulgar en el cuello de la prenda. Tira hacia abajo hasta ver el contorno de mi sencillo sujetador de algodón y los ojos se le oscurecen aún más mientras se muerde el labio inferior. Se me corta el aliento y solo exhalo cuando me roza las costillas con el pulgar.

—Si hago esto... —Su voz es humo y especias cuando se echa hacia delante, me atrapa el borde del sujetador con los dientes y tira de él para luego soltarlo de golpe sobre la piel; se le escapa una risa que es un susurro cuando mis dedos se cierran con fuerza sobre la tapicería del sofá—. Pasa esto.

Empuja hacia arriba con ambas manos y me sonríe, alegre y pícaro. Estoy jadeando, siento una punzada en la parte baja del vientre y entre las piernas. Casi gimo cuando me da una palmadita en lo alto de los muslos.

—Es una buena muestra de datos, La La.

Frustrada, me arqueo por debajo de él y meto la mano tras la espalda. Con un solo movimiento de dedos desabrocho el sujetador y el chasquido le borra de inmediato la expresión de suficiencia de la cara. El material resbala bajo su pulgar hasta que el algodón suave y el agradable punto de lana apenas me tapan. A juzgar por el modo en que la mandíbula se le ha desencajado, creo que le gusto más así que si toda mi piel estuviera expuesta. Es la insinuación de algo más. La tentación de lo que hay por debajo.

—Quizá deberíamos seguir recopilándolos —jadeo—. Ya sabes. Por la ciencia.

Entonces me besa; desliza la mano por mi pelo y mueve mi boca hacia la suya hasta que nuestros labios se encuentran. Es oficial: nuestro pequeño juego ha pasado de la provocación al ultimátum. El beso es posesivo; Luka se alza sobre los codos por encima de mí, su boca se muestra agresiva, hambrienta. Es como si todos nuestros momentos frustrados se acumularan en la punta de mi lengua y él los estuviera liberando a base de leves mordiscos. Como aquella vez en que casi le cogí la mano en el bar porque me gustaba el tacto de sus dedos entre los míos.

O cuando estuve a punto de besarlo en el festival de la mermelada porque quería averiguar si sabía a fresas. Cuando, cada vez que abría la puerta y sus ojos ámbar se iluminaban al verme, no me atreví a decirle que lo quería.

Un millón de pequeños momentos frustrados salen en tromba.

—Cuando hago esto... —Retira la boca de la mía con un suspiro y empieza a besarme con ganas, succionando, a lo largo del cuello. Abro aún más las piernas y me aferro a sus hombros con las manos—. Cuando te hago esto, ¿te humedeces aquí?

Coloca la mano entre mis piernas, por encima de las mallas, y se me nubla la vista. Le agarro el antebrazo para inmovilizarle la mano y ondulo las caderas, buscando la fricción. Es una frustración deliciosa la de encontrarnos una vez más así. Nos vamos excitando cada vez más, sin encontrar alivio, y siento la tensión por todo el cuerpo. Una tirantez en la piel y una punzada en lo más íntimo. Me aprieto contra Luka y él deja caer la frente en mi hombro mientras su mano se mueve entre mis piernas al ritmo que yo marco.

—¿Puedo...? —Traga saliva y el resto de la pregunta se pierde en su voz ronca, distraído por el contorno de mi clavícula y sus dientes sobre ella—. ¿Puedo tocarte?

Asiento antes de que la última palabra haya abandonado siquiera sus labios. No me importa parecer ansiosa. Es Luka. Ya conoce mis facetas más desastradas.

Salvo esta. Esta parte de mí, acalorada y jadeante mientras sus enormes manos encuentran la cinturilla de mis mallas. Hunde la nariz entre mis pechos mientras desliza las manos por debajo del tejido elástico hasta abarcar la curva de mi trasero. Aprieta una vez con un gemido quejoso, como si le doliera, como si fuera una tortura. Me río en su pelo, ladeo la cabeza y le doy un beso en la sien, en el hueco de la oreja. La atrapo entre los dientes, muerdo y su cuerpo entero me empuja contra el sofá, sus caderas sobre mis muslos. Lo siento ahí, duro por debajo de los vaqueros.

—La hostia —susurra.

Una mano se mueve, me rodea la cadera y se introduce con

un movimiento torpe, la muñeca atrapada por el tejido de mi pantalón. Pero no hay vacilación alguna donde me la esperaba. Sus dedos se extienden sobre mi piel como una marca al fuego, me acaricia la piel suave con el pulgar por debajo del ombligo. Exhalo sobre su cuello. Apenas me toca con la punta de los dedos y ya estoy temblando bajo su cuerpo, tensa como un arco.

—Cuando te toco aquí… —Baja aún más la mano y dobla el pulgar en el punto justo, su tacto firme donde más lo necesito. Ahogo un grito, mi gemido queda atrapado en la garganta. Luka asiente y traza un círculo que hace que me aferre a él como si me fuera la vida en ello—. Sí, emites ese sonido.

No sé qué sonidos emito. No sé dónde estoy. Lo único que sé es que la mano de Luka se hunde en mí, que mis caderas buscan su tacto, que se está mordiendo el labio mientras me observa con los ojos entrecerrados. Creo que jamás me han tocado con tanto cuidado. Creo que jamás me he acercado tanto al límite con toda la ropa todavía puesta.

La sola idea hace que lance una risotada de incredulidad sobre la piel caliente de Luka, mi frente escondida en su hombro de modo que puedo mirar entre los dos. Él imprime un ritmo suave, una especie de ondulación con la palma y los dedos que agudiza la tensión en mi vientre. Lo sigo con las caderas y observo cómo nos movemos juntos, su mano bajo mis mallas, su cadera pegada a mi muslo. Cada vez que yo empujo hacia arriba, él ahonda en mí, la frente pegada a mi pecho. También quiero que me toque ahí. Deseo su boca caliente y sus dientes mordiéndome.

Luka me acaricia la barbilla con la nariz mientras sus dedos continúan excitándome. Me penetra con dos de ellos y mis puños se cierran sobre la tela de su camiseta, tratando de arrancar de su cuerpo el suave material. Es un milagro que no lo esté estrangulando.

—¿Qué es tan divertido? —pregunta jadeante, como si estuviera en mitad de un maratón. Como si hubiera rebasado la marca del kilómetro treinta y siete.

Comienza a embestirme con las caderas, unos embates levemente ladeados que son casi inconscientes; es su cuerpo el que busca la fricción. Me reconforta notar que él también siente esta tensión. Esta necesidad.

—Nada, es que… —Bajo las caderas para acomodarme a su tacto y Luka responde con un fuerte envite que me hace echar la cabeza hacia atrás con los ojos cerrados. Todo en mi interior se tensa hasta que me encuentro al borde del precipicio—. Ay, Dios.

Él detiene el movimiento de su mano y yo emito un sonido desesperado, que me avergonzaría si estuviera con cualquier otro. Me planteo bajar la mano junto a la suya y acabar yo sola, pero quiero comprobar hasta dónde me lleva. Abro un ojo y lo observo. Está sonriéndome con malicia, las mejillas acaloradas, el pelo revuelto por la acción de mis manos.

—¿Qué es tan divertido? —repite.

Ondulo las caderas, buscando su contacto, y sus preciosos ojos de ámbar se vuelven vidriosos.

—Nunca lo he sentido así —musito, sintiendo que las brasas en mi interior se vuelven a encender—. Es que… nunca ha sido así de bueno.

Y con eso Luka se pierde. Mi confesión lo vuelve loco; la mano que me apretaba el trasero y me guiaba contra él de pronto sube y sale de debajo de las mallas. Tira del cuello de mi jersey y lo baja por el hombro hasta que el algodón del sujetador es lo único que lo separa de mi piel. Al verlo, gruñe y murmura algo entre dientes al tiempo que la mano que tiene entre mis piernas presiona, avanza, se mece conmigo. El cambio repentino en la presión y el ritmo es apabullante, sobre todo cuando lame la piel sensible justo por encima del sujetador, que agarra entre los dientes y me baja de un tirón.

Su boca encuentra mi pezón en el mismo instante en que sus dedos aceleran el ritmo; con el pulgar, traza con firmeza unos círculos perfectos y ese es mi fin. Abre una grieta en mi bajo vientre que se extiende por el resto de mi cuerpo, inundándolo con la lentitud y la dulzura de la miel. Asiéndome con fuerza, me guía hasta que me estremezco y estallo, una mano aferrada a su camiseta, la otra tirando de ella hacia arriba hasta que encuentro su piel desnuda. Está pegajoso de sudor, pero yo también. Un calor delicioso se abre paso entre mis piernas y canta a través de mi sangre hasta que caigo derrotada bajo su cuerpo, jadeante contra su cuello.

Lo miro resollando, el pecho agitado. Si él está en el kilómetro treinta y siete, yo me he derrumbado tras la línea de meta y suplico que me den electrolitos. Luka se recoloca sobre mí y sonríe a la vez que saca la mano de entre los dos.

—Ha estado bien. —Su voz suena áspera, la ronquera casa con el calor de sus ojos. Aprieta una vez más sus caderas contra mí—. Estás muy guapa cuando te corres.

El estómago me da un vuelco, como si me hubiera puesto a caminar por la pared de un edificio. Parpadeo dos veces. Sus palabras han sonado como si hubiera dicho «Qué jersey tan bonito» o «Preparas un café buenísimo». No sé qué responder.

Lo que hago es introducir la mano entre los dos y acariciar con el pulgar el botón de sus vaqueros. Emite un gruñido ahogado y me agarra la muñeca. Me sonrojo: aún tiene los dedos mojados. Su boca se curva en una sonrisa, una sonrisa secreta y sucia que hace que el rubor me baje por el cuerpo. Observa su descenso con fascinación y su nariz lo persigue sobre el pecho que aún sigue expuesto por el sujetador retorcido.

—Estoy bien —pronuncia sobre algún lugar de mi piel. Me acaricia el pecho con la nariz y exhala un suspiro trémulo cuando me arqueo contra él.

La tienda de campaña en sus pantalones desmiente sus palabras. Muevo la mano que me tiene agarrada y restriego la palma sobre el miembro oculto por el tejido vaquero. Él apoya la cabeza sobre el reposabrazos del sofá y emite un gruñido.

—Yo diría que no —respondo.

—No quiero… —Al instante me detengo. No quiero que haga jamás algo que no desee. El trato para esta semana es que haremos lo que nos parezca bien en el momento. Y si esto no le parece bien, pues a mí tampoco. Retiro la mano y espero, paciente. Él levanta la cabeza y me enseña una sonrisa tímida—. No voy a durar mucho —explica mientras dos círculos rosados le tiñen las mejillas.

Como si la idea de haber estado tan cerca del culmen por

haberme hecho esto a mí, por haberme observado, fuera algo de lo que avergonzarse. Como si pensara que experimentar placer al proporcionarlo no fuera… suficiente para sentir de nuevo un tirón en el vientre.

—Espera, quiero comprobar si he aprendido la lección. —Me muerdo el labio inferior y le desabrocho los vaqueros—. Si hago esto…

Le bajo la cremallera y lo envuelvo con la mano. Su pene es pesado y cálido al tacto; sus caderas se estremecen cuando trato de bajarle aún más el pantalón. Impaciente, lo acaricio una vez y Luka se agarra al reposabrazos que hay por encima de mi cabeza. Cuando vuelvo a mover la mano, gruñe mi nombre, un «La La» entrecortado que desearía grabar y ponerme de tono de llamada. Nunca lo he visto tan desbocado, tan perfectamente fuera de control.

—… entonces pronuncias mi nombre así. —Sonrío mientras le rodeo el miembro con la mano—. ¿Crees que lo he pillado?

No responde. Echa la cabeza hacia atrás, el largo perfil de su garganta y el contorno afilado de su mentón quedan expuestos a mí como un bufet. Empiezo por su clavícula, que beso una vez mientras imprimo un movimiento suave y lánguido a mi muñeca.

—Me vas a matar —susurra con una pequeña carcajada jadeante y pienso que esto es lo que más me gusta, incluso más que la forma en que se mueve encima de mí, buscando el contacto. Me gusta lo fácil que es reír con él, incluso haciendo esto. Creo que jamás he sonreído siquiera durante el sexo, que jamás he hecho sino cerrar los ojos y tratar de llegar al clímax. Pero con Luka es sencillo. La forma en que nos tocamos, el modo en que respiramos y nos movemos al unísono. Nos sale solo.

Asciendo por su cuello, lamiéndolo y mordisqueándolo hasta que mis dientes llegan al lóbulo de su oreja. Entonces lanza un gruñido alto y largo y yo sonrío sobre su piel.

—Tú también estás muy guapo —susurro. Sonrío y giro la muñeca, robándole el aliento. Emito un murmullo de aprobación y lo muerdo en el punto en que se unen el hombro y el cuello. Su piel está caliente.

Suelta una ristra de palabrotas; me rodea la muñeca con la mano y la sujeta contra él mientras me embiste con las caderas, rápido y sin control. El orgasmo es silencioso: su cuerpo se estremece, su ceño se frunce, un calor me recorre el estómago mientras Luka busca la cumbre. Espero hasta que sus caderas dejan de moverse antes de retirar la mano y posarla en su estómago, que le acaricio una vez con las uñas, recorriendo el sendero de vello negro bajo su ombligo. Sus caderas se estremecen y yo sonrío.

Me mira con los párpados pesados y pestañea, la camiseta medio subida hasta el torso por mis manos ansiosas y los vaqueros bajados en las caderas. Tiene una línea de vello que desciende por el centro del abdomen y unos músculos sorprendentemente definidos que recorro con los dedos, ascendiendo con ellos hasta dejar las palmas abiertas sobre su pecho. Ahí también tiene pecas, que le salpican la piel formando constelaciones y galaxias. Jamás volveré a sentarme en este sofá sin pensar justo en este momento. Su sonrisa dice que lo sabe.

—Y ahora… —exhala entre dientes mientras se derrumba a mi lado, encajándose entre mi cuerpo y el respaldo del sofá— ya sabes todo lo que hace falta sobre el análisis causal.

17

Paso el resto del fin de semana bastante calmada y alegremente distraída. Luka es adorable: se muestra afectuoso y algo ufano tras nuestro momento compartido en el sofá y hunde la nariz en mi pelo cada vez que estoy de pie delante de la pila, fregando los cacharros, o enlaza los dedos con la trabilla de mi pantalón cuando me agacho para coger los adornos del árbol para colgarlos.

Pensaba que sería como quien se rasca un picor y que tal vez la tensión entre nosotros se desinflaría como un globo. Pero no: se diría que he subido la temperatura de un calor agradable a un horno a pleno rendimiento. No puedo parar de mirarlo. Su pelo siempre alborotado, sus dedos extendidos alrededor de mi rodilla, las arruguitas de sus ojos al reír. Y, si yo no puedo parar de mirarlo, él no puede parar de tocarme. Su pulgar en la base de mi cuello, sus labios en mi sien.

Es como si en vez de aliviar una necesidad, la hubiéramos desatado. Amplificado. Solo quiero más.

Tengo la impresión de que siempre querré más en lo que a Luka se refiere.

La tarde de la llegada de Evelyn se me echa encima sin enterarme; el cielo brilla de un azul intenso mientras espero en la oficina. Luka ha salido a los campos con Layla para ayudarla a podar los árboles de la última plantación para el lote de preselección. Beckett está en el granero con el grupo que traemos para echar una mano en temporada, dándoles la formación correspondiente. Y yo estoy aquí, lista para recibir a Evelyn con una taza de chocolate con nata montada y un palito de menta. Pero lo que hago en realidad es contemplar con la mirada perdida distintos puntos de la oficina y recordar la sensación de las manos de Luka en mi piel desnuda, su barba incipiente entre mis pechos, su pelo haciéndome cosquillas en el cuello mientras jadea sobre mí.

Sacudo la cabeza para volver a la realidad, con cuidado de que el chocolate caliente no se me derrame por la mano. Todo nuestro trabajo depende de esto, de que le gustemos a Evelyn y nos conceda el premio de cien mil dólares y de que su millón de seguidores venga a visitarnos.

Veo un pequeño coche bajar por el camino de entrada, levantando una nube de polvo por detrás. Sé que es ella en cuanto accede a la finca, su amplia sonrisa visible a través de los cristales tintados. Exhalo un profundo suspiro y me echo la melena por detrás de los hombros. Puedo hacerlo.

Evelyn es tan guapa en persona como en las redes.

Tiene unas piernas imposibles de largas, la piel de un impecable tono miel; el cabello brillante y oscuro le cae hasta la mitad de la espalda. Se baja del vehículo delante de la oficina y echa la cabeza hacia atrás, sonriendo en cuanto ve el regaliz de madera que pinté a medianoche un par de días atrás para que la cabaña parezca una casita de jengibre. Luka me ayudó a regañadientes a clavar gominolas de madera cada veinte centímetros más o menos a lo largo de la barandilla del porche y hasta a subir al tejado para envolver la chimenea con falsa nieve blanca.

La recibo en el porche delantero y su sonrisa se ensancha aún más al tiempo que se balancea sobre las plantas de los pies. Es realmente espectacular, más alta de lo que imaginaba.

—Hola —la saludo, y esbozo una sonrisa a pesar de los nervios—. Bienvenida a Lovelight Farms.

—Qué puñetera pasada —responde y, con eso, mi ansiedad se esfuma, mi frágil sonrisa se disuelve en una carcajada y bajo adonde se encuentra contemplando los campos, haciéndose visera con las manos frente al sol crepuscular.

Le pedí que viniera a esta hora por un motivo: no hay nada como el vivero cuando el sol comienza a ocultarse en el horizonte, el azul se vuelve de un profundo tono cobalto y el fondo de las nubes comienzan a teñirse de rosa. Me coloco a su lado y trato de ver con sus ojos de visitante novel las filas interminables de árboles verdes y frondosos. Las luces que los recorren y acaban de empezar a titilar a última hora de la tarde. El enorme granero rojo junto a la carretera con los arcos pintados a mano. Las torres con tobogán para los niños y el pajar abierto, ornado de luces, que alberga unos tractores viejos y rotos, pintados como si fueran renos. La pista de patinaje en medio y Bing Crosby cantando con voz melosa por los altavoces.

Le tiendo el chocolate caliente y lo envuelve con las manos con un suspiro satisfecho.

—Este lugar es alucinante.

Sonrío de oreja a oreja.

—Pues ya verás el resto.

Cuatro *brownies* más tarde, Evelyn parece a punto de apoltronarse en el reservado y pasarse durmiendo el resto de su estancia. Estamos en mi lugar favorito de la pastelería, un hueco acogedor en el rincón junto a la chimenea de piedra. Es un reservado con asientos de terciopelo verde con respaldo alto y una montaña de cojines de cuadros, con una mesa de madera teñida de oscuro en el centro. Evelyn agarra un cojín, se arrellana en la esquina y emite un sonido indulgente al mirar por las ventanas hacia los árboles.

Es una mujer agradable, con la que resulta fácil hablar, y supongo que es eso lo que la convierte en una personalidad cautivadora en internet. Me sorprende un poco no haberle visto el teléfono en la mano todavía y así se lo digo cuando nuestra conversación languidece.

Niega con la mano, la mirada fija en el plato aún medio lleno de *brownies* en el borde de la mesa.

—Me gusta probar primero los lugares que visito —responde, frotándose el labio inferior—. Sé que va a sonar superpretencioso, pero... soy consciente de que vivo de las redes, pero detesto que nos priven de la experiencia, ¿sabes? La gente se centra demasiado en la apariencia de las cosas y no en cómo nos hacen sentir. —Se encoge de hombros—. Empezaré con los contenidos mañana. Haremos un directo, claro, y luego un artículo completo que se publicará dentro de un par de semanas. Te mencionaremos en el blog, con todo lo que mi equipo te comentó ya.

Una mención en el blog, una aparición en la lista oficial de participantes en su web y una reseña en cada uno de sus canales. Aun sin el dinero del premio, cuyo ganador se anunciará cuando Evelyn finalice sus viajes, bastaría para cambiar por completo nuestro futuro.

Se acerca el plato con los *brownies* y luego lo aleja con un quejido.

—Puede que para entonces esté en coma chocolatoso.

—Layla tiene un don.

Sus ojos se iluminan.

—Es verdad. Tus socios: Layla y Beckett.

—Sí, Layla elabora todos los dulces aquí, con su equipo. La pastelería está abierta a la vez que el vivero y luego también hace algo de cáterin para el pueblo.

—Que es monísimo, por cierto.

Cuánto me alegro de que piense así. Nuestro pueblecito no es del gusto de todo el mundo. El sistema de correos tiene problemas para entregar aquí y carecemos de grandes almacenes en los que conseguir desde adornos hasta rímel, pasando por una caja de vino, en una única visita. Para hacer eso, en Inglewild debes pasar por tres tiendas por lo menos. Todos se meten en la vida de todos y no puedes salir de casa sin cruzarte como mínimo con cuatro conocidos. Pero siempre hay alguien que me pregunta cómo estoy. Y que me echa una mano si la necesito.

Somos una familia. Una familia extraña y de la que a veces una quiere tomarse unas largas vacaciones, pero una familia, al fin y al cabo. Se me va la vista a la mesa del rincón en la que

Gus, Clint y Monty están poniéndose morados con una caja de rosquillas de pasta *choux*. Por lo visto, es su turno en el calendario de visitas al vivero. Bailey y Sandra se pasaron por aquí ayer y anduvieron correteando por el pajar como una pareja de adolescentes.

—Beckett lleva las operaciones del vivero y supervisa a su propio equipo. Se encarga sobre todo de cultivos y mantenimiento, pero también ayuda con otras labores. —Como acoger una familia gatuna, por lo que se ve.

Evelyn asiente mientras alterna la mirada entre mi cara y los *brownies*. Le acerco el plato y coge otro con una carcajada.

—Gracias. Y Luka, tu novio. —Siento un peso en el estómago y se me borra la sonrisa al oír la mentira en voz alta. Me digo que es por la granja, que visto con perspectiva no es nada, pero hay un resquicio de duda que no se me va de la cabeza—. ¿Cómo es trabajar con tu pareja? No estoy segura de que mucha gente lo aguantara.

Pienso en Luka tumbado boca abajo en el tejado de la oficina, con un clavo entre los dientes mientras fija los regalices de mentira en las tejuelas. En esa misma noche, con la barbilla apoyada en mi hombro mientras yo estudiaba los informes de gastos, con una tarrina de helado en la mano mientras adaptaba mis ecuaciones en Excel para facilitar la introducción de los datos.

—Es perfecto —respondo, porque lo es. Demasiado perfecto. Quiero que sea para siempre, no solo esta semana. La resaca de esta relación falsa me va a dejar por los suelos. ¿Cómo vuelves a establecer límites cuando tu mejor amigo te ha metido la mano por debajo de las bragas? Ni idea. Carraspeo—. Somos un buen equipo. —Miro el reloj que hay colgado por encima del mostrador y destierro de mi mente todos los pensamientos sobre Luka y mi sofá—. De hecho, llegarán enseguida. Les dije que vinieran sobre esta hora.

La ilusión prende en sus ojos oscuros.

—Genial. Quiero darle un beso a Layla por estos *brownies*.

—¿A quién vamos a besar?

Beckett asoma por la esquina del reservado con una taza de

Santa Claus, cara de pocos amigos y una gatita en el hombro. Reconozco a Cupido por la manchita negra en forma de corazón que tiene en la pata delantera. Extiendo las manos y me la llevo al pecho para hacerle carantoñas cuando se viene a mis brazos de un salto.

—A Layla, por los *brownies* —le explico. Emite un gruñido que entiendo de aquiescencia—. Beckett, te presento a…

Me vuelvo hacia Evelyn y me sorprende encontrarla con los ojos como platos y la boca abierta por el asombro. La cierra de inmediato cuando enarco las cejas y baja la vista a la mesa. Miro a Beckett con ademán interrogante, pero se ha quedado petrificado con la taza a medio camino de la boca, la mirada fija en la bella mujer que tengo sentada enfrente.

—Ejem —digo con mi elocuencia habitual. Mi cara forma una mueca confusa. Beckett no aparta la mirada de Evelyn ni esta de la superficie de la mesa. Cupido maúlla desde el hueco de mis brazos—. Eeeh, Beckett, esta es Evelyn. Evelyn, este es Beckett.

Silencio.

—Ejem —repito y trato de llamar la atención de Beckett de forma desesperada. Le propino una patada en la espinilla y se encoge. Lo miro y levanto las cejas con toda la intención.

—Encantado. —Carraspea, deja la taza en la mesa y se rasca el mentón—. Encantado de conocerte.

Evelyn asiente a toda velocidad y le lanza una mirada antes de volver la vista a la mesa. Se agarra al borde con tanta fuerza que tiene los nudillos blancos. Arrugo la frente y le acerco el plato con los *brownies*.

Beckett se sienta a mi lado tras una larga vacilación y los tres nos quedamos en silencio. Bajo la vista a Cupido.

—Esto…, el otro día rescatamos a unas gatitas —digo, con la esperanza de borrar la extraña tensión que se ha extendido entre nosotros. No tengo ni idea de lo que sucede, no sé qué ha pasado al llegar Beckett. ¿Será que le parece atractivo? A ver, claro, Beckett no está nada mal objetivamente hablando. He visto el acaloramiento que provoca en las mujeres que vienen al vivero más de una vez. Pero no me puedo creer que deje sin palabras a alguien como Evelyn. Le acaricio la cabecita a Cupido—. Vivían en el granero de Santa Claus. Pensábamos que eran mapaches.

—Es muy mona —murmura ella sin el menor entusiasmo. Frunzo el ceño. Me mira, con una arruguita de ansiedad entre sus cejas perfectas—. Escucha, Stella, tengo que volver corriendo al hotel, ¿vale?

Arrugo aún más el entrecejo.

—Iba a...

Pero ya se ha puesto en movimiento y sale del reservado lanzando los cojines en todas direcciones.

—Volveré mañana por la mañana y empezaremos de cero.

Se marcha de la pastelería sin decir nada más. Yo me quedo mirando la puerta, donde la corona que cuelga en la parte delantera se balancea de la fuerza con que la ha cerrado. Beckett, sentado a mi lado, coge un *brownie* con un suspiro largo y lastimero.

—Estelle.

Achico los ojos. Beckett solo me llama por mi nombre completo cuando hay un problema. Cupido se aleja de mí y se frota contra su antebrazo. Voy a tener que hablar con él sobre la presencia de las gatas en la pastelería. Me mira y le da un enorme mordisco al *brownie*.

—Por favor, explícame qué acaba de pasar.

Beckett traga saliva y alza la vista al techo antes de bajarla hasta las manos.

—Bueno... —Se remueve en el asiento y apoya el codo en la mesa antes de volver a levantarlo. Creo que nunca lo he visto tan perdido—. A ver, sí. Me he acostado con esa mujer.

—Beckett —hago cálculos—, lleva seis horas en el pueblo.

—Hoy no. —Pone los ojos en blanco y empieza a juguetear con el puño de la manga—. ¿Recuerdas aquella conferencia en Maine a la que fui? ¿La de agricultura orgánica?

—Pero si luego te pasaste casi un mes repitiendo que los fertilizantes sintéticos eran lo peor. ¿Me estás diciendo que te acostaste con Evelyn en aquel viaje y que lo único que me contaste fue lo de los fertilizantes?

Se rasca la nuca con tanta fuerza que Cupido sale disparada por la mesa. La recoge y se la pone en el regazo.

—Yo no..., nosotros no hablamos de esas cosas. Y fue solo una vez. —Los ojos se le nublan y la comisura derecha de la boca se le curva formando una mínima sonrisa. Le arrearía un puñetazo en la cara ahora mismo—. Bueno, más bien tres veces. Se alojaba en el mismo hostal que yo. Nos conocimos en el bar.

Recuerdo haberla visto en un hostal chiquitín en Maine. Las fotos que publicó de la colcha de flores silvestres y las hierbas aromáticas recién cortadas en el alféizar. Me alucina que Beckett también estuviera allí. Bajo aquella colcha.

—¿Acabasteis mal? ¿Por qué ha reaccionado así?

Se encoge de hombros y coge otro pedazo de *brownie*.

—Beckett... —Él mastica sin apartar la vista de la superficie de la mesa. Nuestro pequeño reservado jamás ha sido inspeccionado con tanta atención—. Explícamelo.

—No lo sé, Stella. —Vuelve a encogerse de hombros—. Ni siquiera me lo puedo explicar a mí mismo. —Se acaba el *brownie* y se recuesta en el asiento. No tengo ni idea de lo que significará esto para el concurso, para la visita de Evelyn. ¿Se marchará antes de lo previsto? ¿Estaremos descalificados?—. Es probable que tan solo se haya sorprendido. No llegamos a... hablar gran cosa.

Un rubor feroz le sube por el cuello y, a pesar de todo, noto una carcajada atrapada en el pecho, pugnando por salir. La situación es surrealista.

Me he inventado un novio de mentira para que a Evelyn el lugar le resultase romántico. Beckett, sin saberlo, se acostó con ella durante un viaje de fin de semana a Maine. Tenemos un intruso misterioso dispuesto a desbaratar el funcionamiento del vivero.

Tendría gracia si no fuera un follón de tres pares de narices.

—Ella fue la primera en marcharse. Nosotros... pasamos la noche juntos y, cuando me desperté por la mañana, se había ido. También habían desaparecido todas sus cosas.

—¿Nunca trataste de encontrarla? ¿No la has visto en redes?

Beckett me mira irritado.

—Ya sabes que yo no soy de redes. Me imaginé que, si se había ido así, sería por algo. Yo no persigo a nadie que no quiere que lo persigan.

—Tienes razón —respondo y nos quedamos callados.

Lo observo y me percato de la tensión en sus hombros, de que no ha parado de moverse desde que Evelyn se fue. Los dedos tamborilean sobre la mesa. La rodilla se agita arriba y abajo. Las caderas se remueven cada pocos segundos en el asiento. La sorpresa ha hecho que me olvide de lo más importante.

—Ey. —Le rodeo el brazo justo por encima del codo con la mano y le doy un apretón—. ¿Estás bien?

Asiente y agacha la cabeza un poco.

—Estoy bien; más que nada, avergonzado. No quiero que nada se fastidie. Sé lo importante que esto es para nosotros.

Me estremezco. Beckett no tiene ni idea de lo importante que es porque yo no he sido sincera con él. Una mancha roja al otro lado de la ventana me llama la atención: es el abrigo de Layla, que viene de camino a la pastelería con Luka. Se ríe de algo que él comenta, las mejillas sonrosadas del frío. Entonces tomo una decisión.

—Sobre eso. Tengo que hablar contigo y con Layla. Y con Luka también.

Espero a que todos estén acomodados en el reservado, Layla y Luka con bebidas calientes después de haberse pasado la mañana en los campos. Nuestra repostera no ha parado de hablar de técnicas de costura desde que entraron, mientras que un Luka algo confuso la seguía de la puerta a la cocina trasera y luego a nuestro acogedor reservado en el rincón. Pero aquella se interrumpe de forma abrupta en cuanto nota la tensión de Beckett en el borde del banco de madera y mi cara de circunstancias.

—Qué malas vibraciones —dice y noto que Luka me da un toquecito bajo la mesa con la bota y me dirige un silencioso «¿Estás bien?» con su ceja arqueada. Lleva las botas de andar entre los árboles, las forradas de franela.

—Tenemos… —Lanzo una mirada a Beckett, que parece

querer esconder la cabeza bajo tierra. Le doy una palmadita en solidaridad—. Tenemos información.

—Me acosté con Evelyn —espeta Beckett de sopetón, sin contexto.

Layla se atraganta con el chocolate caliente y escupe la mitad sobre la mesa. Luka se queda mirándolo con el ceño fruncido. Le tiendo a Layla un montón de servilletas.

—No lo entiendo. —Luka se queda mirándome antes de girarse hacia Beckett y luego de nuevo hacia mí—. Pero ¿no acababa de llegar?

Beckett comparte con ellos los mismos detalles escasos que me ha dado a mí. El hostal. Maine. Una conferencia de agricultura. Suena como si estuviera contándonos una visita al dentista y no una aventura sexy y salvaje de fin de semana. A Layla se le van agrandando los ojos con cada breve frase hasta que tiene prácticamente medio cuerpo sobre la mesa, cautivada por el relato. Beckett lo concluye y se recuesta de nuevo en el asiento. Cupido le da un toquecito en la barbilla con la pata.

—Beckett, no sabía que tuvieras vida sexual —se admira Layla.

Este se remueve y se cruza de brazos, malhumorado.

—Por supuesto que tengo vida sexual.

—Ya se ve.

—Es que no me gusta airearla.

—Es evidente.

—Vale. —Me froto la frente—. Ya es… suficiente. —Beckett tiene pinta de querer que la tierra se abra a sus pies y lo trague—.Tengo que contaros una cosa, chicos. —Tres pares de ojos centran su atención en mí; los de Luka llenos de preocupación. Me armo de valor y yergo la espalda. Les debo una explicación. Les debo la explicación desde hace mucho tiempo—. No he sido lo bastante clara sobre el estado financiero del vivero. La verdad es que no nos va bien.

Beckett entrecierra los ojos.

—Esa afirmación es igual de poco clara —dice.

—Aunque el año pasado nos fue fenomenal, todavía no tenemos demasiados beneficios. —Puede que, si lo digo más rápido, me cueste menos. El pie de Luka sigue entre los míos y me da un golpecito—. Algo que ya me esperaba y con lo que contaba. Lo que no entraba dentro de mis cálculos eran todas las reparaciones extra que hemos tenido este último año, la pérdida de la plantación sur, las entregas no efectuadas y las deudas que tenemos con un par de proveedores.

—Perdona, ¿cómo dices?

—Lo que quiero decir con todo esto —prosigo sin hacer caso a Beckett— es que ahora mismo estamos soltando dinero a espuertas. Espero que la temporada nos ayude con los números, especialmente con la publicidad adicional que nos va a dar Evelyn. Pero de verdad que dependo del dinero del premio.

—No lo entiendo —responde Layla con lentitud—. ¿Cómo que tenemos problemas de dinero? Yo sigo recibiendo mi cheque cada dos semanas. Y mi equipo igual. No ha habido retrasos ni recortes en ningún momento.

Beckett suelta aire con fuerza por la nariz.

—Yo igual. —A juzgar por la expresión iracunda de su cara, sabe con exactitud cuál es el motivo.

—Stella… —La voz de Luka suena baja, ahogada.

Imagino que ha llegado a la misma conclusión. Mantengo la mirada fija sobre las servilletas que, empapadas y arrugadas, forman una montañita en el centro de la mesa.

—No voy a recortar los sueldos de nadie que trabaja aquí. Os hice una promesa a los dos cuando decidisteis veniros al vivero y voy a mantenerla.

«Tenía miedo —quiero decirles—. No quería que penseis que soy un fracaso. No quería dejaros en la estacada. No quería que os fuerais».

—¿Y tu sueldo?

Mi despensa está a reventar de fideos ramen. Luka me deja barritas de proteínas en la guantera cada vez que baja a casa. La vivienda estaba incluida en el vivero y mi coche lleva años pagado. No necesito un sueldo fijo, a diferencia de Beckett y Layla.

Cuando me quedo callada, Beckett se levanta de la mesa con un bufido.

—Me largo —anuncia, sucinto como siempre.

Ya me esperaba su reacción, pero no puedo evitar encogerme al oír los pisotones de sus botas sobre las baldosas de la pastelería. Se encamina hacia la puerta, cambia de idea a medio camino y regresa. Los bomberos del rincón, haciendo todo lo posible por parecer ocupados, estudian la última rosquilla de su plato como si hubiera inventado la electricidad.

Beckett vuelve al borde del banco y me fulmina con la mirada. Lo peor de todo es la decepción, la tristeza y el dolor que se distinguen en la forma en que aprieta la mandíbula. Traga saliva una vez.

—Esto no es lo que hacen los socios —afirma con voz queda.

Una vez lo vi discutir con dos de sus hermanas. Mientras ellas gritaban, él permaneció callado, cruzado de brazos, y dejó que siguieran sin mover un dedo. En aquel momento me hizo gracia verlas gastar energía frente a un muro impasible. Ahora, sin embargo, las entiendo. Ver a Beckett silencioso y decepcionado es mil veces peor que si mostrase enfado. Asiento con la cabeza.

Este día no ha ido en absoluto como esperaba.

Cuando se marcha, las alegres campanillas colocadas encima de la puerta tintinean. Habría preferido que la cerrase de golpe.

Layla extiende la mano por encima de la mesa y toma la mía.

—Aunque estoy tan enfadada como Beckett por lo que nos has ocultado, quiero añadir que te quiero. —Se levanta y vuelve a ponerse el abrigo, subiéndose la capucha hasta cubrirse la cabeza. Parece una exploradora del Ártico un poco gruñona—. Ya hablaremos de esto más tarde. Tengo que llevar un pedido al pueblo.

—¿Volverás?

Me dedica una sonrisa triste.

—Sí, cariño. Volveré.

La observo marcharse con un millar de disculpas en la punta de la lengua, pero me las trago. Gritarlas no va a cambiar nada. Me hundo en el banco y evito la mirada de Luka mientras limpio los restos del chocolate derramado. Sé que esto implica una moraleja sobre decir la verdad, pero ahora mismo no me veo capaz de aplicarla a nuestra situación. Tal vez, cuando vea a Evelyn mañana —«si es que la ves», me recuerda mi cerebro, tan majo él—, pueda sincerarme con ella. Le contaré que Luka no es mi novio, que todo ha sido un malentendido.

—¿Quieres volver a casa?

Asiento sin apartar la mirada de la mesa y tomo aire con fuerza, pero la respiración se me entrecorta. Al oírlo, Luka suspira, me agarra del codo y tira de mí hacia él en cuanto me levanto del asiento. Sujeto un puñado de servilletas de papel mojadas por encima de sus hombros para no mancharle la cazadora.

—Todo va a salir bien —me reconforta desde algún punto por encima de mi cabeza. Me aprieta entre los brazos con fuerza, pero no hace su movimiento un-dos-tres. Trato de no darle demasiada importancia—. Ya se nos ocurrirá algo.

Que se nos ocurra algo, por lo visto, significa repasar todas las facturas y cálculos presupuestarios con un exasperante nivel de exactitud mientras Luka murmura entre dientes y emite algún que otro sonido que no hace nada por calmar mis nervios de punta. Se tapa una tos con la mano al enseñarle la hoja de cálculo con los pedidos desaparecidos. Ahoga un gruñido cuando saco las facturas con las cifras que debemos en rojo. Suspira en cuanto echamos un vistazo a la estimación de los árboles de la plantación sur y su impacto en los resultados.

Se frota el mentón con los dedos y cliquea por los distintos programas mientras yo resisto las ganas de quitarle el ordenador portátil de las manos. Pasar de no compartir esto con nadie a hacerlo con todos me tiene nerviosa y descolocada.

Luka ni siquiera me mira cuando me voy de malos modos a la cocina.

—Podrías cobrar entrada —propone mientras me afano por descorchar un vino. Estoy a tres segundos de romper el cuello de la botella contra la encimera—. Eso te ayudaría a avanzar un poco.

—Si miras al final de la hoja de cálculo tres... —el corcho

por fin se rinde y sale con un satisfactorio sonido seco—, verás que he hecho una proyección con las cifras. No quiero cobrar entrada si puedo evitarlo. Les supondría un coste prohibitivo a algunas familias. Somos el único vivero en el estado que no cobra por entrar y me gustaría seguir así todo el tiempo que pueda.

Luka hace clic en la hoja en cuestión con un murmullo quedo. Yo bebo directamente de la botella.

—Podrías cobrar a los mayores de veinte años. Así seguirías atrayendo a las familias con niños y adolescentes. Hasta podrías agrupar varios tíquets en un paquete completo, incluir chocolate caliente, acceso a la pista de patinaje y un veinte por ciento de descuento en un árbol recién cortado.

La verdad es que... es una buena idea. Me fastidia que no se me haya ocurrido a mí. Doy otro trago de vino mientras Luka se levanta del sofá, deja mi portátil en la mesa de la cocina y viene hacia mí. Le ofrezco la botella, pero, negando con la cabeza, la coge y la deja al lado del ordenador. Entonces abre los brazos.

—Ven.

Sus mejillas siguen sonrosadas del tiempo que hoy ha pasado fuera; las manchas de color contrastan con su piel dorada. Me quedo mirándolo: los brazos abiertos, el material suave y desgastado de la camiseta térmica. Se le ciñe a los bíceps, lo que me distrae durante un segundo y hace que me muerda el labio inferior.

—¿Por qué?

Suelta una carcajada por la nariz, avanza un paso y me envuelve los hombros con las manos. Tira una sola vez; luego baja hasta las muñecas y me entrelaza las manos alrededor de su cuello. Nos hace girar y me lleva hacia el frigorífico con un par de pasos firmes; mis rodillas chocan con las suyas.

—¿Qué está pasando aquí?

Sin hacerme caso, alza la mano hasta la vieja radio que tengo encima del frigorífico. Cuando la enciende, suena electricidad estática mientras gira el dial para buscar una emisora que se oiga bien. La radio era de mi madre. La colocaba en ese mismo lugar cada vez que llegábamos a una casa nueva. Le gustaba bailar con Bruce Springsteen durante la cena. Con AC/DC al limpiar. Mientras fregaba los platos, movía las caderas y sacudía el pelo. Solía decir que podría haber sido una de esas chicas que se subían encima de los coches en los vídeos musicales. De adolescente, la idea me horrorizaba.

—Quiero hablar contigo —me dice.

Fijo los ojos en mis manos alrededor de su cuello y mi pecho presionado contra el suyo.

—¿Y esto es hablar?

Luka da con lo que buscaba, el sonido suave de Louis Armstrong cantando sobre una noche de paz a través de los viejos altavoces. Suena algo metálico y crepitante por la electricidad estática: la vieja radio no ofrece la mejor calidad de sonido. Pero me encanta.

Me acerca más a él y me hace girar hasta el centro de la cocina, una mano en mi cadera y la otra entre los omóplatos.

—¿Por qué no me dijiste que tenías dificultades?

—Mmm. —Me cuesta pensar cuando me ciñe así. Nos mecemos con lentitud por la cocina, su nariz en mi sien—. ¿Por qué bailamos lento?

Luka apoya el mentón sobre mi coronilla.

—Así es como discutían mis padres —confiesa en voz baja con una sonrisa en la voz—. O, más bien, así es como mantenían las conversaciones serias. Mi padre decía que le gustaba tener a mi madre cerca, pero en realidad creo que lo que quería era sujetarla de una forma respetuosa.

Se me escapa una carcajada por la nariz y me relajo entre sus brazos mientras dejo que me haga girar lentamente. Es bonito oírlo hablar de su padre y compartir un bello recuerdo. Trato de imaginar a Luka de pequeño, los ojos en blanco mientras sus padres bailan en la cocina. Me hace sonreír. Me ciñe con más fuerza cuando nota que me ablando y su palma desciende de entre mis hombros hasta el centro de la espalda.

—A ver, ¿por qué no me lo contaste?

Hay un punto de dolor en su pregunta amable, una tristeza escondida en su tono que hace que me pegue más a él y apoye la frente en su clavícula. Aquí huele a pino, otro recuerdo del tiempo que ha pasado en los campos. El motivo por el que no se lo conté es el mismo por el que no se lo dije a nadie.

—Porque pensé que lo tenía controlado —respondo, con un tinte de frustración en mis palabras—. Estoy en ello.

Tengo un buen plan. Seguir adelante con la visita de Evelyn. Dejarla embobada con nuestros encantos. Ganar el concurso y saldar las deudas con los proveedores. A partir de ahí estaríamos salvados hasta la primavera. Llegados a ese punto, aun cuando no ganásemos el premio, creo que estaremos bien. El flujo extra de clientes que conseguiremos gracias a las reseñas en los canales de Evelyn debería bastar para sacarnos del apuro. Simplemente... tendré que seguir comiendo ramen un poco más de tiempo.

—Aun así podrías habérmelo contado —dice, bajando la barbilla hasta mirarme a los ojos. Así se lo ve más joven, cansado de pasar el día en los campos, con un bostezo abriéndole la boca.

—No quería... —Pienso en los primeros días, cuando me di cuenta de lo hundidos que estábamos en el fango; cuando daba igual cuántas veces moviera y reorganizara las columnas, los números que aparecían en la pantalla del ordenador no tenían sentido. Me moría por llamar a Luka, por pedirle que echase un vistazo, que me infundiera seguridad. Pero también quería hacer las cosas por mí misma. Este vivero, este negocio, es lo primero que tengo que sea mío y solo mío—. No quería que me rescatases.

Sus cejas se elevan por la sorpresa.

—¿Es que ahora está prohibido ayudar a los amigos?

—No es eso. Es que... ¿Recuerdas aquel año en que decidí que quería aprender a montar en monopatín? ¿Y que dijiste que me ayudarías?

—Sí. —Luka sonríe al recordarlo—. Te compraste aquel casco rojo con llamas en los laterales y unas rodilleras a juego. Estabas muy mona.

Pongo los ojos en blanco. No quería estar mona. Quería estar protegida y parecer una tía dura. De todas maneras, el casco me gustaba.

—Bueno, como ya recordarás, mereció la pena usar rodilleras. Lo hacía fatal.

Una sonrisita le tensa los labios hasta que al final acaba riendo a carcajadas; sin duda recuerda que me caí dentro de la fuente en medio del pueblo.

—Lo hacías de pena —coincide.

—Pues sí, ¿y qué hiciste tú? ¿Cómo me ayudaste a cumplir mi sueño de bajar la calle como una bala subida en un monopatín?

La carcajada remite hasta convertirse en un rumor cálido.

—Te llevé a caballito —responde con una sonrisa—. Me subí al monopatín contigo a la espalda y bajamos juntos por la calle principal.

Es un recuerdo bonito. Aún siento el modo en que me aferraba con fuerza a sus hombros, todos y cada uno de los baches de la acera al pasar a toda velocidad por delante de la librería, del invernadero y del parquecito de la entrada, salpicado de narcisos. Asiento con la cabeza.

—Sí, me ayudaste a hacer lo que quería echándotelo tú a la espalda, literalmente. —Sonrío y le peino el cabello con los dedos, incapaz de no tocarlo. Es imposible cuando parece tan feliz y tan triste al mismo tiempo—. Es algo que has hecho un sinfín de veces a lo largo de nuestra amistad y te lo agradezco de veras. Pero esta vez quería… quería ser mi propia heroína. Quería hacerlo yo sola.

Aprieta la cabeza contra mi mano y cierra los ojos.

—Apoyarte en los demás no hace que tus logros sean menos tuyos, La La. —Abre los ojos, oscuros como el chocolate derretido—. ¿Te acuerdas de cuando me convencí de que quería correr un medio maratón? ¿Qué hiciste tú?

Qué idea más mala. Me levantaba cada mañana antes de que saliera el sol y, rezongando, me ponía las zapatillas y el sujetador deportivo mientras Luka gruñía al otro lado del teléfono. Durante aquellas mañanas mantuvimos conversaciones enteras a base de ruidos.

—Te levantabas conmigo cada mañana para salir y recorrer la misma distancia y al mismo tiempo. Para que me sintiera menos solo.

—Bueno... —musito—. Puede que tan solo corriese hasta la tienda de la señora B. a hacerme con una bandeja de rollos de canela.

Luka me mira con incredulidad.

—¿Cómo? Pero tu GPS...

—Pagué a uno de los chavales del instituto para que hiciera mi ruta. Nos encontrábamos delante de la panadería y nos dábamos el cambiazo. Como él se estaba preparando para entrar en el equipo de campo a través, funcionó.

Luka se ríe y se le forman arruguitas junto a los ojos. Frota la nariz contra mi sien y nos hace girar por la cocina de vuelta hacia el frigorífico.

—Da igual —murmura—. Te despertabas conmigo. Me mandabas tentempiés saludables. Creías en mí y me dabas ánimos. Hasta pintaste un cartel para la carrera.

Era un rótulo fucsia con purpurina dorada que decía: ¿CREES QUE ESTÁS CANSADO? YO LLEVO SOSTENIENDO ESTE CARTEL DESDE LAS 9.00.

Y por el otro lado: ESTOY MUY ORGULLOSA DE TI, LUKA.

—Lo que trato de decirte es que puedes confiar en mí. Que puedes pasarme parte de la carga. No tienes por qué hacer todo esto sola. —Me coge un rizo que se ha escapado y lo acaricia con suavidad entre el pulgar y el índice. Lo retuerce un poco y tira de él—. Ya sé que puedes cuidar de ti misma. Llevas haciéndolo desde que te conozco. Pero deja que mientras tanto te sostenga la mano, ¿vale?

Asiento al tiempo que noto un escozor en los ojos. La música cambia y, cuando empieza a cantar Nat King Cole, prácticamente me fundo entre los brazos de Luka mientras damos otra vuelta por la cocina.

—Vale —accedo.

Él me da un beso suave en la sien y me susurra:

—Vale.

18

A la mañana siguiente, Evelyn aparece en mi oficina envuelta en una bonita chaqueta blanca con un grueso cinturón en el talle, el pelo oscuro trenzado sobre un hombro. Noto el aroma de la avellana y miro con envidia el vaso de café para llevar en la mano mientras el mío, tibio, se mantiene en un precario equilibrio en el borde del escritorio. Es bueno saber que la señora Beatrice puede ser amable cuando quiere.

Sin que se note, trato de formar una pila ordenada con el caos de papeles que tengo en el escritorio y barrer con la mano las migas de una magdalena. No es que esperase compañía. Llevaba toda la mañana pendiente de una posible llamada de Jenny, la dueña del hostal, para comunicarme que Evelyn había decidido marcharse antes de lo previsto.

Esta me sonríe y se sienta delante del escritorio, justo en el borde de la silla. Me alegro de haber decidido, al menos, coser los desgarros de la tapicería en un arrebato de procrastinación. Su postura es inmaculada, las piernas cruzadas con elegancia. Creo que jamás en la vida he tenido yo un aspecto tan pulcro.

—Pareces sorprendida —señala antes de tomar un largo trago de su *latte*—. Te dije que hoy empezaríamos de cero.

—Pensé que tal vez te hubieras ido. —Jugueteo con uno de los ambientadores de pino que descansan en el borde del escritorio, enroscándome el cordón alrededor del dedo—. Me preocupaba que te sintieras incómoda.

—Te debo una disculpa —reconoce en el momento en que tiro al suelo con el codo una pila de papeles. Menuda imagen de organización que doy. Lo único que consigo ofrecerle como respuesta es un murmullo quedo—. Beckett vino anoche a hablar conmigo —admite. Debo de haber puesto cara rara al oírlo, porque se sonroja y agacha la cabeza—. Ay, leches, no en ese plan. Simplemente... me explicó lo mucho que el vivero significa para ti, para él, para el pueblo. Me pidió que me planteara quedarme. Me dijo que..., si yo quería, no se dejaría ver por aquí.

Una burbuja de afecto por Beckett me crece en el pecho.

—¿Y es así? —No es lo que debería preguntarle, pero siento curiosidad—. ¿Es lo que tú quieres?

—No creo que sea necesario. —Evelyn se encoge de hombros—. Los dos somos adultos y lo que sucedió entre nosotros es... —El rumor de sus mejillas se oscurece y agita la mano tratando de apartar los pensamientos. Yo escondo una sonrisa tras la taza de café—. Bueno, da igual. Aquello fue entonces y esto es ahora. Estoy decidida a comportarme como una profesional y abordar esta visita como tiene que ser. Os lo merecéis.

Es probable que yo no. La verdad se me queda atrapada en el fondo de la garganta: debo confesarle que mi relación con Luka no es la historia romántica que le he hecho creer. Apoyo las palmas en el escritorio y recorro con el pulgar los surcos de la madera.

—Escucha, tengo que decirte...

Mi frase se ve interrumpida con brusquedad por la puerta de la oficina, que se abre con Luka al otro lado, ataviado con el dichoso gorro del pompón y dos vasos de café para llevar. Hoy también luce una gruesa bufanda verde pino que estoy segura de que le ha tejido su abuela.

—La La, creo que es descafeinado, pero la señora Beatrice te ha puesto avellana en él, así que... Anda. —Se pasa uno de los vasos al hueco del codo y extiende hacia Evelyn la mano enguantada, con una sonrisa brillando en sus ojos, dorados a la luz matinal. De verdad que es injusto lo bueno que está—. Hola. Debes de ser Evelyn, ¿verdad?

Esta sonríe y se levanta, le estrecha la mano y luego choca su vaso con el de él en un pequeño brindis. Siento flaquear mi decisión.

—Hola, Luka, me hacía mucha ilusión conocerte.

—Me he pasado por aquí a dejarte un café antes de ir a la pista de patinaje —me dice.

Sus ojos de ámbar se encuentran con los míos y una sonrisa le eleva las comisuras de la boca. Esta mañana, antes de que saliera el sol, lo dejé enterrado bajo las almohadas de mi cama. Me rodeó el codo con la mano y, adormilado, me pidió con un gruñido que volviera a acurrucarme junto a él. Una oferta tentadora.

—Beck me ha enviado un mensaje sobre unos paneles sueltos en el extremo más alejado. —Veo asomar un martillo en el bolsillo de sus vaqueros y sujeta una pieza de lona bajo el brazo. Al advertir mi mirada interrogativa, sonríe de oreja a oreja—. Me lo ha dado mi madre —explica—. Algunos de los alumnos han hecho un cartel. Creo que quedará bien por encima de los paneles. Como esos anuncios que se ven en los partidos de hockey.

—Siempre que no se den empujones contra las barreras, me parece bien. ¿Qué dice el cartel?

—No pienso decírtelo —responde con una carcajada.

Me deja el café en el borde del escritorio y apoya la palma sobre la superficie para inclinarse y darme un ligero beso en los labios. En lo que a distracciones se refiere, es bastante buena. Suspiro y entonces sonríe antes de darme otro rápido beso y echarse hacia atrás. Veo de reojo a Evelyn sonriendo con picardía.

—¿Puedo ir contigo? —pregunta—. Ayer no vi gran cosa. Me gustaría visitar la pista de patinaje.

—Sí, claro. Te daré el *tour* no oficial y luego Stella te ofrecerá la versión más profesional.

La mujer da una palmada, encantada, y vuelve a ser la Evelyn ilusionada y enérgica del principio de su visita.

—Perfecto.

Me digo que no pasa nada, que en realidad no le estamos mintiendo. Es más bien... forzar la verdad, supongo. No estoy segura del todo de lo que Luka y yo somos ahora mismo. Amigos, claro. Pero, después de aquella noche en mi sofá, también algo más. Me he convencido a mí misma de que ya no es tanto una mentira como... una verdad adornada.

Trago saliva para apartar la sensación de incomodidad.

—Os veo allí en un rato.

Apenas avanzo un poco con los correos electrónicos antes de que lleguen nuevos visitantes.

Beckett entra en la oficina a grandes zancadas, con expresión determinada y un montón de papeles bajo el brazo. Suelta el legajo de golpe sobre el escritorio y luego se deja caer en la misma silla que ocupaba Evelyn una hora atrás, cruzado de brazos. Layla aparece tras él, sin aliento y con un póster gigantesco en las manos.

—No te imaginas lo difícil que es llevar esto con el viento que hace —explica al tiempo que deja la enorme cartulina sobre la silla libre, boca abajo. Se quita la cazadora y señala con un gesto los papeles sobre mi escritorio—. Beckett te ha traído el anexo. Bien.

—No he tenido tiempo para laminarlo —se excusa él, sin dejar de mirarme fijamente.

—¿No tenías una laminadora?

—Está rota —farfulla.

Anoche, después de que Luka y yo bailásemos lento por la cocina hasta que mi corazón se tranquilizó, traté de telefonearlos a los dos. Todas las llamadas se fueron directas al buzón de voz. Doy la vuelta al taco de papeles y leo en la primera página y en negrita: PLAN DE NEGOCIO DE LOVELIGHT FARMS.

Ahora entiendo por qué nadie respondía al teléfono.

—¿Debería sentarme?

Beckett y Layla asienten a la vez y proceden a hacerme una presentación de cuarenta y cinco minutos. Hay secciones codificadas por color en el cuadernillo sobre nuevos proveedores, referencias a las ordenanzas locales sobre créditos y desgravaciones fiscales y hasta una hoja de cálculo con presupuestos que se parece sospechosamente a la que le enseñé anoche a Luka, con una columna resaltada en amarillo con los resultados si empezásemos a cobrar entrada.

Paso de página y, al observar las proyecciones salariales, mis cejas se fruncen por la confusión en cuanto veo las cifras.

—Esto está mal —interrumpo a Layla a mitad de frase y, de inmediato, arrugo la cara a modo de disculpa—. Lo siento, pero es que estoy viendo la sección de los salarios y vuestras cifras están mal.

Beckett se frota la barbilla con el talón de la mano y estira las piernas. Layla se ha ocupado de la mayor parte de la presentación, pero él se ha mostrado de lo más apasionado en el momento de hablar de fertilizantes. Como de costumbre. Pasa la página correspondiente en su cuadernillo y enarca una ceja.

—No están mal.

—Están como un treinta por ciento por debajo. —Achico los ojos—. Mmm, de hecho, como un...

—Es una reducción de un cuarenta por ciento en el sueldo de Beckett y en el mío —afirma Layla sin la más mínima vacilación—. Y hemos incorporado los pagos atrasados de lo que tú te quitaste.

—En mi caso la reducción es del cincuenta por ciento —murmura Beckett—. Yo no pago alquiler por la casa. Eso debería estar incluido en mi paquete salarial.

Trago saliva sin apartar la mirada de los números.

—¿Y los demás? —Carraspeo hasta que la voz me deja de temblar—. ¿Vuestro personal y el equipo de temporada? ¿Sus cifras no cambian?

—Los demás se quedan como están. La reducción es solo para nosotros tres y debería permitirnos aguantar un par de meses más, incluso sin el dinero del premio.

Me aprieto la piel por debajo de los ojos, con la mirada fija en la hoja de cálculo. Si levanto la vista, mucho me temo que romperé a llorar.

—No puedo dejaros hacer eso.

—Bueno, pues lo vamos a hacer igual. —Layla se lleva las manos a las caderas. Señala con un gesto el póster, en el que ha dibujado una gráfica con líneas rojas y blancas, resaltadas con purpurina. Son las proyecciones financieras para los próximos tres años—. Y una cosa más. Beckett y yo ya lo hemos hablado. Queremos ser socios a todos los efectos. Nos gustaría dividir por tres la propiedad y todas las obligaciones financieras.

—Necesitaremos ver los costes de la puesta en marcha —tercia Beckett—, un desglose completo de lo que valió la propiedad y todas las renovaciones. Lo evaluaremos y lo dividiremos. También hay que hacer papeleos legales. Por lo de la propiedad. Pero, si no te importa que también formemos parte de esto, estamos dentro.

Layla asiente con aquiescencia.

—Pero superdentro —dice—. Hasta el fondo. Deberíamos haberlo hecho así desde el principio, Stella. Es como tiene que ser.

Inspiro con fuerza y levanto la vista hacia ella. Su expresión franca, sin un resto de la dolorida resignación de ayer. Ahora se la ve resuelta, sin más. Me mira y efectúa un leve gesto de asentimiento, apenas una inclinación de barbilla.

Beckett está distinto. Sus rasgos son duros y mantiene el ceño fruncido, los brazos cruzados sobre el pecho, las mangas de la camisa de franela subidas hasta los codos. La tinta de color que le atraviesa la piel me distrae de los golpes de mi corazón en el pecho. Me quedo mirando la enredadera que se enrosca por su muñeca. La luna creciente en la sangradura del codo.

—Beck, ¿estás seguro? —Parpadeo al llegar a su rostro, donde algo se remueve. Un gesto de reconocimiento. De reajuste.

—Esto... —dice sin alzar la voz—. Esto es lo que hacen los socios.

Para cuando llego a la pista de patinaje en busca de Luka y Evelyn, tirito de tanta cafeína y del alivio de la esperanza renovada. He obligado a Beckett y a Layla a repasar las cifras conmigo otras tres veces, fila por fila. Al final los he convencido de recortarse el sueldo solo un treinta por ciento y de reducir la compensación por los atrasos a la mitad. Con esos ajustes, deberíamos aguantar sin problemas un poco más.

Aún dudo sobre cobrar entrada. No tener que pagar por acceder al vivero fue uno de los principales motivos por los que mi madre y yo veníamos con tanta frecuencia cuando era niña. Nos salía gratis pasear entre los árboles mientras bebíamos el chocolate caliente que habíamos metido de tapadillo, guardado en la mochila. Si hubieran cobrado entrada, no estoy segura de que mi madre me hubiera llegado a traer. La idea me entristece. Compré este lugar para que todo el mundo pudiera disfrutar de la misma magia. Nadie debería sentirse excluido.

Doblo el recodo del sendero de piedra que conduce de la oficina a la entrada principal mientras Mariah Carey suena por los altavoces. Hoy hace un frío cortante; un viento helado sopla entre los árboles. Veo cómo se mecen y danzan al pie de las colinas, sus ramas ondeando al sol. Para cuando acabe la temporada, las colinas ya no estarán verdes, sino marrón dorado, y todos los árboles se alzarán felices en sus nuevos hogares. A veces me gusta pensar en eso, en dónde acabarán mis árboles. Decorados con luces, espumillón y adornos. Con los regalos apilados con esmero a sus pies, deseosos de que los abran. Un pedacito de Lovelight Farms en el hogar de alguien, a quien ayudará a que la festividad sea más especial.

Cuando llego, me encuentro la pista de patinaje llena: un grupo de adolescentes se desliza por ella formando ochos, riendo, tomándose de la mano y persiguiéndose. Veo a Cindy Croswell en un lateral, con un asistente de patinaje en forma de pingüino que hemos comprado específicamente para los niños. Bailey y Sandra McGivens patinan con lentitud, de la mano, susurrándose y deteniéndose para compartir un beso bajo el muérdago cada vez que pasan por el arco de entrada. Sonrío y recorro con la mirada los laterales, donde se topa con los paneles de madera reforzados y el cartel fijado con sumo cuidado por encima.

Pintado en rojo y verde, algo descuidado por los bordes,

como si el artífice lo hubiera hecho con prisa. FELIZ NAVIDAD, LOVELIGHT FARMS, DE PARTE DEL INSTITUTO DE INGLEWILD, EL PUÑADO DE NECIOS MÁS FELICES A ESTE LADO DEL MANICO-MIO. Debajo han dibujado un pequeño paisaje urbano, con una ristra de luces tendidas sobre los tejados del Inglewild. Apoyo los codos en la barandilla con una carcajada y tomo una fotografía con el teléfono.

—¿Le gusta, señorita Bloom?

Uno de los alumnos del instituto (Jeremy, creo) llega a toda velocidad y se detiene de golpe en las barreras de madera junto a mí, contra las que choca con los patines, levantando una lluvia de esquirlas de hielo. Sacude la cabeza para apartarse el pelo de la cara y se apoya a mi lado.

—Es muy creativo —respondo, diplomática. Es probable que tengamos que tapar la última parte si lo dejamos puesto, pero me hace reír—. ¡Socorro! Ya es Navidad es una de mis películas navideñas favoritas.

—De las mías también —admite y vuelve a apartarse el pelo con un golpe de cabeza. No sé cómo es capaz de mantener la consciencia cuando la sacude con tanta fuerza cada treinta segundos—. Veo que tenemos mucho en común.

—Eeeh, sí.

—¿Sabe? Está usted muy buena para ser mayor —me dice Jeremy, sacudiendo la cabeza dos veces en quince segundos. ¿Le funcionará con las chicas del instituto? Espero que no. Dejo su comentario sin respuesta por un momento. Él me mira con una sonrisa petulante. Ay, quién tuviera la confianza de un hombre joven blanco.

—¿Quieres un consejo?

—Ay, muñeca, de ti lo quiero todo.

Puaj, qué grima. ¿Desde cuándo son así de cutres los adolescentes? Tomo nota mental para avisar a la señora Peters de que Jeremy es lo peor, aunque supongo que, dado su planteamiento tan poco sutil ante la vida, ya lo sabrá.

—No llames mayor a ninguna mujer. De hecho, no las llames nada. Creo que saldrías ganando si no vuelves a hablar con las mujeres en su conjunto durante los próximos cinco a siete años.

Agacha la cabeza y clava la vista en los patines al tiempo que encoge los hombros.

—Lo siento —farfulla.

—No pasa nada. Pero… no vuelvas a decir vulgaridades. Que esto te sirva de lección.

—¿Y qué cosas debería decir? —pregunta, levantando la vista esperanzado.

Me quedo pensando.

—Si te gusta alguien, quizá podrías decirle qué te gusta de esa persona. —Abre la boca, pero lo corto con una mirada—. Nada físico.

Parece desconcertado.

—De su personalidad —le propongo—. Dile a esa persona que es divertida, inteligente o especialmente amable. O puedes decirle algo que no… —sopeso mis palabras— que no sea asqueroso sobre su apariencia. Elogia sus ojos, su pelo, su sonrisa.

Jeremy asiente; aún se le nota confundido, vacilante.

—¿Y eso funcionará?

—Solo si lo que dices es sincero y te muestras respetuoso con la respuesta que te den. ¿Entiendes?

—Creo que sí —responde al tiempo que se remueve sobre los patines.

Noto un brazo rodeándome la cintura y un amplio pecho tocándome la espalda. Luka apoya la barbilla en mi cabeza.

—Jeremy, espero que no estés molestando a mi novia.

Este sonríe de oreja a oreja y se marcha a la otra punta de la pista de patinaje sin articular palabra, dejando a su paso una nueva lluvia de esquirlas de hielo. Como sigan viniendo adolescentes, tendré que llamar a la pulidora de hielo.

Me doy la vuelta sin apartarme de Luka y entrelazo las manos sobre sus lumbares. Me gusta cómo suena lo de «mi novia». Quizá demasiado. Baja la vista y me sonríe con picardía al tiempo que sus ojos escudriñan mi rostro.

—¿Todo bien?

Asiento.

—Beckett y Layla han venido a verme.

—Mmm. —Se le curva una de las comisuras de la boca—. Ah, ¿sí?

—Sí. —Me ciño contra él y hundo los dedos en el grueso material de su cazadora. Apoyo la frente en su pecho y su mano asciende acariciándome desde la parte baja de la espalda hasta el punto medio entre los omóplatos. Nos mece a los dos—. Gracias —musito.

—No hay nada que agradecerme. Es todo cosa tuya —responde. Vuelve a murmurar algo y el sonido reverbera en mi oído—. Me gustaría cogerte de la mano, Stella.

Apoyo la barbilla en su pecho y alzo la mirada.

—Creo que te dejaré hacerlo.

—Me alegro de oírlo. —Su sonrisa se dulcifica y recorre la curva de mi mejilla con el pulgar—. Escucha. Aún no hemos tenido oportunidad de hablar de verdad. Sobre... lo de la otra noche.

—Oh. Vale.

—¿Fue...? —Siento sus manos agitadas en los costados—. ¿Fue raro?

—Fue raro que no se me hiciera raro —respondo, con una carcajada en la punta de la lengua. No hay una parte de mí que se arrepienta de lo sucedido entre nosotros la otra noche, aunque me parece que debería. Ya no es que las líneas de nuestra relación se hayan difuminado; hemos ido mucho más allá—. ¿Y tú?

Sus hombros se relajan.

—No dejo de pensar en ti —musita mientras baja el dedo por mi mejilla hasta mi labio inferior. Sus ojos se nublan, con la mirada perdida. Un escalofrío parte de mis hombros y me recorre la espalda—. Los sonidos que hacías, La La, yo...

El grupo de adolescentes vuelve a pasar junto a nosotros, gritando y riendo. Luka parpadea, carraspea y me da un apretón en las caderas.

—Fue raro que no se hiciera raro, sí —coincide en un hilo de voz, su mirada prendida en la mía.

Tiene los ojos oscurecidos y penetrantes de deseo y lanzo una mirada por encima de su hombro hacia el granero. Es probable que pudiéramos llegar sin que nadie se enterase. Habría que buscar un rincón oscuro y acogedor en el que escondernos.

—He dejado a Evelyn en la pastelería con Peter. —Luka me recuerda en qué debería estar pensando. Sacudo la cabeza—. Parecía muy dispuesta a meterle mano otra vez a los *brownies*.

—¿Se lo está pasando bien?

—Eso parece. La llevé a los campos y le enseñé los alrededores. Le ha encantado el trineo. No dejaba de hacer fotos con el móvil.

El trineo es un viejo y destartalado Chevy 3100 de 1954, abandonado en los campos por Hank, o puede que por el propietario anterior a él. Cuando Beckett lo encontró, estaba todo oxidado y alojaba a una colonia entera de aves. Sigue proporcionándoles cobijo cuando vuelven en primavera, pero ahora está pintado de rojo cereza y luces multicolores rodean la cabina. En la caja del camión hay una enorme bolsa de lona repleta de paquetes: Santa Claus se ha dejado su saca mágica aquí. A los niños les flipa.

—Buena idea la de llevarla a verlo.

—Si te soy sincero, ni me había acordado de él. —Se rasca la nuca—. Puede que me perdiera un poco entre todos los árboles. Simplemente lo vi y me pareció lógico que ese fuera nuestro destino.

Me río. Solo a Luka se le ocurre.

—En cualquier caso, gracias.

Cuando el teléfono empieza a sonarme en el bolsillo delantero, me aparto de la cuna que forman los brazos de Luka para buscarlo entre los envoltorios de caramelo arrugados y los recibos viejos que ahora mismo guardo en la cazadora. Me encuentro una barrita de chocolate con menta envuelta en papel de plata y se la tiendo. Enseguida lo distrae el grupo de adolescentes, que da una nueva vuelta entre chillidos por la pista de patinaje, y mira a Jeremy con los ojos entrecerrados.

Respondo con una sonrisa, sin preocuparme en mirar quién es el interlocutor.

—¿Dígame?

—Hola, Stella.

—Dane. —Luka se da la vuelta y enarca una ceja a modo de pregunta silenciosa. Yo me encojo de hombros; llevo sin saber de él desde la persecución por los campos la madrugada del fin de semana pasado—. ¿Qué puedo hacer por ti?

El sheriff suspira.

—Tengo noticias. ¿Puedes venir a la comisaría?

19

Con «noticias», lo que Dane quiere decir es que han atrapado a la persona que destrozó mi cámara de seguridad. Es lo que me cuenta en vez de entretenerse con cortesías intrascendentes, así que me levanto de golpe de la silla delante de su escritorio y, de camino, tiro un vaso lleno de bolígrafos y una maqueta en miniatura de un aeroplano.

—¿Que habéis qué? —Miro a mi alrededor como si el sospechoso estuviera a punto de salir de detrás de las cortinas—. ¿Quién ha sido? ¿Por qué lo ha hecho? —Entrecierro los ojos y observo la pequeña cocina, el calabozo y el área de recepción para visitantes a través de la cristalera de su oficina. Señalo una puerta en el último rincón—. ¿Estáis interrogando a quien sea?

Dane se frota el entrecejo con las puntas de los dedos e indica la silla con un gesto, una orden silenciosa para que me siente.

—Ese es el cuarto trastero, Canelita.

Vuelvo a sentarme en precario equilibrio sobre el borde del asiento.

—¿Ha confesado?

El sheriff asiente. Me gustaría alzar el puño con ademán victorioso.

—¿Necesitas ayuda con el interrogatorio? —Así daré buen uso a todos los maratones que me he tragado de *Ley y orden*. Me siento como si debiera ir a casa a ponerme un traje de chaqueta elegante y coger un maletín—. ¿Quieres que hagamos lo de poli bueno, poli malo?

—No es así como funciona, Estelle.

—Eso lo dirás tú.

—Eso lo dice cualquier profesional de las fuerzas del orden en este país. —Me dirige una mirada de advertencia y frunce los labios—. Escucha, no hace falta interrogatorio. Ya nos ha dicho todo lo que ha hecho. Me está costando lidiar con el tema porque me siento un poco molesto por ti y no estoy ejerciendo mi habitual... —se rasca el mentón mientras busca la palabra— imparcialidad, por así decirlo.

—¿Le has metido un puñetazo en la cara?

Dane niega con la cabeza y esboza una leve sonrisa.

—No le he metido un puñetazo en la cara. —Aunque se diría que se ha quedado con las ganas.

—Entonces no veo cuál es el problema. No tienes que mostrarte imparcial si ya ha confesado.

Mi mente se acelera con las posibilidades de quién podría ser y cuáles serían sus motivos. Luka quería venir conmigo, pero lo he obligado a quedarse en el vivero por si Evelyn necesitaba algo. Justo antes de irme la vi de reojo con un chocolate caliente en la mano. Da la casualidad de que Beckett no andaba lejos. Interesante...

—Está aquí... —explica Dane y, de inmediato, abro la boca para hacerle una pregunta—, pero no en la sala de interrogatorio, que no existe. —Lo he agotado: saca una bola antiestrés del cajón superior y comienza a estrujarla—. ¿Qué quieres que hagamos?

—Supongo que me gustaría conocer las opciones.

Para empezar, querría golpear a esta persona. Por lo de ojo por ojo y tal. Pero no creo que Dane vaya a estar muy por la labor.

—Se enfrenta a varios cargos por destrucción maliciosa de la propiedad privada. Se trata de un delito en el estado de Maryland. Como lo ha hecho de forma intencionada y ha causado daños por valor de miles de dólares, podría ir a la cárcel.

—¿A la cárcel? —Estoy cabreada por lo de la cámara y las

entregas perdidas y los postes rotos, pero no estoy segura de querer que alguien vaya a la cárcel por ello. Arrugo la frente y me reclino en la silla—. ¿Es la única opción?

—Depende de si quieres presentar cargos o no. —Empieza a estrujar de nuevo la pelota, esta vez con más fuerza—. Me ha preguntado... Me ha preguntado si podía hablar contigo. Para disculparse.

Parpadeo, confusa.

—Supongo que es un buen comienzo, ¿no? —Estaría bien si pudiéramos lidiar con esto de forma civilizada.

—Claro. —A Dane le tiembla el bigote.

—Muy bien, pues ¡adelante con el interrogatorio!

—Que no es un... —El sheriff suspira y se da por vencido—. Sígueme.

No sé quién me esperaba que fuese. Puede que un pobre hombre, un tirado de la vida. Creo que parte de mí esperaba que quien lo hubiera hecho estuviera de alguna manera pidiendo ayuda. Que quizá destruyese mi cámara porque necesitaba alimentar a su familia... o yo qué sé. Que tal vez saliera corriendo porque tenía miedo y todo esto no fuera más que un lamentable malentendido.

Lo que desde luego no me esperaba era ver a Will Hewett sentado en la mesa de la sala de conferencias con su chaqueta de tweed y sus gafas de carey, bebiendo té de un vaso de poliespán.

—¿De dónde has sacado ese té? —bufa Dane a modo de saludo mientras yo me quedo parada en el umbral, presa del desconcierto.

—El agente Álvarez —responde el señor Hewett, alzando la vista un instante hacia mí antes de volver a bajarla al vaso.

Me siento parte de una broma de lo más elaborada. Caleb entra en silencio por detrás de nosotros con un cuaderno sujeto bajo el brazo. Dane lo fulmina con la mirada.

—¿Ahora les servimos té a los delincuentes?

Caleb parpadea y se queda mirando el minúsculo vaso de poliespán.

—¿Quieres que se lo quite?

—Pues claro.

Caleb extiende la mano hacia el vaso, pero lo disuado con un gesto y tomo asiento en la silla vacía frente al señor Hewett. Este no vuelve a mirarme y yo he de reprimir las ganas de susurrarle: «Pero ¿qué coño le pasa?».

—No lo entiendo —acierto a decir. Miro a Dane, de pie junto a mi hombro con expresión furibunda y los brazos cruzados sobre el pecho. Me giro y contemplo con el ceño fruncido a Caleb, apoyado en la puerta. Regreso a mi posición inicial y observo al señor Hewett. Nadie de los que estamos en la sala se muestra especialmente efusivo—. ¿Es una broma?

Los tres hombres niegan con la cabeza con distintos grados de entusiasmo.

—Vale, muy bien. —Yo también quiero un té. Con un buen chorretón de whisky—. ¿Alguien puede explicarme qué pasa? No entiendo nada. Señor Hewett, ¿es usted quien me ha roto la cámara?

—¿Por qué no empiezas desde el principio, William?

Todo comienza con la venta del vivero, mucho antes de que yo pasase por delante y viera el cartel de SE VENDE. El señor Hewett explica que tenía un acuerdo de caballeros con Hank para comprar la propiedad, pero necesitaba más tiempo para juntar el dinero. Mientras él trataba de liquidar algunos de sus activos para hacerse con efectivo, yo me metí por medio y se la levanté.

Recuerdo vagamente que Hank mencionó a otro comprador interesado cuando le hice la oferta, pero que no llegó a ninguna parte. Yo llevaba años ahorrando con la esperanza de abrir mi propio negocio, por lo que la indemnización del seguro de vida de mi madre descansaba intacta en mi cuenta bancaria. Había estado guardándola para algo especial, para algo significativo. Vi el cartel, planteé la oferta y, a la semana, Hank estaba en Costa Rica y yo tenía las llaves de la finca.

—Que quería un… ¿qué?

El señor Hewett arranca un pedacito de poliespán del borde del vaso, los labios fruncidos por el desdén. La pizca de altruismo que lo ha llevado a confesar no ha afectado a la percepción general que tiene de mí.

—Un criadero de alpacas —musita.

—Un criadero de alpacas...

—Es mi sueño —replica con impaciencia mal disimulada.

Dane resopla a mi espalda. Es evidente que los hombres en la sala ya han compartido sus opiniones respecto del concepto de criadero de alpacas. Levanto las manos.

—Y está enfadado conmigo porque cree que le he quitado la propiedad —razono. Bajo la cabeza y trato de mirarlo a los ojos—. Pero debe saber que yo no tenía ni idea de que estaba interesado. Hank jamás me dijo nada de su acuerdo.

—Ahora me doy cuenta —responde, asintiendo.

—Bueno... —Me encojo de hombros—. Aún tengo algunas preguntas. —El hombre asiente de forma automática y se remueve en la silla, visiblemente incómodo. Alza la mirada a la sala por encima de mi hombro y suelta un suspiro melancólico—. ¿Por qué le ha contado toda la verdad a Dane?

—Aquella noche, cuando rompí la cámara y Beckett me persiguió por los campos, estuvo a punto de atraparme. Acabé tres horas agazapado en una zanja, cubierto de agujas de pino, tratando de esconderme. Entonces me di cuenta de que era hora de reexaminar mis opciones.

Vale, ahora sí. Imagino que cualquiera se replantearía sus acciones después de estar tirado en una zanja muerto de frío mientras intenta escapar de un silvicultor cabreado.

—¿Y qué andaba haciendo?

El hombre suspira.

—Empecé por fastidiar con cositas pequeñas. Solo quería que creyeses que el vivero era un incordio y te pensases venderlo. A mí. Pero no había manera de pararte. Rompí postes de la valla, llamé a tus proveedores y cancelé varios pedidos. Me llevé algunos adornos del año pasado...; si aún los quieres de vuelta, están en el sótano de la biblioteca.

Casi se me escapa una carcajada desdeñosa.

—Pues sí, gracias.

—Y nada parecía desalentarte. Resultaba frustrante. Tu resistencia al desaliento era... desalentadora. Sabía que tenía que hacer algo mayor, así que... —traga saliva y lanza una mirada a

Dane antes de volver a humillar la cabeza— manipulé el sistema de drenaje de la plantación sur. Yo…, bueno, en la biblioteca hay bibliografía abundante sobre los abetos de Fraser, ¿sabes?

El sheriff carraspea, sin el menor interés por los recursos educativos que ofrezca la biblioteca sobre dicha especie. Hasta el dulce Caleb parece decepcionado. La plantación sur. Los árboles retorcidos y demacrados. Se me encoge el estómago.

—¿Qué les ha hecho a mis árboles?

—Si sobresaturas el terreno, las raíces no son capaces de expulsar el agua, por lo que no absorben el oxígeno del suelo. Desactivé el sensor de humedad y las contagié de fitóftora.

El pobre Beckett se ha pasado horas arrodillado en los campos buscando pistas en todos y cada uno de los árboles. Sometió los equipos a un sinfín de pruebas y auditorías; casi se vuelve loco tratando de dar con la causa del problema.

—Pero no parece que esos árboles tengan hongos, lo que parece…

—Parecen salidos de un universo alternativo, sí. Yo… no estoy del todo seguro de lo que ha pasado. Después de un par de semanas arreglé el sistema de drenaje, una vez que las raíces habían empezado a pudrirse, para que no descubrieseis la causa. Y a partir de ahí las cosas fueron de mal en peor. Me apuesto lo que sea a que el Departamento de Horticultura de la universidad del estado estaría interesado en echar un vistazo… —Dane vuelve a toser, aunque suena más como un gruñido de oso que otra cosa, y el señor Hewett se encoge en la silla—. Aunque supongo que eso será ya cosa vuestra.

Me derrumbo en la silla, estupefacta. El señor Hewett ha provocado a mi vivero daños por valor de miles de dólares a lo largo de un año en su empeño por que lo vendiera para poder montar su propio criadero de alpacas. A veces la verdad es brutal.

Me froto los labios con los dedos.

—No sé qué pensar —respondo con un hilo de voz.

Es un alivio saber que nuestros problemas tienen explicación. Que, con toda probabilidad, las dificultades a las que nos hemos enfrentado desaparecerán ahora que ha confesado. Pero lo más triste para mí, lo que de verdad me rompe el corazón es que...

—Señor Hewett, le habría cedido encantada un espacio para sus alpacas —le explico—. Solo tendría que habérmelo pedido. Les habría puesto diademas con cuernos de reno en invierno. Habría vendido jerséis navideños de lana de alpaca en la tienda de regalos. Habría sido adorable.

Le cambia la expresión y se quiebra al oírlo; sus cejas se curvan hacia abajo al tiempo que clava la mirada en la superficie de la mesa que tiene delante. Deja el maltratado vaso a un lado, se quita las gafas y se restriega los ojos furiosamente con los nudillos.

—Haré lo que quieras para compensarte, Estelle. —Alza la vista hacia mí y me mira a los ojos por primera vez desde que entré en esta abarrotada sala de no-interrogatorio—. Cumpliré condena.

No sé qué quiero que haga, pero sí sé que sería ridículo que este hombre acabase en la cárcel por querer montar un criadero de alpacas. Me retiro de la mesa de un empujón y me pongo en pie.

—¿Puedo pensármelo un tiempo? —Miro a Dane—. ¿Lo de presentar cargos?

—Sí —asiente—. Pero no te demores mucho, ¿vale? —Desvía la vista hacia el señor Hewett—. Y como vuelvas a poner un pie en el camino que lleva a Lovelight Farms, me encargaré personalmente de que te pases encerrado en el calabozo de los borrachos una buena temporada. ¿Entendido?

El señor Hewett asiente con energía. Al menos ahora estoy segura de que nadie vendrá a rompernos las cámaras de seguridad mientras Evelyn esté aquí.

Ojalá me sintiese igual de confiada con todo lo demás.

—Perdona, ¡¿que hizo qué?!

Me las ingenio para reunir a Luka, Layla y Beckett en mi oficina en cuanto estoy de vuelta en el vivero. Beckett camina furioso por delante de mi escritorio; no ha parado desde que le dije que el señor Hewett había desactivado el sistema de drenaje y los sensores de humedad. Tiene suerte de que Beckett no estuviera conmigo en la comisaría. Ahora mismo temo por mi suelo.

Recorre con fuertes pisotones la habitación, da media vuelta y hace lo mismo en sentido contrario. Tendría que ampliarla para que midiera como mínimo tres campos de fútbol. Layla lo observa con expresión pensativa.

—¿Fue él quien me desenchufó el frigorífico una noche? Perdí en ingredientes las ganancias de dos semanas.

Asiento. Antes de dejar la comisaría, Dane me ha entregado una lista por escrito con todas las acciones de Will Hewett contra el vivero. Dos páginas a interlineado sencillo. Ni siquiera me había dado cuenta de que a uno de los tractores le faltaba un neumático.

—¿El buzón torcido en la curva de la carretera?

Pongo los ojos en blanco al ver la cara de exagerada inocencia de Luka.

—Buen intento. Sé que ahí fuiste tú. Siempre la tomas demasiado cerrada.

—Mira que alterar mi suelo, menudo cabrón asqueroso… —Beckett está que echa humo por las orejas. Se vuelve hacia mi escritorio con los ojos inyectados, gruñe y echa a andar de nuevo. La cabeza empieza a retumbarme al ritmo de sus pisotones.

—Hay que pensar qué vamos a hacer al respecto. Como ahora somos socios… —miro a Layla y a Beckett—, deberíamos tomar la decisión juntos.

—¿Hay posibilidad de desterrarlo? ¿Podemos mandarlo a Perú? Si tanto le gustan las alpacas, hasta le haríamos un favor.

—Beckett, por favor, que estamos hablando en serio.

—Tienes razón. Encima estaría encantado. Mandémoslo a un lugar horrible. A Florida, por ejemplo.

—Venga, avísame cuando creas que tienes algo útil que aportar. —Me vuelvo hacia Layla—. ¿Tú qué opinas?

—Estoy disgustada, claro. —Sus ojos se vuelven hacia Beckett, que está tratando de estrangular una de mis sillas con las manos. Los suyos se abren como platos, para darle a entender que tan disgustada no parece—. Pero también estoy aliviada. Me alegra saber que toda esta locura va a parar de una vez. Empezaba a cansarme de estar siempre a la espera de una nueva sorpresa. O un nuevo disgusto más bien, como lo del frigorífico.

Asiento con la cabeza. Sé cómo se siente.

—Dane dice que, si queremos, podemos presentar cargos y, dado el caso, una demanda civil por daños y perjuicios. Pero también dice que eso supondría pena de cárcel, sobre todo por los miles de dólares perdidos en la plantación sur.

—Que lo encierren —murmura Beckett desde el rincón. Se ha parapetado en el hueco detrás del árbol que tengo en la oficina, al abrigo de las sombras. Parece el Grinch y suena igualito que él—. Y que tiren la llave.

—¿No te parece ridículo meter a un hombre en la cárcel por querer un criadero de alpacas?

—No lo sé, La La. —La respuesta de Luka, que hasta ahora ha permanecido callado, me sorprende. Se encoge de hombros en cuanto me vuelvo hacia él, sentado con las piernas estiradas—. Este es tu sueño y ha intentado arrebatártelo. ¿No debería pagar por ello?

Ahí tiene razón. Desde luego que me gustaría que pagase por ello. Pero todo, hasta el último centavo. Luka enarca una ceja mientras me mira y coge la vieja calculadora escolar que hay en el borde del escritorio y los folios en los que Dane detalla los daños. Empieza a pulsar los botones a toda velocidad y yo miro a Layla y Beckett.

—Votemos.

Para sorpresa de nadie, Beckett aboga por la cárcel. Layla y yo estamos de acuerdo en que el señor Hewett debe hacerse responsable financieramente de todas las pérdidas, sin que presentemos más cargos contra él. Los tres coincidimos en imponerle una orden de alejamiento para que no vuelva a acercarse jamás al vivero.

Echo un vistazo al reloj que cuelga encima de la puerta y, espantada, me levanto y me restriego las manos contra los vaqueros.

—He quedado con Evelyn para enseñarle la propiedad. —Miro a Luka, que sostiene uno de mis bolígrafos entre los dientes mientras sigue pulsando botones en la calculadora. No debería estar tan bueno así, pero hay algo en la forma en que se ha echado el gorro hacia atrás y le asoma un mechón de cabello castaño, tan desordenado como siempre, o en cómo arruga la nariz pensativo mientras desciende con el pulgar por la página, comprobando las cifras. Carraspeo—. Si te parece bien, voy a invitarla a cenar en casa.

—Sí, por supuesto. —Alza la vista de los papeles y pestañea tratando de enfocar después de mantener la mirada fija tanto tiempo en los números. Le he dicho un millón de veces que debería ponerse gafas de cerca, lo que lo ayudaría a no achicar los ojos para leer la letra pequeña. Casi me alegro de que no haya accedido. No sé qué haría de encontrarme a Luka con gafas—. Voy a preparar raviolis.

La sencilla domesticidad del momento hace que me dé un vuelco el pecho. Creo que esto es lo que más echaré de menos cuando acabe la semana. Ni las caricias ni los besos ni la forma en que hace que olvide hasta mi nombre con sus manos en mi pelo y su boca en el cuello, sino esto. Recorrer el sendero que lleva a casa, doblar el recodo junto al gran roble y ver a Luka por la ventana, delante de los fogones de la cocina con uno de mis ridículos paños al hombro. Atravesar la puerta y que me reciba con un leve beso en los labios, la radio encendida a media voz. El aroma de la albahaca, el tomate y el ajo. El crepitar de la comida al fuego.

No sé cómo voy a hacer para renunciar a todo esto.

—¿Qué tipo de raviolis? —pregunta Layla desde su rincón en la oficina.

Beckett debe de haberse marchado en algún momento tras la votación, seguro que para pagar su frustración con el motor de un tractor o para verificar los sistemas de drenaje de la plantación sur. No me sorprendería encontrarlo en la pista de patinaje. La verdad es que es muy bueno. Algunas mañanas, al salir a echar un vistazo a primera hora, antes de que el sol haya salido del todo, me lo encuentro dando vueltas en silencio, calzado con los viejos y gastados patines de hockey que usaba de adolescente.

—De calabaza, probablemente. Creo que mi abuela dejó unos pocos en el congelador de Stella.

Esa es otra cosa que voy a echar de menos: la cantidad de comida italiana casera almacenada en mi frigorífico. ¿Seguirá alimentándome su familia cuando finjamos cortar?

—¿Me traerás mañana lo que sobre?

—Eres bienvenida si quieres unirte, ¿sabes?

—Tengo planes con Jacob —explica. Luka forma una mueca al oír el nombre de su apático y aburridísimo novio—. Además, así podréis pasar tiempo a solas con Evelyn. Juntos sois encantadores.

Se me acaloran las mejillas. Para cuando consiga controlar mis emociones cada vez que alguien nos menciona a Luka y a mí como pareja, habrá terminado la semana.

—Casi una década de práctica —contesta Luka.

Se pone en pie y deja la calculadora y los papeles dispuestos con pulcritud en el borde del escritorio, asegurándose de que las esquinas queden en paralelo. Aprecio su esfuerzo por intentar que mi escritorio esté ordenado. Me gustaría darles un empujoncito con el meñique, solo por ver cómo reacciona.

Agarra los reposabrazos de mi silla y se agacha para darme un rápido beso en los labios.

—Te veo en casa —murmura como si tal cosa—. Iré haciendo la cena.

Se despide de Layla con la cabeza antes de irse, pero ella está demasiado ocupada mirándome, con una sonrisita de suficiencia, para darse cuenta. Me remuevo en la silla y me dedico a meter papeles en carpetas sin ton ni son en un esfuerzo por parecer ocupada. Espero a que se vaya, pero ella no hace más que arrellanarse en el asiento.

—¿Qué? —pregunto, sin molestarme en levantar la vista. En el cajón superior del escritorio hay un recibo de seis croquetas de patata para llevar. Debió de ser un mal día.

A Layla se le escapa una risita burlona.

—Ya sabes qué.

—De verdad que no.

La risita se convierte en una carcajada que reverbera cristalinamente en mi minúsculo despacho. Se levanta para marcharse detrás de Luka.

—Ay, Stella, cariño. Estás colada por él.

Como si no lo supiera...

Encuentro a Evelyn apoyada en un poste del granero de Santa Claus, observando al pequeño Evan Barnes contarle a Clint lo que quiere que le traiga este año. En el interior nos hemos contenido con la decoración. Hemos dejado un amplio espacio despejado para que se pueda hacer cola los días de mayor afluencia, marcado con una cinta de terciopelo rojo oscuro. También hay butacas y sillones cómodos en suntuosos tonos de verde y azul medianoche para que la gente descanse mientras espera. Una ancha chimenea en la pared y una mecedora enorme justo al lado. Cerca, un montón de juegos de mesa. Variopintas alfombras raídas se superponen por el suelo para que los niños puedan correr, saltar y caerse. Es uno de mis lugares favoritos del vivero. A veces vengo por la noche, cuando ya hemos cerrado, me tumbo en el centro y me quedo mirando las luces blancas y los listones de madera, a través de cuyas rendijas se distingue un pedacito de cielo nocturno. Igual que hacía cuando era pequeña bajo el árbol de Navidad.

Clint, por su parte, se está tomando la labor muy en serio. Se encuentra sentado en la gran mecedora con un cuaderno en la mano; la lengua le asoma entre los dientes de la concentración.

—¿La nave espacial de exploración marciana de LEGO? —pregunta. Lleva el uniforme completo de bombero con una chapa rojo cereza en el pecho izquierdo que dice REPRESENTANTE OFICIAL DEL POLO NORTE. Layla se las confeccionó el año pasado a todos nuestros voluntarios y puede que se entusiasmara un poco más de lo debido con el pegamento con purpurina.

Evan asiente y se sube las gafas por la nariz.

—Sí, el transbordador de investigación con el róver. Es importante.

—Transbordador de investigación y róver —repite Clint mientras lo apunta con todo el cuidado. Cuando ha terminado, levanta la vista y le da una palmadita en el hombro a Evan—. Pues ya está, chaval. Esto irá directo al hombretón de rojo. —Le lanza una mirada a la madre, que le muestra el pulgar hacia arriba con discreción—. Tengo la corazonada de que te va a traer todo lo que le has pedido, amiguito.

A Evan se le ilumina el rostro.

—¿El poni también?

Su madre arruga la cara y niega con la cabeza. Clint se ríe.

—Pero si no has apuntado el poni en la lista, muchachote. Tal vez el año que viene, ¿vale?

—Qué idea tan bonita —me susurra Evelyn, dándome con el hombro—. Le da un giro interesante a una vieja tradición. Y así ningún niño tiene que sentarse en el regazo de un desconocido.

Me río.

—El año pasado tratamos de conseguir un Santa Claus, pero te sorprendería lo difícil que es reservar uno. El pueblo dio un paso al frente y así nació ARTICO: la Asociación Regalos para Todos de Inglewild y su Consejo. Se morían por crear un acrónimo, así que lo del consejo se lo inventaron. —Había sido idea de Dane y no tuve valor para decirle que habría quedado mejor llamarla Asociación Regalos para Todos de Inglewild y su Comunidad… o un millar de opciones más—. Tenemos un equipo de voluntarios que se van turnando para sentarse con los niños y escuchar lo que se han pedido. Lo apuntan y mandan cada carta por el servicio oficial de correos del Polo Norte, ahí —añado, indicando el enorme buzón de metal del rincón, pintado de rojo y con POLO NORTE estarcido en letras doradas—. Luego devolvemos las listas a los padres o tutores, por si acaso aún no tienen hechas las compras.

—Es una idea fantástica —se admira Evelyn y yo siento una oleada de orgullo, tanto por mí, por lo que he logrado crear, y por el pueblo, por sumarse para hacer todos juntos algo bonito por la infancia.

Evan sale corriendo a echar la carta al buzón, asegurándose de timbrarla tres veces con el sello especial del reno que hemos puesto al lado.

—Además, Beckett se negó a ponerse el traje.

—Seguro que los niños no habrían parado de hacerle preguntas sobre los tatuajes.

—Y es probable que un montón de mujeres se pusieran a la cola con ellos. —Me estremezco de repente al recordar, demasiado tarde, que Evelyn tiene una historia con Beckett—. Ay, lo siento.

La mujer quita importancia a mi error con un gesto de la mano mientras contemplamos a una niña con dos coletas que llega trotando hasta Clint.

—No te preocupes. Le guste admitirlo o no, el caso es que llama la atención.

Supongo que vio a Cindy Croswell sacar el móvil antes, cuando estaba tumbado de espaldas debajo del tractor. Y al grupo de madres de alumnos del instituto que fingían interés por el mantillo que cubre el jardín de hierbas en invierno para así tener una excusa para hablar con él.

—Yo no… —Evelyn me mira con preocupación—. Para quitarnos el tema de encima, me gustaría aclarar que yo… no… —Suelta aire con frustración y frunce la boca formando una fina línea—. No suelo hacer cosas… así. Y, desde luego, no me esperaba volver a verlo.

Eso ya estaba clarísimo, visto cómo salió disparada de la pastelería.

—No hace falta que…

—Simplemente… —Se encoge de hombros y su mirada se pierde entre los recuerdos—. Simplemente sucedió. Él no sabía quién era yo y… eso me gustó. Es algo que no suele sucederme.

A veces se me olvida hasta qué punto es famosa. Tiene más de 1,7 millones de seguidores solo en Instagram. Me pregunto cómo será para alguien que lo reconozcan allá donde va. Que todo el mundo crea que lo conoce.

Agotador, supongo.

—Es un buen tipo —comienzo a decir con cuidado, porque, por encima de todo, deseo que Beckett esté bien. No quiero que venga nadie y le ponga las cosas más difíciles. Que le hagan daño—. El mejor.

Evelyn asiente y me dirige una pequeña sonrisa, más tímida. Se coloca un mechón de cabello oscuro tras la oreja y sus uñas rojo chillón brillan a las luces titilantes que cuelgan de las pesadas vigas del techo.

—Yo no me dedico a ir haciendo daño a la gente, Stella. Eso te lo prometo.

De pronto me relajo, sin darme cuenta de lo tensa que me he ido poniendo a lo largo de la conversación. Vemos a la niña inclinarse por encima del reposabrazos de la mecedora para indicar algo en la lista de Clint. Este se ríe y lo tacha con el lápiz antes de volver a ponerse a escribir.

—Me apuesto lo que sea a que también quiere un poni —dice ella.

—En el caso de Roma, no creo. —Observo a la pequeña con sus dos coletas. La vi en los juegos al aire libre que se celebran en el centro del pueblo en verano. Aplastó a sus contrincantes en la carrera de sacos y casi dejó a un niño inconsciente de un golpe durante el juego de la soga—. Es probable que esté pidiendo un lanzacohetes.

20

No volvemos a hablar de Beckett. Pero recorremos lo que me parece cada centímetro cuadrado del vivero. Caminamos por los campos con un chocolate caliente de la pastelería, pasamos junto al Trineo y atravesamos el apartado Bosque de Gominolas. Evelyn ríe al ver el conjunto de árboles cubiertos de luces brillantes y coloridas. Es otra sorpresa que descubrir por las familias, con un túnel en el centro construido a base de viejos barriles, para que los niños trepen por ellos. Layla lo llama nuestro pequeño túnel Lincoln. Evelyn da vueltas entre los árboles, acariciando con los dedos las luces rojas, azules y amarillas.

—Este lugar hace que vuelva a sentirme como una niña —confiesa.

—Todo el mundo debería sentirse así en esta época del año.

Es bonito pasar tanto tiempo en los campos. Una vez que el invierno arrecia, lo normal es que permanezca encadenada al escritorio, respondiendo correos electrónicos y gestionando el papeleo. Me gustan el silencio, la quietud, el frío soplo del aire invernal en las mejillas. Me prometo hacer con mayor frecuencia esto mismo: perderme entre los árboles.

Mientras paseamos, hablamos. Supongo que podría considerarse una entrevista informal. Evelyn me pregunta por la granja, por qué la compré. Por todos los cambios que introduje el año pasado y cómo recluté a Beckett y a Layla. Luka sale a colación a menudo, pero no porque quiera convencer a la influencer de nuestro romance, sino porque ha estado a mi lado todo este tiempo. Le cuento que me trajo una botella de champán la primera noche en que fui propietaria y que fuimos hasta las plantaciones del fondo, nos tumbamos de espalda bajo las estrellas y bebimos hasta terminar bastante achispados. Aquella noche me dijo que estaba orgulloso de mí, que no podía imaginar nada mejor que lo que estaba haciendo en ese momento.

—Y tenía razón —responde Evelyn—. Lo has pensado todo. Sé que ya te lo he dicho, pero este lugar es increíble. Me cuesta imaginar que solo lleve abierto un año.

El calorcito del orgullo me cala hasta el fondo. Lo único que quería era hacer un poco de magia.

Hablar con Evelyn es como hacerlo con una vieja amiga. Resulta fácil y cómodo y enseguida nos reímos a carcajadas. Deambulamos por las plantaciones hasta que los pies se nos entumecen del frío y el estómago nos ruge con la promesa de una cena caliente. Veo ascender el humo desde la chimenea mientras Evelyn enhebra su brazo con el mío y descendemos con esfuerzo por la última colina antes de llegar a mi cabaña.

—No quiero irme nunca de aquí. —Suspira al tiempo que se emboza en el cuello de la cazadora.

—Puedes quedarte todo el tiempo que quieras —respondo, alzando la barbilla al cielo. Hace mucho que se puso el sol, los días cortos se nos han echado encima de verdad. Hoy el cielo se muestra cargado de nubes y un tipo de quietud diferente se extiende sobre los árboles—. Eres bienvenida siempre que lo desees.

—Creo que a los finalistas a los que tengo que visitar la semana que viene no les gustaría demasiado —admite entre risas.

—¿Te gusta lo que haces? ¿Viajar tanto?

—¿Sabes? Creo que eres la primera persona que me lo pregunta en mucho tiempo. —Al sonreírme, los ojos, que asoman por detrás de la bufanda, se le achican. La idea me entristece y me pregunto cuántas personas se le acercarán con el único objetivo de aprovechar su influencia—. Me gusta. Me gusta contar historias. Por eso empecé.

Llevo siguiendo a Evelyn un tiempo. Comenzó subiendo a Instagram fotografías de gente corriente, sin filtros ni edición. Compartía sus historias, sus pensamientos y sus sueños, aunque provocaran incomodidad. Poco a poco se fue transformando en un escaparate para pequeños negocios y, después, se convirtió en lo que es hoy. Muestra la belleza escondida a lo largo y ancho de la costa, revela lugares que la gente tal vez no conozca. Pequeñas cafeterías de pueblo, librerías independientes, organizaciones sin ánimo de lucro que ayudan a familias a poner comida en la mesa. Esas son las historias que más me gustan, cuando una comunidad entera arrima el hombro para ayudar a los suyos.

—Pero, últimamente, no sé. Tengo la sensación de que algunas de las historias están escritas incluso antes de que vaya a echar un vistazo. —Entiendo lo que quiere decir. La mayoría del material que publica estos días está patrocinado por empresas que intentan hacerse un hueco en el mercado de los influencers—. Trato de escoger con quién trabajo, pero las redes... me ponen de mal humor la mayoría de los días.

—Entonces ¿no soñabas con convertirte en alguien famoso en internet?

Se ríe y niega con la cabeza.

—Yo lo que quería era ser periodista. Durante un tiempo pensé que la mejor forma de conseguirlo era a través de las redes sociales. Pero ahora no estoy segura. Siento que llevo tiempo sin contar una historia de verdad. Yo solo quiero ayudar a la gente... —Choca su hombro con el mío—. Gente como tú, que quiere hacer realidad su sueño.

—Ya me estás ayudando —le digo. Nuestro número de seguidores se ha triplicado y estamos recibiendo más mensajes para reservar cita que nunca. Y eso que Evelyn ni siquiera ha publicado el grueso de los contenidos—. No puedo expresarte lo agradecida que estoy.

—Todo el mundo merece vivir esta experiencia —responde. Una ráfaga de aire le levanta el cabello y sonríe, incrédula y emocionada—. ¡Ay, no puede ser verdad!

Levanto los ojos para ver qué se ha quedado mirando con la cabeza alzada. Ha comenzado a nevar, gruesos copos caen silenciosamente desde las pesadas nubes que se ciernen sobre nosotras. Es la primera nevada del año.

—Es el Polo Norte de verdad —musita con la voz teñida de asombro.

Sonrío y miro al cielo. Es un momento perfecto: la magia de la Navidad.

Al entrar por la puerta de la cabaña nos recibe el sonido del jazz navideño a todo volumen procedente de la cocina y el olor a mantequilla derretida, ajo y algo dulce y pegajoso. Luka aparece en el pasillo con un delantal, una cuchara de madera metida en el bolsillo delantero. No tengo ni idea de dónde lo ha sacado, es de tela azul medianoche y tiene impreso sobre el pecho PEQUEÑO AYUDANTE DE SANTA CLAUS. Le da un aspecto ridículo.

—¡Hola! Justo a tiempo.

Luka no se aparta de la puerta de la cocina cuando hago ademán de entrar, frotando las manos para quitarme parte del frío de encima. Cuando enarco una ceja al ver que me bloquea el paso, apunta en silencio por encima de nosotros, donde cuelga un tallo de muérdago que, desde luego, no estaba ahí esta mañana. Se me escapa una carcajada y me pongo de puntillas para darle un beso en la mejilla.

—Tramposa —responde, riendo entre dientes al tiempo que me sujeta por las caderas para impedir que me escape, se agacha y presiona su boca contra la mía en un beso breve, dulce y ardiente. Me succiona un instante el labio inferior antes de soltarme, con un punto de diversión en los ojos cuando nota que las piernas me flaquean y me tambaleo.

La línea que separa la ficción de la realidad ha desaparecido por completo. No tengo ni idea de si lo ha hecho porque Evelyn está detrás de mí o porque quería.

Cuando me guiña el ojo, descubro que en realidad no me importa.

«Tú disfruta —me susurra en el fondo de la mente una voz

que suena sospechosamente como la de Layla—. No lo pienses demasiado».

—¿Estás preparando calabaza violín? —exclama Evelyn, asomándose sobre los fogones. Se ha descalzado de un puntapié y se ha quitado la cazadora; lleva un jersey extragrande de cuello ancho, que le cae con elegancia sobre un hombro—. Ay, la leche, ¿es tarta de calabaza?

Tiene toda la pinta de que vaya a echarse a llorar.

—El pan de ajo está en el horno —añade Luka—. Estará listo en un rato. Id a sentaros y tomaos un vino. —Señala con la cabeza la mesa, en la que esperan dos botellas de tinto.

Ha encendido todas las decoraciones de la casa; el pequeño y acogedor espacio está atestado de pino fresco, luces y guirnaldas confeccionadas con vieja tela escocesa. Hay velas en cada ventana y un abeto balsámico entero en el cuarto de estar, repleto de luces, adornos y espumillón, que cuelga en un ángulo inmejorable. Observo a Evelyn contemplar todo lo que la rodea, los ojos como platos al detenerse en la hilera de casitas en miniatura dispuestas sobre los armarios, que, iluminadas, reproducen Inglewild casi a la perfección.

Coge la botella de vino y se sirve una copa generosa.

—Joder, este sitio es lo más.

La cena es como un sueño, en mi casa resuenan las risas por primera vez en mucho tiempo. Luka se muestra amable y encantador; nos cuenta anécdotas sobre los niños de la clase de su madre, de aquella vez en que Beckett y él permanecieron agazapados casi cuatro horas en los campos mientras trataban de atrapar a los adolescentes que andaban de fiesta y tuve las toallas manchadas de pintura verde oscuro durante meses.

Nada resulta falso ni impostado. No tengo que actuar cuando Luka me guiña el ojo por encima de su copa de vino o me toca el pie con el suyo por debajo de la mesa. No siento que esté mintiendo cuando retiro los platos de la mesa y, al pasar, le doy un beso en la coronilla y él me atrapa los dedos y los aprieta con dulzura.

—¿Cómo empezasteis a salir, chicos?

Es la primera pregunta que nos hace sobre nuestra relación,

por lo que trastabillo con las bandejas de servir y la cuchara se cae al suelo con estruendo. Luka responde mientras yo recupero la calma.

—Mi madre se mudó al pueblo hará unos diez años. Creo que en algún momento Inglewild lanzó una campaña de turismo, haciéndose llamar la Pequeña Florencia o algo así, no sé. Creo que vio un anuncio en el periódico y decidió trasladarse. Echa de menos Italia.

Me río mientras trajino en el fregadero. No tenía ni idea de que ese fuera el motivo por el que su madre y sus tías vinieron al pueblo. Debieron de quedarse a cuadros cuando, al llegar, vieron que no había nada que recordase a la pintoresca ciudad italiana.

—Stella llevaba aquí un tiempo. Se topó conmigo al salir de la ferretería.

Conozco bien la historia, pero Luka me sorprende con un nuevo giro.

—Me pareció preciosa. Llevaba... llevaba un vestido amarillo fuerte con pequeñas margaritas en el ruedo. No podía dejar de mirar aquellas flores. Me pasé días pensando en el vestido. Cada vez que veía a una mujer de amarillo en Nueva York... —Deja la frase inacabada y carraspea—. Y cuando volví a visitar a mi madre, yo... —Me mira de reojo, parada como estoy delante de la pila, de espaldas al grifo, los platos sucios olvidados—. Me daba unos paseos larguísimos por el pueblo para ver si volvía a cruzarme con ella. —Se ríe—. Mi madre pensaba que me había vuelto loco. Pero al final me la encontré de nuevo, esta vez a la salida de la librería. No recuerdo qué llevaba, pero sí recuerdo que me sonrió. Una sonrisa franca y enorme: la sonrisa de Stella.

«Esa sonrisa era la mía», dijo cuando Caleb estuvo en mi cocina. Evelyn y Luka se ríen al unísono, pero yo estoy demasiado ocupada con el ataque al corazón que me acaba de dar. Cierro el grifo y me seco las manos con un paño.

Evelyn se gira en la silla y dobla el brazo sobre el respaldo mientras me mira con una sonrisita pícara.

—¿Y tú qué pensaste de Luka cuando os conocisteis?

Todavía recuerdo con meridiana claridad el momento en

que me choqué con su pecho, a pesar de que estaba inmersa en una niebla de dolor tan densa que apenas era capaz de poner un pie delante del otro.

—Luka no habla por hablar cuando dice que me topé con él a la salida de la ferretería. Casi lo tiro al suelo del golpe. —Doblo el paño de cocina y lo miro, con sus largas piernas extendidas bajo la mesa y una copa de vino tinto en la mano—. Mi madre acababa de morir y yo... más o menos me dejaba llevar. Me tropecé con el escalón y él me sujetó para que no me cayera. Podríamos decir que lleva sosteniéndome desde entonces.

Me pregunto si son capaces de oír todo lo que no digo. Que no recuerdo cómo vestía, pero sí que olía a naranjas recién cortadas y a albahaca. Que me quedaba sin respiración cada vez que nos sentábamos en la minúscula panadería a comer nuestro sándwich de queso fundido. Que me gustó desde el primer momento y nunca he dejado de amarlo.

—Nunca te lo he contado —digo, dirigiéndome ahora a Luka—, pero aquel día no tenía motivos para estar en esa tienda. Simplemente... andaba vagando por ahí. Trataba de convencerme de hacer algo productivo. Y cuando me topé contigo... —Cojo aire con la respiración entrecortada y parpadeo mirando al techo. No es de extrañar que la mujer que regenta un vivero de árboles de Navidad sea una sentimental. Luka deja la copa de vino en la mesa y se yergue en la silla, preocupado—. No lo sé, siempre he pensado que de alguna manera mi madre te puso en mi camino. Creo que era la primera vez que entraba en una ferretería y... no sé. Supongo que es algo que me gusta creer. —Me encojo de hombros—. Es una tontería.

No creo en el destino, en los hados ni en que el universo y todos sus acontecimientos azarosos, terribles y maravillosos sigan alguna regla o tengan algún motivo. Sin embargo, creo que encontré a Luka cuando más lo necesitaba y me gusta pensar que mi madre intervino de alguna manera. Me reconforta. Es como si siguiera cuidando de mí. Como si aún me llevase de la mano. Luka se levanta de la silla y, de tres grandes zancadas, atraviesa la cocina. Me envuelve con los brazos y me aferro con fuerza a sus costados.

—La La —musita, meciéndome en su abrazo.

Me da un beso en la sien y yo cierro los puños sobre el tejido de su camisa. Puede que no duremos más allá de esta semana y puede que nunca le diga lo que siento de verdad, pero esto merece saberlo.

Merece saber todo lo que me ha devuelto.

Después de eso, es como si fuéramos más consciente el uno del otro. Se me queda mirando mientras friego los platos y su mirada descubre terreno inexplorado en mí. La piel justo por encima de mi muñeca, el hueco entre mis clavículas, la curva de mi espalda cuando me izo para guardar una bandeja en uno de los anaqueles superiores. Sonríe cuando me vuelvo hacia él y pongo los ojos en blanco, la lengua le asoma entre los dientes, aprieta las manos en los reposabrazos antes de relajarse de nuevo.

Evelyn se marcha poco después de tomarse otro vino y un pedazo de tarta de calabaza, para lo que llama al único conductor de Lyft del pueblo. Luka echa un vistazo a su teléfono y se ríe al ver de dónde saldrá Gus para venir a buscarla.

—Supongo que sigue con Mabel.

Me pongo a su lado y juntos vemos en la pantalla de la aplicación el coche partiendo de la dirección del invernadero. Luka posa la palma de la mano en mi espalda y desliza el pulgar por la zona lumbar hasta introducirlo bajo mi jersey. Me recorre un escalofrío.

—Así que ¿conduce la ambulancia y es chófer de Lyft? —Evelyn se guarda el móvil en el bolsillo con expresión divertida—. Los pueblos pequeños son la monda. —Ladea la cabeza y se le borra la sonrisa—. Un momento, no vendrá a buscarme con la ambulancia, ¿verdad?

Gus no viene a buscarla con la ambulancia, sino con un vehículo de lo más razonable, su Toyota Camry, cuyo claxon toca dos veces para despedirse de Luka y de mí cuando, juntos, desaparecen carretera abajo. Nos quedamos en el porche mientras el rugido del motor se aleja y la nieve sigue cayendo en enormes y gruesos copos. Se funde en cuanto toca el suelo, pues guarda demasiado calor como para que cuaje. No obstante, una fina capa se deposita cual polvo blanco sobre los árboles. Como si alguien hubiera agitado una bola de nieve para luego dejar que el interior se asiente.

Me vuelvo para regresar a casa, pero Luka me detiene con la mano. Tira de mí hasta que me quedo de frente a él y una vez más para bajarme al último escalón del porche. Me río y entrelazo mis manos con las suyas, alzando la vista al cielo. Así, con el brillo de las luces del interior derramando su calidez por las ventanas, la nieve casi parece diminutos fragmentos de purpurina. Sonrío cuando uno de ellos aterriza en mi nariz.

—¿Qué haces?

Se me escapa una carcajada cuando un nuevo copo se posa en mis pestañas. Me lo aparto con el dorso de la mano, pero, en cuanto miro a Luka, la risa se me queda atrapada en la garganta.

Sus ojos ambarinos brillan a la luz proveniente de la casa y una sonrisa le curva los labios. Es una sonrisa secreta. Una que no que he visto hasta ahora. Quiero recorrerla con los dedos y sentir su peso contra mi piel. Quiero inclinarme, atraparla con la lengua como si fuera un copo de nieve y comprobar a qué sabe. La sonrisa se ensancha mientras la nieve se deposita en su pelo. Está divino. Y es solo mío.

—Quiero besarte —dice con tono despreocupado, como si el hambre de su mirada no delatase que está a un paso de devorarme. Agacha la cabeza hasta que me roza la nariz con la suya—. ¿No es mágico besar a alguien bajo la primera nevada del año?

Si no lo es, debería serlo. Porque es magia lo que siento cuando levanto la cabeza y atrapo su labio inferior entre los míos. Luka exhala un suspiro, suelta aire y me enlaza por la espalda, me acerca hacia él y me estrecha hasta que nuestras caderas entrechocan. Me recorre la clavícula con los nudillos mientras me besa con parsimonia; asciende por el cuello y deshace un copo sobre mi piel con el pulgar. Siento cada una de las puntas de sus dedos mientras recorre mi garganta hasta la suave piel bajo la oreja. Jamás pensé que fuera un punto particularmente sensible de mi cuerpo, pero Luka consigue que lo sea. Por supuesto que lo consigue. Se recrea en él, trazando suaves círculos hasta que gimo en su boca y su lengua pugna con la mía mientras enreda los dedos en mi cabello, me acuna la nuca y me inclina hacia atrás para saborearme a fondo, con pasión renovada. Nunca me han besado así, con la noche oprimiéndome y Luka ocupando todo en derredor. Los copos de nieve caen sobre mi piel como pequeños alfilerazos de frío.

—¿Lo decías en serio? —murmura sobre el mismo punto por debajo de mi oreja que estaba descubriendo con su pulgar y mi cabeza se derrumba sobre su hombro para darle más espacio. Cartografía la piel desnuda de mi espalda con la palma por debajo del jersey, el material arrugado sobre la muñeca—. ¿Lo de antes?

Ahora mismo no sé ni cómo me llamo. Luka sabe a vino tinto y a canela y no quiero que deje de besarme jamás.

—¿Qué dije?

Se despega de mí y apoya la frente en la mía mientras trata de recuperar el aliento a grandes bocanadas. Cada una de ellas se interpone entre nosotros, formando una nubecilla blanca que se disuelve en el cielo nocturno, con la nieve y las estrellas.

—Que he estado sosteniéndote desde que nos conocimos —responde justo antes de bajar la cabeza y morderme el labio inferior una sola vez, como si apenas pudiera reprimirse.

—Por supuesto que lo he dicho en serio. —Engancho los dedos en las trabillas de su pantalón—. No me puedo creer que lo preguntes siquiera.

Luka exhala de manera lenta y prolongada al tiempo que saca la mano de debajo de mi ropa. Me estremezco al perder el contacto de su piel caliente contra la mía y levanto la vista hacia él, la barbilla apoyada en su pecho. Quiero recordar este momento para siempre, preservarlo en una bola de nieve. Luka con el deseo evidente en la cara, con un mechón rebelde de cabello que se le empieza a enroscar tras la oreja, las mejillas sonrojadas de frío y excitación.

Es mágico.

—Vamos dentro.

Sus palabras son una promesa. Sus manos me urgen a subir el

último escalón del porche, demasiado impaciente para esperar a que tome la iniciativa. Dejo que me conduzca de vuelta a casa; la puerta se cierra con firmeza a nuestra espalda y oigo el chasquido del resbalón al encajar en la cerradura. Una parte de mí espera que me empuje contra la puerta y me levante hasta que nuestras caderas queden a la misma altura, pero Luka se quita las botas, que ni siquiera se había molestado en atarse, sonríe y emite un sonido muy dulce cuando arrojo las mías en la misma dirección. Se agacha, las alinea con pulcritud y, al incorporarse, con el dorso de la mano me va acariciando la pantorrilla, la rodilla, el muslo. En la cocina sigue sonando música festiva, ahora más suave, en la voz aterciopelada de Ella Fitzgerald, que nos desea «a merry little Christmas», una pequeña y feliz Navidad. Observo la silueta de Luka en la oscuridad del recibidor, el contorno firme de su mentón, la curva de su hombro.

—Mira, La La, voy a ser sincero contigo. —Se pasa los dedos por el pelo, alborotándose los mechones de color caramelo—. Me está costando muchísimo contenerme. —Trago saliva y doy un paso más hacia él, deseosa de ver cómo pierde toda esa cuidadosa compostura. Quiero a Luka descontrolado, jadeando y soltando palabrotas entre dientes—. ¿Sientes lo mismo que yo? —me pregunta en un susurro y asiento, acercándome un paso más hacia él y rodeándole la parte posterior del cuello con la mano para inclinarlo hacia mí.

Teniendo en cuenta toda esta energía contenida, que me enciende cual… cual árbol de Navidad, es un beso leve. Una dulce caricia de sus labios contra los míos. Pero entonces le agarro el pelo, tiro y deja de ser tan dulce.

Luka gruñe y emite una serie de ruidos graves al tiempo que dobla las rodillas y sus palmas bajan de mi cintura, por el trasero, hasta la parte posterior de los muslos. Me agarra y me levanta, provocándome un chillido que absorbe con su sonrisa, la curva de sus labios deliciosa sobre los míos.

—Un sonido interesante —apunta mientras vaga por el comedor y se choca con todos y cada uno de los muebles que poseo. Farfulla algo cuando se golpea la espinilla con la mesita de centro.

—Calla —respondo riendo sobre la piel de su cuello mientras le salpico de besos la curva de la garganta.

Desabrocho el primer botón de su camisa de franela mientras trata de abrirse paso por la cabaña como si no la hubiera pisado en la vida y le doy un beso profundo, succionador, en el extremo de la clavícula, junto al hueco del cuello. Entonces él emite una serie de sonidos interesantes al tiempo que me suelta de golpe sobre el reposabrazos del sofá, las manos por debajo de mi jersey y en el cierre de mi sujetador antes de que me haya dado cuenta siquiera de que hemos dejado de movernos.

—Joder, Stella —susurra, llenándose las manos con la redondez de mi cuerpo.

Sus pulgares me rozan los pezones y me tambaleo en el borde del sofá, rodeándole las caderas con las piernas para sostenerme. Si besarlo en la nieve fue mágico, esto es... *cupcakes* de chocolate negro cubiertas de crujiente de chocolate con tofe y hadas de azúcar. Luchando con los botones de su camisa, abandono los superiores para centrarme en los de abajo cuando Luka me ladea la cabeza empujándola con la nariz y comienza a chuparme el cuello. Sus pulgares me acarician, me rodean, me tironean y me vuelven loca.

Perdida toda la paciencia, tiro de su camisa tratando de rasgarla en dos.

—Quítatela —digo, deseosa de sentir su piel contra la mía como jamás he deseado nada en el mundo.

—Pero estoy ocupado —responde mientras intenta dar de sí el cuello de mi jersey lo suficiente para llegar con la boca adonde tiene las manos. Me muerde el hombro por la frustración.

—Luka... —Me río y le desabrocho otro diminuto botón. ¿Desde cuándo se han vuelto tan complicadas las camisas de franela?—. Venga.

—Pídemelo con educación —replica con una sonrisa sobre mi piel, y vuelvo a reírme mientras me remuevo sobre el reposabrazos del sofá y lo empujo hacia atrás apoyando las palmas en su pecho.

Forma un puchero cuando sus manos abandonan el interior de mi jersey y deja los dedos sobre mis rodillas; sus pulgares suben y bajan por la costura interior de mi pantalón. En cuanto me quito el jersey, el puchero se le borra y se ve reemplazado por una expresión hambrienta, la lengua asomando por la comisura de la boca.

Alcanzo con la mano el tirante del sujetador, dispuesta a deshacerme de él y arrojarlo hacia el dormitorio, pero Luka niega con la cabeza, se coloca en el hueco entre mis piernas y desliza el índice por debajo del tirante delicado. Es un sujetador sencillo, de algodón suave, igual que el que llevaba aquella noche en el sofá, pero me mira como si fuese de encaje italiano. Su dedo sube y baja por el tirante y, al juguetear con él, me acaricia la piel con los nudillos.

—¿Recuerdas aquel festival de música al que fuimos en Filadelfia? ¿En el que tocaban The Roots?

—Creo que sí... —respondo, distraída.

Me cuesta pensar cuando tengo sus manos encima. Desvía la atención al otro tirante, que coge entre los dedos. Tira de él, vuelve a soltarlo sobre mi hombro y mi pecho sube y baja con cada delicado toque.

—Llevabas un vestido rosa pálido con los tirantes más finos que hubiera visto —me cuenta.

Recuerdo el vestido. Hacía muchísimo calor y me gustaba la forma en que ondeaba alrededor de mis piernas al girar.

Luka traga saliva, la nuez tiembla en la columna de su cuello. Observo petrificada cómo se mueve su cuerpo cuando arde de deseo. Su pulgar baja por la copa de mi sujetador y recorre la piel justo por encima, hipnotizado.

—Bailabas delante de mí y el tirante no paraba de caérsete. —Vuelve a mirarme a los ojos y apoya las palmas en mis clavículas; al extenderlas, los meñiques se introducen por debajo de los tirantes. Empuja lentamente con las manos y se lleva el material hasta que los tirantes quedan atrapados en mis codos y las copas apenas me tapan. Exhala un suspiro entrecortado y una media sonrisa le curva los labios—. Me moría por besarte.

Me estremezco.

—¿Eso era lo único que querías hacer?

La sonrisa se ensancha, pícara, y sus ojos marrones adquieren un brillo malicioso.

—No.

Introduce dos dedos en el centro del sujetador y, tirando hacia abajo del tejido, me deja expuesta sobre el reposabrazos. Resisto las ganas de cubrirme; las luces del árbol pintan minúsculas medias lunas sobre mi piel.

—Quería hacer esto —añade. Se acerca y abarca mis pechos desnudos con sus manos. Su boca encuentra mi clavícula y succiona, sorbiendo mi piel húmeda con languidez—. Imaginé que introducía las manos por el escote de tu vestido. —Su boca me roza el pezón—. Que te acariciaba con la boca.

—Por favor —le suplico. Quería que sonase provocador, divertido, pero oigo la necesidad en mi voz.

Luka también la oye, a juzgar por la forma en que empieza a manipular su camisa con torpeza. A partir de ahí nos aceleramos; los dos nos apresuramos a quitarnos el resto de la ropa en un intento por acercarnos lo máximo posible. Observo su piel dorada revelándose centímetro a centímetro. Mis ojos siguen anhelantes la mata de vello oscuro de su pecho conforme se estrecha en una fina línea que desaparece bajo la hebilla del cinturón. Mis manos se ocupan de esta mientras él trata de bajarme los vaqueros, levantándome prácticamente del sofá de lo fuerte que me agarra.

Me río y salto a la pata coja mientras me sujeto a sus hombros y Luka tira de las perneras con un gruñido para luego acercar su cara a la mía y besarme. Gime cuando lo rodeo con mi cuerpo, su piel cálida contra la mía. Por fin.

Pequeños retazos de raciocinio me asaltan mientras vamos a trompicones hasta mi dormitorio, deteniéndonos a cada pocos pasos para tocarnos y provocarnos. Introduzco la mano en su bóxer y, al acariciarlo con firmeza, tengo que recordarme que es Luka quien jadea sobre mi hombro, mi mejor amigo. Es Luka quien cierra los puños sobre el hueco de mi espalda, quien busca mi tacto ondulando las caderas con un gruñido grave en la garganta. Es Luka quien me agarra la muñeca y aparta la mano, quien nos arrastra a toda prisa al dormitorio y me echa sobre la cama.

Aparto de un manotazo los cojines amontonados mientras Luka trepa por encima de mí y apoya las manos sobre mis hombros. Ansío verlo así, la piel desnuda y los brazos flexionados, las pecas desvaídas a la luz de la luna.

—Espera —dice y pasa el brazo por debajo de mí, guiándome hasta que tengo la cabeza sobre las almohadas, mis rodillas se abren y mi pecho sube y baja con cada respiración agitada. No consigo recuperar el aliento, la necesidad me quema por dentro. Siento los labios inflamados de sus besos, la piel enardecida por el roce de su barba—. Ya está.

Entonces su cuerpo desciende al hueco que ofrece el mío, la piel como una brasa; el pesado grosor de su miembro oprime la humedad de mi entrepierna. Ondula las caderas una vez más y todo en mí se tensa. Ahogo un grito pegando la boca a un cojín rosa palo con forma de luna creciente y me pregunto cómo es posible estar disfrutando de la experiencia sexual más intensa de mi vida cuando aún llevo puestas las bragas.

Luka refrena el movimiento de sus caderas hasta detenerse por encima de mí; me atrapa el pelo con los dedos, que resbalan por los mechones oscuros. Me lo recoloca con cuidado para que no quede atrapado bajo los hombros, formando una artística corona de oscuros rizos despeinados. Su mirada recorre mi rostro y se detiene, creo, en la curva de mis labios. Exhala un suspiro, casi melancólico, y sonrío de lo dulce que suena.

—¿Qué? —le pregunto.

Me mira con cuidadosa consideración, bellísima en su honestidad. Es una mirada que dice un millón de cosas, simplemente no puedo oírlas.

—Nada —responde y sus ojos descienden por la curva pronunciada de mis pechos y la suave piel por debajo. El contorno de mis caderas y la hondonada de mi ombligo. Lo siento como un dedo sobre el esternón.

Luka se alza sobre las rodillas entre mis piernas abiertas y pasa los pulgares bajo la tela que me cubre las caderas, bajándome las bragas un par de centímetros antes de quitármelas del todo en cuanto muevo las piernas para ayudarlo. Inspira hondo cuando me hallo desnuda ante él y posa las manos sobre mis rodillas.

—Esto también lo imaginé —continúa— cuando el vuelo de aquel bonito vestido rosa te rozaba los muslos.

Encuentra el lugar donde estoy tan empapada que casi me avergüenza y me rindo al placer de su tacto; echo la cabeza hacia atrás sobre las almohadas mientras todo en mi interior se agita y gime. «Yo también —quiero decirle, rozando la histeria—. Yo también he imaginado esto de cien maneras distintas, en un millón de variantes».

—Joder —musita y, al abrir los ojos una rendija, veo cómo me toca: una mano moviéndose entre mis piernas; la otra deslizándose sobre mi estómago para recorrer la curva inferior del pecho. Me tironea del pezón y emito un quejido pesado y ronco. Jamás me han tocado así—. Joder —repite, su voz más oscura esta vez. Sus ojos ascienden en un parpadeo de mi entrepierna a mi cara. Modifica el ángulo de su mano y me presiona con la palma. Se me escapa un nuevo gemido—. Podría correrme así, sin más, Stella. Solo de verte. De oírte.

Mi cuerpo entero se tensa. Pero no quiero acabar así. Quizá más tarde podamos explorar esta idea en concreto, pero ahora mismo lo que quiero es sentir cómo me clava al colchón, mis brazos alrededor de su cuello y su boca sobre la mía. Quiero verlo desesperado, resollando sobre mi piel mientras los dos nos movemos al unísono.

Se lo digo con voz ahogada; su risa tiene un deje jadeante cuando se aparta de mí.

—No te preocupes por eso —murmura al tiempo que tira hacia abajo de la cinturilla del bóxer—. Bastante desesperado estoy ya.

Alargo la mano al cajón de la mesilla, donde metí el paquete de condones que Layla me trajo la semana pasada. Me los dejó en la puerta, con un lazo hortera y una botella de vino. Me alegro de que nadie del personal del vivero pasase por delante de mi casa y viera la caja familiar de Trojans en el felpudo. Saco una tira entera y se la arrojo a Luka, distraída al contemplarlo a la luz de la luna que entra por la ventana.

Las piernas largas, el torso sólido, la angulosa curva de su cadera afilada a la luz tenue. Sus bíceps se flexionan cuando separa un condón y se lo enfunda, el resto de la tira a buen recaudo sobre el arcón de las mantas al pie de la cama.

—Para luego —avisa con un guiño y una carcajada al tiempo que se alza y se cierne sobre mí.

Deslizo mis dedos por su pelo.

—Qué creído —lo provoco, como si la sola idea no me estremeciera. Tengo hambre de él y de sus caricias, de los suspiros que exhala en mi piel.

Suelta una risotada y se coloca sobre mí, me besa entre los pechos, su boca entretenida en la depresión de piel suave. Traza una senda sinuosa sobre mi pecho hasta que ahogo un gemido y me arqueo bajo él; mis manos en su pelo lo guían para que me embista con fuerza. Se demora justo entre mis piernas y ejerce presión donde más la necesito. Podría alcanzar el clímax tal cual y, cuando se lo digo, me responde con un gruñido ronco y entrecortado.

—Llevamos nueve años de preliminares, La La. —Luka se alza sobre las palmas y flexiona los brazos—. No creo que con una vez vaya a ser suficiente.

Ahora soy yo quien se impacienta; mis caderas danzan bajo las suyas, mi boca degusta toda piel a mi alcance. Le mordisqueo la oreja, la curva de la mandíbula. Le beso ansiosamente el labio inferior y la punta de la nariz. Mis manos agarran sus hombros, sus antebrazos. Es como si todos los momentos de deseo refrenado se derramasen en cascada sobre mí. No me sacio de él, no logro moverme lo bastante rápido para todo lo que quiero. Cada pensamiento reprimido, cada contacto vacilante, cada verdad a medias y cada ensoñación diurna vibran bajo mi piel, volviéndome ansiosa y frenética.

—Está bien —me calma, sosteniéndome la nuca con la mano y alzándome la barbilla para besarme con dulzura y parsimonia, ralentizando mi ritmo cardiaco con besos lánguidos y prolongados—. Echa el freno un segundo.

—Quiero…

—Ya. Yo también.

Me tranquiliza con sus manos amables, abriéndome las piernas y deslizando las palmas arriba y abajo hasta que vuelvo a relajarme sobre el colchón. Me sonríe, los ojos entrecerrados en las comisuras, y luego me roba el aliento al presionar con su denso calor entre mis piernas. No sé si es porque llevo tiempo sin hacerlo o porque es… es Luka, pero el caso es que mi cuerpo entero cobra vida con la presión, con la deliciosa plenitud. Se adentra en mí y se me escapa un gemido, agudo y tenso en la garganta. Siento que me quedo sin respiración, Luka me ha robado el aire de los pulmones. La sangre me hierve y un estremecimiento delicioso me recorre desde el lugar donde Luka me aferra los muslos con dedos de acero hasta la curva de mis omóplatos contra el colchón. Cierro las manos alrededor de sus bíceps, los aprieto y exhalo un suspiro cuando sus caderas embisten las mías.

Deja caer la frente sobre mi clavícula y sacude la cabeza una sola vez.

—La La —dice, sin dar principio ni fin al pensamiento, disfrutando tan solo del placer de pronunciar mi nombre contra mi piel.

Recorro su espalda con las manos y levanto las caderas, un movimiento superficial que no hace sino frustrarme.

—Luka.

Me da un casto beso en la sien, con un rumor grave atrapado en la garganta, y comienza a moverse.

Empieza lento, desmontándome pieza a pieza. Es observador, curioso, cataloga cada mínimo cambio en mi respiración y lo aprovecha. Me aprieta los muslos y suspiro. Me muerde el cuello y arqueo la espalda. Modifica el ángulo de las caderas hasta que mi pierna izquierda, que él agarra, tiembla y agito el pie contra su espinilla. En la risa de sus ojos prende poco a poco la determinación, frunce el ceño y asoma la lengua entre los dientes. Sacude la cabeza y repite el mismo movimiento, empujando y trazando un círculo con las caderas que hace que cierre los ojos con fuerza.

—No hagas eso —jadea, rodeándome el cuello con la mano en un gesto dulce, el pulgar acariciando el aleteo de colibrí de mi pulso antes de detenerse en el hueco de mi garganta—. No te escondas de mí.

—Me gusta —murmuro, deseando tener mayor elocuencia, encontrar las palabras para decirle que siento que me quiebro y me desintegro en minúsculos pedazos de polvo de estrellas. Que me noto incandescente, iridiscente, como si todas y cada una de las putas luces del árbol de Navidad hubieran estallado.

Pero sus caderas ahora se mueven más rápido, se ha izado un poco sobre las rodillas y la mano que no me sujeta el cuello baja a acariciar el punto justo por encima de donde nos encontramos unidos. Apenas bastan un par de roces con el pulgar para que sus envites pierdan su ritmo elegante en favor de un movimiento desesperado que hace que mi cuerpo se arrastre hacia el cabecero, mis manos se aferren a él por encima de mi cabeza y los cojines sigan cayendo al suelo a nuestro alrededor.

—Luka —gimo por la insoportable frustración de no recibir presión suficiente en el ángulo exacto y, con una embestida perfecta, me precipito al clímax.

Este arranca en mi bajo vientre, se extiende por mis muslos y se expande por la parte posterior de las rodillas y los brazos, que alargo por encima de la cabeza. Me roba el aire de los pulmones y empujo con las caderas, buscando a Luka y estirándome como caramelo derretido. La mano con que sostiene la nuca se estremece y asciende hasta enredarse con la mía y sujetarme las muñecas contra el colchón. Acierto a abrir los ojos en el instante en que él también cruza el límite y se muerde el grueso labio inferior. Está guapísimo así. Un nuevo secreto al descubierto.

Luka se derrumba sobre mí, el pelo empapado de sudor, la nariz sobre mi mejilla. Recibo de buena gana su peso y me enrosco alrededor de él, los tobillos enganchados por encima. Me aprieta las manos y suspira satisfecho. Como un gato de la jungla. O un hombre adormilado después de una buena sesión de sexo.

—Deberíamos llevar años haciendo esto —murmura con voz soñolienta. Acomoda la postura y gruñe—. O puede que no. No estoy seguro de que hubiera sobrevivido. Creo que me has matado. Estoy muerto.

—Entonces serás mi fantasma de las Navidades pasadas favorito.

Trato de estirarme bajo su peso, una manta cálida y pesada de Luka que me cubre de la cabeza a los pies. Agito los dedos y siento el roce del algodón al tiempo que un rumor adormilado y divertido reverbera bajo su clavícula.

—Aún llevas puestos los calcetines —señalo, pero la única respuesta que recibo es un ronquido, con Luka abrazándome en un gesto posesivo.

Me rindo a la ingrávida levedad del dormir mientras lo ciño con la misma fuerza y me dejo llevar por los sueños.

Por una vez creo que la realidad podría superarlos.

21

Me despierto al olor del beicon y me encuentro a Luka, desgreñado, bostezando en el borde de la cama con una taza de café humeante en cada mano. Lleva el torso al descubierto y el pantalón del chándal del revés, y una llamativa línea de chupetones le parte bajo la clavícula y se le extiende hasta el centro del pecho. Me tumbo de espaldas y estiro los brazos por encima de la cabeza con una sonrisita de placer.

—Que sí, que sí —murmura Luka, dejando una taza en la mesilla y cerrando la mano alrededor de mi tobillo. Me aprieta la pierna en una nueva variante de su típico gesto un-dos-tres, el pulgar justo debajo del pliegue del muslo. Una sola caricia hace que mi cuerpo se estremezca entero, y sus ojos castaño dorado me sonríen—. Anda que no estás orgullosa de ti misma.

—Anoche no parecía que te quejaras —respondo, recordando el modo en que hundía la cabeza entre los cojines con mi boca sobre su piel mientras lo inmovilizaba con las manos en sus caderas. Cómo, entre dientes, articuló de mi nombre, separándolo en tres sílabas, cuando le succioné la piel caliente debajo justo del ombligo: Stel-la-la.

—No te pega ser vanidosa —me advierte con malicia, la taza en los labios.

Se me escapa una risita pícara y tanteo la mesilla con la mano en busca del café. Anoche me acosté con mi mejor amigo.

Me acosté con él dos..., tres veces. Después de derrumbarnos formando un montón de miembros desmadejados la primera vez, me desperté sobre las dos de la madrugada con las tripas rugiéndome. Me escabullí hasta la cocina a por un bocado de tarta directamente del molde, pero Luka me fue a la zaga, me robó con ademán soñoliento un pedazo del tenedor y luego me subió a la encimera. «Quiero...», murmuró mientras se agachaba y me acariciaba el muslo con los dientes, su boca húmeda y caliente por el interior de mi rodilla. Acomodó la cabeza entre mis piernas hasta que me golpeé la mía contra los armarios; entonces me urgió con dulzura a que bajara, me dio la vuelta y, con las caderas encajadas contra la encimera, me folló hasta derretirme. Me sorprende que no tuviera que recogerme con una cucharilla del suelo de la cocina después de aquello.

No es de extrañar, pues, que tenga el cuerpo dolorido de la manera más deliciosa y que me estire de nuevo con un gruñido entregado. Luka contempla la piel desnuda de mi pecho con ávido interés cuando la sábana desciende un par de centímetros más.

—¿Me pasas una camiseta? —No me agrada la idea de quemarme las tetas con el café hirviendo.

Murmura algo, pero hace lo que le pido y me paso el material desgastado por la cabeza. Es la misma camiseta de un grupo musical que llevaba bajo la cazadora el día anterior; aún huele a él. Esta no se la devuelvo en la vida.

Observo cómo se sienta en el borde de la cama mientras bebemos café y me pregunto cuándo debería hacérsenos raro. Creía que, una vez que nos hubiéramos acostado, sentiría una mezcla de pánico y arrepentimiento, pero lo que siento es... serenidad. Es un alivio y me hace albergar la esperanza de que, al acabar la semana, cuando desaparezca la ambigüedad en torno a nuestra relación, cuando se desvanezca la actitud ignorante de las consecuencias que ambos hemos adoptado, seré capaz de volver a nuestra rutina de siempre sin problemas.

—Estaba pensando... —Luka se mete en la cama y apoya un codo sobre mis caderas. Me distraen esa franja de piel de su torso y las pecas que la salpican hasta perderse bajo la cinturilla del pantalón del chándal—. Tengo que llevarme mis cosas de Nueva York la semana que viene. Si voy el martes, tal vez podrías venirte conmigo. Será un día tranquilo, ¿verdad?

No debería haber problema. Beckett y Layla pueden hacerse cargo; no habrá mucho movimiento. Tendré que comprobar las reservas, por si acaso, pero no veo motivo para negarme.

—Espera, ¿llevarte tus cosas?

Me rodea la rodilla con la mano; la delgada sábana amortigua la sensación de su piel sobre la mía. Mis setecientos cojines están desparramados por la habitación como si hubieran sobrevivido a la deflagración de una bomba. Hay uno en equilibrio precario sobre la lámpara del rincón.

—Ya te había dicho lo del trabajo en Delaware.

—Me dijiste que te lo estabas pensando, no que ya habías tomado la decisión. —El vértigo se apodera de mí—. ¿Vas a hacerlo? ¿Te mudas a Delaware?

Luka asiente y se le ilumina la mirada al ver mi cara de alegría.

—Sí. Lo siento, creí que te lo había contado, pero supongo que no quería distraerte con Evelyn por aquí. He encontrado casa y todo. Es pequeñita, al lado de la playa. Si abres todas las ventanas, se oyen las olas.

—Eso es… —Sonrío tanto que siento que la cara se me va a romper. Luka, a veinte minutos en coche. Puedo ir a su casa a pedirle un poco de harina si quiero. Puedo ir por la mañana, volver a casa y verlo otra vez por la tarde. Las posibilidades son infinitas—. Luka, me alegro un montón.

—¿Sí? —Parece aliviado—. Bien, yo también.

—Dime que hay un puesto de helados de crema cerca.

Él me mantiene en suspenso mientras da un largo trago a su café.

—Hay un puesto de helados de crema cerca.

Luka a tiro de piedra y, de camino, un puesto de helados de crema. De verdad que la vida no podría ser mejor.

—Podemos subir el martes a Nueva York, recoger mis cosas y volver el mismo día. No tengo mucho y estaba pensando en donar la mayoría de los muebles.

Deja su taza en la mesilla, coge la mía y la pone junto al paquete abierto de condones. Me sonrojo. En serio que debería quitarlos de ahí.

Luka trepa por encima de mí y me encierra entre sus brazos antes de darme con delicadeza un beso en la nariz. La delicadeza es lo opuesto a las ideas que esos ojos velados, marrones como el chocolate, me lanzan como rayos láser. Me da otro beso en el mentón.

—Podrías quedarte conmigo en la casa de Delaware. —Me acaricia el cuello con los dientes—. Podríamos buscar una forma creativa de estrenar el columpio del porche trasero.

Mi cerebro tarda un segundo en entender lo que me está diciendo. No me había tomado más que un par de sorbos de café antes de que Luka me quitase la taza y su lengua está haciendo algo muy interesante bajo mi oreja. Pero cuando se me ilumina la bombilla, cuando me doy cuenta de lo que acaba de decir, me quedo rígida bajo su cuerpo.

Hola, pánico. Aquí estás de nuevo.

—Espera. ¿Cómo?

Luka se iza sobre las palmas de las manos y aprieta los ojos cerrados. Las puntas de las orejas se le ponen coloradas.

—Lo siento, lo del columpio era broma. Más o menos. ¿Me he pasado?

Niego con la cabeza, cambio de opinión y asiento. Me muerdo el labio inferior y luego vuelvo a negar. Luka se echa hacia atrás hasta que queda sentado en el borde de la cama, su mano al lado de mi rodilla. Se rasca la coronilla, confundido.

—Pero si el martes... —trato de ordenar los pensamientos que zigzaguean por mi mente— es la semana que viene.

Luka asiente, frunciendo el entrecejo.

—Sí, es la semana que viene.

—Nuestro trato era para esta semana.

—¿Nuestro trato?

—Nuestro periodo de prueba. Dijiste que esta semana nos serviría de periodo de prueba.

—Ah. —Relaja los hombros y el desconcierto desaparece de sus rasgos. Me alegro de que lo entienda. No podemos... seguir haciendo esto cuando acabe la semana. Hemos probado, ha estado genial y ya está, se acabó. Nos lo hemos quitado de encima. Podemos volver a como estábamos sin toda esta tensión acumulándose entre nosotros—. Creo que podemos afirmar sin miedo a equivocarnos que el periodo de prueba ha sido un éxito.

Desde luego que sí. Eso no quiere decir que debamos seguir haciéndolo.

—Sí, pero se llama «periodo de prueba» porque tiene principio y final. No vamos a…, Luka, no vamos a…

Las palabras se me atascan en la lengua. No puedo decirlo. ¿Qué se cree? ¿Que estoy dispuesta a seguir siendo una especie de amiga con derecho a roce? Bajo la vista a las sábanas arrugadas; el paquete de condones se burla de mí por el rabillo del ojo. Supongo que mis actos no han servido para disuadirlo precisamente. Humillada, siento que me arden las mejillas.

—No quiero tener ese tipo de relación contigo —musito—. Lo de anoche fue genial, pero me importas demasiado para… para eso.

Luka está petrificado como una estatua en el borde de la cama.

—¿Qué quieres decir?

Me niego a levantar la vista de las sábanas.

—No quiero que seamos amigos con derecho a roce.

—Fantástico, porque yo tampoco.

Levanto la cabeza tan rápido que me crujen las cervicales.

—Pero acabas de decir…

—Me he expresado mal. Lo siento, yo… Tienes el pelo todo alborotado de mis manos y el labio inferior hinchado y supongo que me cuesta pensar con la cabeza. —Me sonríe con picardía, recoge mis manos entre las suyas y entrelaza nuestros dedos—. Quiero que vengas a ver la casa de Delaware, ¿vale? Nos comeremos un helado de crema.

—Vale… —Dejo que la palabra se arrastre hasta que tiene quince sílabas de duración—. Pero sin sexo, ¿no? —Siento que esto debe quedar claro como el agua.

Luka vuelve a parecer confuso. Abre y cierra la boca varias veces; me aprieta las manos.

—Bueno, a ver. En algún momento, sí, me gustaría volver a acostarme contigo. Pero no tiene por qué ser el martes si no quieres.

—Pero si acabas de decir que no quieres que seamos amigos con derecho a roce.

—Y no quiero. Stella… —Se ríe; seguro que le hace gracia que estemos dando vueltas a esta conversación de besugos. Me alegro de que uno de los dos se lo esté pasando bien—. Quiero ser tu novio.

—Oh. Hum. —Ni un solo pensamiento coherente me pasa por la mente—. No, no quieres.

Luka frunce el ceño.

—Claro que quiero.

—No, espera. —Libero mi mano de las suyas y me siento en la cama. No sabe lo que dice. Está confuso—. A lo que te refieres es a que quieres acabar esta semana como mi novio de mentira, ¿verdad? Eso es lo que quieres decir.

—No —responde, paciente, con lentitud—. Lo que quiero decir es que quiero que estemos juntos de verdad, tú y yo. —El ceño le forma una fina línea entre los ojos, esa que aparece cuando tiene que leer letra pequeñísima o se está cabreando—. Pensaba que estábamos de acuerdo.

Cuando niego con la cabeza porque no, no estamos de acuerdo, Luka se frota esa fina línea con el pulgar. Es más que evidente que estamos de todo menos de acuerdo.

—Entonces ¿qué…? —Su mirada se eleva por encima de mi cabeza y recorre la ventana, la mesilla, el suelo. Busca respuestas en los vaporosos visillos blancos, pero no encuentra ninguna—. ¿Qué fue lo de anoche?

—Pensaba que habíamos acordado hacer lo que nos apeteciera esta semana. Que veríamos adónde llegábamos.

—¿Y pensaste que el sexo era parte del acuerdo? ¿Pensaste…? ¿Qué, que te echaría un polvo y luego volveríamos a ver pelis tirados en el sofá la semana siguiente como si todo siguiera igual?

—Yo…, ejem, en cierta medida era lo que esperaba.

Eso era justo lo que quería, la verdad. Disfrutar de esta semana con él y que luego siguiéramos igual que antes. Luka resopla; ahora sí que está un poco enfadado.

—Stella, yo no… —Se pellizca el puente de la nariz—. Eres mi mejor amiga. No eres un rollo de una noche.

Recorro el dibujo de la colcha con el pulgar y sigo envolviéndome en las sábanas. De repente me incomoda no llevar nada puesto mientras mantenemos esta conversación.

—Ya has tenido otros rollos de una noche.

—Pero no contigo —replica y ahora desde luego que está enfadado; el firme contorno de sus hombros se nota tenso—. ¿Por qué no paras de sacar el tema? Llevo un montón sin tener sexo sin compromiso con nadie. No dejas de actuar como si… como si anduviera tirándome a cualquiera que me encontrase por el pueblo.

—No lo sé, Luka. Esto no…

—Creo que voy a tener que ser más claro —me interrumpe, acallando lo que fuera que iba a decir, de lo cual me alegro. Esta mañana se ha convertido en una absoluta y total mierda. ¿Quién sabe qué nueva chorrada iba a salir de mi boca? Luka me roza la barbilla con los nudillos y me levanta la cara hasta que lo miro a los ojos; una nube de pecas le recorre la nariz—. Estoy enamorado de ti —confiesa, frustrado y descamisado en mi cama. Me lo grita, en realidad, sus cejas oscuras un par de tajos airados sobre los ojos—. Estoy enamorado de ti y quiero estar contigo.

Se me cae el alma a los pies. Cierro los ojos con fuerza y clavo los dedos en las sábanas.

—No lo dices en serio —susurro—. Estás confuso por lo de nuestro trato.

—¿Por qué crees que lo acepté?

—Para. —Ahora soy yo quien se está enfadando. Está yendo demasiado lejos. No tiene ni idea de lo que dice.

—Quería que me dieras una oportunidad. Quería ver si podías verme así.

Niego con la cabeza.

—Pero tú no me quieres.

—Deja de decirme lo que siento, Stella.

—Me quieres, pero no estás enamorado de mí. Es solo...

—Busco algo que explique por qué se está comportando así. Por qué lo está echando todo a perder—. Es solo por el sexo. Luego cambiarás de idea.

Sus sentimientos cambiarán y entonces se irá. Volveré a quedarme sola. Si seguimos como siempre, podré sobrevivir a los recuerdos de esta semana perfecta y con eso me conformaré. No tiene por qué cambiar nada.

—¿Es así para ti? —Traga saliva—. ¿Solo sexo?

Al abrir los ojos, veo a Luka mirándome con una expresión tan desolada que me corta la respiración. Lo mejor que podría hacer en esta situación es cerrar la boca, porque todo lo que diga va a empeorar las cosas. Por supuesto que no es así para mí. Quiero a Luka desde hace tanto que siento que forma parte de mi ser, pero estoy acostumbrada a esconderlo, a reprimirlo, y eso también lo siento parte de mí. Así que no digo nada, parpadeo y fijo la vista en el parquet, donde uno de sus calcetines está medio escondido bajo la cama. Tiene estampado de luces de Navidad, las guirnaldas enredadas en una maraña.

—Mierda —musita. Suelta una breve carcajada sombría y observo cómo levanta las manos de la cama, la mirada fija en la marca que dejan tras de sí. ¿Tendré marcas parecidas en los muslos, las muñecas, la curva de las caderas? ¿Cuánto tiempo las conservaré hasta que también desaparezcan del todo?—. Me siento un imbécil.

Se levanta y coge el calcetín. Empieza a buscar por el dormitorio el resto de su ropa y yo me hundo aún más bajo las sábanas.

Encuentra una de sus viejas sudaderas medio asomando en la cómoda y se la pone. Se la robé hace tres años y no tenía intención de devolvérsela. Se gira hacia mí, pero no levanta la vista mientras, a la pata coja, trata de ponerse el calcetín.

—Siento haberte hecho sentir incómoda —murmura.

—Luka. —«No me has hecho sentir incómoda», quiero decirle. «Pero has hecho que me cague de miedo»—. Quédate, por favor. Podemos..., te prepararé gofres. Podemos aclararlo.

El sonido que emite casi me parte el corazón en dos.

—No veo que haya nada que aclarar, La La. Yo solo...
—Apunta con el pulgar por encima de su hombro hacia el resto de la casa. Veo que busca un pretexto y no encuentra ninguno—. Me voy a ir yendo.

—¿Volverás? —Odio lo frágil que suena mi voz.

Asiente sin levantar la vista del suelo.

—Sí, luego te veo. Se supone que vamos a cortar un árbol con Evelyn, ¿no?

No me importa lo que tengamos que hacer con Evelyn. Ahora mismo lo único que me importa es Luka y su mirada perdida, que se diría que ya se encuentra a mil kilómetros de distancia aunque lo tenga justo delante.

—Sí, pero...

—Pues nos vemos allí.

Entonces se va; la puerta emite un ruido quedo al cerrarse a su espalda.

Me pongo la ropa interior sin fijarme. Voy errante a la cocina. Veo un plato con beicon, gofres y galletas de Navidad en la encimera y casi me echo a llorar. Cojo una de azúcar y le doy un mordisco mientras camino en círculos. Es un hecho, estoy como todo personaje triste de toda película triste que haya visto en mi vida. Me siento apática, vacía.

Por todas partes está la huella de Luka. Sus guantes sobre la mesa junto a la puerta. Calderilla de su bolsillo en el cuenco azul de cerámica donde dejo las llaves. La taza en la que ha tomado el café esta mañana, enjuagada y puesta a secar boca abajo junto al fregadero. Eso es lo que más me duele, creo. Que, a pesar del disgusto y la decepción, ha seguido cuidando de mí.

Luka y yo ya hemos discutido antes. Una vez nos peleamos en la tienda que hay debajo de su apartamento y nos acaloramos tanto que el dueño tuvo que pedirnos que nos fuéramos antes de comprarme la empanada que quería. Pero siempre hemos terminado con un abrazo o un beso en la mejilla y sus brazos estrechándome con fuerza.

Esta vez parece diferente. Sé que lo es.

No dejo de pensar en su cara, en la forma en que cerró los ojos cuando permití que el silencio se extendiera entre nosotros. He sido una cobarde y una idiota al creer que lo de esta semana podía funcionar sin que ninguno de nosotros acabase sufriendo. Pensé que sería yo. No me habría importado si hubiera sido yo. Pero saber que es Luka quien lo está pasando mal, que ha tenido la necesidad de alejarse de mí, me... me cuesta aceptarlo.

Me preparo para la jornada de manera maquinal y me empeño en no hacer caso de la piel irritada entre los pechos en el lugar donde su barba me dejó marcada la pálida piel. Me enrosco una bufanda alrededor del cuello y me pongo un gorro. Puede que, si me envuelvo en suficientes capas, sea capaz de tapar esta horrible sensación en el pecho.

Me encamino hacia los campos, sin rumbo fijo. La idea de sentarme ahora mismo en la oficina con el cajón inferior lleno de minúsculos pinos de cartón me provoca angustia existencial, así que me lanzo dando tumbos por el sendero adoquinado. No he quedado con Evelyn hasta dentro de un par de horas, y un paseo por los campos fríos me parece apropiado. Puede que el aire fresco me haga bien, pero más que nada lo que quiero es regodearme en la miseria.

Por tanto, deambulo.

Echo a andar por la plantación oeste, remoloneando entre los pinos. La nieve de anoche casi ha desaparecido y los árboles lucen tan verdes y vívidos como siempre, todavía incólumes frente al primer ramalazo de invierno de la temporada.

Me muestro despiadada al repasar nuestra discusión. Luka dice que está enamorado de mí, aunque no creo que sea verdad. Lo de anoche fue alucinante, pero creo... Creo que echa de menos su casa, la de Nueva York. Con lo del nuevo trabajo y el traslado..., busca cosas que le resulten confortables. Que lo hagan sentir bien. Sé que Luka me quiere, pero no... No está enamorado de mí. Y yo no quiero ceder, no quiero entregarle cada parte de mí que me he estado guardando y que, de aquí a dentro de un mes, se dé cuenta de la diferencia. O dentro de seis meses. No creo que fuera capaz de recuperarme de algo así. Prefiero sufrir un poco ahora que un daño irreparable más tarde.

Porque yo sí lo quiero. Llevo casi nueve años enamorándome de él. Cada día un poco más. Y si ahora me rindo ante su capricho para que más tarde me deje, no me quedará nada.

Empiezo a hartarme de pasar junto a un árbol inmaculado tras otro, por lo que doy media vuelta y tomo otra dirección. La tierra se vuelve más pedregosa bajo mis botas. Los campos se expanden conforme disminuye la densidad arbórea. Al toparme con el primer tronco de corcho retorcido vuelvo la vista atrás. De alguna manera he conseguido llegar a la plantación sur, la de los árboles muertos. Observo el que tengo más cerca, rasco con el pulgar una rama quebradiza y desprendo un pedazo negruzco con el pulgar y el índice. Podría cortar uno y decorar con él mi cabaña. Hace juego con mi estado de ánimo.

Oigo sonido de botas a mi espalda y me giro a toda velocidad, con la esperanza de que se trate de Luka. Quiero disculparme y rogarle que olvide todo lo sucedido esta mañana. Quiero que volvamos a como estábamos antes.

Pero no es él. Es Evelyn, que observa nuestros árboles retorcidos con una ceja enarcada. Siento una nueva punzada de remordimiento, esta vez por una mentira de otro tipo.

—¿Es aquí adonde vienen a morir los sueños?

Los míos sí, por lo que se ve.

¿Por dónde empiezo a explicarle lo del señor Hewett y el sistema de humedad del suelo y su empeño por conseguir un criadero de alpacas? Decido que no merece la pena.

—Estos árboles enfermaron durante el otoño. Creemos que se trata de fitóftora.

Puede que yo también haya cogido un hongo, uno que me ha podrido el corazón y se está extendiendo por el resto del cuerpo. Para la semana que viene es probable que tenga el mismo aspecto que estos árboles, encorvada y frágil tras el escritorio de la oficina.

Evelyn me mira con los ojos entrecerrados hasta detenerse en mi gorro. Puede que lo lleve del revés.

—¿Estás bien?

No. Acabo de hacer creer a mi mejor amigo que no lo quiero después de que él me haya confesado su amor mientras tomába-

mos café. Ah, y después de una noche de sexo apasionado y de-
moledor. Me ha preparado gofres y luego lo he echado de casa.
No estoy bien.

—Sí… —respondo al tiempo que trato de esbozar algo parecido a una sonrisa. A juzgar por la mueca de Evelyn, no lo consigo del todo—. ¿Llego tarde a nuestra aventura entre árboles?

Ella niega con la cabeza y se acerca un paso más, las manos
metidas en los bolsillos.

—No, no vas tarde. Estaba buscándote.

—Ah, ¿sí?

—Sí, quería mostrarte las primeras imágenes que tengo del
vivero.

Vuelvo a notar que el alma se me cae a los pies. Detesto haberle mentido, haberle hecho creer que este vivero y mi relación
con Luka eran algo que no son. No es justo para ella y tampoco
es justo para el resto de la gente que compite en el concurso.
Para esas personas que han dicho la verdad desde el principio y
que necesitan el dinero tanto como yo.

Suspiro y tomo una decisión.

—Primero debo decirte algo.

No sé qué pensar de la forma en que se muerde los labios y
se balancea sobre los talones.

—¿Qué pasa?

No existe una forma sencilla de confesarle que he fingido
tener una relación para que mi vivero pareciese más romántico,
así que decido soltarlo sin más.

—Te mentí. Sobre Luka y yo.

Por extraño que parezca, su boca dibuja una enorme sonrisa. Asiente una vez, saca las manos de los bolsillos y se da una
palmada en la mano con el teléfono.

—Cómo me alegro de que me lo hayas dicho. Ya lo sabía.

—La verdad es que nosotros no… Espera. —Parpadeo un
par de veces, bajo la vista hasta mis botas y vuelvo a levantar-
la—. ¿Que lo sabías?

—Pues sí. —Asiente y se coloca un mechón suelto de cabello
oscuro tras la oreja—. Estaba esperando a que me lo contases tú.

—Pero ¿cómo?

—Parte de mi trabajo es escuchar las cosas que la gente se calla. Y, Stella, no es nada difícil hacerlo aquí. La gente de Inglewild habla... y mucho. No debía de llevar en el pueblo ni media hora cuando me enteré de la existencia de una porra en la cafetería.

Luka tenía razón. Este pueblo está lleno de cotillas.

—Me pareció raro que hubieras empezado a salir hace poco con el socio con el que se supone que tienes el vivero en propiedad desde hace un montón de tiempo. —Me sonríe con dulzura—. En cualquier caso, todo el mundo está encantado de que estéis juntos.

Eso... no viene al caso.

—¿Sabías que te estaba mintiendo? ¿Desde el primer día? ¿Por qué no dijiste nada? —No creí que fuera posible sentirse aún peor, pero una nunca deja de sorprenderse. Ahora estoy muerta de vergüenza.

—Quise preguntarte el primer día, pero... en fin. Me distraje. —Recuerdo la cara que puso cuando Beckett entró en la pastelería. Lo entiendo—. Y luego conocí a Luka y os vi a los dos juntos y pensé que tal vez hubiera malinterpretado los cotilleos del pueblo. Así que anoche le pregunté a Gus cuando me llevó de vuelta al hostal.

—¿Qué te dijo? —Ni siquiera estoy enfadada. Solo exhausta. Tanto esfuerzo ¿para qué? Para perder a mi mejor amigo y, encima, humillarme.

—Me dijo que estaba contentísimo de que estuvierais juntos y que había ganado la porra del pueblo. Le pregunté por la porra y entonces até cabos. Debo anunciarte, de manera oficial, que te tengo que descalificar del concurso. —Me lo dice con toda la amabilidad posible, pero da igual: siento un nudo en el estómago y la áspera incomodidad del bochorno—. Marcaste una casilla en la que confirmabas que toda la información de la solicitud era correcta y que, si se demostraba que algo no lo fuera, esta se declararía nula.

Asiento. Eso ya me lo había imaginado.

—Siento mucho haber mentido. Supe que era un error desde el principio.

Supongo que solo quise nadar y guardar la ropa. Evelyn me mira con los ojos entrecerrados y una sonrisa de secretismo le curva los labios. Vuelve a darse una palmada con el teléfono.

—¿En serio? ¿Crees que fue un error?

¿Lo de mentir? Sí, sin duda. Cada noche me iba a la cama con un peso en el pecho, pensando en esa línea concreta de la solicitud, mi mayor mentira. Pero ¿mi tiempo Luka? De eso no estoy tan segura.

—No lo entiendo. —¿Cuántas veces puede una persona pensar y decir esa misma frase en una sola mañana? Estoy por ponérmela de epitafio.

—No tardé en descubrir el pastel. Bastaba con veros a los dos juntos. ¿Te das cuenta siquiera de la manera en que os miráis? —Cuando parpadeo, confusa, le quita importancia con un gesto de la mano—. Olvídalo, no importa. La cuestión es la siguiente: estás descalificada del concurso y ya no puedes optar al dinero del premio, pero sigo viendo que aquí hay una historia. Una buena. El tipo de historia que llevo tiempo sin contar.

—Ah, ¿sí?

—Pues sí. Este lugar es una pasada. Stella, por favor, entiende que, aunque fueras soltera y vivieses en una pequeña caverna al pie de las colinas y te alimentases a base de comida para perros directamente de la lata, seguiría pensando que este lugar es alucinante. Es como si el Polo Norte hubiera tenido un hijo con Hogwarts. Quiero quedarme a vivir aquí para siempre. —Abro la boca, pero vuelve a acallarme con un gesto de la mano—. Así que os voy a sacar, pero por mi cuenta. Y me gustaría enseñarte el vídeo que he preparado.

Salva la distancia que nos separa y me entrega su teléfono, en cuya pantalla ya aparece un vídeo. Me quedo mirando mi cara tal y como sale en la miniatura, delante de la oficina con una sonrisa nerviosa y un chocolate caliente con menta. Fue el primer día de Evelyn en el vivero.

—Échale un vistazo y lo entenderás.

Me quedo mirándola antes de volver a concentrarme en el teléfono. Pulso el icono de reproducción con un dedo tembloroso.

Comienza con un breve clip en el que estoy de pie en el porche de la oficina, rodeada de coloridos adornos de pan de jengibre, que destacan sobre el tono cálido de la madera. «Los puso Luka —me oigo decir con voz metálica antes de soltar una carcajada—. Creo que lo obligué a cambiar cuatro veces el regaliz. Casi no me soporta».

Luego pasa a otro clip, en el que Luka entra en mi oficina con un café para llevar en cada mano; yo estoy sentada al escritorio. Ni siquiera me di cuenta de que Evelyn había sacado el móvil cuando sucedió. Él suelta un vaso en el borde de la mesa, se inclina hacia mí, me rodea el codo con su mano enguantada y me acerca a él. El beso no se ve bien, pero recuerdo lo que sentí, el vuelco suave en el estómago. Se aparta y la pequeña versión de mí que sale en pantalla agacha la cabeza. Pero Luka no. Es apenas un instante, pero veo la expresión en su cara. La forma en que sus ojos prácticamente se encienden como brasas al mirarme. La sonrisa que, lenta, eleva la comisura de su boca. La sorpresa al volverse y descubrir a Evelyn en el rincón. Ni se había enterado de que estaba allí.

Luego aparece la pista de patinaje. Luka ahuyenta a Jeremy y me envuelve con su cuerpo. Me veo inclinando la cabeza y apoyándome en su pecho antes de mirarlo al tiempo que él echa un poco el cuerpo hacia atrás para acomodar el cambio de postura. Se nos ve… felices juntos, cómodos; mi cuerpo, más pequeño, queda resguardado por la seguridad del suyo, su barbilla descansa sobre mi cabeza mientras vemos a los chicos dar vueltas por la pista.

Va pasando un clip tras otro, cada vez más rápido. Luka y yo paseamos por los campos delante de Evelyn: nuestras manos se buscan al mismo tiempo. Luka en la pastelería, con una sonrisa franca y las mejillas coloradas, un bastón de caramelo le cuelga de la boca mientras dice: «Es una chica alucinante y ni siquiera lo sabe. Se quitaría el jersey para dártelo a ti». Los dos en mi cocina, anoche, de espaldas a la cámara mientras Luka me acaricia el brazo. En ninguno de los clips parece un hombre que solo me esté tolerando. Lo que parece es…

El último clip es un plano secuencia en el que yo intento

volver a colgar una guirnalda en el exterior del granero de Santa Claus, encaramada de puntillas sobre un taburete. La cámara se gira a la derecha, alejándose de mí, y veo a Luka apoyado en un poste de la valla. Vuelve a tener el dichoso bastón de caramelo en la boca, al que da vueltas con la lengua. Pero es su mirada lo que hace que me incline hasta casi tocar con la nariz la pantalla del móvil. El cálido sol le ilumina los ojos dulces y una carcajada aguarda en la punta de la lengua mientras me recorre con la mirada. En la curva de sus labios y el arco de sus cejas se distinguen el amor y una tierna adoración.

Luka no ha fingido ni un solo segundo.

—La verdad es que este es el segundo vídeo —me anuncia Evelyn y, del susto, casi pego un bote. De hecho, el teléfono se me cae al suelo. Ay, madre, espero que tenga una copia de seguridad del vídeo—. En el primero explico que estoy en Lovelight Farms, donde un par de tontos creen que fingen estar enamorados. —Me sonríe con malicia, orgullosa de sí misma—. ¿Lo entiendes ahora?

Recoge el teléfono del suelo.

—Crees que me has estado mintiendo —afirma—, pero a la única que engañabas todo el tiempo era a ti misma.

22

Luka me quiere.

Luka está enamorado de mí.

Me lo repito en bucle y espero a que cobre sentido. La expresión que muestra su cara en el vídeo ya se la he visto antes. Lo he pillado mirándome así a primera hora de la mañana, cuando estoy junto a la cafetera, lo saludo con un susurro y le suplico cafeína. Cuando salimos a navegar por la bahía en esos pequeños hidropedales con forma de dragón, una bolsa de migas de pan en el bolsillo para las gaviotas. La he visto casi cada vez que lo veo a él. No es fácil aceptar que tal vez Luka también se haya estado enamorando de mí durante este tiempo. Estaba demasiado ocupada escondiendo mis propios sentimientos para advertir los suyos.

La campanilla por encima de la puerta de la pastelería tintinea cuando entro, las mesas vacías, las sillas apiladas en el rincón. Layla no abre hasta dentro de una hora, pero sé que anda por aquí, probablemente preparándose en la parte trasera. Descubro a Beckett sentado al mostrador, con un plato de dónuts delante y una manga pastelera en la mano izquierda. Le gusta venir cuando está estresado y sepultar los sentimientos en comida mientras finge que está ayudando a Layla. Esta emerge del cuarto de suministros con un delantal alrededor de la cintura y una mancha de harina en el pelo.

Se detiene en seco al verme y Beckett vuelve la cabeza para mirar por encima del hombro.

—La he cagado —les digo con un hilo de voz.

Ninguno de los dos responde, petrificados como están junto al mostrador. Parece una de esas exhibiciones de estatuas vivientes.

—Por favor, dime que se trata de Luka —musita Layla.

Beckett pone los ojos en blanco y continúa rellenando los donuts.

—Por supuesto que se trata de Luka. Tiene un chupetón en el cuello y lleva el gorro del revés. —Deposita un dónut perfecto en la bandeja que Layla ha sacado para ellos y le pone encima un minúsculo muérdago de azúcar—. Además, lleva desde esta mañana escondido en mi casa.

Me alivia que siga en el vivero. A pesar de que me prometió que volvería, una gran parte de mí temía que desapareciese y se largase a Nueva York. Que rechazase el trabajo en Delaware y no regresase nunca más.

Layla me pide que me acerque con un gesto de la mano y me hace sitio en el mostrador. Me pone un dónut delante de la cara.

—Cómete esto y cuéntame qué ha pasado.

Beckett trata de quitármelo de la mano, pero me giro para apartarme. Yo lo necesito más que él.

—Estás hecha un desastre —dice.

Coge su propio dónut y, de un mordisco, parte por la mitad el minúsculo muérdago de fondant. Layla nos lanza una mirada con el ceño fruncido antes de llevarse la bandeja a la estantería trasera, lejos de nuestro avaricioso alcance.

—Como sigáis ayudándome así, no me va a quedar nada que vender.

Trago un pedazo de crujiente masa templada, rellena de crema de mantequilla, y me armo de valor.

—Luka está enamorado de mí.

Beckett y Layla me miran expectantes. Al ver que no añado nada, esta enarca las cejas.

—¿Y?

Dejo caer la frente sobre el mostrador con un gruñido.

—¿Es que todo el mundo lo sabía menos yo?

—Pues claro —responde Beckett. Oigo el sonido de una mano al impactar sobre piel y, al levantar la vista, lo veo frotándose la frente y asesinando con la mirada a Layla—. ¿Qué? Sabes que es verdad. Pero si hasta había una porra en el pueblo sobre el tema.

Layla no le hace ni caso.

—¿Te lo ha dicho él? —pregunta.

Asiento y les cuento la versión resumida de lo sucedido. Que me dijo que me quería y yo le dije que se equivocaba. La conversación con Evelyn en los campos y el vídeo que me ha mostrado.

—No debería haber hecho falta un vídeo para que te dieras cuenta —afirma Beckett al tiempo que aprieta para sacar un poco de relleno con el dedo. Layla también se lo arrebata—. Lleva años demostrándotelo.

Bajo la mirada al mostrador.

—Pues no lo he visto.

—Sí que lo has visto —replica Layla con dulzura al tiempo que lanza una mirada de advertencia a Beck en cuanto abre la boca—. Claro que lo has visto, cariño, pero tenías demasiado miedo para hacer nada al respecto. Estabas tan cómoda siendo su amiga que decidiste no moverte de ahí.

Me encojo de hombros con tristeza.

—¿Y ahora cómo lo arreglo?

—Supongo que eso depende. —Layla se da la vuelta y coge un dónut de la bandeja, lo parte por la mitad y me lo ofrece. Beckett emite un gemido de dolor entre dientes—. ¿Estás dispuesta a ser sincera?

Regreso a mi cabaña después de convencer a Layla para que me diese otro dónut. Al doblar la curva alrededor del gran roble, trastabillo al ver a alguien en la entrada. Luka está sentado en el escalón del porche, las piernas abiertas, las manos unidas con descuido entre ellas. Tiene la cabeza gacha, pero alza la mirada cuando mis botas lanzan una lluvia de gravilla por el jardín delantero. Aún llevo un dónut en la mano.

—Ey.

Después de haber visto el vídeo y examinar cada detalle de cada interacción que hemos tenido durante el último mes y medio, es casi sorprendente verlo sentado ahí delante. No me esperaba volver a encontrármelo hoy. Había esbozado un plan de camino a casa:

Buscar una botella de vino.

Seguir dándole vueltas a lo de Luka.

Consumir dicha botella de vino y el resto de la tarta de calabaza.

Disculparme con Luka.

Pedirle que me perdone.

Decirle que lo quiero.

Comer un poco más de tarta.

Todo sujeto a cambios sobre la marcha.

—Hola.

El corazón se me sube a la garganta y me cuesta tragar. Nos observamos, vacilantes, y entonces Luka se pone de pie, separando su largo cuerpo del escalón inferior para apoyarse en la barandilla. Al buscar a tientas las llaves en los bolsillos, rozo con los nudillos uno de sus ambientadores de pino. No llegué a sacarlo después de que me besara en el granero. Tengo la impresión de que han pasado años desde entonces.

Las palabras de Layla se repiten en mi mente: «¿Estás dispuesta a ser sincera?».

No estoy segura de ser tan valiente.

—Tienes tu propia llave —le digo, ignorando el pino de cartón y avanzando un paso más.

Esta tarde hace frío, el aire cortante hace que sienta los dedos ateridos hasta los nudillos. Me pregunto cuánto tiempo he estado en los campos, cuánto tiempo lleva Luka en el porche delantero. Me fijo en sus mejillas coloradas, en los hombros subidos hasta las orejas. Ni siquiera lleva bufanda.

—No me sentía bien usándola —responde, sin dejar de mirarme a pesar de la ansiedad que se distingue en la forma de su cuerpo.

Se mantiene inmóvil, tenso, alejado de mí, y eso es lo que más me entristece. Lo adelanto escaleras arriba, consciente del espacio entre nosotros. Querría que me rodease el hombro con el brazo, que me acurrucase a su lado y bromease sobre mi incapacidad de meter la llave en la cerradura.

—Puedes usarla siempre —murmuro al tiempo que abro la puerta.

Mientras me quito las botas haciendo palanca con los pies, me llama la atención el árbol de Navidad junto a la ventana: mi sujetador cuelga de una de las ramas superiores. Luka sigue mi mirada y se le escapa una carcajada por la nariz al verlo. Se le sonroja la parte inferior del cuello, allí donde aún no estaba sonrosado del frío.

—Ah. —Se rasca la nuca y coloca mis botas en línea recta, casi como si no pudiera evitarlo. Ese pequeño gesto aviva mis esperanzas de que las cosas entre nosotros todavía tienen solución. Niega con la cabeza y aparta la vista de mi nuevo y original adorno. Debería quitarlo antes de que llegue Dane a repasar el papeleo relacionado con el señor Hewett. Luka se balancea sobre los talones—. He venido para lo de Evelyn.

—Oh. —Mi pequeña chispa de esperanza se extingue—. Hemos decidido no hacerlo esta tarde. —No tiene sentido, dado que estamos descalificados del concurso. Supongo que debería decírselo—. Esto…, ejem, ya no hace falta que finjamos estar juntos. —Trago saliva y lo miro un instante antes de acobardarme y bajar la vista a nuestros calcetines—. Le he contado la verdad. Resulta que ya lo sabía.

—¿Sabía que no estábamos juntos?

Asiento.

—Los cotillas —contesto. Ahora mismo es la única respuesta que le puedo dar. Apunto con un gesto a la cafetera que está en la cocina—. ¿Te apetece quedarte o…?

No quiero que tenga la impresión de que debe quedarse conmigo, sobre todo porque es evidente que solo ha venido para cumplir con la responsabilidad que creía tener. Ahora es libre de marcharse, de desentenderse de mí por completo si así lo quiere. Eso hace que me suba un regusto amargo por el estómago. Debe de vérmelo en la cara, porque alarga la mano y me da un golpecito en el codo. Es un valeroso intento de imitar nuestro anterior afecto físico y hace que desee que me lo rodee con los dedos, me acerque a su pecho y apoye la barbilla en mi cabeza.

—Me quedaré un rato —responde, sin mostrarse demasiado huraño ante la idea.

Sus ojos se desvían de la ventana a la curva de mi barbilla, luego a mi hombro y de vuelta a la ventana. Detesto lo raro que resulta. Hasta la primera vez que almorzamos juntos teníamos cosas que decir. Yo estaba triste, encerrada en mí misma y un poco perdida, pero Luka llenó el espacio entre nosotros con su charla despreocupada: patrones de datos, la comida de su madre y el puesto de pupusas al que le gustaba ir los sábados por la mañana en la ciudad.

Pongo en marcha la cafetera sin mediar palabra; el goteo incesante —plin, plin, plin— suena como un metrónomo empeñado en volverme loca. «¿Estás dispuesta a ser sincera?». Luka se acomoda en una silla de la cocina, la mirada fija en la ventana. Yo mantengo la compostura durante un par de compases hasta que no lo aguanto más; el corazón me martillea en el pecho.

Voy a hacerlo. Voy a decirle la verdad.

—Luka, yo...

—Quiero que...

Suelto una risotada que tiene más de nervios que de diversión y le indico que continúe con un ademán. Si alguien merece expresar primero lo que tiene dentro, es Luka. Yo haré lo que diga. Todo lo que quiera. Apoya las manos en la mesa.

—Quiero disculparme por esta mañana. —Se me cae el alma a los pies y se me debe de notar en la cara, porque se apresura a corregirse—. No... no por lo que dije, sino por cómo me marché. Eso no estuvo bien.

—Te hice daño —me disculpo al tiempo que sirvo dos tazas de café humeante con mano temblorosa. Si Luka hubiera reaccionado tal y como hice yo esta mañana, habría tomado el primer tren que saliera del pueblo. Estaría en los campos cavando un hoyo en el que enterrarme. No estoy segura de si sería capaz de volver a dejarme ver por Inglewild.

—Sí, me hiciste daño —reconoce y ese regusto amargo se revuelve en mi interior, por lo que agacho la cabeza y fijo la vista en la taza con el ceño fruncido. Me siento enfrente y trato de mirarlo a los ojos—. Aun así no debería haberme marchado sin más. Sé... lo importante que es eso para ti, la idea de que la gente se marche. Creo que por eso no les contaste a Beckett y Layla cómo iba el vivero. Porque temías que se marcharan si descubrían que tenías problemas. —Su voz suena amable, pero sus palabras aciertan en la diana, me golpean como granizo en el corazón. Cada una de ellas deja una pequeña marca—. Y cuando te dije que te que... —Se aclara la garganta y, cuando evita pronunciar las palabras, también me duele haberle transmitido parte de mi miedo—. Cuando dije lo que dije y tu reacción no fue la que deseaba, hice justo lo que más temías. Me marché. Lo siento.

No soporto oírlo disculparse. No después de la forma en que me comporté esta mañana. Ni de mi conducta desde que empezamos con esta farsa.

—Luka...

—¿Sabes que compro los ambientadores de pino al por mayor? Los de cartón —explica, como si yo no supiera de qué me habla. Como si no tuviera guardados todos y cada uno de ellos en el cajón de mi oficina, y los que no caben, en una caja en el ropero. Huele a pino cada vez que abro la puerta para sacar un jersey, un poco rancio ya, pero me niego a deshacerme de ellos—. El primero lo compré sin pensar en la estación de servicio al final de la calle, pero se te iluminó la cara cuando te lo di. Probablemente fuera entonces cuando me di cuenta.

Aguanto la respiración, cautivada por sus palabras.

—¿De qué te diste cuenta?

Luka es tímido, reservado, se queda mirando sus manos, que rodean la taza, antes de alzar la vista hacia mí. Una de las comisuras de su boca se eleva, pero no hace caso de mi pregunta.

—Esa expresión me volvió egoísta. No quería que se la mostrases a nadie más. Sigo sin querer que la vea nadie más.

«Puedes quedártela —quiero decirle—. Puedes quedarte con todas mis sonrisas, mis caras, mis abrazos y mis caricias. Y con mi corazón también. Si es que todavía lo quieres».

—Da igual; lo que intento decirte, creo, es que aún me quedan unos doscientos ambientadores de pino. Y el pedido se renueva de forma automática. Yo... no voy a marcharme, La La. Aún tengo un montón de arbolitos que darte. Mientras me quieras a tu lado, aquí estaré.

Hunde la mano en el bolsillo trasero y levanta la cadera para sacar algo. Deja un pequeño ambientador de pino sobre la mesa y me lo acerca empujándolo con el dedo.

Me quedo mirando largo tiempo el arbolito de cartón; me escuecen los ojos y me pica la garganta.

Es duro querer a alguien sin límites. Entregarte a esa persona a pesar de los altibajos, sin miedo de lo que pueda pasar. Creo que es natural guardar parte de una misma y protegerse en la medida de lo posible. Mi madre me quería con locura, pero tampoco abrió su corazón a nadie más. No después de lo que mi padre le hizo. Así que creo que yo... Creo que así aprendí a no desear demasiado. A ir a lo seguro y fácil.

Pero también es difícil no darse. Layla tiene razón. Durante estos últimos nueve años he enterrado cualquier atisbo de sentimiento profundo bajo una capa de negación, anhelo y una pizca de incomprensión deliberada. Cada vez que miraba a Luka, lo sentía. Un sonido hueco. Un tirón fuerte. Una punzada persistente e incómoda.

De pronto me levanto de la mesa, la silla rechina enojada al arrastrarse hacia atrás sobre el parquet. Luka también se levanta, un asomo de pánico en sus ojos. Me doy la vuelta y enfilo el pasillo; un rumor resuena por todo mi cuerpo.

—¿La La? —Luka echa a andar detrás de mí y se golpea la rodilla con el borde de un paragüero *vintage* que utilizo para guardar rollos de papel de regalo. Lanza un exabrupto entre dientes y me sigue, cojeando—. Stella, espera un segundo. Yo no...

Abro de un tirón la puerta del armario y caen en cascada jerséis, bufandas y todos los demás trastos variopintos que he ido metiendo en él. Un gnomo de jardín aterriza en mi dedo gordo del pie. Dos cajas de guirnaldas de luces de repuesto se abalanzan buscando la libertad. Tiro por encima del hombro una versión antigua del juego de mesa Candyland. Luka pega un frenazo al entrar en mi habitación.

—Pero ¿qué...? ¡Madre mía! —se interrumpe. Ahoga un grito, probablemente horrorizado por mi salvaje desorden. Tal vez debería haberle enseñado todo esto antes de que me confesara su amor—. ¿Eso es un helecho?

Es una *Monstera* de plástico que una de las hermanas de Beckett le compró y que él se apresuró a dejarme delante de la puerta delantera. La arrastro a un lado y alargo la mano para sacar la caja de un viejo robot de cocina KitchenAid. Creo que ni siquiera tengo un robot de cocina.

—Pero si tú no tienes robot de cocina —advierte Luka mientras dobla a mis espaldas algunos de los jerséis—. ¿Puedo ayudarte con algo o...?

En su voz se nota cierta frustración y también un poco de tristeza. Él acaba de desnudarme su corazón y yo ando rebuscando en el armario.

—Aquí está.

Abro la tapa de la caja y, al volcarla, cientos de arbolitos de cartón caen al suelo entre nosotros. Es un minúsculo torrente de pino rancio y verdes bordes combados con una maraña de cordones. Luka deja de doblar jerséis y recoge uno, las cejas arrugadas por la confusión.

—Tengo algunos datos que compartir contigo —le anuncio con voz trémula—. Desde aquel día en que me llevaste a comer sándwich de queso fundido, no he dejado de pensar en tu sonrisa al pasar por delante de la ferretería. Aún pienso en ella cada vez que paso por allí. Compro nata para montar siempre que voy al súper porque una vez me dijiste que la casera es mejor que la de bote. ¿Sabes cuántos cartones he echado a perder? A veces finjo que no he visto una película para que tú me avises de las mejores escenas. —Tomo una inspiración profunda y temblorosa—. ¿Aquel concierto del vestido rosa? Yo también quería besarte. Cuando me llevaste por primera vez de camping a la playa y me desperté contigo abrazándome, sentí tu corazón latiendo contra mi espalda. Fue la primera vez en años que no desperté sola y triste.

Es un alivio soltar todos mis pensamientos secretos, todos mis sentimientos ocultos. Me paso las puntas de los dedos bajo los ojos y trato de controlar la respiración. El silencio se ha extendido entre nosotros y bajo la vista a los ambientadores desperdigados por el suelo.

Luka carraspea y extiende sus manos hacia mí.

—Creo que los analistas de datos... —La voz se le quiebra y se detiene, recobra la compostura y empieza de nuevo—. Creo que a eso los analistas de datos lo llaman «tendencia a largo plazo».

—Quiero todos tus árboles —le digo—. ¿Sabes que en la solicitud escribí «novio» a propósito? —Decido responder a la sinceridad que me ha demostrado en la cocina con la misma moneda—. Acababa de hablar contigo por teléfono. Estabas riéndote de no sé qué anuncio que habías visto y se te notaban las arruguitas de los ojos... —Alzo la mano y le acaricio las leves líneas de expresión junto a su ojo izquierdo—. Estas. Justo después de colgar rellené la solicitud para participar en el concurso y escribí «novio» pensando solo en ti. Quería una excusa para poder fingir. Pensé que podría tenerte durante una semana y que eso bastaría para aplacar mis sentimientos. —Bajo la vista a mis manos y empiezo a formar un montón con los ambientadores—. Pero lo único que he conseguido esta semana es que me resulte aún más fácil quererte. Siento no haber sido sincera. Siento haberte hecho daño. No he llevado bien nada de esto. No sé, ahora todas mis excusas suenan estúpidas.

Recuerdo lo que le dije a Layla. Que si hubiera tenido que pasar algo, ya habría pasado. Qué idiota he sido. Las cosas llevan pasándonos años, pero yo tenía demasiado miedo a verlas.

Luka se pone de rodillas y aparta de su camino los arbolitos de cartón. Curva las manos sobre mis muslos y echa la cabeza hacia atrás para mirarme a los ojos.

—¿Y ha bastado para aplacar tus sentimientos?

Niego con la cabeza.

—No.

—¿Qué es lo que sientes ahora?

«¿Estás dispuesta a ser sincera?». Inspiro hondo.

—Aún tengo miedo —confieso. Le sostengo la mirada, con la esperanza de que vea lo seria, terrible y absurdamente enamorada de él que estoy—. Muchísimo miedo. Eres mi mejor amigo. Necesito saber que, si hacemos esto y no funciona, seguirás a mi lado.

—Claro que sí —responde mientras desliza sus palmas arriba y abajo, acercándose más—. No podrás librarte de mí, te lo prometo.

—Lo quiero por escrito y certificado por un notario. —Resoplo y me paso una mano temblorosa por la nariz.

—Pediremos que nos lo hagan. Alex ejerce labores de notaría, ¿verdad?

—Sí. —Asiento con la cabeza—. Vale.

—Vale —repite Luka, y una sonrisa se abre camino en la comisura de su boca. El sol que penetra oblicuamente por las ventanas le tiñe los ojos de dorado y las pecas de su nariz estallan como un cúmulo estelar—. ¿Ves? ¿Tan difícil ha sido?

Me río. Solo es lo más difícil que hecho en toda mi vida.

—Me alegro mucho de haberte pedido que fueses mi novio de mentira —confieso.

—Y yo me alegro mucho de haber accedido a ser tu novio de mentira.

—Te quiero —exhalo y el cambio en su cara es instantáneo. Su sonrisa se suaviza y se extiende hasta que toda su cara resplandece; las manos sobre mis muslos ascienden hasta las caderas. Apoya la frente en la mía hasta que solo veo colores. Dorado, castaño, rosa pálido. Suspiro y cierro los ojos—. Te quiero muchísimo.

Siento su sonrisa contra la mía, radiante y hermosa. Sus manos me aprietan las caderas y los costados antes de subir hasta curvarse sobre mis mejillas. Acaricia con los pulgares la piel bajo mis ojos.

—Ya era hora, joder.

Cuando me besa, sabe a *latte* de avellana; el borde de un pinito de cartón se me clava en la rodilla.

Ya era hora.

23

Luka

Me ha costado casi una década, pero por fin me he puesto las pilas.

Siendo justos, Stella también se lo ha tomado con calma. Creo que por eso hacemos buena pareja, si dejamos de lado todo el drama innecesario. Se lo digo mientras permanecemos tumbados en el suelo de su dormitorio, mi piel todavía pegajosa de sudor, y recorro con los dedos el espacio entre sus omóplatos, su piel pálida radiante al sol de media tarde. Estoy casi seguro de que lo que se me está clavando en la espalda es un zapato, pero ella no deja de acurrucarse contra mí, su pelo me hace cosquillas en la barbilla y no me movería ni aunque Beckett y toda su familia gatuna llamaran a la puerta. Stella levanta la cabeza y se me queda mirando ante el comentario, pero veo que también esconde una sonrisa. Es mi sonrisa de Stella favorita, con los hoyuelos asomando en las mejillas.

Quizá debería decirle que debe quitar el sujetador que cuelga del árbol.

Suspira contra mi bíceps y una parte de mí se remueve y se agita antes de calmarse. Tenía mis dudas de que llegásemos a esto. Antes de la movida esta de las redes, mi plan para hacerle saber a Stella lo que siento por ella era... cuestión de desgaste, supongo. Hacer que viniera a mí, darle de comer boloñesa, quizá atreverme a cogerle la mano. Le dije a Beckett que era un plan a largo plazo. Él me contestó que era imbécil. Cuando le expliqué el plan a Charlie, me dio un capón y se bebió el resto de mi cerveza.

No creo que Stella se haya dado cuenta, pero en cierto modo llevamos saliendo los últimos nueve años. Incluso cuando estaba con alguien más, yo era a quien llamaba si se dejaba las llaves dentro del coche en la gasolinera. Yo soy a quien llama cuando, sin querer, vierte hielo seco por el desagüe y tiene miedo a que las cañerías exploten. Me alegro de verdad de ser a quien llama cuando necesita un novio de mentira.

Al vivero le va a ir bien. Con las mensualidades que Dane va a hacer pagar a Hewett por todos los daños causados, Stella ni siquiera necesitará el dinero del premio. Y ella aún no lo sabe, pero Charlie me envió un mensaje antes, mientras ella andaba deambulando por los campos.

Elle ha decidido dejar a Brian. Por lo visto, hubo un incidente con su secretaria y otras siete mujeres de su empresa. No estoy seguro de si se puede llamar «incidente» cuando el número es mayor de dos, pero tampoco voy a hacer preguntas. Como regalo de despedida, Charlie ha resuelto comprar todos y cada uno de los árboles muertos y retorcidos de la plantación sur y dejarlos en el jardín delantero de su padre. Creo que es una buena forma de celebrar la ocasión. Estoy seguro de que Stella estará de acuerdo.

Esta me besa la barbilla y yo deslizo la palma de la mano por su espalda abajo.

Seamos sinceros: cuando me preguntó por mi estrategia de salida para esta historia del noviazgo falso, no tenía una. La verdad es que estaba demasiado ocupado con la idea de poder tocarla, abrazarla, estar con ella como siempre había querido. Pero en cuanto me preguntó supe cuál era mi respuesta. Le contesté que seguiríamos e iba en serio.

Tengo un recuerdo de mi padre que me asalta de manera fragmentaria. Helado de vainilla. Pegajoso calor estival. Una humedad que hacía que la ropa me pesase diez mil kilos. Y los calcetines de mi padre, uno más alto que el otro, pillándole las perneras del pantalón. Estampados con minúsculos botes de kétchup, regalo de mi madre.

Yo acababa de arrearle un puñetazo en la cara a Jimmy Tomilson en el patio del colegio y mi padre había ido a recogerme antes de la hora de salida. Había permanecido en silencio en el coche y tampoco abrió la boca cuando se detuvo delante de la heladería. No articuló palabra hasta que pidió dos cucuruchos para llevar. Caminamos por la calle abajo hasta llegar a un jardincito apartado, rodeado de rosales y con una fuente vacía en el centro. Me aterrorizaba lo que pudiera decirme; la amenaza de la decepción se cernía sobre mí como una nube plomiza.

—¿Por qué lo has hecho? —me preguntó.

Le conté que Jimmy estaba metiéndose con Sarah Simmons, lanzándole pedazos de mantillo y echándole la zancadilla cada vez que trataba de subirse al tobogán. Yo le había dicho que parase y, como no me había hecho caso, le había propinado un puñetazo en la cara. Mi padre no respondió, se limitó a comerse con parsimonia un bocado más de su cucurucho de helado. Siempre lo hacía: mordía el helado en lugar de lamerlo. Mi madre decía que era una costumbre bárbara.

—No siempre vas a saber qué es lo correcto —me respondió—. En tal caso, tú sigue adelante.

Lo miré confuso mientras el helado se me derretía por un lado del cucurucho y me manchaba los nudillos.

—¿Que siga adelante con qué?

—Ya te darás cuenta. —Volvió a morder el helado—. Tú sigue. Escucha. Y encontrarás el camino.

Conforme me hacía mayor, intenté dotar de sentido a ese consejo. Cada vez que me he sentido impaciente, confuso o frustrado, lo he tenido en mente. Tú sigue. Escucha. Pero ahora, por primera vez, creo que lo entiendo.

Voy a seguir llenando la alacena de Stella de pan integral, barritas de proteínas y fruta de verdad, fresca, porque los vasos de fideos instantáneos y las galletas Oreo no constituyen una dieta adecuada. Voy a bailar con ella en la cocina aunque me pise con sus pies descalzos los dedos cada pocos pasos. Le prepararé boloñesa, raviolis, *manicotti* y pan de ajo con extra de queso, pues su rostro se ilumina cada vez que me ve delante de los fogones y luego apoya la barbilla en mi hombro mientras intenta esquivarme para probar la receta. Voy a sostenerle la mano cuando lo necesite y a abrazarla cuando le haga falta.

Voy a quererla de todas las maneras lentas y silenciosas, y también de todas las ruidosas y aborrecibles. Mi corazón lleva moviéndose continuamente en esa dirección desde que tropezó en los escalones de la ferretería y cayó directa entre mis brazos.

—¿Por qué sonríes tanto? —murmura contra mi pecho, con un ojo guiñado y el dedo apretando la línea de mi mejilla. Le aparto la mano y entrelazo nuestros dedos—. Mmm, raro.

—Mmm, menuda facilidad de palabra que tienes. ¿Alguna vez te lo han dicho?

Se incorpora apoyándose en un codo y los rizos alborotados de su cabellera oscura le caen en cascada sobre el hombro. Resulta arrebatadora con tanta piel expuesta y las mejillas sonrosadas, con el cabello enredado y un chupetón en la curva del hombro. Le aparto todo ese pelo de la cara y recorro la línea de su mentón, la pequeña hendidura de su barbilla, el labio inferior, turgente y tentador. No sé cómo he podido aguantar sin ponerle las manos encima tanto tiempo. Me besa la palma y todo en mi interior se tranquiliza. De verdad que no sabía hasta qué punto andaba agitado hasta que Stella me agarró el corazón y lo serenó.

—Ahora en serio, ¿a qué viene esa cara?

—Solo estoy pensando —respondo. Dejo caer la cabeza sobre el suelo—. Soy feliz, sin más.

Al oírlo, murmura algo y noto la vibración de su cuerpo contra el mío. El silencio entre nosotros es cálido y confortable mientras me rodea el tobillo con el suyo. El viento sopla tras las ventanas. El viejo reloj del pasillo marca un ritmo desigual: un segundo pasa demasiado lento; el siguiente, demasiado rápido. Contemplo el espejo del rincón de su cuarto y me inspira algunas ideas.

Stella camina con los dedos por mi pecho arriba y luego desliza la palma hacia abajo.

—Y ahora ¿cuál es el plan? —pregunta, algo adormilada.

«Volver a la cama —pienso—. Comprobar cuántas veces te puedo dejar sin aliento».

—Hum, creo que es obvio —respondo.

Inclino la cabeza para mirarla. Ella se alza, apoya la barbilla en la palma de la mano y extiende la otra sobre mis costillas. No creo que se dé cuenta, pero recorre con los dedos cada una de mis pecas, trazando dibujos sobre la piel. Sonrío de oreja a oreja.

Suelta una carcajada y vuelve a dejarse caer sobre mí, su cara en mi pecho.

—No me digas.

La envuelvo con los brazos y la estrecho con fuerza. Sonrío al techo.

—Seguimos.

Epílogo

Stella

Dos años más tarde

Levanto la vista por encima del libro y lanzo una mirada a Luka.

Es una noche normal, los dos apretados en el sofá. Subo los pies a su regazo en cuanto se acomoda; su mano encuentra de inmediato la curva de mi rodilla y sus dedos se extienden. Tiene un crucigrama apoyado en el muslo y una taza de té abandonada junto al codo. Todo de lo más normal. Me siento con el libro y lo observo: no sería capaz de señalar nada fuera de lo común.

Pero algo no cuadra. Algo que se me escapa.

Esta mañana ha reorganizado cuatro veces nuestra colección de tés. Ha desaparecido en su oficina durante dos horas y a saber qué habrá hecho con una serie de hojas de cálculo.

Todo es exactamente como siempre y, sin embargo...

—Estás raro.

—Tú sí que estás rara —me espeta con el boli entre los dientes. Siempre utiliza bolígrafo, a pesar de que falla el setenta y cinco por ciento de las respuestas. Se lo saca de la boca, apunta algo y luego me mira—. Eres tú la que lleva los últimos quince minutos con la mirada fija como una pirada.

—Porque estás muy raro. —Le doy un empujoncito con el pie y cierro el libro. Lo dejo a un lado, justo encima de los otros tres que he empezado y abandonado esta semana.

Luka tuerce la boca a un lado: media sonrisilla. Sigue teniendo el pelo de punta por el lado izquierdo, como si aún no supiera cómo afrontar el día.

—Voy a necesitar que seas más específica, La La.

Puede que haya sido todo el tiempo que ha pasado en la oficina. No es algo que suela hacer el fin de semana. O tal vez hayan sido los susurros al teléfono; una conversación que ha fingido no tener en nuestro minúsculo pasillo.

No lo sé. Algo no cuadra.

Le clavo una mirada.

—Te conozco desde hace mucho, Luka.

La media sonrisilla se convierte en una sonrisa entera. Deja el periódico doblado encima de mi libro, se vuelve a mirarme de frente y estira el brazo por el respaldo del sofá. Sus ojos brillan ambarinos a la luz de la chimenea, el sol ha empezado a ponerse al otro lado de las amplias ventanas en saledizo. Desde aquí veo las sombras rosadas y lilas que descienden sobre el contorno de los árboles que se dibuja sobre los campos. Es el invierno, que por fin empieza a extenderse lento por el vivero.

Mi época favorita del año.

—Me conoces desde hace mucho —admite en voz baja—. Me conoces mejor que nadie. Y por eso deberías saber, sin asomo de duda, que no estoy raro.

Vuelvo a coger el libro, los ojos entrecerrados con desconfianza. No me creo nada, pero vale. Dejaré que se le pase lo que sea y, si hace falta, que me reorganice el armario especiero por país de origen. Eso siempre parece ponerlo de mejor humor.

—Pues muy bien.

Su sonrisa se ensancha aún más. Quiero morder las líneas que se le forman en las mejillas.

—Pues vale.

—Pues vale —respondo.

Una carcajada le retumba en el pecho.

—Pues muy bien.

Me pongo a leer de nuevo. Luka vuelve a subir y bajar con las puntas de los dedos por mi pierna. Levanto la vista y lo pillo mirándome con ternura. Hoy lleva mi jersey de ochos favorito, uno verde oliva. Los calcetines tienen bordadas unas campanitas plateadas.

Abrazo el libro contra el pecho.

—¿Qué te pasa?

Parpadea un par de veces y luego traga con dificultad. Todo esto le lleva un minuto y está tan serio que empiezo a preocuparme. Carraspea y se incorpora.

—¿Quieres salir a por un árbol?

Miro por la ventana. El sol desciende lento por el horizonte.

—¿Ahora?

Asiente.

—Habrá oscurecido antes de que lleguemos a los campos. —Me acurruco aún más en el sofá—. Ya iremos mañana por la mañana si todavía quieres.

—También podemos ir ahora.

Mi desconfianza aumenta. Quedan dos semanas para Acción de Gracias y lo normal es que sea yo quien tiene que sacarlo a rastras a por un árbol. Si lo cortamos tan pronto, es probable que, para cuando llegue Navidad, esté seco. No es que a mí me importe. Yo lo dejaría puesto todo el año si Luka no se hartara de barrer las agujas caídas.

Me muerdo el labio inferior y lo examino con detenimiento.

—¿Por qué?

Se hace el tonto y se quita una pelusa imaginaria de la rodilla.

—¿Por qué qué?

—¿Por qué quieres ir ahora a por el árbol?

—¿Por qué me haces tantas preguntas hoy? —farfulla, más para él que para mí. Gira la cabeza a un lado y nuestras miradas se cruzan; cada rasgo de su bonito rostro muestra una cariñosa exasperación—. Me gustaría ir a por un árbol ahora, en este preciso instante. Y me gustaría mucho que vinieras conmigo. ¿Me hace falta más razón que esa?

Me quedo mirándolo. Lo miro y lo miro y lo miro un poco más.

—Si vas a cortar conmigo, me gustaría que lo hicieras dentro, que hace calorcito.

No lo digo demasiado en serio. Luka y yo llevamos juntos tiempo suficiente como para que el miedo a perder todo lo que hemos construido suela limitarse a los momentos más oscuros de la noche, cuando el sueño me elude y los miedos acechan en las sombras de los rincones del dormitorio. Cuando mis manos no son capaces de encontrarlo junto a mí lo bastante rápido. Cuando tarda más de lo normal en rodar a mi lado, presionar la cabeza en mi pelo y estrecharme la cintura entre sus brazos.

Me dirige una mirada desprovista de toda diversión.

—¿Y quién doblaría la colada como tiene que ser si yo no estuviera aquí? —Noto cómo aprieta la mandíbula—. No, no voy a cortar contigo.

—Pues vale.

—Pues muy bien.

—Pues eso.

A Luka le sale un suspiro desde el fondo del alma. Va a tener que reorganizar el armario especiero y, además, el cajón en el que guardamos los paños de cocina. Lo siento por la caótica colección de zapatos debajo de la cama. La última vez que expresamos nuestro desacuerdo, la casa acabó pareciendo una sala de exposiciones de Ikea.

Se levanta del sofá y me mira con los brazos en jarras. Digamos que… me cuesta concentrarme… cuando se pone mandón.

—Ve a ponerte la cazadora.

Tengo que darme un tironcito al cuello de la camisa de franela.

—Vale —digo.

Luka desaparece mientras busco las botas. Solo he conseguido encontrar la primera cuando de repente aparece con la otra en la mano. El príncipe encantador vestido de invierno. Va abrigadísimo de la cabeza a los pies, lleva hasta una gruesa bufanda cuidadosamente enroscada bajo la barbilla. Me tiende un vaso de papel con algo humeante e hinca una rodilla para ayudarme a ponerme la otra bota.

Debe de ser algo en su postura. El hecho de que Luka esté

con una rodilla en el suelo. Y todo este comportamiento extraño; los susurros y el empeño en que vayamos a por un árbol, ahora, cuando está oscuro y...

—Ay, la leche... —musito—. ¿Vas a pedirme la mano?

Él no levanta la vista, sino que continúa lidiando con mi pie y la bota. Hoy llevo los calcetines gruesos, los que tienen gomitas en la suela. Supongo que por eso es más difícil deslizarlos dentro de las botas. Lo único que indica que me ha oído es la sutil tensión en sus hombros y el leve sonrojo que se le enciende en la parte posterior del cuello cual árbol de Navidad.

El corazón comienza a traquetearme en el pecho como un soldado cascanueces. Las palmas de las manos empiezan a sudarme por dentro de las manoplas. Es un milagro que no se me caiga el vaso de té por encima de los pelos de recién levantado que luce Luka a perpetuidad.

—Luka.

—Por favor. —Suspira—. Por favor, cállate.

Ni siquiera suena enfadado. Solo algo perplejo al constatar que la situación no está saliendo como tenía previsto. Suena igual que cuando no me preocupo de separar la ropa blanca de la de color o cuando no desayuno más que corteza de menta. Mis labios se curvan formando una sonrisa.

—¿Puedo...?

—No, no puedes.

Por fin consigue meterme el pie en la bota. Cegado por el triunfo, tira demasiado fuerte de los cordones y me tambaleo hacia un lado. Me endereza apoyando la otra palma en mi cadera. Cuando vuelve a incorporarse, tiene las mejillas como un tomate y me mira como si me hubiera comido el último trozo de tarta. Como si le hubiera arrebatado su juguete favorito.

—¿Lo he echado a perder? —pregunto en un hilo de voz.

Pone los ojos en blanco, mirando al techo.

—Ya te dije que me conoces mejor que nadie, ¿no?

—Sí.

—Pues ya está. —Se encoge de hombros, impotente. Me gira hacia la puerta—. Vamos.

—Espera, espera, espera. —Me vuelvo de frente a él. Luka farfulla algo entre dientes—. Tengo algo que preguntarte.

Sus labios se tensan formando una línea, pero distingo una chispa de diversión danzando en sus ojos color café. Diversión, adoración y diez años de amistad y de amor, todo junto y revuelto. Todo lo que hemos sido el uno para el otro. Todo lo que seremos de por vida.

—Te prohíbo preguntarme nada durante los próximos veinte minutos.

—Es la última pregunta, te lo prometo.

—¿Y luego podemos salir?

—Sí, luego podemos salir. A buscar un árbol o… lo que sea.

—Lo que sea —repite con una carcajada grave y mansa. Me quita el vaso de papel de las manos y bebe un sorbo para tomar fuerzas. Supongo que le ha puesto algo más que té—. A ver, dime.

—Vale. —Apoyo las dos palmas en su pecho; la derecha justo sobre el corazón—. Luka, ¿te quieres casar…?

—Ni de coña —me corta antes de que termine la pregunta, soltando el té sobre el taquillón en el que siempre dejamos las llaves.

Se dobla por la cintura y me carga sobre el hombro antes incluso de que pueda chillar. Sus botas pisan con fuerza los escalones del porche, como si estuviera poseído, mientras se encamina hacia los campos del norte, donde crecen nuestros árboles más añosos.

Conmigo al hombro, cual saco de patatas.

Resuello mientras trato de asir algo para no resbalar por su espalda abajo y caer de morros. Me agarro con los puños a su plumífero. El que le compré de broma, pero que ha terminado por adorar, sin atisbo de ironía ni sarcasmo. Dice que es muy calentito. Rebuscó entre mi correo y encontró el recibo, así que le compró a Beckett uno a juego. A veces me siento en el porche y los veo a los dos vagando por los campos: un par de manchitas verde y azul.

Carraspeo. Es decir, lo poco que puedo carraspear estando boca abajo.

—Solo para que me quede claro, ¿me estás diciendo que no quieres casarte conmigo o…?

—Que te calles.

Caminamos en silencio entre los grupos de árboles mientras las ramas se le enganchan en las mangas de la cazadora. El roce de la tela hace un ruidito agudo cada vez que se mueve, así que intento respirar al ritmo. Lo único que veo es su increíble trasero y, aunque la panorámica no está mal, me estoy empezando a marear.

—Luka.

Por fin afloja el paso hasta detenerse y capto el leve brillo de las luces por encima de los árboles. Me inclina hacia delante y me suelta sobre el suelo con todo el cuidado, sujetándome por los hombros hasta estar seguro de que no me caeré de culo encima de un abeto de Douglas. Entonces me observa con su mirada de Luka. Esa mirada que me hace sentir que floto y me precipito al mismo tiempo.

—Esto no era lo que tenía previsto.

—¿No tenías previsto cargar conmigo al hombro y dar un paseíto nocturno?

—Por mucho que te sorprenda, no.

—Me apuesto lo que sea a que tenías hasta diagramas. —Jugueteo con la cremallera de su cazadora—. ¿A que sí?

Las líneas de expresión de sus ojos se vuelven más profundas.

—Ni confirmo ni desmiento la presencia de diagramas.

—Hojas de cálculo como mínimo.

—Eso sí, desde luego. —Echa un vistazo por encima de mi hombro antes de volver a observarme. Es difícil de distinguir bajo la mirada de diversión, pero lo veo. Siempre veo todo lo que siente.

Luka está nervioso.

Y, en respuesta, algo se calma en mi pecho. Se serena.

Levanto las manos, le rodeo las muñecas y se las aprieto una vez.

—¿Cuál era el plan?

Suelta un suspiro profundo y agitado. Su aliento forma una

nube blanca entre nosotros y desliza las manos por mis hombros hasta sujetarme justo por encima de los codos. Luego baja hasta las muñecas. Es una versión lenta y agradable de su típico un-dos-tres.

—Verás. No conseguía decidirme por uno.

—¿Por un plan?

—Sí. —Asiente y da un paso hacia atrás, acercándose al brillo etéreo que se levanta justo por encima de los árboles—. Al principio quería ir a la ferretería una tarde tranquila. Que fueses dentro mientras yo esperaba en el escalón de la entrada a que volvieras a salir.

Igual que cuando nos conocimos.

—Es probable que me distrajera con algo. Podrías haberte pasado horas esperando.

—No sería la primera vez que espero, La La. —Una sonrisita maliciosa le curva los labios—. Pero tienes razón. Además, se habría entrometido el pueblo entero. La cadena telefónica es bastante rápida de un tiempo a esta parte.

—Eso es cierto. —En los últimos dos años, los del departamento de cotilleos han practicado un montón. Murmuro entre dientes y lo sigo cuando da un nuevo paso hacia atrás—. ¿Qué más se te ocurrió?

—Bueno, pensé que tal vez una cena romántica estaría bien. Algo en casa, los dos solos. O en algún sitio elegante. Un restaurante de los que hay que reservar.

—¿Tenemos de esos en Inglewild?

—No. Como puedes ver, ahora mismo estamos en una plantación de árboles.

—Ah.

—Así que pensé que tal vez esto funcionaría. —Me suelta una mano y se pasa la suya por el pelo antes de detenerse en seco justo delante de un enorme pino—. No sé. Es un milagro que haya conseguido organizar nada. He estado… —Se interrumpe con un suspiro—. ¿Sabes cuánto tiempo llevo de acá para allá con este anillo?

El corazón me late con fuerza y se me sube a la garganta. Unas lágrimas inesperadas se me agolpan en los ojos.

—Así que hay un anillo.

No me hace ni caso.

—Se lo pedí a mi madre hace dos años. El mismo día en que me dijiste que me querías. He estado escondiéndolo entre las fuentes de servir, porque sabía que allí nunca lo encontrarías. A veces lo llevo en el bolsillo cuando salimos, por si el momento es apropiado. Pero ¿sabes lo que pasa, Stella? —Exhala un profundo suspiro—. Es que siempre es el momento apropiado.

—¿Y ahora? —La voz me tiembla y Luka tira de mí hasta que mi barbilla choca con su pecho, mi cabeza inclinada hacia atrás mientras lo miro a sus ojos serenos. Las estrellas forman un halo por encima de su cabeza. Me acaricia el pelo con sus manos enguantadas—. ¿Te parece apropiado?

Nos mueve hacia delante hasta que, por fin, ocupamos el espacio del que procede toda la luz.

—Ahora me parece más que apropiado.

Nos encontramos ante un grupo de árboles adornados con lazos rojos y luces *vintage*. Son las que guardo en una caja en el armario trasero, porque eran las favoritas de mi madre y le gustaba cómo hacían brillar todo a su alrededor. En el centro hay una mesa que reconozco: es de Layla. Tiene extendida una manta roja a cuadros a modo de mantel. La que usamos para los pícnics junto al estanque cuando hace bueno y Luka apoya la cabeza en mi regazo con un libro abierto en su pecho.

Un plato con un montón de, imagino, sándwiches de queso fundido, envuelto con todo el cuidado en papel de plata para protegerlo del frío aire nocturno.

—¿Cuándo has preparado todo esto?

Achica los ojos y su mirada se pierde en la distancia.

—Me escabullí por la ventana de la oficina —responde con timidez—. Los sándwiches los preparé en casa de Beckett.

—Oh. —Me froto los labios con la punta de los dedos.

—Pues sí. —Se coloca detrás de mí y me envuelve con sus brazos, uno por encima de la clavícula y el otro alrededor de la cintura. Tira de mí hacia atrás hasta que presiona sus labios en mi pelo y siento cada una de sus inspiraciones y espiraciones—. ¿Qué dices, La La? ¿Quieres casarte conmigo y echar a perder mis planes perfectamente concebidos hasta el fin de nuestros días?

Me siento como en una de esas bolas de nieve que tengo en el borde del escritorio. Como si me hubiera sacudido y estuviera boca abajo mientras la purpurina y los copos blancos se agitan a mi alrededor.

«Hasta el fin de nuestros días». La verdad es que suena fenomenal.

Hunde la nariz en mi pelo y su voz se reduce a un susurro.

—Quiero despertarme a tu lado cada mañana. Quiero tropezarme con tus cajas al salir del dormitorio. Quiero bailar contigo en la cocina y quiero… quiero tomarte de la mano. Todos los días. Quiero ser tu marido. ¿Quieres ser mi mujer?

La palabra hace que me estremezca. Su «mujer».

Pero hay otra denominación que sigue siendo mi favorita.

—¿Y tu mejor amiga también?

Lo noto tragar saliva a mi espalda. Me estrecha aún más entre los brazos. Yo me pego a él con la misma fuerza. Su voz suena ronca al responder:

—Eso siempre.

—Voy a querer sándwich de queso fundido todos los días —acierto a decir. Me doy la vuelta entre sus brazos hasta que yo también lo envuelvo. Deja caer la frente sobre la mía y apoya la mano enguantada en mi mejilla—. Es probable que quiera escuchar música navideña en julio y no… Me gustaría prometerte que no seré desorganizada, pero creo que siempre voy a ser un poquito desastre.

Su sonrisa hace que el corazón me lata el doble de rápido.

—Así es como más me gustas —me dice.

Me pongo de puntillas para rozarle la nariz con la mía. No sé si se habrá dado cuenta, pero poco a poco ha empezado a mecerse conmigo. Danzamos suavemente, adelante y atrás. No sé si estará oyendo una canción en su cabeza o si nos estamos moviendo al son del viento a través de los árboles, pero es… es perfecto. El mejor momento posible. No podría haberlo planeado mejor.

Respiro su aroma en el aire nocturno. Cierro los ojos y me

ruego a mí misma no olvidar jamás este momento. El latido de su corazón junto a mí y su exhalación trémula. El brillo de las luces de Navidad y la manta roja de cuadros con un desgarrón en una esquina.

Luka y yo, en mitad de todo ello. Juntos, como tiene que ser.

—Sí —le digo—. Quiero ser tu mujer.

Luka nos mece adelante y atrás. Su voz suena áspera y grave.

—¿Mi mejor amiga también?

Se me escapa una carcajada sobre su cuello.

—Eso siempre.

Capítulo adicional

A continuación puedes leer una escena del capítulo 21 desde el punto de vista de Luka.

Anoche me acosté con mi mejor amigo. Me acosté con él dos..., tres veces. Después de derrumbarnos formando un montón de miembros desmadejados la primera vez, me desperté sobre las dos de la madrugada con las tripas rugiéndome. Me escabullí hasta la cocina a por un bocado de tarta directamente del molde, pero Luka me fue a la zaga, me robó con ademán soñoliento un pedazo del tenedor y luego me subió a la encimera. «Quiero...», murmuró mientras se agachaba y me acariciaba el muslo con los dientes, su boca húmeda y caliente por el interior de mi rodilla.

Téngase en cuenta que incluye contenido explícito.

Luka

—Luka.

Gruño y hundo la cara aún más en la almohada que abrazo, desesperado por que no se me escape lo que estoy soñando. Stella con las rodillas a ambos lados de mis caderas. Mis manos descienden por la línea de botoncitos de su camisa de franela extragrande. Su labio inferior atrapado entre los dientes y todos esos rizos formando una cortina a nuestro alrededor.

Me apuesto lo que sea a que, si lo intento, podría volver a meterme en el sueño. Ver qué tipo de prenda de encaje lleva. Desde luego que mi cerebro tiene práctica de sobra imaginando fantasías explícitas protagonizadas por ella.

Mi almohada se mueve. Un dedo me presiona entre los ojos.

—Luka.

Me quejo al tiempo que recobro la conciencia y me alejo de los márgenes borrosos del sueño.

El resoplido se convierte en una carcajada. Unos dedos me peinan el pelo. Abro un ojo y veo a Stella sonriendo a la luz de la luna, sus labios hinchados por los besos y la melena alborotada y salvaje. Se parece tanto a mi sueño que he de parpadear cuatro veces y restregarme el ojo con el puño para asegurarme de que no son imaginaciones mías.

Todo vuelve a mí en ráfagas de imágenes.

Stella en el jardín delantero, copos de nieve en el pelo. La beso, los dos subimos a trompicones los peldaños de su casa, reacios a quitarnos las manos de encima. Le quito el jersey y su piel desnuda resplandece a las luces del árbol. El lunar del interior de su rodilla izquierda. Sus manos asiéndome con firmeza el pelo. Su cuerpo, expuesto y envuelto sobre el mío.

Todo lo que dijo de pie en la cocina, sin dejar de mirarme un instante.

«Me tropecé con el escalón y él me sujetó para que no me cayera. Podríamos decir que lleva sosteniéndome desde entonces».

Me pongo de lado y le doy un beso indolente en el hombro. Un leve suspiro se le escapa de los labios y creo que ese sonido me gusta más que todos los que emitió anoche. Más que el rumor de su risa en la oscuridad o la dentellada de su gemido contra el hueco de mi garganta.

Me gusta el sonido que hace al acomodarse a mí. Me gusta oírla feliz.

Siempre me ha gustado.

Vuelve a deslizar las uñas por mi pelo y me acerco aún más a ella a través de las tres mantas y el cojín en forma de abeto. Le rodeo la cintura con el brazo y tiro hacia mí.

—¿Qué haces despierta? —farfullo—. ¿Y por qué me clavas el dedo en la frente?

Apenas distingo los rasgos de su cara en la oscuridad. Echo un vistazo al pequeño reloj que descansa en el borde de la cómoda. Las 2.23 me saludan con un parpadeo de pantalla.

—Estaba soñando con tarta —musita. Su voz suena grave y ronca. Posee una aspereza que me gusta. La voz adormilada de Stella.

Me retuerzo hacia abajo por la cama hasta que le atrapo una pierna entre las mías. Hundo la nariz en la maraña de cabello castaño. Huele a galletas de mantequilla. A whisky y humo de leña. No quiero moverme en la vida de aquí.

—¿Quieres que te traiga un poco?

—No, no te preocupes. Voy a ver qué tenemos.

Abro un ojo.

—Puedo prepararte un sándwich de queso fundido si quieres.

Noto su sonrisa como una palma que me acariciase la mejilla.

—No —responde—. Aunque me siento tentada. No tienes por qué despertarte; es solo que... —Suspira y apoya la boca brevemente sobre mi frente; el labio inferior se demora en ella—. No quería que te despertases y vieras que no estoy.

Deslizo los dedos por el contorno de su cadera. Ese algo en el interior de mi pecho que siempre le ha pertenecido un poco se remueve y reacomoda. Late algo más fuerte.

—Gracias —acierto a responder.

—Duérmete. —Percibo que, cernida sobre mí, duda un segundo, dos, antes de inclinarse y besarme de nuevo la frente. Esta es una nueva versión de nosotros dos, juntos, tratando de averiguar hasta dónde podemos llegar—. Vuelvo en un segundo.

Sale de debajo de las mantas a pesar de que mis manos no la sueltan y la veo taparse los pechos desnudos con un brazo mientras rebusca una camiseta por el suelo. Su piel refulge a la luz de la luna y mis ojos ávidos trazan su silueta en la quietud del dormitorio. Es como si siguiera atrapado en los límites de mi sueño al contemplarla así. La suave y exuberante curva entre su cintura y su cadera. La maraña de cabello que le cae sobre los hombros. La fina cicatriz blanca en la base de la espalda que sé que es consecuencia de su intento de zambullirse en el estanque hace seis años. La opulenta redondez de sus pechos cuando encuentra una camisa de franela, que a todas luces me ha robado, y se la echa por los hombros.

Tarda un minuto en acertar con los botones y, cuando por fin termina, están torcidos y abrochados de cualquier manera. El que queda justo entre sus pechos sigue suelto y me tienta agarrarle el faldón con el puño y tirar. Stella apoya la barbilla en el hombro y me mira, sus ojos azules de un tono zafiro. Sus labios se curvan por la comisura.

—Vuelvo enseguida.

—¿Me lo prometes?

Su boca acaba por dibujar una sonrisilla complacida que trata de reprimir como puede. Pero se le escapa de todas formas, como la luz de las estrellas que se cuela por las ventanas.

—Sí, te lo prometo.

Sale del cuarto y me tumbo de espaldas. Me paso las manos por el pelo y bostezo con tal fuerza que me cruje la mandíbula. A Stella se le cae algo en la cocina y oigo un exabrupto amortiguado y el sonido de sus calcetines contra el suelo.

—¿Estás bien? —la llamo, tratando de obligarme a despertar. Es probable que pierda un dedo o prenda fuego a algo mientras saca un pedazo de tarta del frigorífico a oscuras. Me alzo sobre los codos y trato de ver más allá de la puerta—. Enciende la luz, La La.

La lámpara de la cocina ve la luz y Stella rezonga un poco más.

—¡Estoy bien!

Suelto una risita y me dejo caer de nuevo en la cama. Las sábanas huelen a Stella. A Stella, a mí, a sexo y a canela, y el sueño regresa a mi mente; la visión de su piel al bajarse de la cama agudiza mi deseo. Mis manos se mueren de ganas por tocar cada una de las pecas que descuidé cuando nos derrumbamos en la cama anoche. Quiero descubrir cada secreto que alberga su cuerpo. Todo aquello en lo que llevo pensando durante la última… década.

Dios, diez años. Parece que una semana se haya convertido en un año y este en un decenio. No sé cómo ha podido pasar tanto tiempo. Lo que sé es que Stella tenía miedo y yo… No sé, supongo que me conformaba con progresar al ritmo que ella necesitase. Me contentaba con su confianza y los pedacitos de su corazón que he ido marcando como míos a lo largo de los años. Cuesta ser codicioso cuando ya soy la primera persona a quien llama en cuanto se despierta, medio murmurando algo sobre un sueño que ha tenido con nueces moscadas y castañas bailando. Cuando oigo el extraño ronquido que le sale al carcajearse conmigo en lugar de la risita cortés y encantadora que emite delante de los demás. Cuando la mitad de su armario está lleno de camisas mías que cree haberme robado con astucia. Siempre he aceptado a Stella del modo en que ella me permitía.

Pero ahora también la tengo así.

Desnuda, en mi cama. Abrazada al dichoso cojín verde que

le compré en un arrebato hace dos veranos, solo en mi apartamento, algo achispado y preguntándome qué coño andaría haciendo tan lejos de mí.

Llevo muchísimo tiempo pensando en esto, deseándolo.

Y ahora me encuentro solo en su cama mientras ella está en la cocina, semidesnuda comiendo tarta.

Soy idiota.

Me bajo de la cama en el momento en que se le cae algo más y encuentro el bóxer colgando de uno de los postes. Me lo pongo y sigo el sonido de sus palabrotas a media voz hasta que la encuentro junto a la encimera de la cocina, el papel de plata levantado sobre una tarta de calabaza a medio comer, tenedor en mano. Ni siquiera se molesta en mirarme mientras avanzo por el parquet, tan solo pincha otro pedazo.

—Ya te dije que... ¡Uf!

La frase queda interrumpida cuando la envuelvo con mi cuerpo, la barbilla sobre su hombro y los brazos rodeándole las caderas. Está suave y cálida y huele a canela, la curva de su trasero apretada contra el punto donde se concentra mi deseo. Otra vez. Siempre, probablemente. No sé si alguna vez me cansaré de verla así.

—¿Querías un poco de tarta? —pregunta en voz baja.

Sus caderas se inclinan hacia atrás y sus pestañas aletean contra el arco de las mejillas. Cuando asiento, levanta el tenedor abandonado, un trozo de tarta pinchado en el borde. Cierro los dedos alrededor de su muñeca y la guío hasta mi boca, donde me explota en la lengua el sabor a calabaza y canela.

—Qué bueno —afirmo con la boca llena de masa crujiente.

Stella me mira y parpadea, el tenedor todavía suspendido entre nosotros. Lo único que veo de ella es el rubor que le asciende por el cuello, el tentador movimiento de su pecho al subir y bajar bajo la camisa de franela robada. Le quito el tenedor y lo dejo en la encimera antes de apoyar las manos en sus caderas.

Le doy la vuelta hasta que cada centímetro de su ser está presionado contra mi cuerpo y me mira con esos ojos oscuros, soñolientos y llenos de deseo. Un deseo del que he ido captando atisbos a lo largo de los años. Miradas que se cruzan en bares atestados. Roces prolongados cuando ambos habíamos bebido de más y la rienda con que me refreno se soltaba apenas un poco. Pero nunca lo he visto así. De cerca. Constante.

Exigente.

Le recorro la mejilla con el pulgar hasta la pequeña hendidura de la barbilla y trato de memorizar este momento. El zumbido del refrigerador y el viento que sopla en las ventanas. La respiración entrecortada y la anticipación que me hormiguea en la piel. Stella apoyada en la encimera mientras me recorre el cuerpo entero con los ojos, una leve sonrisa al toparse con el puñado de pecas que me salpican la piel bajo la clavícula.

Sus labios, rojos como una manzana de caramelo, se entreabren.

Dejo caer las manos hasta sus caderas y la levanto. Choca con el molde de la tarta, que se desliza por la encimera. El tenedor termina… en alguna parte. Stella me observa con ojos atentos, el interior de sus rodillas presionándome las caderas.

—¿Qué estás haciendo?

Trato de ir despacio. Trato de mantener el control. Trato de mirar a Stella, sentada delante de mí, con una camisa que me robó del armario, y no decirle cada una de las palabras que percuten como un rítmico tambor en el centro de mi pecho. Suelto una exhalación trémula.

—Quiero… —Es lo único que acierto a responder.

De todas mis fantasías con Stella, esta siempre ha sido mi favorita. Es a la que recurro cuando el deseo y la necesidad se vuelven demasiado acuciantes y tengo que cerrar el puño alrededor de mi miembro. Cierro los ojos y la imagino justo así, delante de mí, abierta de piernas. Con el cabello enmarañado y los labios inflamados de besos.

—¿Quieres más tarta? —pregunta con voz temblorosa.

Un rumor vibra en mi pecho. Una carcajada, creo, como si algo así fuera posible en este momento.

—No, La La. Quiero más de ti.

El suelo está frío bajo mis rodillas cuando las hinco delante de Stella, pero todo en ella es cálido. Su muslo se estremece cuando poso los labios en el interior de la rodilla y se golpea la cabeza contra el armario cuando asciendo unos centímetros y hundo la nariz bajo el borde de la camisa, que apenas la cubre. Levanto la vista hacia ella desde el hueco entre sus piernas abiertas, y eso, el verme así, arrodillado ante ella, también parece afectarla de alguna forma. Su respiración se acelera y noto que mi corazón hace lo mismo en el pecho: se adapta a su ritmo.

—¿Estás bien? —inquiero y sé que sabe que le estoy preguntando por algo más que su cabeza.

—Sí, hum —responde, los ojos vidriosos. Se aferra al borde de la encimera con tanta fuerza que los nudillos se le ponen blancos—. Sí, estoy bien.

Suelto una carcajada sobre el interior de su muslo y las rodillas se le abren un poco más. El deseo ruge en mi interior.

—Espero que mejor que bien.

Ella también ríe.

—Eso habrá que verlo.

La provoco con una hilera de besos tiernos por el interior de las piernas, cada vez más arriba, hasta justo por debajo de donde se concentra su deseo. Ahí la piel es suavísima, increíblemente tersa. Le doy un beso leve en el pliegue del muslo y tengo que cerrar los ojos con fuerza al notar lo mojada que esta. Lo cálida.

—Luka —musita. Su talón tabalea entre mis omóplatos, pues he pasado sus muslos por encima de mis hombros—. Luka, por favor.

—Está bien. Vale, yo… —No aguanto más, eso es lo que me pasa. Cedo, le envuelvo los muslos con las manos y oprimo la boca sobre su centro, en un lametón lánguido y prolongado que nos hace gemir a ambos.

—Luka —repite—. Dios mío, Luka.

Su voz, al pronunciar mi nombre así, acaba con mi autocontrol. Tiro de ella hasta dejarla al borde de la encimera y la devoro. Una vez, otra y otra más, hasta que jadea, se retuerce y tira de mí. Lamo, succiono y muerdo mientras me agarra del pelo, me guía con las manos hasta imprimirme el ritmo que más le gusta. Tosco, rápido, salvaje. Introduzco una mano por la cinturilla del bóxer y me rodeo el pene mientras le introduzco dos dedos. Emite un sonido que oiré en mis sueños el resto de la vida. Un quejido desdibujado, trastornado por el deseo.

Es perfecto. Ella es perfecta. Es todo lo que siempre he deseado. Mi esperanza. Mi sueño. Su sabor en mi lengua es más dulce que la maldita tarta de calabaza abandonada en la encimera. Sentirla cálida, húmeda y anhelante es una puta revelación. No quiero hacer otra cosa nunca más.

—Estoy… estoy a punto —gime, su voz dos octavas más aguda de lo habitual. Cuando le succiono el clítoris, se le escapa un sonido quejoso que reverbera en mis huesos. Lo hago de nuevo y su cuerpo entero se estremece. Quiero más—. Haz que me corra. Por favor.

Me retiro y apoyo la frente en su pierna mientras observo mis dedos penetrándola. Sus caderas se mueven a mi ritmo y me maravilla que sea capaz de albergar pensamientos racionales. Siento que podría irme así, sin más. Viéndola buscar su propio placer.

Alzo la vista hasta que nuestras miradas se cruzan y quedan prendidas.

—¿Qué necesitas?

Le beso y le chupo el muslo. Su cuerpo entero experimenta un escalofrío.

—¿Podrías…? —Echa la cabeza atrás, contra los armarios, y me mira a través de las pestañas—. ¿Podrías usar la boca otra vez?

—Sí, La La. —La acaricio con la nariz y le doy un beso justo debajo del ombligo. La rozo una sola vez con el pulgar y una vez más cuando un ruidito se le queda atrapado en la garganta. He soñado mil veces con esto mismo, con Stella acalorada, jadeante, pidiéndome más. Trato de mantener un mínimo control—. Puedo hacerlo.

«Puedo hacerte todo lo que quieras —es lo que me gustaría decirle—. Cualquier cosa que jamás hayas imaginado». Me trago las palabras y, en su lugar, pongo mi boca a su servicio. Ejerzo una presión firme e implacable a base de rápidas pasadas con la lengua. Sus muslos se cierran alrededor de mis orejas, sus gemidos suenan amortiguados. Cierro los ojos y siento su pasión desplegarse ante mí, su cuerpo entero rindiéndose al clímax.

En ningún momento dejo de acompañarla, le doy besos suaves y solícitas caricias hasta que se calma, las piernas abiertas a su aire y el cuerpo desmadejado. Me observa con ojos oscuros, llenos de interés, cuando me paso el dorso de la mano por la boca húmeda.

—Ha sido… —Parpadea un par de veces; el azul de sus ojos refulge—. Ha sido genial. Por si… Por si te lo preguntabas.

—Me lo he imaginado.

—Ah, ¿sí? ¿Y cómo lo has sabido?

Le sonrío de oreja a oreja y me incorporo. Recorro con el pulgar el rubor de sus mejillas, el mechón de pelo pegado a su cuello.

—Por tu cara. —Le agarro la melena con el puño y la suelto con un suspiro anhelante. Su cabeza se ladea ante mi caricia—. Por la forma en que has gritado mi nombre.

Una ceja se enarca arrogante en su frente al tiempo que me da un golpecito en el centro del pecho. Le agarro los dedos y se los sujeto.

—No he gritado.

—Claro que sí.

Me rodea el mentón con la mano y tira de mí hasta tocarme la boca con la suya. Me la lame con un suspiro y hace que la piel de los brazos se me erice.

—No he gritado —susurra contra mis labios.

La mitad inferior de mi cuerpo está a puntito de sufrir un incidente fulminante y bochornoso. Es probable que ambas cosas, al cincuenta por ciento. Me pregunto qué pensaría si me bajo el bóxer de un tirón y me toco mientras la miro, desaliñada y satisfecha como está. Bien sabe Dios que no duraría mucho.

Desliza la boca hasta mi cuello y siento que me he cansado de bromas.

—Vale, vale. No gritaste. —Aunque sí que lo hizo—. ¿Puedo…? —Pugno con el botón mal abrochado sobre sus pechos, el que antes me obsesionó. Quiero contemplar su piel. Ver la forma en que se mueve cuando me inserto en ella—. ¿Podemos hacerlo otra vez?

Asiente, las mejillas sonrosadas. Un poco tímida. Del todo adorable. Mía por entero.

—¿Cómo quieres hacerlo?

«De todas las formas imaginables —responde mi mente—. Aquí, en tu casa. En esta cocina, y en tu cama, y contra la puerta de ese armario horriblemente desorganizado. Conmigo, siempre».

Sus ojos centellean más oscuros, como si supiera con exactitud lo que estoy pensando. Después de diez años es probable que así sea. La bajo de la encimera con cuidado y le doy la vuelta entre mis brazos hasta que se dobla por la cintura. Tiro de la camisa hasta que queda hecha un gurruño sobre el suelo. No es más que curvas suaves bajo la tenue luz, los codos apoyados en la encimera y el culo en pompa. Otra fantasía.

—¿Te parece bien así? —pregunto.

—Mejor que bien —asiente, agitada. Tiene las manos ocupadas en lidiar con la cinturilla de mi bóxer, el cuerpo retorcido mientras trata de bajarlo—. Ven aquí, por favor.

Esta vez es el «por favor» lo que me desarma. Cojo uno de los condones que, solícita, ha dejado junto al molde de la tarta y me lo enfundo mientras mantengo una palma apoyada en sus riñones. Empujo despacio, muy lentamente, hasta hundirme en su interior. Me inclino hacia delante y ahogo un profundo sonido apreciativo en su cuello.

Me mantengo así, inmóvil, abrumado por la sensación. Le acaricio el pelo con la nariz y le atrapo el borde de la oreja entre los dientes.

—¿Estaba en tus planes? —Mi voz suena como si procediera de un lugar muy lejano. Muevo las caderas y una oleada de calor me sube por la columna. Luego vuelve a bajar. Todo mi cuerpo está en tensión.

—¿El qué? ¿La tarta? —Su respiración es casi tan rápida como la mía, sus caderas empujan hacia atrás como si estuviera demasiado impaciente para esperar. Como si estuviera dispuesta a tomarme de la forma que sea. Me vuelve loco—. Por supuesto que la tarta estaba en mis planes. La tarta siempre está en mis planes.

—La tarta no.

Deslizo la mano por su columna abajo. Me retiro con lentitud para luego volver a empujar con todo... mi deseo contenido..., con todo lo que llevo sintiendo desde que desperté con ella desnuda a mi lado. Me hace sentir fuera de control. Como si no pudiera tener todo lo que ansío con suficiente rapidez, con suficiente furia. Como si necesitase inclinarla sobre la encimera de la cocina para que entienda lo mucho que la deseo... todo el puto tiempo.

Cuando la embisto de nuevo, las tazas que hemos dejado en la encimera tintinean. Los dos lanzamos gemidos ahogados de placer. Una vez más, incluso en esto, vamos a la par.

—¿Querías que te follara, ¿verdad?

—Ya estás otra vez con la palabrita.

—Sé que es la que más te gusta.

—No lo sé. Yo... —Se le corta la respiración cuando modifico el ángulo de las caderas y doy con el punto clave. Ese punto que encontré anoche cuando la tumbé en la cama y le rodeé las caderas con las manos, buscando nuestro placer hasta que terminó agitándose bajo mi cuerpo—. Tampoco me disgusta lo del «revolcón».

Rompería a reír si no estuviera tan concentrado en la forma en que continúa tocándome, sus uñas clavadas en la piel de mis caderas; en sus pechos rebotando con cada uno de mis envites. Joder. Esto es mejor que cualquier sueño, que cualquier cosa que pudiera imaginar.

—Tomo nota —respondo con los dientes apretados; entonces me pierdo en ella. En el calor húmedo entre sus muslos y en su piel sofocada. En el modo en que empuja con fuerza contra mí cuando trato de aflojar el ritmo, de hacer que dure. Echo la cabeza hacia atrás y atisbo nuestro reflejo en la pequeña ventana que hay encima del fregadero. Stella y todas esas curvas de alabastro, centelleando como polvo de estrellas. Y yo, justo detrás, haciéndola temblar—. Joder.

La visión de nosotros dos juntos hace que pierda por completo el control. Dejo caer la barbilla sobre el pecho y hundo las caderas en las de Stella con un movimiento profundo, lento, feroz y perfecto. Me corro un instante antes que ella; sus manos se agitan conmocionadas contra la encimera y tiran un viejo tarro de café. Rebota por el suelo cuando me derrumbo con laxitud sobre su espalda, mi oreja apoyada en su hombro. El latido regular de su corazón me lleva a una suerte de trance hipnótico. Podría quedarme dormido aquí mismo. Así, tal cual.

—¿Recuerdas aquella vez que me llevaste a una zona de restaurantes en Annapolis? —murmuro contra la curva de su espalda.

Stella sigue pegada a la encimera de la cocina, pero no parece quejarse. Ladea la cara hasta que me ve por el rabillo del ojo. Entonces me acaricia con las yemas de los dedos, reconfortante, las marcas que me ha dejado en la piel.

—¿La que tenía un montón de pizzerías?

Una sola zona, catorce locales de pizza distintos. Base gruesa. Bordes rellenos. Masa fina.

—Esa, sí.

Los ojos de Stella se achican, complacidos.

—Me dijiste que fue el mejor día de tu vida.

Exhalo un profundo suspiro y me separo de ella. Siento las piernas como si fueran de gelatina. Como si alguien me hubiera disparado con una pistola tranquilizante. Incorporo a Stella y la ciño contra mi pecho. Le rodeo la garganta con la mano y persigo el aleteo de su pulso, una línea zigzagueante que desciende hasta el lugar en el que su corazón bombea a un ritmo constante. Abro la palma sobre él y cierro los ojos.

Espero que sea capaz de sentirlo. Todo lo que aún no le he dicho. Todo lo que quiero decirle.

—Este sí que es el mejor —murmuro.

Entrelaza sus dedos con los míos y se lleva nuestras manos unidas al corazón. Como si ella también quisiera decirme ciertas cosas.

Inclina la cabeza y me da un sonoro beso en el mentón.

—¿Vienes a la cama?

Pronto. Muy pronto me armaré de valor y le diré todo lo demás.

Deslizo la mano por su cadera abajo y le doy un azotito en el culo.

—¿Contigo? Adonde quieras.

Gracias

Mi primer agradecimiento es para ti, lector. Es una absoluta locura que este libro ande por el mundo y lo lea la gente, ¡gente de verdad! Gracias por dedicarle algo de tu tiempo a este librito. Escribirlo ha sido un sueño y no podría haberlo hecho realidad sin el apoyo de dos personas muy importantes.

¿Sabías que este libro es lo primero que mi esposo ha leído escrito por mí? Gracias, E., por tu apoyo mientras tecleaba en el patio, en el sofá, en el suelo y en cualquier parte. Siempre has creído en mí y te quiero muchísimo. Ahora sí que prometo escucharte cuando me hables de fútbol *fantasy*.

Annie, tú me enganchaste a las novelas románticas. Llevas casi una década dándome ánimos. El cien por cien de este libro sería distinto si no fuera por ti. Gracias por editarlo, pero, lo que es más importante, gracias por llevarme de la mano.